D

Jan Kossdorff

LEBEN SPIELEN

Roman

Deuticke

1 2 3 4 5 20 19 18 17 16

ISBN 978-3-552-06312-9

Satz: Eva Kaltenbrunner-Dorfinger, Wien
Druck und Bindung: GGP Media GmbH, Pößneck
Printed in Germany

MIX
Papier aus verantwortungsvollen Quellen
FSC® C014496

Jeder Mensch erfindet sich früher oder später
eine Geschichte, die er für sein Leben hält.

MAX FRISCH

1

Einige Wochen nach seinem fünfunddreißigsten Geburtstag hörte Mischa auf, Schauspieler zu sein. Er schloss mit allen künstlerischen Ambitionen ab, kündigte seine Theaterengagements, vergrub Stücke und Schreibversuche ganz unten im Schrank, stieg auch aus der Band aus, in der er Sänger war, und schwor, nie wieder einen Fuß auf eine Bühne zu setzen.

Mischa suchte sich einen Job, lernte kochen und kaufte sich einen Hund. Er wehrte all die Bemühungen seiner Kollegen und Freunde, ihn zurück in die Kunst zu bringen, erfolgreich ab. Er hatte ihr alles gegeben, und sie enthielt ihm alles vor. Seine Vorbilder waren nicht mehr die Größen der Bühne, die Genies der Kunst, sondern der Kerl im Gemüseladen, der ihn immer zum Lachen brachte, oder sein Onkel, der im Sommer in den schönen Häusern reicher Witwen unterkam, die er im Internet kennenlernte.

Er traf Valerie, und ihr phantastisch normales Leben begann. Während er im Büro saß und für eine bunte Wochenzeitung übers Telefon Anzeigenfläche an Shampoo-Firmen verkaufte, stand sie in einem Blumengeschäft und band Themensträuße für Hochzeiten oder Beerdigungen. Nach der Arbeit trafen sie sich am liebsten in einem kleinen Café in der Nähe ihrer Wohnung. Sie saßen im Freien und tranken den zweitbilligsten Rotwein; ihr Hund schlief zwischen ihren Beinen.

Mischa musste sich nicht mehr in jemanden verwandeln,

der er nicht war. Menschen gingen vorbei, und er überlegte nicht, wer sie waren, warum sie sich so gaben oder was sie heimlich antrieb. Die innere Stimme, die ihn aufforderte, Wasser in Wein zu verwandeln, war verstummt.

Valerie hatte Mischa das erste Mal bei einer Party gesehen. Eine ihrer Freundinnen kannte ihn aus dem Verlagshaus, wo sie arbeitete. Sie sagte, er sei seit kurzem im Verkaufsteam, und beschrieb ihn als netten, ruhigen Typ mit leichten Anhaftungen von Humor. Valerie war zu dem Zeitpunkt Single und suchte niemanden. Sie sah ihn lange allein draußen auf dem Balkon stehen, obwohl er einige Leute auf der Party kannte. Er war ein ganz gutaussehender Typ. Mit seinen schwarzen, etwas längeren Haaren und dem dunkleren Teint sah er aus wie ein Straßeneckeninformant in einem französischen Krimi oder ein heißblütiger Widersacher in einem Shakespeare-Stück.

Die Freundin erzählte ihr, dass die Mädchen aus seiner Abteilung ein bisschen für ihn schwärmten, weil er so eine schöne Stimme hatte. Auch wenn er nur einen Kunden anrief und zum Beispiel am Telefon sagte: »Wir haben letzte Woche über das Fertighaus-Sonderheft gesprochen, und ich wollte kurz Bescheid geben, dass ich Ihnen die Viertelseite jetzt für achtzehnhundert anbieten kann!«, seufzten die Mädchen und unterbrachen für ein paar Momente ihre Arbeit.

Der Abend wurde ziemlich lang. Irgendwann saß Valerie mit zwei Freundinnen auf dem Boden im Wohnzimmer, und sie sprachen über eine Balkan-Reise, die sie für den Sommer planten. Da setzte er sich neben sie auf den Teppich und hörte zu. Valerie fragte ihn, ob er Sarajevo kenne. Daraufhin erzählte er eine Geschichte, wie er mit einem Haufen Leute in einem klapprigen Bus runtergefahren sei, um das Sarajevo-Kriegstheater zu besuchen. Das war erst kurz nach dem Krieg gewesen, und irgendwie schien es die Runde gemacht zu haben, dass dieses Theater, das während der Belagerung gegründet worden war und in den vier Jahren, in denen die Stadt von der Welt abgeschnitten war, über zweitausend Aufführungen gespielt hatte, die aufregendste Bühne Europas geworden war. In einer Stadt, in der es Bomben regnet und täglich Leute umkommen, ist der Besuch eines Theaters keine gesellschaftliche Geste mehr, es ist ein Überlebensmittel (so ähnlich formulierte er es). Er erzählte, sie hätten im Bus Wein, Schnaps, Speck und Literatur mitgebracht, und an einem Abend hätte es eine Lesung aus Texten von Brecht und Horváth gegeben. Valerie war klar, dass die Reise eine Bedeutung für ihn hatte, aber dann tat er die Geschichte auch gleich wieder ab und meinte, die Mädchen sollten sich unbedingt den Tunnel ansehen, durch den Essen und Waffen in die belagerte Stadt geschmuggelt wurden, der sei *wirklich* interessant.

Dann sagte er Valerie, dass ihm ihr Kleid gefalle. Sie erwiderte, sie trage doch gar kein Kleid, sondern Jeans und Pulli. Er sagte, das sehe er, aber sie habe doch zu Hause zwischen diesem Ensemble und einem Kleid geschwankt. Er glaubte, das Kleid würde ihr gut stehen.

Als Mischa Valerie bei dieser Party kennenlernte, das war ein halbes Jahr nach seinem Neustart, hatte er gerade einige Verabredungen mit Frauen hinter sich, die nicht sehr angenehm verlaufen waren. Er bemerkte, dass er gar nicht in der Lage dazu war, ein richtiges Date zu haben, denn dazu gehörte, Dinge aus seiner Vergangenheit preiszugeben – Dinge, aus denen das Gegenüber schließen konnte, welche Art Mensch man war, wie man tickte und was einen begeisterte. Diesen Frauen aber von seiner Vergangenheit zu erzählen, in der sich jeder Moment um die Bühne gedreht hatte, um Film, Kunst und Musik, hätte bedeutet, sie zu täuschen und auf eine falsche Fährte zu locken, da er mit all dem ja abgeschlossen hatte! Er hatte das Gefühl, er war als Person ein weißes Blatt. Oder anders: Er war ein Notizbuch, bis zur Hälfte vollgeschrieben, dann umgedreht, und von der letzten Seite neu begonnen. Diese besonderen Umstände waren freilich für ihn schwer zu vermitteln, und genau genommen bemühte er sich auch nicht darum. Die Frauen, mit denen er sich traf, dachten entweder, er sei vollkommen hohl oder einfach nicht zu knacken. Als er Valerie bei dieser Party traf, war es anders: Er war ihr nämlich schon früher begegnet – und sie wollte er wirklich kennenlernen.

Mischas Weg von seiner Arbeit nach Hause führte durch eine kleine Gasse, die voll von Lokalen und kleinen Galerien war, und manchmal setzte er sich dort in einen Gastgarten, las die Zeitung und trank ein Bier. Direkt gegenüber dieser Kneipe befand sich eine kleine Galerie mit floralen Kunstwerken in der Auslage. Irgendwann sah er sie sich aus der Nähe an und erkannte: Es war gar keine Galerie, es war einfach eine Blumenhandlung. Allerdings glich sie nicht den kleinen Blumenläden, wie man sie in Bahnhofs- und Krankenhausnähe fand, die ihn an *Gemüsemetzger* erinnerten, wo man in erdig-dampfender Luft aus frisch geschlachteten Tulpen, Nelken und Gerbera wählen konnte, hier herrschten nobler Geschmack und stilvolle Reduktion.

Hinter der Schaufensterscheibe sah er Valerie ein paar Wochen vor der Party zum ersten Mal. Sie steckte andächtig einen Blumenstrauß zusammen, wobei sie jede neue Blume und jeden Stiel Schnittgrün über den Daumen der linken Hand legte und in einer geschmeidigen, tausendfach geübten Bewegung in den Strauß hineindrehte, sodass die Stiele schräg zueinander verliefen und der Strauß einen kugelförmigen Kopf erhielt. Früher hätte er versucht, sich diese Bewegung einzuprägen – nur für den Fall, dass ihm jemand die Rolle der Eliza in einer schwulen Version von *My Fair Lady* anbot.

Ein paar Tage später saß sie nach ihrer Arbeit auf einem Hocker vor dem Lokal und unterhielt sich mit einem Kellner des Nachbarlokals. Sie trug ein blaues Sommerkleid, und Mischa nahm an, sie wollte noch fortgehen an dem Abend. Er fragte sich, ob sie Parfum auflegte oder einfach so nach einem wilden, geilen Mix aus Blumendüften roch. In der Woche darauf sah er sie wieder in demselben Kleid. Sie ging telefonierend an ihm vorbei, und während sein Hund einen Pinscher beschnüffelte, hatte er Zeit, ihr so lange nachzusehen, bis das Blau ihres Kleids nur noch als Punkt in einem Knäuel von Naschmarktbesuchern aufblitzte und dann ganz verschwand.

Als er sie schließlich auf der Party traf, zauderte er ewig, bevor er sich zu der Gruppe Mädchen setzte. Als dann das Stichwort Sarajevo fiel, musste er vom Kriegstheater erzählen, da die neuen Seiten seines Notizbuches ja nahezu unbeschrieben waren, er die Gelegenheit aber nicht einfach vorbeiziehen lassen wollte, irgendeine Form von Eindruck bei Valerie zu hinterlassen.

Nach diesem ersten Treffen dachte Valerie, dass er wirklich ein ungewöhnlicher Typ war, und es war richtig, er hatte eine gute Stimme, aber er wirkte auf sie wie ein Einzelgänger, einer, der nur ab und zu aus seinem Schneckenhaus herauskam, um ein wenig Zerstreuung zu suchen. Die anderen Mädchen in der Runde waren ganz aufgeregt über sein Erscheinen auf der Party und stellten, nachdem er kurz nach Mitternacht aufgebrochen war, allerhand Mutmaßungen über ihn an:

Er arbeitete als Anzeigenverkäufer. Gut. Aber warum wusste niemand, was er vorher getan hatte? Fragte man ihn, antwortete er ausweichend. Hatte er irgendwelche illegalen Geschäfte gemacht? Er schien ein Naturtalent im Telefonmarketing zu sein, die Gastgeberin erzählte, er schaffe Abschlüsse, wo andere nichts erreichten. Dann hatte er diesen jungen Hund, einen Cockerspaniel, mit dem er immer unterwegs war. Man konnte die beiden an der Alten Donau oder im Prater treffen, immer ohne Begleitung, nur der Mann und sein Hund. Hatte er keine Freunde, keine Familie? Mit den Kollegen schien er auch fast nie etwas zu unternehmen. Er war offenbar Single, warum ging er nicht fort? Was sie so mitbekamen, gab es nur einen Kollegen, mit dem er gelegentlich auf einen Drink ging – und das war ausgerechnet der Älteste im Team, der Trachtenjacken trug und Schulden von einem Pyramidenspiel zurückzahlte! Gab es da einen Zusammenhang mit Mischas Vergangenheit?

Ein paar Tage später stand Valerie in der Blumenhandlung und sah durch das Schaufenster auf die Straße hinaus – und da saß er, in dem Lokal direkt gegenüber. Und dann begann es bei ihr zu rattern: Natürlich, sie hatte ihn schon früher gesehen, er war schon öfter dort gesessen. Und dann fiel ihr seine Bemerkung zu ihrem Kleid ein, das sie bei der Party *nicht* getragen hatte, und sie dachte: *Er hat mich also hier in dem Kleid gesehen, deswegen die Anspielung*. Irgendwie wurde sie nun unruhig, und ihr fielen all die Sachen ein, die die Mädchen über ihn zusammengesponnen hatten, und sie fragte sich: War da doch was dran? Hinzu kam, dass sie schon früher in ihrem Leben von Männern verfolgt und bedrängt worden war und bei den leisesten Anzeichen eines überwachenden oder kontrollierenden Verhaltens Zorn in sich aufsteigen spürte.

Sie marschierte also aus dem Geschäft auf die Straße und ging direkt auf ihn zu. Als er sie bemerkte, ließ er die Zeitung sinken und lächelte.

Mit bemüht ruhiger Stimme sagte sie: »Darf ich fragen, was du hier machst? Sitzt du wegen mir hier?«

»Was meinst du?«

»Du bist öfter hier, immer vor meinem Geschäft. Und du merkst dir, was ich anhabe. Und dann tauchst du auf dieser Party auf.«

Er antwortete in einem sehr freundlichen und sachlichen Ton, der sie verrückt machte:

»Ich sitze gerne hier, weil es hier *Hubertus*-Bier gibt und man einen guten Überblick über die Gasse hat. Um sechs Uhr erwischt man auf diesen Plätzen auch noch Sonne, dort drüben ist schon Schatten. Der Kellner hat auch nach dem zehnten Besuch noch nicht versucht, eine Unterhaltung zu beginnen, und sie haben eine Hundetankstelle hier! Ich würde also sagen, es ist das Gesamtpaket.«

»Und was soll das Gerede über mein Kleid?«

Er setzte sich aufrecht hin und sagte etwas leiser als vorher:

»Ich hab dich ein-, zweimal in dem Kleid gesehen. Ich will es mir weder ausborgen, noch bin ich sonst wie darauf fixiert, es fiel mir einfach ein, als wir auf der Party geplaudert haben. Es ist unheimlich blau!«

»Und das war's?«, fragte sie.

»Ende der Geschichte, keine bösen Absichten. Ist es dir lieber, wenn ich mich woanders hinsetze?«

Und darauf sagte sie: »Ja, das ist es mir wirklich!«

Er stand auf, zahlte und spazierte mit seinem Hund ein Lokal weiter. Ohne Widerstand, ohne Liebes- oder Hassbekundungen.

Mit Anspannung in der Miene kam sie zurück ins Geschäft.

»Was ist denn?«, fragte Jochen, ihr Kollege.

»Ach, da war so ein Kerl draußen. Mit einem Cockerspaniel. Hat mich beobachtet.«

Jochen – zwei Meter groß, Deutscher, Familienvater – unterbrach seine Arbeit nicht, während er sagte: »Den kenn ich. Der kommt auch, wenn du nicht da bist!«

»Ich hab ihn weggeschickt, denkst du, das war das falsch?«

Er ließ von den Blumen ab und sah gequält zu ihr hinunter: »Meine Frau hatte wieder Schmierblutungen heute früh. Wir brauchen dringend eine neue Gastherme. Katja, die Zweijährige, ist ganz versessen darauf, meinen Penis anzufassen. Und ich glaube, wir haben ein Ameisennest im

Toyota. Das sind jetzt nur die Tagesnachrichten. Ist das mit dem Mann und seinem Hund dort draußen wirklich ein Problem, das meine Zeit wert ist, oder findest du ihn nur süß und schickst ihn weg, bevor es kompliziert wird?«

Sie flüsterte »Sag bitte nicht *Penis*!« und machte sich wieder an die Arbeit.

Valerie versuchte, die wenigen Ereignisse, die dazu geführt hatten, dass sie Mischa aus seinem Lieblingscafé verscheuchte, für sich zu ordnen, und nach einiger Zeit begriff sie, dass alles mit den Spekulationen der Mädchen auf der Party zu tun hatte. Sie hatte tatsächlich einen Stalker und soziopathischen Einzelgänger in ihm gesehen, und sie ärgerte sich, wie leicht sie das Schlechteste in jemandem zu identifizieren glaubte.

Vielleicht war nun das der Moment, um den Ereignissen, die sie erwartete, einen Schritt entgegenzugehen ... Es war nämlich so: Sie wünschte sich etwas. Sie wünschte es sich schon sehr lange, und sie wünschte es sich so sehr, dass sie es fast angreifen konnte. Sie hätte es nicht Glück oder Liebe genannt oder sonst einen großen Begriff dafür gefunden, es ging ihr einfach um einen größeren Lebenswert, um etwas Tieferes. Sträußchen binden, Aperol trinken, zu Indie-Musik tanzen, Flohmärkte durchstöbern, mit Jungs am Stadt-Strand knutschen – alles hübsch und nett. Aber das war nicht das, was sie suchte. Sie wusste gar nicht, was es war. Sie fand es nicht in Frauenzeitschriften und sah es nicht in ihrem Bekanntenkreis. Sie hatte es in keinem Buch gelesen und in keinem Film gesehen. Sie wusste, dass es sich nicht auf eine der ewig wiederholten Lebensinhaltsfloskeln wie *Karriere* oder *Familie* reduzieren ließ. Aber irgendwann mal würde irgendein Typ, der hier vorbeikam, sagen: Diese Kleine aus der Blumenhandlung, die hat vielleicht was auf die Beine gestellt. Und ein anderer würde fragen: Ach ja, was denn? Und der andere würde sagen: Ist mir gerade entfallen, aber es gibt da diese Dokumentation über sie. Und dann würde der andere sagen: Ach, Dokumentationen schau ich nicht.

Mehr sah sie nicht in ihrer Kristallkugel. Vielleicht war sie auch nur eine Idiotin, die dachte, etwas Großes erwartete sie, bis sie eines Tages vom Bus überfahren wurde. Auch denkbar. Auf jeden Fall wusste sie, dass sich nichts in ihrem Leben verändern würde, wenn sie sich Menschen und Möglichkeiten gegenüber verschloss. Dieser Mann dort auf der anderen Straßenseite *war* ein Mensch. Und möglicherweise war er ein Mensch für sie. Sie hatte ihn verscheucht, und jetzt würde sie sich entschuldigen. So einfach war es.

Sie sagte zu Jochen, dass sie früher Schluss machen würde, schlüpfte aus der Schürze, verließ die Blumenhandlung und lief über die Straße.

Valerie fand Mischa Zeitung lesend im Gastgarten vor einem Lokal weiter die Straße hoch. Sie entschuldigte sich dafür, ihn weggeschickt zu haben. Er antwortete, dass er sie verstehe und dass ihr neuer Verehrer wirklich Klasse habe (er deutete auf den alten Spinner, der jetzt auf seinem früheren Platz saß, die Zeitung in zweifingerbreit Entfernung an sein Gesicht gedrückt hielt und immer wieder laut und saftig schmatzte). Sie lächelte, und mehr gab es dazu eigentlich nicht zu sagen. Sie saßen im Freien, bis der Garten geschlossen wurde. Dann wechselten sie in ein anderes Lokal und plauderten bis nach Mitternacht. So wenig Mischa bei seinen letzten Verabredungen mit Frauen von sich erzählt hatte, so leicht fiel es ihm jetzt, sich mitzuteilen. Es ging gar nicht darum, ob er bereit war, etwas von sich preiszugeben. In allem, was er sagte, gleichgültig wie trivial das Thema war, fand er seine Stimme. Er sprach über seine Arbeit, Artikel, die er gelesen hatte, die Stadt, in der sie lebten, und hatte nachher doch das Gefühl, vor allem über sich selbst gesprochen zu haben. Er merkte, es war dumm gewesen zu glauben, er könne sich einer Frau nicht mehr öffnen. Es musste nur die richtige sein. Vielleicht war es seltsam, wenn man nach einem Treffen mit einem Menschen vor allem darüber glücklich war, dass man sich selbst gut leiden konnte, aber dass es so war, rechnete er eben ihr an.

Sie verabschiedeten sich ohne Kuss und tauschten keine Telefonnummern aus. Sie sagten nur *auf Wiedersehen.*

Es gab einiges, das Valerie an Mischa gefiel: Er war nicht aufdringlich. Weder versuchte er, sie mit Charme um den Finger zu wickeln, noch bemühte er sich darum, eine erotische Stimmung aufzubauen. Seine Blicke schweiften nicht ab, obwohl die hübscheste Kellnerin des Lokals sie bediente. Was Valerie auch mochte: Er schien wirklich im Hier und Jetzt zu leben. Er verlor sich nicht in Episoden aus seiner Vergangenheit oder zählte Lebenserfolge auf. Genauso wenig hatte er das Bedürfnis, ihr alles über seine Ziele und Zukunftspläne zu erzählen.

All dies war ihr sympathisch und angenehm. Aber irgendwann, nach zwei, drei Stunden, hatte sie schon das Gefühl, er könnte ihr einen kleinen Einblick in sein Inneres gestatten.

Als sie sich verabschiedeten, fühlte sie sich seltsam. Dieser Mischa war ein netter Kerl, er hatte Charme, und sie fand ihn attraktiv, aber sie hatte nicht das Gefühl, ihn nun besser zu kennen. Und irgendwie fand sie, ihm wäre eine Spur Leidenschaft doch recht gut gestanden. Ihr Gefühl war: Dies war bestimmt kein Mann, den sie aus ihrem Leben fernhalten musste – aber auch keiner, den sie unbedingt darin haben musste.

Es wunderte sie nicht, dass sie keine Telefonnummern oder E-Mail-Adressen austauschten. Sie machten sich auch nichts für die folgenden Tage aus. Ja, sie küssten sich nicht mal zum Abschied.

Ein paar Tage später schaute Mischa bei der Blumenhandlung vorbei und fragte nach Valerie. Man sagte ihm, sie sei heute nicht im Geschäft. Zwei Tage darauf versuchte er es erneut – wieder war sie nicht da. Er war enttäuscht, aber später an diesem Abend lief sie ihm in der Nähe des Geschäftes zufällig doch über den Weg. Er fragte sie, ob sie vielleicht Hunger habe, und so landeten sie bei einem Vietnamesen gleich ums Eck.

Das Essen verlief nicht gut. Die kleine Kränkung, sie zweimal nicht angetroffen zu haben (der Verdacht, dass sie sich zweimal verleugnen hatte lassen), beunruhigte ihn, und es gelang ihm nicht, in den Abend und in eine Unterhaltung hineinzufinden. Also tat er, was er sein Leben lang getan hatte, wenn er unsicher war: Er spielte eine Rolle. Und er spielte schlecht.

Wenn sie ein ernstes Thema ansprach, gab er sich nachdenklich. Er wollte, dass sie dachte, Nachdenklichkeit sei seine Natur. Er wurde zur Karikatur eines nachdenklichen

Menschen, ein sein Kinn reibender, das Unsichtbare fixierender, den Schmerz und die Ungerechtigkeit antizipierender Übergutmensch.

Auf eine lustige Alltagsbeobachtung reagierte er im Ton eines Sitcom-Charakters: zynisch, prätentiös lässig, lebensverdrossen.

Und wie jeder nervöse Mensch sagte er lieber eine Dummheit, als eine Pause im Gespräch zuzulassen. Er verstieg sich zu immer seltsameren Aussagen:

– Mein Hund weiß oft besser, was ich fühle, als ich.

– Ich hasse es, wenn die Klopapierrolle verkehrt im Halter hängt und das Papier die Wand berührt.

– Vielleicht eröffne ich ein Restaurant in meiner Wohnung!

– Ich hätte mir längst einen Segway gekauft, wenn ich wüsste, wo man damit fahren darf.

Je länger der Abend dauerte, desto verkrampfter wirkte auch Valerie. Er konnte ihr ansehen, welche Mühe es sie kostete, ihrem Gesicht den Anschein von Heiterkeit aufzuzwingen. Offensichtlich fühlte sie sich so unwohl wie er sich selbst. Irgendwann fanden sie sich in einer schier unendlich langen Gesprächspause wieder – und es war definitiv nicht die gute Sorte Schweigen zwischen Menschen, die völlig auf einer Wellenlinie liegen. Anstatt den Schrecken immer weiter zu verlängern, seufzte er einmal tief, stand auf und verabschiedete sich.

»Es tut mir leid«, sagte er, »ich bin nicht so, aber ich kann es dir nicht beweisen!«

Er legte ein paar Geldscheine auf den Tisch und verließ das Lokal.

Er tat ihr leid. Es war ja nicht so, dass es ihr nicht schon ähnlich gegangen wäre. Jeder hat das doch schon mal durchgemacht, dieses totale Versagen. Manche Männer haben das Problem im Bett – andere im Restaurant. Sie hätte ihm so gerne herausgeholfen aus seinem Elend, aber wie?

Sie blieb noch länger sitzen. Nachdem sie das Treffen ein paar Mal im Geiste durchgegangen war, schweifte sie zu ihren üblichen Themen ab: Wie seltsam sich alles für sie in Wien entwickelt hatte ... Anstatt ihr Psychologiestudium zu beenden, hatte sie die Floristenlehre gemacht. Aus der schönen, riesigen Wohnung von Mathias war sie ausgezogen und stattdessen in eine kleine Absteige in der Vorstadt übersiedelt. Anstatt mit seinen unverschämt gut verdienenden Freunden vom Fernsehen hing sie nun mit schlecht bezahlten Blumenverkäufern herum. Ihre Freundinnen bekamen Kinder, sie bloß Hautausschläge.

Es vergingen fast drei Wochen, bis sie ihn wiedersah. In der Gasse, in der sich die Blumenhandlung befand, wurde ein Fest veranstaltet. In dieser Gasse fand eigentlich jeden Monat irgendein Fest statt. Auf der für den Verkehr gesperrten Fahrbahn standen Tische und Bänke, DJs spielten ihre Musik direkt auf die Straße hinaus. Es gab zwei kleine Bühnen für Bands und Entertainer, und an einigen Ecken traten Straßenkünstler auf. Es war das übliche Treffen der Generation Ladenlokal, die ihrer Midlifecrisis mit Mojitos zuprostete.

Valerie hatte an diesem Tag schon um sechs Schluss und setzte sich nach der Arbeit mit einer Kollegin an einen der Tische. Sie tranken Wein und hörten mit einem halben Ohr einem Kabarettisten zu, der gerade auf der Bühne mit seinem Programm begonnen hatte. Da sah sie ihn. Er spazierte mit seinem Hund durch die Zuschauermenge.

Ihr erster Reflex war, sich zu verstecken. Als sie ihn aber ein paar Sekunden aus der Ferne beobachtete, strahlte er etwas so Verlorenes aus, dass sie weich wurde. Sie sprang auf und lief ihm hinterher. Kurz bevor er das Ende der Gasse erreicht hatte, holte sie ihn ein.

»Hey, Alter, was geht?!«, rief sie ihm zu.

Er wusste nicht, wie ihm geschah. In seinem Gesicht: Beunruhigung.

Sie entschuldigte sich: »Der Kerl auf der Bühne hat mich mit seinen Sprüchen angesteckt …«

»Oh. Wir ziehen nur durch. Ich hab eingekauft, wir wollen kochen.«

Zuerst wollte sie ihn bitten, nicht mehr in der Mehrzahl von sich zu sprechen, bloß weil er einen Hund hatte, stattdessen sagte sie: »Ich bin mit einer Freundin hier, setz dich doch zu uns!«

Er sah sie an, als wisse er nicht, warum zum Teufel sie das noch wollte.

»Lassen wir das lieber bleiben«, sagte er, »es könnte noch schlimmer werden.«

Valerie war beschwipst und wollte gutmachen, was *er* vertan hatte. Jedenfalls konnte sie ihn so nicht gehen lassen.

»Lass uns etwas trinken und das letzte Treffen einfach vergessen, gut?«

»Ein anderes Mal, Valerie.«

»So schlimm war es ja nicht, du warst eben nervös!«, sagte sie, nur um ihn zu trösten. Er wurde grimmig und rief: »Ich bin gar nicht dieser Typ aus dem Restaurant!«

Und weil sie dachte, damit machte er es sich zu einfach, sagte sie mit ruhiger Stimme: »Aber wer bist du dann eigentlich?«

Er ging ein paar Schritte zur Seite, von wo aus er Sicht auf die ganze Gasse hatte, und zeigte auf den Kabarettisten auf der Bühne, der versuchte, die Leute in Stimmung zu bringen.

»Ich bin der da, ok?«

Er sah sie mit einem zornig-triumphierenden Blick an, den sie nicht verstand.

»Und ich bin der da!«

Er zeigte auf einen Straßenmusiker, der dabei war, seine Gitarre zu stimmen.

»Und ich bin der da!«, und er deutete auf einen Pantomimen, der gerade eine Blume in den Himmel blies.

Sie runzelte die Stirn und hoffte auf eine Erklärung.

»Ich hab mein Leben geändert, verstehst du? Ich war so wie die, aber jetzt bin ich es nicht mehr. Ich will einfach ... keine Spielchen mehr!«

»Du warst Pantomime?!«, fragte sie skeptisch.

»Ich war Schauspieler, Valerie.«

Sie sah ihn verwirrt an: »Da musst du doch kein Geheimnis daraus machen!«

Er nickte und kam einen Schritt auf sie zu.

»Ich war so eine Art Junkie, und seit sechs Monaten bin ich clean. Ich hänge das nicht an die große Glocke.«

Sie hatte den Eindruck, der Satz erschien ihm jetzt, wo er ihn ausgesprochen hatte, pathetisch, und vielleicht begann er sich schon wieder zu ärgern, dass es ihm nicht gelang, ihr gegenüber authentisch zu sein.

»Und Treffen mit Mädels wie mir lenken dich ab von deinem Entzug?«

Er überlegte kurz, und dann sagte er ihr völlig unerwartet etwas sehr, sehr Nettes. Etwas, das ihr wirklich guttat.

Sie, beduselt und verwirrt wie sie war, sagte ihm daraufhin auch etwas sehr Nettes, von dem sie erst gar nicht dachte, dass es stimmte, aber als sie es sagte, merkte sie, dass sie es genau so meinte.

Ihr fiel auf, dass ihre Knie zitterten.

Er fragte sie, ob sie am Tag darauf spazieren gehen wollten.

Sie sagte ganz sachlich »Ja, klar«, dann diktierte sie ihm ihre Nummer, und alles kam ihr sehr umständlich vor.

Sie trafen sich in der Woche darauf drei Mal nach ihrer Arbeit. Sie gingen essen oder spazieren, sahen sich Ausstellungen an und saßen in Parks herum. Auf einmal stimmte es zwischen ihnen. Das Desaster in dem vietnamesischen Restaurant hatte seinen Sinn gehabt. Dass sie ihm danach noch eine Chance gegeben hatte – das war, was er an ihr am meisten mochte.

Bei all ihren Verabredungen betrieben sie einen bemerkenswerten Aufwand, sich zu verstehen und rücksichtsvoll miteinander umzugehen. Von außen betrachtet mag das allerdings ein klein wenig bemüht ausgesehen haben. Als sie sich dann bei Mischa zu Hause zum Kochen trafen, küsste sie ihn zur Begrüßung auf den Mund, und zwei Minuten später fanden sie sich eng umschlungen auf der Holzbank unter der Garderobe im Vorzimmer wieder, Wäsche verschoben, Knöpfe aufgerissen, und stolperten rasend in eine Vereinigung, auf die sie zuvor so geduldig hingesteuert waren. Die Vorsicht, mit der sie einander begegnet waren, war völlig aufgebraucht.

Kurz vor Mittag lagen sie immer noch im Bett. Er redete und hielt sie dabei im Arm – obwohl sie gar nicht so der Typ war, der immer gehalten werden wollte. Er sprach von seiner Zeit als Schauspieler und warum er nun als »Keiler« glücklicher war als zuvor. Er erzählte von dem Druck, den man sich als Schauspieler macht, von dem Gefühl, nicht zu wissen, was man eigentlich tat, den Selbstzweifeln, der Entfremdung vom Alltag der anderen Leute. Er sprach auch von den Morlocks, die unter der Erde leben, und den Eloi, die das Tageslicht suchen, und dass Schauspieler von beiden etwas besaßen, Höhlenbewohner und Lichtgestalten waren. Sie dachte, sie ließ ihn am besten einfach reden.

Später fragte sie ihn, ob er Fotos habe. »Was für Fotos?«, fragte er. »Du als Romeo, du als Doktor Faustus, du als Gegenspieler von Kommissar Rex, was immer du anzubieten hast«, sagte sie.

Er holte das Notebook ins Bett, und sie suchten im Web nach den Spuren seines alten Lebens. Sie fanden: Fotos von diversen Auftritten, Presseberichte, die Website seiner Agentur, Videos, Blog-Einträge – ein Kaleidoskop verschiedener Gesichter und Stimmen.

»Du warst umtriebig«, sagte sie.

»Suchtbedingt ...«, erwiderte er.

Sie verbrachten den Tag in seiner Wohnung, unterbrochen von ein paar Runden um den Block. Am Abend schauten sie Videos und ließen sich etwas vom Inder bringen. Sie spielten Paar, weil sie noch nicht wirklich eines waren. Sie hielten Händchen, wie es Paare machen, und sie küssten sich, wenn einer wieder zum anderen aufs Sofa kam. Sie fuhr ihm durch die Haare und streichelte seine Oberschenkel und hatte das Gefühl, als wäre das alles völlig neu für sie. Eigentlich hatte jede ihrer Beziehungen als Bettgeschichte begonnen, die irgendwann an Bedeutung gewonnen und zu einer Liebesgeschichte geworden war. Mischa aber hatte schon vor ihrem ersten Kuss ein so buntes Feuerwerk an Gefühlen bei ihr gezündet – Mitleid, Zorn, Unsicherheit –, dass sie nun das Gefühl hatte, sie hätten schon wahnsinnig viel miteinander durchgemacht, und sie müsste in den nächsten Tagen mal ein paar Sachen vorbeibringen, ein bisschen Wäsche, einen Föhn, Hausschuhe.

Ihr phantastisch normales Leben – jetzt begann es also wirklich. Oft waren sie bei ihr, in der kleinen Wohnung im vierten Stock ohne Lift in Ottakring, wo es im Stiegenhaus nach türkischem und philippinischem Essen roch. Wenn er die Wohnungstür öffnete, dann das Gegenprogramm: der Duft von frisch geschnittenen Wiesenblumen aus ihrem Laden, von Hautcreme, Rindsuppe oder Palatschinken, Ingwertee.

Sie saßen auf ihrer Fensterbank, teilten sich ein Bier und erzählten sich die Tagesgeschichten. Irgendwann später gingen sie in eine Kneipe, spielten gleich ums Eck mit Haluk und Mehmet Backgammon oder zogen zwei Straßen weiter, wo es in *Gabis Pub* einen Darts-Automaten gab. Oder sie ließen den Hund in der Hundezone im Park seine Runden drehen, während sie auf einer Bank rumlungerten wie Teenies in der Freistunde und gemeinsam eine rauchten.

Waren sie bei Mischa im Vierten, in der Altbauwohnung im ersten Stock mit Blick in den Innenhof einer Pizzeria, schauten sie sich seine Lieblingsfilme an, die er noch auf VHS-Kassetten hatte: Marx Brothers, Steve Martin, alte Tom-Hanks-Komödien, Monty Pythons. Dazu kochte er etwas Thailändisches, so scharf, dass sie die Taschentücher päckchenweise verbrauchten. Wenn sie genug hatten, spazierten sie in Richtung Wienfluss, besuchten irgendeine Bar oder liefen einfach nur lange unter Laternen hindurch und hielten Händchen wie all die anderen. An den Wochenenden, wenn das Wetter stimmte, setzten sie sich in einen Zug und fuhren irgendwohin raus. Sie stiegen aufs Geratewohl aus, zum Beispiel weil ihnen ein Stationsname oder eine Aussicht gefielen, wanderten drauflos, aber ohne übertriebene Ambition, und sobald es ihnen irgendwo passte, setzten sie sich hin, packten Jause und Bücher aus und ließen den Tag kürzer werden.

Zu ihrem Halbjahres-Tag schenkte Mischa Valerie Diamantohrringe, die ein befreundeter Schmuckdesigner entworfen hatte. Valerie hatte eine von ihr selbst gezeichnete Comicgeschichte für Mischa, in der er der Held war: ein Anzeigenverkäufer, der abends zum gefeierten Bühnenstar wird und nachts mit seinem Hund Parkbesuchern auflauert, die die Häufchen ihrer Vierbeiner nicht wegräumen (manchmal musste man die Leute daran erinnern). Mischa war zu Tode gerührt und dachte, das Geschenk hatte sie nichts gekostet und war doch spektakulärer als seines.

Viel später am selben Abend fragte er sie, ob sie glücklich sei und sich über die Ohrringe freue.

»Klar«, sagte sie, »weil sie schön sind, nicht weil sie wertvoll sind!«

Er wollte wissen, ob sie sonst viel Schmuck besaß – tragen sah er sie selten welchen. Sie gestand, dass sie sogar eine recht gut gefüllte Schmuckkiste besaß – Mathias, der Mann, mit dem sie vor Mischa zusammen gewesen war, hatte sie regelmäßig reich beschenkt.

»Was hat er eigentlich gemacht?«, fragte Mischa mit einem Anflug von Ärger. Inzwischen verdiente er gut, aber er erinnerte sich lebhaft an Zeiten, als er seinen Freundinnen Gutscheine für Workshops schenkte, die er selbst moderierte, oder gerahmte Fotos von ihm mit der Unterschrift: »Before the fame, love, Mischa!«

»Ich habe es dir erzählt, er hat beim Fernsehen gearbeitet!«

»Daran erinnere ich mich, aber was hat er genau gemacht?«

»Er war beim Wetter.«

»Als Produzent oder Redakteur?«

Sie sah ihn mit diesem zwischen Reserviertheit und Gereiztheit wechselnden Blick an, der ihm schon ein paar Mal untergekommen war.

»Er war der Wettermann, ganz einfach!«

»So einer wie der Kachelmann?«, fragte er, und es war schwer zu überhören, dass er es gehässig meinte.

»Er hat einfach das Wetter moderiert, was regst du dich auf?«

Er hätte das nicht sagen sollen, aber es reizte ihn zu sehr: »Eigentlich kann man das Wetter nicht moderieren. Das hieße, man würde es steuern oder mäßigen, wie soll das gehen?«

»Hm«, sagte sie ruhig, »wer macht jetzt auf Kachelmann … Außerdem ist die Wetter-Moderation nicht so *sensationell* einfach, wie sie vielleicht aussieht.«

Und in dem Moment, im Bruchteil einer Sekunde, ausgelöst durch das Wort »sensationell«, manifestierte sich eine Erinnerung und beantwortete von sich aus eine Frage, die irgendwie immer im Raum gestanden war, ohne dass er sich viel um sie gekümmert hätte.

»Mein Gott, wir sind uns früher schon mal begegnet!«

Valerie zuckte die Schultern.

»Ich habe lange gekellnert, ich bin wahrscheinlich jedem in dieser Stadt schon mal begegnet.«

»Nein, nein, ich weiß es jetzt wieder ganz genau! Und ich hab mich ja auch immer gefragt, ob ich dich nicht von irgendwoher kenne. Es war ein Workshop für Moderation und Improvisation auf der Bühne. Ich war Assistent der Leiterin, und dein Ex war einer der Teilnehmer.«

Auf einmal wusste er es wieder: Valeries Freund, der damals dabei war, im Radio Karriere zu machen, langfristig aber das Fernsehen im Visier hatte, wollte ein paar Tricks für die Moderation vor Publikum lernen. Er war eigentlich ein ganz sympathischer Kerl, die Kamera mochte ihn, und er hatte ein gutes Gefühl für Körpersprache und Bühnenpräsentation. Aber er war auch ehrgeizig und ein Perfektionist, und das stand ihm teilweise im Weg.

Am Samstagabend setzten sich die Kursteilnehmer und das Workshop-Team noch auf ein paar Bier in einem Lokal zusammen. Und dort stieß sie dann dazu: Mathias' Freundin. Sie hatte eine blonde Lockenmähne, trug eine enge hellbraune Lederjacke, verwaschene Jeans und Stiefeletten, mit denen sie es auf eine ziemliche Größe brachte, mindestens auf Augenhöhe mit ihrem Freund. Ihre Augen waren dunkel geschminkt, sie rauchte viel, und in ihrem Auftreten und Wesen rangen Natürlichkeit und Künstlichkeit dauernd miteinander. Mit den anderen Anwesenden fing sie sofort und ganz offen Gespräche an, mit ihrem Freund aber verfiel sie in einen hülsenhaft-gewollten Sprechstil, der vielleicht in ihrem Bekanntenkreis üblich war. Mischa erinnerte sich, wie sie immer wieder das Wort »sensationell« verwendeten, wobei das Ausmaß der Sensation stark variierte. »*MUSE* live war sensationell! Die Semmeln beim Felber – sensationell!« Sie hatte auch zwei Lachen: ein natürlich-glucksendes mit leichter Tendenz zum Grunzen, das er mochte, und ein ironisches, das nicht aus dem Bauch kam, sondern von einem vorher gefällten Urteil herrührte.

Diese attraktive, aber auch unsicher wirkende junge Frau war Valerie – etwa fünf Jahre zuvor.

»Ich bestreite ja nicht, dass wir uns dort begegnet sind, aber ich habe nicht die geringste Erinnerung an dich!«, sagte Valerie, nachdem er ihr von dem Abend erzählt hatte.

»Du warst so anders«, rief er aufgeregt und fuchtelte mit seinem Weinglas herum, »ein bisschen Tussi, ein bisschen Kate Moss, und alles so sensationell!« Er machte sie nach, und das ziemlich gut, aber sie blieb unbeeindruckt.

»Das war eben Mode in diesem Zirkel, die waren alle so! Wir trafen uns vor allem mit seinen Freunden, und die waren alle beim Radio oder Fernsehen. Die waren jung, verdienten ein Schweinegeld, gaben sich aber, als wären sie ziemlich kaputt. Irgendwann ging das auch nicht mehr, dann habe ich mir meinen Platz im Prekariat reserviert. Außerdem, so wie du mich jetzt darstellst, so schlimm war ich gar nicht!«

Er wollte schon wieder etwas Bissiges entgegnen, aber dann begriff er plötzlich, warum er so aufgebracht war: Er war eifersüchtig. Auf diesen Mann in Valeries Vergangenheit, für den sie sich so weit verändert hatte, bis sie zu ihm und seinen Freunden passte. Ein erfolgreicher Mann, der ihre Liebe mit Schmuck belohnte. Und dann dachte er: Warum schenkte sie ihm dieses Comic, in dem er ein Doppelleben als Bühnenstar führte? War es das, was sie eigentlich wollte? Dass er wieder spielte? Sie hatte ihm erzählt, dass sie selbst Impro-Kurse besucht und auch zum Spaß bei Poetry Slams mitgemacht hatte. Würde es ihr auf Dauer nicht genügen, wenn er nur seinen Job im Verlag hätte? Er leerte das Glas in einem Zug und verließ das Zimmer.

Zehn Minuten später kam er zurück. Valerie sah ihn besorgt an.

»Ist was?«, fragte sie und strich ihm durchs Haar.

»Alles ok«, sagte er, »ich entdecke nur gerade neue Seiten an mir.«

*

Als Sebastian erfuhr, dass Mischa als Anzeigenverkäufer arbeitete und mit seiner neuen Freundin und einem Cockerspaniel unterwegs war, zog er interessiert die Augenbrauen hoch. Offensichtlich hatte sein geschwätziger Bekannter eine andere Reaktion erwartet, denn sofort versuchte er, ihm in vielen Worten zu beschreiben, wie bürgerlich dieser Job, wie brav dieses Mädchen und wie treuherzig das Hündchen seien. Mischa war zum Establishment übergelaufen, und Sebastians Schuldspruch wurde erwartet. Er hatte aber nicht die geringste Lust, ihn zu verurteilen. Mischa hatte getan, womit jeder von ihnen schon geliebäugelt hatte: den Zirkus verlassen. Sebastian gönnte Mischa seine neue Freiheit, nur eine Frage beschäftigte ihn: Warum musste gerade ein so talentierter Kerl wie Mischa den Abgang machen, und nicht einer der vielen Kollegen, deren »Kunst« niemandem fehlen würde, die im Gegenteil mit dem Ausscheiden aus ihrem Beruf den größten Beifall ihrer Laufbahn ernten würden …

Mischas Karriere war alles andere als glatt verlaufen, und Sebastian war bei jeder der Stationen dabei gewesen, die Mischas Kapitulation eingeleitet hatten: als seine Mutter starb, die auch sein größter Fan war (alle kannten und verehrten sie); als er die Hauptrolle in diesem seltsamen Film übernahm, der nie in die Kinos kam; als er sich eine langwierige Knieverletzung zuzog; und schließlich: seine eigene Inszenierung, die fast unbemerkt unterging. Es war eine Mischung aus Pech, falschen Entscheidungen und Eigensabotage gewesen, die dafür gesorgt hatte, dass Mischa die Segel strich, bevor er einen auch nur annähernd seinen Fähigkeiten entsprechenden Platz im Theaterbetrieb finden konnte. Was übrig blieb, war der zu kurze Lebenslauf eines kaum bekannten Off-Schauspielers.

Bei Sebastian war es in mancher Hinsicht besser gelaufen, allerdings waren seine Ansprüche an seine Engagements geringer als Mischas. Er hatte kein Problem damit, im Werbespot einer Verhütungsmittelfirma aufzutauchen, den Mann im Schrank in einer Boulevardkomödie zu spielen oder in einem Hauptabendkrimi den dritten Streifenpolizisten von rechts zu geben. Er zeigte seine Fresse her, wo man es ihm gestattete, und dachte, irgendwann wird es sich schon bezahlt machen. »Ja« zu sagen war nicht nur die eiserne Regel im Improvisationstheater, wo man annehmen musste, was einem sein Partner entgegenwarf, »ja« sagen war auch seine persönliche Karriereformel. Bis auf Pornos hatte er alles gemacht, er sang, tanzte, raufte und schmuste vor Publikum, hatte vom Kindermusical-Piraten bis zum Stegreifbühnen-Jungbauern *alles gegeben*, hatte auch im ernsten Fach sein Glück versucht – als syphilitischer Bürgerspross in *Gespenster* oder als Sonnenbrillen tragender *Räuber* –, stürzte sich in die kleinsten Rollen mit demselben Elan wie in die tragenden und half auch abseits der Bühne, wenn es der gemeinsamen Unternehmung diente (Finanziers finden, Flyer verteilen, mit Journalisten flirten). Die Kehrseite dieser Strategie war offensichtlich: Für kritisch-künstlerische Geschmacksfragen blieb kein Spielraum, jedes zweite »ja« stellte sich im Nachhinein als »ja, leider« heraus.

Genau zu der Zeit, als Sebastian wieder von Mischa hörte, fragte ihn seine Kollegin Lisa, ob er mit ihr gemeinsam bei einer Familienfeier auftreten würde. Ein eher unübliches Engagement, aber offenbar nicht schlecht bezahlt. Lisa war eine großartige Impro-Schauspielerin, und Sebastian war unzählige Male mit ihr auf der Bühne gestanden. Privat war sie der süßeste Freund, den man sich wünschen konnte: gutherzig, einfühlsam, vielleicht ein bisschen naiv, mit ihren 25 Jahren immer noch bei der Pfadfindergruppe ihrer Kindheit aktiv. Auf der Bühne konnte sie ein anderer Mensch sein: unergründlich, schnippisch, sexy. Natürlich wurde sie nach ihrem optischen Typ – sanft, blond, stupsnasig – besetzt, und sie bekam das »süße Wiener Madl« perfekt hin, aber richtig gut war sie, wenn sie böse sein durfte. Sebastian und die Kollegen fragten sich immer, wo sie all das herholte, welches dunkle Feuer in ihrem Plüschherzen loderte und wann es wohl wie ein Flächenbrand ausgebrochen wäre, wenn sie nicht die Bühne gehabt hätte, wo es kontrolliert abbrennen konnte.

An einem Nachmittag im Januar saßen sie dann im Kaffeehaus und trafen ihren Auftraggeber. Beide hatten sie Alpaka-Schals um den Hals geschlungen und tranken Tee, denn fast jeder war krank, und wie alle ihre Kollegen hatten sie eine Mordsangst, eine Erkältung abzukriegen. Der Mann erklärte ihnen, worum es ging: Seine Eltern feierten ihren fünfzigsten Hochzeitstag, und er plante, Schauspieler im Rahmen eines schönen Festes ein paar Szenen aus dem Leben seiner Eltern nachspielen zu lassen. Er stellte eine erfreuliche Gage in Aussicht, und Lisa und Sebastian sagten sofort zu.

Vier Wochen später erfüllten die beiden ihre Aufgabe der Abmachung gemäß. Sie spielten drei Szenen aus dem Leben der Jubilare: ihre erste Begegnung in einem Zug, einen Moment in einem Italien-Urlaub, als sie einem Betrüger aufsaßen, und eine berührende Situation, als die beiden beschlossen, die Tochter ihrer verstorbenen Hausangestellten zu adoptieren. Kinder und Erwachsene aus der Familie spielten die Neben- und Komparsenrollen, und alles lief wunderbar.

Auf eben diesem Fest sprach die beiden ein anderer Herr an, ob sie auch für die Aufführung eines Art *Streichs* zur Verfügung stünden. Sie trafen ihn eine Woche darauf, und der Mann erzählte, worum es ging: Sein bester Freund und er kannten sich seit der Schulzeit und hatten eine besondere Art, ihre Geburtstage zu feiern – sie schenkten sich gegenseitig die unnützesten Dinge, derer sie irgendwie habhaft werden konnten. Zum Sechzigsten seines Freundes war der Auftraggeber bereit, etwas tiefer in die Tasche zu greifen: Er hatte einen schrottreifen VW-Bus ersteigert, der jahrelang als Ziegenstall verwendet worden war, und er wollte diesen in den Garten seines Freundes schmuggeln, der nur ein paar Häuser weiter wohnte. Dazu benötigte er Darsteller, die die Nichte seiner Frau und ihren Freund spielen sollten.

Sie verbrachten also einen Abend bei dem Mann und seiner Frau, der beste Freund war natürlich auch eingeladen. Sie hatten sich einen ganz amüsanten Hintergrund für ihre Rollen zurechtgelegt: Sebastian war Handpuppendesigner, Lisa arbeitete für das österreichische Weltraumprogramm, machte jedoch gerade ein Sabbatical, und sie beide fuhren mit dem Campingbus durch Europa und versuchten, schwanger zu werden. Der eigentliche Gag war aber der: Ihr Auftraggeber hatte extra für den Abend ein Wohnmobil gemietet, das er besonders ungeschickt vor seinem Haus geparkt hatte. Der Freund des Mannes schlug vor, sie könnten den Wagen in seiner Einfahrt parken, dann stünde er nicht im Weg herum. Er gab ihnen den Schlüssel zu seinem Tor, alles Weitere war genau geplant. Zuerst parkten sie das Wohnmobil in einer Quergasse, wo es außer Sicht war. Minuten später schoben ein Nachbar und einige Bekannte den völlig verrosteten, quietschenden »Bully« über die Straße zum Grundstück des Freundes. Sebastian öffnete das Tor, und sie parkten den Schrott-Bus mitten im Vorgarten. Ein paar Männer demontierten die Räder des Autos, zwei Frauen brachten die Ziegen, die sie in den Stall auf der Ladefläche verfrachteten.

Als zwei Stunden später alle gemeinsam zum Haus des Geburtstagskindes spazierten, sagte Lisa gähnend, wie sehr sie sich jetzt auf ihren Bus freue, der so tierisch bequem war, fast wie ein Stall, und Sebastian ergänzte, er hoffe, der Wagen habe nicht Rost angesetzt, so lange wie sie ihn im Garten gelassen hatten.

Im Augenblick, als das arme Opfer das Wrack in seinem gepflegten Vorgarten entdeckte und begriff, dass der andere Bus nur eine Finte gewesen war, um an den Schlüssel für sein Tor zu kommen, zündete einer der Nachbarn ein Mini-Feuerwerk im Garten. Auf dem Dach des Bully wurde ein *Happy-Birthday*-Schriftzug an den Strom gesteckt, und die Ziegen meckerten, dass es eine Freude war. Dann brach heilloses Gelächter los, zwei Dutzend Nachbarn kamen aus ihren Verstecken hervor, und Lisa und Sebastian tanzten vollkommen infiziert von der Albernheit des Augenblicks durch den Garten. Später auf dem Weg nach Hause dachte Sebastian, wie schön und befriedigend solche Aufträge waren, weil sie direkt mit dem Leben der Menschen zu tun hatten.

Eine Woche später spazierte Sebastian mit seinem fünfjährigen Sohn Emil durch den Augarten. Es war Anfang Februar, aber die Temperaturen waren beinahe frühlingshaft, und die ersten Schneeglöckchen blühten schon. Das Wetter hatte einige persisch aussehende Männer in den Park gelockt, die

Boccia spielten, und Sebastian und Emil sahen ihnen eine Weile zu. Dann studierten sie Düsenjägerspuren am Himmel, bevor sie weiterspazierten und der Vater dem Sohn im Schatten des mächtigen Flakturms erzählte, dass es sich dabei um das größte Taubenklo der Welt handelte.

Als es Mittag wurde und mehrere Versuche gescheitert waren, den Jungen ohne Stützräder durch den Park Fahrrad fahren zu lassen, gingen sie mittagessen. Sie hatten ihr kleines Spiel, bei dem Sebastian bestellte, was Emil haben wollte, also zum Beispiel ein Kinderschnitzel und ein Spezi, und Emil, was sich sein Vater ausgesucht hatte, vielleicht ein kleines Bier und einen Schweinsbraten. Je nachdem, wie die Kellnerin darauf reagierte, entschieden sie, ob sie cool war oder nicht. Diese Kellnerin war ziemlich cool, weil sie Emil fragte, ob er nicht lieber ein großes Bier haben wolle, er sehe ziemlich durstig aus.

Nach dem Essen spazierten sie wieder Richtung Emils Zuhause und sangen umgetextete Weihnachtslieder, die für ihn das ganze Jahr über Saison hatten. »O Tannenbaum, o Tannenbaum, die Oma sitzt am Gartenzaun!«

Vor dem Haus, in dem die Wohnung von Emils Mutter war, in der Nähe des Wallensteinplatzes, richtete Sebastian Emil her, Jacke zu, Haare glatt, Rucksack geschlossen.

»War ein netter Ausflug, oder? Klar, nichts Aufregendes, aber besser als Nase popeln.«

Emil nickte. Dann bat er seinen Vater, noch mit raufzukommen. Sebastian ging auf Nummer sicher: »Glaubst du, dass die Mama allein ist? Oder hat sie einen Freund zu Besuch? Was denkst du?«

Emil glaubte, sie sei allein. Also quetschten sie sich in

den winzigen Aufzug (Sebastian hatte zwei Wochen lang nach einem Kinderwagen gesucht, der dort hineinpasste), und Emil spielte Liftboy. Oben öffnete ihnen Emils Mama, Anna.

»Ah, du bist noch mit, komm rein! Kaffee?«

Anna verschwand in der Küche, während Emil in sein Zimmer lief. Sebastian sah sich rasch in der Wohnung um, ob er Spuren eines Mannes entdeckte, dann folgte er Anna in die Küche.

»Was habt ihr gemacht, wart ihr im Park?«, fragte sie.

»Ja, Kleinkind-Zehnkampf, ich bin erledigt!«

»Hat er gegessen?«

»Es sah so ähnlich aus, ja.«

»Super.«

Emil hatte von seinem neuen Schwarm erzählt, also fragte Sebastian Anna nach ihr:

»Er hat eine neue Freundin, oder? Wieder so eine kleine Französin, Minou? Bijoux?«

»Ja, Minou, sie ist süß. Aber es wird nichts Festes, die Mutter ist irgendwie nicht mein Fall.«

»Adieu, Minou.«

Anna setzte sich auf einen Barhocker und lachte mit etwas Verspätung. Eine kleine Eigenheit, die ihn am Anfang irritiert hatte – würde sie noch lachen oder kam nichts mehr? –, die er irgendwann aber reizend fand, vor allem wenn er die verunsichernde Wirkung auf andere Menschen beobachten durfte.

»Ich habe das neue Stück von Xaver im Schauspielhaus gesehen«, sagte sie und nickte mehrmals.

»Und?«

»Ich war ein bisschen müde und hungrig, aber es war nicht schlecht. Natürlich düster und chauvinistisch, aber mit ein paar intensiven Momenten. Nicht unspannend.«

»Müde und hungrig, notiert.«

»Und deinen alten Helden hab ich auch gesehen, sein Musikprogramm! Er ist wirklich wundervoll!«

»Wolfram?«

»Ja, er ist so talentiert! Wieso hat der keine Serie, wieso hört man den nicht dauernd im Radio?«

Anna sprach von Wolfram Steiner, einem Schauspieler der älteren Garde, mit dem Sebastian gerade an einem Stück arbeitete.

»Wie heißt euer Projekt nochmal?«

»Unglaubhaft. Also U-Haft und *nglaub* in der Klammer.«

Anna war so hübsch und sah so zufrieden aus, und das begann, ihn langsam nervös zu machen.

»Wie geht es euch beiden, kommt ihr zurecht?«, fragte er und sah sich dabei um, als könne man ihre Lebensqualität am Zustand der Küche ablesen.

»Wir kommen klar, was denkst du?«

»Ich meine, die Dinge werden teurer. Weißt du, was Brot inzwischen kostet?«

Sie tat aufgeregt: »Nein, erzähl mal!«

»Na ja, mehr als früher. Deutlich mehr.«

»Hast du Geld, das du loswerden willst?«

»Ich habe derzeit tatsächlich ein bisschen mehr Geld als sonst, und ich würde dir gerne etwas davon abgeben.«

Er zog das Kuvert aus der Tasche, in dem sich das Geld befand, das er mit dem Bully-Job verdient hatte, und schob es Anna rüber.

Sie öffnete es, schätzte, wie viel es war, und schloss es wieder.

»Du wirst dich von jemandem ermorden und dabei filmen lassen?«

Er nickte. »Ich hatte gleich mehrere Angebote, aber bei Juri hat es auch menschlich gestimmt.«

Sie unterdrückte ein Grinsen.

Dann erzählte er Anna von den beiden Jobs, die er mit Lisa erledigt hatte, und wie diese kleinen Aufträge beide sowohl beglückend als auch lukrativ gewesen waren.

»Ich glaube, mit dieser Art von *Schauspiel-Dienstleistungen*, die in alle möglichen Richtungen weitergedacht werden können, ist eine nicht unbeträchtliche Menge Geld zu verdienen – und es macht Spaß!«

»Klingt nicht schlecht«, sagte Anna, »gib doch ein Inserat auf!«

»Ein Inserat? Du machst Witze, oder? Wer ein Inserat in die Zeitung setzt, öffnet ein Fenster in die Welt des Bizarren. Wie, glaubst du, habe ich Juri kennengelernt?!«

»Im Ernst, probier das! Weißt du was, ich zahl dir das!«

Anna nahm einen Hunderter aus dem Kuvert und drückte ihn ihm in die Hand. Er hielt ihre Hand für einen Moment fest.

»Du nimmst das Geld, ok?«, sagte er.

»Was ist mit deiner Wohnung, du brauchst es ja auch.«

»Ich liebe meine Wohnung. Sie ist wie mein Leben: eine Baustelle. Kaufe Emil ein besseres Fahrrad, ich geniere mich vor den anderen Vätern im Park.«

Sie lächelte, aber dann wurde sie schnell wieder ernst.

»Ich treffe jemanden«, sagte sie.

»Ok«, sagte er gefasst, »das haben wir ja auch schon durchgestanden.«

Halb nickte sie, halb schüttelte sie den Kopf. Noch nie hatte er einen Europäer jemals so nahe an das indische »Nicken« herankommen sehen, das den unerfahrenen Indien-Reisenden vor echte Verständigungsprobleme stellen konnte.

»Du meinst, diesmal ist es anders?«

Nun nickte sie, und dieses Mal war es eindeutig.

»Oh«, sagte er und wollte dem sofort etwas nachschicken, nur fiel ihm absolut nichts ein. Er hatte sich lange davor gefürchtet, dass »dieser Mann« einmal auftauchen würde, und vielleicht blödelte er sich auch deswegen durch die meisten ihrer Unterhaltungen, weil er diesem ernsten Gespräch aus dem Weg gehen wollte.

Er sah auf die Uhr, zum Glück trug er tatsächlich eine, und sagte, er müsse jetzt wirklich los.

»Behalte das Geld, bitte«, beharrte er.

Er küsste sie flüchtig, dann schnappte er sich seinen Sohn und küsste ihn mit feuchten Lippen, bis der kreischte. Dann verschwand er.

Sebastian lief die glattgewetzten Stufen hinunter, und als er auf der Straße war, rannte er weiter bis zur Straßenbahn, und als sie nicht in Sichtweite war, noch weiter bis zur Friedensbrücke, wo er mit rasendem Herzen in die U-Bahn Richtung Schwedenplatz stieg. Als er sich hingesetzt hatte, läutete sein Telefon. Es war sein Freund Konrad.

»Hi, Sebastian! Hast du es schon gehört?«

»Meinst du das mit Anna?!«

»Nein, was ist mit ihr?«

»Nichts, egal. Was meinst du?«

»Otto Alessi. Er ist tot, Mann!«

»Wirklich?«

»Ja.«

Er wusste nicht, was er fühlte. Es war kein klares, starkes Gefühl; es war etwas Trübes, Vermischtes. Otto Alessi war ihr Schauspiellehrer gewesen. Vier Jahre lang hatte er sie gedrillt.

»Es gibt eine Abschiedsfeier in seinem Haus. Seine Frau hat mich gebeten, alle anzurufen und einzuladen. Am Samstag um sechs.«

»Klar, ich komme.«

»Einer muss es Mischa sagen.«

Sebastian hatte Otto nicht sonderlich gemocht, und der Grund war, dass der nicht an sein Talent geglaubt hatte. Daraus hatte Otto auch kein großes Geheimnis gemacht. Er hatte andere Lieblinge gehabt. Vor allem Mischa.

»Ich rufe ihn an«, sagte er und legte auf.

*

Sebastians Anruf erwischte Mischa in der Arbeit; er nahm ihn mit gemischten Gefühlen entgegen. Er hatte sich lange nicht mehr bei Sebastian gemeldet – gut möglich, dass zwei Jahre vergangen waren –, aber bestimmt nicht, weil er ihm gleichgültig war. Er flüchtete vor Zuhörern in seiner Abteilung auf die leere Büro-Terrasse mit Blick auf den Donaukanal und freute sich darüber, die Stimme seines Freundes zu hören. Allerdings verlief das Gespräch anders als erwartet: Sebastian teilte ihm mit, dass Otto tot war.

»Wie ist er gestorben?«, fragte Mischa zuerst, doch Sebastian wusste es nicht. Er sagte ihm nur, wann die Trauerfeier stattfinden würde. »Kommst du?«, fragte er dann, aber Mischa konnte ihm keine Antwort geben. Otto und er waren nicht im Guten auseinandergegangen, und er wusste, dass Otto deswegen gekränkt gewesen war. Er war sich nicht einmal sicher, ob ihn Ottos Frau bei der Feier dabeihaben wollte. Er dankte Sebastian dafür, dass er angerufen hatte, und versprach, sich in den nächsten Tagen zu melden und Bescheid zu geben, ob er kommen würde. Nachdem er aufgelegt hatte, starrte er einem der Nostalgie-Schiffe hinterher, die zwischen Wien und Bratislava unterwegs waren, und beschloss, nicht zu der Feier gehen.

2

Es war Abend. Mischa saß in Valeries Wohnung in der Küche, sein Hund lag auf seinem Schoß und schlief. Valerie schälte Äpfel für einen Kuchen und hörte Radio. Sie trug ihre alte Wohnungshose mit einem Loch am Knie und einem am Hintern, dazu ein T-Shirt der Band Mudfuzz, die es längst nicht mehr gab. Die Haare hatte sie hochgesteckt, und ihr Blick bohrte sich gebannt in eine Ecke des Raumes, wo sich überhaupt nichts tat, während sie der Geschichte im Radio folgte. Mischa gähnte herzhaft, dann nahm er noch einen Schluck Weißwein, steckte sich ein paar Nüsse in den Mund und öffnete den obersten Knopf seiner Jeans. Seine Hosen wurden ihm eng. Valerie sah, dass die Decke, in die seine Füße eingewickelt waren, etwas verrutscht war, und richtete sie wieder. Die Therme knackte, der Hund zuckte kurz im Schlaf, es juckte ihn hinterm Ohr. Der Stundenzeiger der Küchenuhr wanderte Richtung neun, sonst tat sich nichts.

Er dachte an Otto und wie er seine Schüler zur Disziplin zu erziehen versucht hatte. *Euer Körper und eure Stimme sind euer Instrument. Trainiert sie im selben Maße wie ihr sie schont.* Otto verabscheute Alkohol, und er hasste es, sie betrunken zu sehen. Wenn sie bei einer Feier zu viel getrunken hatten, verließ er beleidigt das Lokal. Er wollte sie fürs Wandern und Schwimmen begeistern, aber sie wollten nur spielen. Spielen, lieben, trinken. Eine Bande von Schwererziehbaren. Noch schlimmer war es mit dem Essen. Er hatte einen

Menüplan für sie entwickelt, eine Schauspieler-Diät. Er liebte Fisch, Gemüse, Kleie, die japanische und tibetische Küche. Sie kümmerten sich nicht darum. Wenn sie spielten, vergaßen sie aufs Essen, und wenn irgendwann der Hunger kam, schlangen sie alles in sich hinein, was gerade verfügbar war. *Wenigstens vor der Premiere esst vernünftig,* forderte er, aber gerade dann war es sinnlos, schon die Tage davor behielt man kaum etwas bei sich; am Premierentag selbst war Kotzen dann ohnehin unvermeidlich. Immer wieder riet er ihnen zu Yoga, und manche von ihnen probierten es und mochten es auch, aber keiner blieb dabei, sie waren zu unstet. *Christa,* sagte Otto zu Mischas Mutter, *hier ist dein Junge stark,* und er deutete auf sein Herz und seine Stirn, *aber hier und hier sind seine Schwachpunkte,* und er zeigte auf seine Knie und seinen Rücken. Das war zehn Jahre bevor er dort wirklich Probleme bekam.

Wenn ihr Schnaps trinken wollt, trinkt ein Bier. Wenn ihr Bier wollt, trinkt Limonade. Schaut nicht Tatort, *lest* Othello. *Anstatt zu rauchen, öffnet das Fenster. Wenn ihr einmal um den Block gehen wollt, geht einmal um die Stadt. Verliebt euch, aber bitte erzählt mir nichts davon!*

Als die Sendung, die Valerie hörte, zu Ende war und die Sound-Signation des Senders erklang, sagte Mischa: »Mein ehemaliger Schauspiellehrer ist gestorben!«

Valerie schaute auf und ließ das Schneidemesser sinken.

»Wie denn und wann?«, fragte sie, und er konnte hören, dass sie sich nicht sicher war, ob sie wissen müsse, ob oder wie sehr ihn das mitnahm. Auch sein Hund war plötzlich aufgewacht und sah ihn erwartungsvoll an, als hätte Mischa einen Spaziergang in Aussicht gestellt.

»Ich weiß gar nichts«, sagte er, »ich hab nur eine Einladung zu der Abschiedsfeier bekommen.«

»Wie alt war er?«, wollte Valerie wissen.

Er musste überlegen. »Schwer zu sagen, so Anfang siebzig vielleicht. Aber er ist ja immer unheimlich fit gewesen. Sein Körper war sein Tempel, er hat wirklich auf sich achtgegeben.«

Valerie machte damit weiter, Äpfel zu schälen.

»Magst du mir von ihm erzählen?«

Er zögerte, er wusste nicht, ob er das wollte, aber dann kam es einfach aus ihm heraus:

»Er war ein spiritueller Mensch. Er hat sich seine eigene Religion zusammengebastelt. Großteils aus dem Buddhismus-Baukasten, aber auch aus dem Hinduismus und sogar aus dem Islam. Für ihn waren die Rollen eines Schauspielers die Inkarnationen, die er durchmachen muss, bevor er das Nirwana oder die Seligkeit erreicht. Er hat in geborene Rollen und gebaute Rollen unterschieden. Die großen Schauspieler gebären ihre Rollen, die anderen bauen sie nur. Das eine ist Schöpfung, das andere Handwerk. Er hat auch seine Schüler in jene unterteilt, die Rollen gebären, und die, die sie bauen. Aber du darfst dir nicht vorstellen, dass es nur ernst zugegangen ist, er war ein witziger Typ, es wurde viel gelacht im Unterricht. Er hat Improvisation, Masken und Experimente geliebt. Ich glaube, je älter er wurde, umso weniger hat er an gut strukturierte Dramen, sondern an den Zauber des Moments, Chemie, Nonsense geglaubt. Ausnahme war natürlich Shakespeare, ihn nannte er nur den Alten Barden. Er war ein Groupie, wirklich. In den Siebzigern hat er eine Zeit in London gelebt und sein Geld als Straßenmusiker verdient. Er hat jeden Cent ins Theater investiert. Angeblich hat er damals in einem Pub John Cleese kennengelernt, und sie haben lange über Buddhismus gesprochen!«

Valerie hatte das Messer wieder hingelegt und starrte Mischa nun fassungslos an.

»Was ist denn?«, fragte er sie.

»O mein Gott, du erzählst mir wirklich mal etwas von damals! Ich dachte, das passiert nie!«

»Was redest du da, ich hab dir schon oft von früher erzählt!«

»Und das klingt dann so: *Ja, ich hab da mit Soundso in diesem Stück gespielt, und es ist nicht wirklich toll angekommen, und kurz darauf hat sich die Gruppe aufgelöst, na ja, was soll's.*«

»Aber genau so ist es ja auch dauernd gewesen!«

Valerie griff wieder zu ihrem Schneidemesser und sagte: »Mehr!«

Er wunderte sich wirklich, warum Valerie so aus dem Häuschen war, aber er erzählte weiter:

»Otto hat uns gezeigt, dass wir uns nicht davor fürchten müssen zu spielen, weil wir es schon unser ganzes Leben hindurch getan haben. Weil es alle tun! Wir alle spielen eine Rolle, übertreiben, lügen, versuchen, Emotionen zu verstecken oder vorzutäuschen. Zu sein ist zu spielen, die einen können es besser, die anderen schlechter. Interessanterweise nehmen wir Menschen, die *wenig* Talent für dieses Spiel haben, die sagen, was ihnen einfällt, und ihre Emotionen ausleben, als seltsam oder verrückt wahr.«

Er nahm einen Schluck Wein und schubste, weil ihm warm geworden war, den Hund von seinem Schoß.

»Wir lernen, uns den Vorstellungen, die die Leute von

Normalität haben, anzupassen, um von ihnen akzeptiert zu werden. Paradox daran ist, dass wir diesen Prozess der Angleichung nur bei uns selbst bemerken – bei anderen nehmen wir ihn nicht wahr. Wir sehen nicht, dass es sie genauso viel Mühe kostet wie uns, den Schein zu wahren! Wie überrascht sind wir, wenn uns Freunde einmal einweihen, wen sie heimlich lieben, wem sie Gewalt antun wollen oder wovon sie träumen. Unsere Fähigkeit, Normalität vorzutäuschen, hilft uns nicht dabei, sie bei anderen als Maske zu entlarven.«

»Also war Otto auch eine Art Psychologe?«

Er dachte kurz nach, bevor er antwortete: »Das war er eigentlich überhaupt nicht. Ich glaube, er hatte relativ wenig Einfühlungsvermögen. In Figuren, in diverse *Menschentypen* konnte er sich gut hineindenken, aber wie es seinen Schülern ging, wie sie mit Erfolg und Misserfolg umgingen, das interessierte ihn entweder nicht sehr, oder er hatte einfach kein Händchen für ihre Sorgen.«

»Ging es dir auch so mit ihm?«

»Nein, das ist es ja. Mich mochte er. Sehr.«

»Also gehst du zu der Abschiedsfeier?«

»Ich bin mir noch nicht sicher.«

Valerie setzte sich auf seinen Schoß und legte ihren Kopf auf seine Schulter. Ein paar Minuten lang sagten sie nichts. Draußen bellten ein paar Hunde, von oben hörten sie leise den Schleudergang einer Waschmaschine, das Radio spielte eine Oper. Er dachte an Otto mit seinen indischen Hemden, den Sandalen und dem Tattoo des »Dharma-Rads« auf der Brust und überlegte, welchen Zustand er jetzt wohl erreicht hatte.

»Wann ist denn die Abschiedsfeier?«, fragte Valerie.

»Samstag.«

»Da ist die Sponsion von meinem Bruder!«

»Dann geht es sowieso nicht. Und eigentlich hab ich mich auch schon von ihm verabschiedet.«

Am Samstag, dem Tag der Abschiedsfeier von Otto Alessi, den in Theaterkreisen jeder gekannt hatte und der den Ruf hatte, große Talente zum Strahlen und kleine zum Verlöschen zu bringen, saß Sebastian zu Mittag vor seinem Computer und sah sich die Antwortschreiben an, die er auf sein Inserat in der Zeitung bekommen hatte. Es hatten sich einige Leute gemeldet, allerdings zeigte sich, dass alle mehr Information zu dem Projekt wollten. Da er aber keine Unterlagen besaß und eigentlich auch nicht konkreter werden konnte, bot er den Leuten einfach an, sie persönlich auf einen Kaffee zu treffen und ihnen seine Idee vorzustellen. Vielleicht ergab sich auf diese Weise ein Auftrag.

Später am Nachmittag saß er in dem alten Ohrensessel, den er an den einzigen Fleck in seinem Wohnzimmer geschoben hatte, wo im Winter noch die Sonne hinreichte, und versuchte, an seinem Stück zu arbeiten. Der Raum war eine Baustelle, wobei der Begriff die Situation nicht treffend beschrieb – hier wurde eben nicht gebaut. Er hatte die Eigentumswohnung von seinem Onkel geerbt und sie vor etwa drei Jahren zu renovieren begonnen, bis ihm kurz darauf das Geld ausgegangen war. Seitdem lebte er im Schutt. Nur Schlafzimmer, Bad und Küche waren verwendbar, die restlichen sechzig Quadratmeter zeigten sich mit rausgerissenen Böden und Kabeln, außerdem waren sie nicht beheizbar und im Winter entsprechend ungemütlich. Er wusste nicht, ob er jemals das Geld besitzen würde, um die notwendigen Arbeiten durchführen zu lassen. Derzeit sah es nicht danach aus.

Als gegen vier die Sonne verschwand und es in dem großen Salon augenblicklich kalt wurde, es war eine Grabeskälte, die aus den Wänden und dem Estrich sickerte, wechselte er in die Küche hinüber, zündete ein Feuer im Ofen an und goss sich einen Whisky ein. Diesen kleinen Raum mit seinen alten Möbeln betrachtete er als sein eigentliches Zuhause. Hier drinnen stand sogar eine winzige alte Sitzbadewanne, in der noch die Mieter in der Kaiserzeit gebadet und Schnaps angesetzt hatten. Er nutzte sie als Bücherkiste, die keinem Ordnungsprinzip unterworfen war und die er jedem Regal vorzog. Vor ein paar Jahren war der kleine Emil darin auf einem Schaffell gelegen, während er und Anna ihn völlig verzaubert beobachtet und dabei die Zeit und alles andere vergessen hatten.

Er hatte schon zu Mittag den schwarzen Anzug angezogen, den er bei der Abschiedsfeier tragen würde, um sich auf den Anlass einzustimmen. Jetzt wählte er »Hurt« in der Version von Johnny Cash aus der Playlist auf seinem Notebook, kippte einen Whisky und richtete seine Gedanken auf Otto. Nach dem ersten Refrain unterbrach er den Song. Das Lied war zu stark, viel zu stark für die Beziehung, die er zu Otto gehabt hatte. Sebastian war dankbar für vieles, was Otto ihm beigebracht hatte, aber manches, womit Sebastian heute als Schauspieler und Mensch immer noch kämpfte, hatte auch Otto zu verantworten.

Er wechselte zu »New York, New York« von Sinatra. Es erinnerte ihn an die Aufbruchsstimmung im Seminar, die alle elektrisierte, an die großen Träume und den Glauben, dass sie sich bestimmt erfüllen würden. Sie alle suchten ihr New York, auch wenn es dann nur für Düsseldorf oder Graz reichte.

Dann schickte Sebastian noch »The Man Comes Around« nach, einfach weil es keinen besseren Song gab, um in den Abend zu starten.

Er warf den Mantel über, trank noch einen Whisky im Stehen, und dann brach er auf.

Am frühen Samstagabend saß Mischa inmitten der »Jungen« in Valeries Familie aufgefädelt an einer langen Tafel in einem Restaurant in der Josefstadt. Da waren Valerie und ihre Schwestern, ihr Bruder, ihre Cousins und Cousinen und deren Partner und Partnerinnen. Die zweite Tafel, die parallel zu ihrer in dem Extrazimmer des gutbürgerlichen Wiener Wirtshauses aufgebaut worden war, war von den Älteren besetzt, den Eltern von Valerie und deren Geschwistern und ihren Männern und Frauen sowie den Großeltern. An der Tafel der Alten ging es lauter zu als bei den Jungen, hier gab es noch Unterhalter, die die Aufmerksamkeit aller einforderten.

Man war an diesem nebligen Februartag zusammengekommen, um die Sponsion von Valeries Bruder David und ihrer Cousine Fanny zu feiern. David, er saß neben Mischa, war mit seinen 26 Jahren der Jüngste der Geschwister. Er hatte Internationale Entwicklung studiert und würde im Sommer nach Peru gehen, um dort bei einem Projekt für nachhaltiges Wasser-Management in den Wachstumsgebieten Limas mitzuarbeiten. Fanny hatte ihr Psychologiestudium abgeschlossen, sie plante, im Human-Ressources-Bereich irgendeines Riesenunternehmens unterzukommen und in spätestens drei Jahren in New York zu arbeiten und zu leben. Fast alle der Jungen studierten – keiner am Tisch der Älteren hatte einen Hörsaal von innen gesehen. In einer Generation waren alle akademischen und geografischen Grenzen, die in Valeries Familie bisher gegolten hatten, gesprengt worden.

Valeries Eltern besaßen ein kleines Reithotel im Mostviertel Niederösterreichs, südwestlich von Wien. Die ganze Großfamilie lebte in einem Umkreis von nur ein paar Kilometern in der hügeligen Idylle. Zum Spaß sagte Mischa zu Valerie, es sei das Auenland Österreichs, in das der Einfluss des dunklen Herrschers noch nicht hinreichte, und sie gab ihm recht.

Es gab nicht viel dort, einen Campingplatz, zwei, drei Buschenschanken, ein paar Bauern, die Zimmer vermieteten, eine Pferdezucht und zwei Reiterhöfe. Im Ort das Übliche: ein Lidl, ein chinesisches Restaurant, ein, zwei Cafés und eine Kegelbahn.

Hausbesuche wurden großgeschrieben: Jederzeit konnte Onkel Rudi oder Cousin Lukas bei der Verandatür hereinschauen, auf einen Schwatz bei Kaffee und Kuchen. Auf diese Weise hatte Mischa bei seinem ersten Besuch bei Valeries Eltern in zwei Tagen einen kompletten Überblick über den Genpool der Verwandtschaft bekommen. Auf Terrassen, Sofas und Gartenbänken trank er mit freundlichen Menschen, die sich Valeries Augen, Nase oder ihr Lachen geborgt hatten, Kaffee oder Wein, und abends schwirrte ihm der Kopf von Namen, Lebensgeschichten und dem einen oder anderen selbstangesetzten Likör. Für ihn war diese Familie so exotisch wie ein fremder Stamm am Ende der Welt, kurz bevor die Erde aufhörte und die Schiffe ins Universum segelten. Es waren nicht nur die Größe und Vitalität dieses Clans, die ihn sprachlos machten, sondern auch ihr Zusammenhalt.

Von Mischas eigener Familie war nach dem Tod seiner Mutter nicht viel übrig geblieben, es war bloß noch eine Art Andenkenverein, dem sein Vater, sein Onkel und er angehörten. Ihre Treffen fanden regelmäßig am Geburtstag der Mutter im Sommer und am Tag vor Weihnachten statt. Sie gingen essen, sie tranken zwei Flaschen Wein und diskutierten über tagesaktuelle Ereignisse, die niemanden von ihnen persönlich betrafen. Mehr sahen die Vereinsstatuten nicht vor.

»Was hast du?«, fragte ihn Valerie und streichelte unter dem Tisch seine Hand.

»Ich bin bloß hingerissen von deiner Sippe.«

Das nahm ihm Valerie allerdings nicht ab. Sie schob ihm sein Bier entgegen und befahl: »Trink!«

Er tat ihr den Gefallen.

Etwa um fünf Uhr ging er auf die Toilette des Restaurants. Erst besuchte er das Pissoir, danach stellte er sich zum Waschbecken und wusch sich Hände und Gesicht. Aus einer der beiden Klo-Kabinen ertönte ein kurzer, lauter Furz. Bald darauf ein zweiter. Er überlegte, ob er sich Zeit lassen sollte, um zu sehen, welcher von Valeries Verwandten sich da so fröhlich gehenließ. Dann begann der Mann in der Toilette, ein Lied zu pfeifen. Eines, das Mischa mochte, »Across the Universe« von den Beatles. Der Knabe am Klo ließ die Luft oben bei weitem kunstvoller raus als am anderen Ende, er pfiff die Nummer so fein und gefühlvoll, dass Mischa eine

Gänsehaut bekam. Als er sich die Hände abgetrocknet hatte, und der Mann in der Kabine immer noch vor sich hin pfiff, war er so neugierig geworden, dass er sich bückte, um durch den zwanzig Zentimeter breiten Spalt zwischen Boden und Tür zu lugen. Es war Februar, aber wer immer da saß, trug nur ein paar Sandalen, in denen seine nackten Füße steckten, und eine weite lilafarbene Stoffhose. Mischa konnte sich nicht vorstellen, dass jemand aus Valeries Gruppe in dieser Aufmachung zum Familientreffen erschienen war. Der Typ musste einer der vereinzelten Gäste sein, die im Schankraum saßen. Ein paar Momente wartete er noch, ob der andere vielleicht herauskam, dann hatte er genug und ging ins Restaurant zurück. Er setzte sich wieder zwischen Valerie und ihren Bruder, sie gab ihm einen Kuss, und alles war wie zuvor.

In seinem Kopf klang die Melodie aber fort. Sie brachte ihm Ottos Abschiedsfeier in Erinnerung, die er die ganze Woche erfolgreich verdrängt hatte – Otto hatte die Beatles geliebt, wie beinahe alles, das aus England kam. Jetzt wunderte er sich fast darüber, wie rigoros er entschieden hatte, nicht dort zu erscheinen. Er sah auf sein Handy: Es war halb sechs. Jetzt bemerkte er auch die SMS von Sebastian. Er hatte ihm geschrieben, er hoffe sehr, er würde kommen, auch wenn er nichts mehr von ihm gehört habe. In dem Augenblick ging eine weitere Nachricht ein, diesmal von Constantin, der auch mit ihnen absolviert hatte. »Gerade aus dem Flieger aus Basel raus, fahre jetzt zu Ottos ›Dernière‹. Bin so gierig, euch zu sehen!«

Mischa flüsterte Valerie ins Ohr: »Angenommen, ich würde doch noch zu der Abschiedsfeier gehen wollen …«

Es war kurz nach sechs, es dämmerte, und Sebastian stand vor dem kleinen Haus mit Garten in einem Außenbezirk von Wien. Der Grund war Teil einer Siedlung mit großteils sehr alten Häusern auf langen, schmalen Grundstücken, die wie Klaviertasten entlang jener langen Allee angeordnet waren, die den alten Vorort Speising mit dem Lainzer Tiergarten verband. Die meisten grenzten direkt an den Wald.

In den beschlagenen Fenstern des Hauses mit der Nummer 112 leuchteten von innen bunte Lampions. An einem Fenster hatte jemand das Dharma-Rad, das Otto als Tätowierung getragen hatte, mit den Fingern in den Dunst gekritzelt. Sebastian hörte Musik aus dem Haus, es klang nach George Harrison, und die Stimmen der Gäste. Das Aroma von Räucherstäbchen vermischte sich mit dem Geruch des Waldes.

Sebastian war seit zwölf oder dreizehn Jahren nicht mehr in diesem Haus gewesen. Damals, im zweiten oder dritten Jahr ihrer Ausbildung, hatte sie Otto in seinen Garten eingeladen. Sie wussten nicht, was sie erwartete, ob er bloß mit ihnen grillen oder meditieren oder ob er arbeiten wollte. Als sie vollzählig waren und sich auf Decken im Garten niedergelassen hatten, begann er, von der Siedlung zu erzählen. Sie war von Heimkehrern aus dem Ersten Weltkrieg gegründet worden, die das Land, das damals noch zum Lainzer Tiergarten gehörte, zuerst illegal besetzt hatten, es aber dann rechtmäßig zuerkannt bekamen. Anfang der zwanziger Jahre begannen sie hier zu bauen. Der Architekt Adolf Loos plante ihre Siedlung, sie tauften sie Friedensstadt. Die meisten der Rückkehrer waren Invalide, so auch Ottos Großvater, dennoch erbaute er sein Haus mit den eigenen Händen und der

Hilfe von Familie, Freunden und Nachbarn. Otto zeigte ihnen alte Fotos aus den Zwanzigern und erzählte ihnen Familiengeschichten aus der Nachbarschaft, die ihm sein Vater weitergegeben hatte. Als es dunkel zu werden begann, teilte er Kopien der Stücke *Trommeln in der Nacht* von Brecht und Tollers *Hinkemann* aus, und sie lasen die beiden großen Rückkehrer-Dramen der Zwischenkriegszeit bei Kerzenschein und Grillenzirpen mit verteilten Rollen. Sie blieben Sebastian eindrücklicher in Erinnerung als vieles, das sie im Seminar erarbeitet hatten.

Er öffnete das Gartentor, das nur angelehnt war, und ging außen am Haus vorbei in den hinteren, großen Teil des Gartens. In einem offenen, weißlackierten Gartenpavillon, den es bei seinem letzten Besuch schon gegeben hatte, saßen ein Haufen Leute um einen runden Tisch herum, auf dem ein Dutzend bunter Kerzen brannten. Sie hatten sich Decken über den Schoß oder die Schultern gelegt und eng zusammengedrängt wie Schiffbrüchige in einem Rettungsboot. Als er näher kam, erkannte er die ersten Gesichter von Menschen, die in seinem Jahrgang gewesen waren. Sie standen auf, als sie ihn erkannten, man fiel einander in die Arme. Es war nicht das wilde, laute Wiedersehen, das sie sich sonst lieferten, es war eine dem Anlass angemessene, gedämpfte Freude. Nach dem ersten Austausch der größten Neuigkeiten sagte Sebastian, er würde mal drinnen schauen, wer noch da war, und betrat das Haus über den Verandaeingang.

Wintergarten und Wohnzimmer waren voll mit Schauspielern und Studierenden im Alter zwischen zwanzig und vierzig, aber auch einige ältere Kollegen waren da. Im Vorbeigehen grüßte er zwei Dutzend Bekannte, die mit Bier und

Wein bei Kerzenschein zusammensaßen und ihr eigenes Nicht-Ableben feierten. In der Küche lief er Ottos Frau Diana über den Weg. Sie war in den frühen Neunzigern Ottos Studentin gewesen, jetzt musste sie um die fünfzig sein. Sebastian erinnerte sich, wie unverschämt sexy er sie gefunden hatte, als er damals hier im Haus gewesen war – sie war in den kürzesten aller Shorts herumgelaufen und hatte Stühle im Garten lackiert –, und auch wie unbegreiflich es ihm gewesen war, dass sie mit Otto zusammenlebte, der jedes Gespräch und jede Situation mit seiner Leidenschaft dominierte, und der so sehr in ein Zwiegespräch mit dem Kosmos verwickelt war, dass für ein einfaches Menschenkind, so reizend es auch war, in seinem Leben gar kein Bedarf zu bestehen schien.

Er fand, sie sah immer noch schön aus, auch wenn der Schmerz der vergangenen Wochen seine Spuren hinterlassen hatte. Sie trug ein eher legeres Trauer-Outfit, schwarze Jeans und einen schwarzen Rollkragenpullover, dazu ein orangefarbenes Kopftuch und Pferdeschwanz, und hatte noch immer eine Figur wie eine Zwanzigjährige. Sie trank Rotwein, rauchte aus dem Küchenfenster hinaus und unterhielt sich mit einer jungen Studentin. Er starrte sie wohl ein bisschen zu auffällig an, denn irgendwann unterbrach sie ihr Gespräch und wandte sich ihm zu.

»Ich erinnere mich an dich, deinen Namen weiß ich aber nicht mehr. Du hattest doch dieses lustige Motorrad mit dem Beiwagen!«

Er reichte ihr die Hand und sagte: »Sebastian, hallo! Für einen Moment hatte ich gehofft, du hättest dich an eine meiner Rollen erinnert, aber ich verstehe, dass in dieser Gesellschaft ein lustiges Motorrad ein stärkeres Alleinstellungsmerkmal bedeutet.«

»Hast du das denn noch?«

»Nein, auf einer Fahrt über die Höhenstraße ist der Beiwagen verlorengegangen, und einen Monat später hat jemand den Rest gestohlen.«

»Ich muss zugeben, dass ich heimlich gehofft hatte, einmal mitfahren zu können in diesem Ding. Ich nehme an, andere Frauen konnten sich diesen Wunsch erfüllen.«

Sebastian stockte. Es fiel ihm schwer, auf diese Frage eine Antwort zu finden, die nicht irgendwie doppelbödig klang oder gar in ein Kompliment ausartete.

Als sie sein Zögern bemerkte, sagte sie bloß: »Egal, ich hab es gemocht. Und du hast den Mercutio gespielt! *Zum Teufel Eure Häuser! Sie haben Würmerspeis aus mir gemacht.* Ich finde es gut, wenn der Mercutio blond ist.«

Jetzt war er wirklich sprachlos. Sie erinnerte sich an *Romeo und Julia* am Seminar. Er hatte diese Rolle geliebt, so wie sie jeder junge Schauspieler liebt, der auf der Bühne endlich explodieren möchte, und auch wenn Mercutio nur viermal auftritt, hatte er Mischa seinen Romeo nicht geneidet.

Er verbeugte sich leicht und lächelte dankbar.

»Ich glaube, wir können dann mal mit der Zeremonie beginnen«, sagte Diana und sah sich etwas nervös um.

Als Mischa um sieben vor dem alten Haus in Hietzing stand, war es komplett still. Kein Gemurmel von Gästen, keine Musik, nichts. Er öffnete das Tor und folgte dem Weg am Haus vorbei in den Garten hinein. Der Anblick, der sich ihm im hinteren Teil des Gartens bot, ließ ihn an ein Freilufttheater denken: Eine Gruppe von etwa vierzig Menschen stand vor einem Altar, der vor einem kleinen Wäldchen aus vier oder fünf riesigen Tannen aufgebaut war. Jeder von ihnen hielt ein glimmendes Räucherstäbchen in der Hand. Der Altar bestand aus einer kniehohen Buddhafigur, einem großen Foto von Otto und etwa fünf Dutzend brennenden Kerzen, dahinter lagen Blumensträuße und Kränze im Gras. Nebel zog von dem kleinen Fluss, der hinter den Grundstücken verlief, durchs Unterholz und über den Rasen.

Mischa stellte sich an den Rand der Gruppe.

Ottos Frau Diana stand neben der Gedenkstelle und rezitierte mit ihrer schönen, klaren Stimme ein Sutra, einen buddhistischen Lehrtext:

Es gibt keine Unwissenheit und kein Ende der Unwissenheit,
kein Altern und keinen Tod, noch deren Aufhebung,
kein Leiden und keine Ursache des Leidens,
kein Auslöschen und keinen Weg der Erlösung,
keine Erkenntnis und nichts zu erreichen.

Dann ließ sie das Heft sinken und setzte mit einem anderen Text fort, den sie auswendig kannte:

Aus, kleines Licht!
Leben ist nur ein wandelnd Schattenbild;
Ein armer Komödiant, der spreizt und knirscht
Sein Stündchen auf der Bühn' und dann nicht mehr
Vernommen wird; ein Märchen ist's, erzählt
Von einem Dummkopf, voller Klang und Wut,
Das nichts bedeutet.

Diana nahm das Foto von Otto, hob es hoch, damit es auch die ganz hinten sehen konnten, und küsste es. Dann nahm sie ein Feuerzeug aus ihrer Tasche und zündete das Foto an. Sie hielt es hoch, so lange, bis die Flammen ihre Finger erreichten, dann legte sie es in eine Tonschale, die neben der Buddhafigur in der Wiese lag.

»Lass los von allem«, sagte sie zu Otto, dessen lächelndes Gesicht in der Schale zerfiel, »von deinem Haus, das du so geliebt hast, von deinem Shakespeare, dem Alten Barden, von den Menschen hier, die dich geliebt und verehrt haben, von unserem Hund, der schon nicht mehr dicht ist, und von mir, deiner Frau, die dich völlig blöd geliebt hat. Lass los von allem, was dein Leben war, und gehe. Gehe und komm auch nicht mehr wieder. Gute Reise, Otto.«

Mischa schmeckte Tränen auf seiner Lippe, und als er ein wenig erschrocken um sich blickte, sah er, dass es vielen so ging. Diana wartete, bis das Foto ganz verbrannt war, dann ging sie mit gesenktem Blick und schneller werdenden Schritten ins Haus zurück.

Es dauerte, bis sich die Menge zu öffnen und aufzulösen begann. Viele gingen langsam nach vorne an den Altar und steckten Räucherstäbchen in die Wiese oder legten Blüten in die Schale mit der Asche des Fotos. Mischa blickte in betroffene Gesichter, und einige davon kannte er. Er begrüßte ein paar seiner Seminarkollegen und andere, mit denen er gespielt hatte. »Hey«, sagten sie, küssten und umarmten sich, nickten einander aufmunternd zu oder drückten sich die Hände. »Mischa«, zischte es hinter ihm, von rechts klang es: »Der Abtrünnige!«, von links: »Dich schnapp ich mir später!«

Plötzlich stand er neben Sebastian, der ein wenig mitgenommen aussah. Als er den Neuankömmling erkannte, atmete Sebastian tief durch, dann sagte er: »Die Buddhisten machen wenigstens keine Versprechungen, die sie nicht halten können, oder?« Ein Bekannter von ihnen flüsterte im Vorbeigehen: »Um ans Nichts zu glauben, brauche ich keine Religion!« Die Freunde umarmten sich.

Sebastian sah verändert aus: Er trug seine blonden Haare jetzt ziemlich kurz, und der Bart, den er sich vor zwei, drei Jahren immer wieder stehenlassen hatte, war ab. Er machte einen erwachseneren Eindruck, was vielleicht an dem Ansatz von Geheimratsecken oder der dunklen Brille lag, die er trug. Mischa sah auch, dass er sich den rechten Schneidezahn hatte richten lassen. Er war besoffen in seinem Stiegenhaus gestürzt und mit dem Mund auf das Stiegengeländer gefallen und hatte sich dabei ein Eck von einem Zahn ausgeschlagen. Eine Folge dieser kleinen Verstümmelung war, dass er plötzlich für andere Rollen gebucht wurde. Das Fach der Kleinganoven, Spitzel und Dealer hatte sich für ihn geöffnet, und eine Zeitlang kostete er das aus.

Ein Bekannter drängte sich zwischen sie. Mischa vermutete, dass das Gespräch der beiden länger dauern konnte, und beschloss, Ottos Frau seine Aufwartung zu machen. Er wollte lieber gleich herausfinden, ob sie ihn überhaupt hier haben wollte.

Er machte sich auf den Weg ins Haus, wo er natürlich wieder mit einem Haufen Leute konfrontiert wurde, die ihn lange nicht mehr gesehen hatten und vergaßen, dass Ottos Abschied das Thema des Abends war, nicht Mischas. Er vertröstete alle auf später und kämpfte sich bis in die Küche vor, wo er Diana antraf. »Michael!«, rief sie – auch Otto hatte ihn so genannt, obwohl sein Name tatsächlich *Mischa* war – und umarmte ihn sogar.

»Mein Beileid«, stammelte er, obwohl er diese Formulierung hasste.

»Es ist dein Leid so wie meines oder das seiner Freunde, du musst das wirklich nicht sagen.«

»Ich weiß«, antwortete er. »Ich fand es jedenfalls bewundernswert, wie du das da draußen gemacht hast, ich hätte kein Wort herausgebracht.«

»Eine Freundin von der Glaubensgemeinschaft bot sich an zu sprechen, aber ich weiß, dass es ihm so lieber gewesen wäre. Es ist auch gut, wenn man eine Aufgabe hat und sich nicht völlig gehenlässt.«

Von wegen gehen lassen: Er starrte sie an, weil er sich fragte, wie die Zeit so an ihr vorbeiziehen konnte. Ja, da waren ein paar Runzeln um die Augen und die Mundwinkel, aber ihre Augen strahlten wie vor fünfzehn Jahren. Sie war zart und lebendig, und kurz überlegte er, ob sie einen Liebhaber hatte.

»Ich möchte mit dir reden, kommst du kurz mit mir nach oben?«, fragte sie ihn und deutete auf die Treppe ins obere Stockwerk. Er war ein wenig irritiert. Warum wollte sie ausgerechnet mit ihm reden, obwohl doch viele von Ottos jüngeren Schülern da waren, die ihm zuletzt sicher nähergestanden waren?

Oben schloss Diana die Tür des Schlafzimmers hinter ihnen und setzte sich auf das Bett. Er nahm auf einem Stuhl Platz, zog den Mantel aus und legte ihn auf seinen Schoß. Das Zimmer war klein, das Doppelbett füllte die Fläche fast zur Gänze aus.

»Dir hat die Zeremonie also gefallen?«, fragte Diana und lächelte ihn an.

»Ich muss zugeben, dass ich den Anfang verpasst habe, aber ich habe das Sutra und den Shakespeare gehört, das hat mir gefallen. Es war anders als das, was man sonst bei Trauerfeiern hört.«

»Otto hat oft von dir gesprochen. Er hat so an dein Talent geglaubt. Aber er war verletzt, weil du dich nie mehr gemeldet hast, nachdem deine Mutter gestorben ist.«

»Das tut mir leid. Aber ist es nicht normal, dass Schüler und Lehrer irgendwann den Kontakt verlieren?«

»Ja, wahrscheinlich«, sagte sie. »Ich will dich auch nicht angreifen deswegen. Ich will nur mit jemandem reden, der ähnlich fühlt. Wir sind beide seine Lieblinge gewesen.«

Mischa schwieg eine ganze Weile, dann sagte er bloß: »Das ist so lange her. Ich weiß selbst schon nicht mehr, warum der Kontakt ganz abgebrochen ist.«

»Bist du ihm böse gewesen? Hat er zu viel Druck gemacht?«

»Du weißt ja, wie er gewesen ist: Er hat so hohe Erwartungen gehabt, so genaue Vorstellungen, wie wir uns entwickeln sollten. Ich wollte mich davon lösen. Vor allem nach diesen zwei Jahren an diesem Theater. Ich bin dort nicht glücklich gewesen. Vielleicht war ich ihm böse, dass er mich dazu überredet hatte.«

Nach einer Pause sagte er: »Wie ist es dir denn immer mit ihm gegangen?«

Diana lachte, dann rieb sie sich Augen und Stirn und ließ sich nach hinten aufs Bett fallen. Nach ein paar Augenblicken setzte sie sich wieder auf. Sie war wie ein Kind, dachte er.

»Er hat mir immer gesagt, was das Richtige für mich ist und wie ich Fortschritte als Mensch und Künstlerin machen könnte. Und meistens habe ich mich daran gehalten, weil er ja sehr schlau war und fast immer recht hatte. Allerdings hat er sich bei mir ein bisschen verschätzt, denn ich bin nicht halb so klug und talentiert gewesen, wie er dachte. Ich war eigentlich immer ein bisschen oberflächlich und zappelig und – zum Glück – von Natur aus fröhlich. Als er mich in die Meditation eingeführt hat, habe ich die erste Zeit immer geschummelt. Ich habe nicht an nichts denken können, also habe ich an schöne Dinge gedacht. Oder Einkaufslisten erstellt. Irgendwann dann nicht mehr, aber es hat gedauert. Und, na ja, der Altersunterschied ... Als ich 25 gewesen bin, und er fünfzig, da war alles ok, da hab ich drauf gepfiffen, was die Leute gesagt haben. Aber als er dann siebzig war und das mit der Prostata losging, da war das plötzlich eine Aufgabe ... vor allem mit jemandem, der immer so stark gewesen ist wie er. Na, du kannst dir das sicher vorstellen.«

»Und die letzten Jahre?«, fragte er, denn er hatte immer noch nicht erfahren, wie Otto eigentlich gestorben war.

Diana holte Luft: »Erst die Prostata, dann Metastasen in den Knochen. Bestrahlungen, Chemo, volles Programm. Am Anfang hat er gesagt, er wird nur das Nötigste machen – für mich –, aber dann möchte er ohne Medikamente und in seinem Haus gehen. Tatsächlich hat er sich bis zum Schluss an jede Behandlung geklammert, die es nur gab, von der Schulmedizin bis zum Schamanen. All das Meditieren und all die Einsicht in die Natur der Dinge – am Ende hat er nur mehr Zeit haben wollen.«

Mischa nickte, er hatte es sich genau so vorgestellt.

»Ist er im Krankenhaus gestorben?«

»Ja. Ganz zum Schluss sind ihn noch japanische Mönche im Spital besuchen gekommen. Es gibt diese Tradition eines buddhistischen Hospizes, weißt du? Sie kommen und rezitieren Texte, um die Dämonen zu bannen. Kennst du die verschiedenen Bardos?«

Er schüttelte den Kopf.

»Die Bardos sind die Zustände des Seins, also wach sein, träumen, meditieren, und so weiter. Es gibt ein Bardo für den Zustand, wenn dein Körper am Sterben ist. In diesem Zustand ist er offen für Geister und andere Wesen. Nachdem die Mönche dreimal bei ihm gewesen waren, haben sie gesagt, sie könnten ihm nicht helfen, denn er sei nicht bereit zu gehen. Nachdem er dann gestorben war, haben sie gesagt, er sei immer noch bei uns.«

Sie wandte den Kopf von Mischa ab, als lausche sie auf ein Geräusch.

»Ich bin mir sicher, falls er noch bei uns gewesen ist, hat er nach der schönen Zeremonie von heute loslassen können«, sagte Mischa.

Sie sah ihn wieder an und lächelte. »Denkst du das wirklich?«

Er nickte. »Er hat noch einmal alle sehen und Abschied nehmen können. Es ist bestimmt gut jetzt.«

»Ich hoffe, du hast recht. Weißt du, wir beide sind in gewisser Weise seine Kinder. Er hatte viele Schüler nach dir, aber in dir hat er irgendetwas gesehen. Wir sind heimlich in deine Aufführungen gegangen. Wir sind in der letzten Reihe gesessen und gleich verschwunden, wenn der Vorhang gefallen ist.«

»Ihr seid da gewesen, wenn ich gespielt habe?«

»Immer wieder mal ... Ich wünschte, ihr hättet euch noch aussprechen können.«

»Ich habe ja nicht einmal gewusst, dass er krank gewesen ist!«

»Ja, er wollte es niemandem sagen. Jedenfalls weißt du jetzt, was du ihm bedeutet hast, und dass er dich für *beschenkt* gehalten hat. Er hätte nicht gewollt, dass du vor dem Schmerz und den Zweifeln, die mit dem Geschenk kommen, davonläufst.«

Ganz nebenbei hatte sie diese letzte Bemerkung angebracht, aber natürlich fiel ihm der Unterton auf. »Wie meinst du das?«

»Ach egal. Du bist erwachsen. Und ich sollte es auch langsam werden. Ich muss jetzt zu dem japanischen Mönch hinunter. Er spricht so schlecht Deutsch, ich sollte ihm Gesellschaft leisten.«

»Er ist ein Mönch. Ich denke, er hält es aus, eine Stunde allein zu sein ...«

Trotzdem wollte sie gehen, aber er musste noch etwas nachschicken:

»Ich will nichts Schlechtes über Otto sagen, aber er ist auch nicht perfekt gewesen. Er wollte zwar alle seine Schüler auf den Weg zur Erleuchtung mitnehmen, aber wenn sie nicht ganz folgen konnten, hat er sich auf die konzentriert, die am erfolgversprechendsten waren. Ich fühle mich heute nicht mehr verpflichtet, seinen Wünschen zu entsprechen.«

Diana sah ihn streng an, und jetzt hatte sie gar nichts mehr von einem Kind.

»Ich weiß, dass er nicht perfekt gewesen ist, glaub mir. Er hat mir ein Baby vorenthalten, er hat meine Karriere verunmöglicht, und er hat mir bis zum Schluss nur gesagt, wie und wer ich sein muss, anstatt einfach das zu schätzen, was er mit mir gehabt hat. Aber ich hätte ja nicht bleiben müssen. Er hat mich nicht festgehalten, er hat mir oft gesagt: *Geh, wenn du glaubst, das ist besser für dich.* Und was dich betrifft: Du kannst auch tun, was du willst. Aber eine besondere Fähigkeit nicht zu nutzen, die vielen Menschen Freude machen und Inspiration sein kann, weil man sich nicht unterordnen will oder Existenzängste hat, das verdient auch keine Auszeichnung. Ich muss jetzt zu dem Mönch!«

Und Diana ließ Mischa ohne Chance auf eine Erwiderung zurück. In dem Moment dachte er, sie wollte gar nicht mit ihm trauern. Sie wollte ihm Ottos Wünsche über seinen Tod hinaus nachtragen.

Sebastian und Mischa saßen in einer Ecke des Wohnzimmers und tranken gemeinsam aus Eierbechern den Whisky, den Sebastian vorausschauend von zu Hause mitgenommen hatte. Der Alkohol in Ottos Haus ging schon zur Neige, was bei einer Versammlung dieses Zechvereins kein Wunder war.

»Wie geht es dir jetzt ohne all das?«, fragte Sebastian seinen Freund und folgte dessen Blick in Richtung einer lautstark herumalbernden Gruppe von Schauspielschülern.

»Hervorragend. Auch wenn mir Diana vorwirft, ich würde mein Talent verschwenden und vor Schmerz und Zweifeln davonrennen. Was aber angesichts ihrer Vermutung, Otto sei noch unter uns, relativiert werden muss.«

Sebastian sagte nichts, aber er dachte, man musste nicht an ein Nachleben glauben, um davon auszugehen, dass Otto noch lange unter ihnen herumgeistern würde.

Nachdem die beiden zuvor über alte Freunde und Kollegen gesprochen hatten, ergriff Sebastian jetzt die Gelegenheit, um über Neuigkeiten zu reden.

»Erzähl mal von deiner Freundin, scheint ja eine fixe Sache zu sein, oder?«, sagte er und goss ihnen noch ein Ei ein.

»Sie heißt Valerie, sie ist Floristin!«, sagte Mischa. »Sie kocht phantastisch, sie findet immer, die anderen haben Schuld – nicht ich –, sie sieht in allen Klamotten toll aus, sie trinkt Whisky …«

Sebastian nickte anerkennend, denn das klang wirklich imposant.

»Das klingt nach einer sehr reizvoll erfundenen Frau!«

»Sie ist echt«, sagte Mischa, »und um ein Haar hätte ich es mit ihr vermasselt.«

Dann erzählte er, wie er sie kennengelernt und beinahe gleich wieder verloren hatte.

Jetzt musste Sebastian an Anna denken, über die er ähnlich schöne Worte hätte finden können, wenn er nicht damals vor fünf Jahren seine Entscheidung getroffen hätte.

Trotz dieser neuen Liebe und dem neuen Job kam ihm Mischa aber nicht viel entspannter vor als früher, als er tausend Überlegungen zu einer Rolle und einem Text überallhin mitgenommen hatte und nur abschalten konnte, wenn er ordentlich einen getankt hatte. Die große mentale Befreiung schien nicht stattgefunden zu haben.

Die Verandatür ging auf, und ein neuer Gast erschien.

Es war Kilian, der »Star« ihrer kleinen Gruppe, der direkt von der Schauspielschule für eine Hauptrolle in einem der großen Häuser engagiert worden war. Seitdem ging es immer nur bergauf für ihn: Top-Rollen unter großen Regisseuren, erinnerungswürdige Filmauftritte, die Heirat mit einer Schönheit aus einem legendären Schauspielerclan. Sein letzter Coup war eine wichtige Nebenrolle in einem Film, der gerade für den Auslands-Oscar nominiert worden war. Der Oscar! Und weil Kilian ein Erfolgreicher der neuen Generation war, hatte er nicht mal Allüren. Er war umgänglich und angenehm und antwortete innerhalb von 24 Stunden auf jede E-Mail. Wenn Sebastian ihm hier und heute erzählt hätte, Mischa und er wollten heiraten, er hätte in einer Woche einen Rosenstolz-Song gelernt und auf ihrer Hochzeit mit Klavierbegleitung gespielt – trotz dem Dreh mit Malkovich in Prag.

Kilian wurde von Kollegen umringt, und wahrscheinlich würde es eine Stunde dauern, bis er Mischa und Sebastian begrüßen könnte.

»Was ist mit den anderen?«, fragte Mischa und nannte ein paar Namen von Kollegen, die nicht gekommen waren. Sebastian wusste von den meisten, was sie so trieben. Er erzählte Mischa von P., der seine Freundin zum Casting für einen Film begleitet hatte und dann selbst für die Hauptrolle genommen wurde, worauf sie sich kurze Zeit später von ihm trennte. Von R., der bei einem Stück einen Texthänger hatte und seiner Partnerin das falsche Stichwort lieferte, worauf sie etwa die Hälfte des zweiten Aktes einfach ausließen und den größten Applaus der ganzen Spielzeit bekamen. Oder von C., die mit einer kleinen Truppe eine aufreibende Tour durch Deutschland gemacht und am Ende keinen Cent dafür gesehen hatte – der Veranstalter hatte das Finale der Tour schon aus dem Gefängnis koordiniert, wo er wegen Veruntreuung einsaß.

»Das reine Chaos!«, sagte Mischa. »Wie haben wir all die Jahre so leben können? In dieser Ungerechtigkeit, wo Talent ohne Kontakte nichts bedeutet! In dieser dauernden Abhängigkeit von Papa Staat und Hotel Mama. Denk an all die guten Leute, die wir kennen, die beruflich einfach nicht vom Fleck kommen!«

»Hey, ich bin immer noch Teil dieser Welt, Mischa.«

»Aber du hast dir ja deine Erfolge geschaffen, du bist gut im Geschäft.«

Sebastian wunderte sich ernstlich, woher Mischa diese Informationen hatte. Und so gut es sich vielleicht angefühlt hätte, wenn es wirklich so gewesen wäre, er musste ihm dennoch widersprechen:

»So gut läuft es wirklich nicht. Aber ich bin über jeden Tag glücklich, an dem ich spielen kann. Deswegen mache ich das alles ja mit.«

»Wenn alle so denken, wird sich aber auch nichts ändern.«

»Wenn man alles hinwirft, ändert sich auch nichts.«

»Na ja, für mich hat sich viel verändert.«

»Darf ich dir einmal etwas sagen, Mischa? Ohne, dass du mir das krummnimmst?«

»Fang mal an.«

»Vielleicht wärst du mit dem ganzen System besser klargekommen, wenn du einfach nur für dich gespielt hättest. Stattdessen hast du für deine Mutter gespielt, für Otto, für die gerade aktuelle Flamme … vor allem aber für irgendeine himmlische Instanz, die mitschreibt, wer sich die größte Mühe macht und am meisten Seelenpein in seine Arbeit steckt. Aber nicht für dich selbst.«

»Und du? Spielst du etwa nicht für andere?«

»Doch, natürlich, wir sind ja alle gierig danach, bewundert, gelobt und geliebt zu werden, ich nicht weniger als du oder irgendjemand in diesem Raum. Aber ich würde auch auf der einsamen Insel für ein Publikum von drei Kokosnüssen auftreten. Es hat schon einen Grund, warum unser Beruf nicht *Schauarbeiter* heißt. Wir spielen. Und es ist doch sinnlos zu spielen, wenn man selbst keinen Spaß daran hat.«

»Na, dann ist ja gut«, sagte Mischa hart, »denn ich spiele nicht mehr.«

»Was ich sehr, sehr schade finde!«, sagte Sebastian beschwichtigend, »und alle, denen ich davon erzählt habe, übrigens auch.«

Sebastian griff nach Mischas Glas, um es wieder aufzufüllen.

»Vergessen wir das einfach«, seufzte Mischa, »was tut sich denn bei dir?«

»Um ehrlich zu sein, versuche ich selbst gerade, das System zu umgehen.«

»Ach, erzähl mal!«

»Ich denke an ein Theater, das auf alles verzichtet, was wir gemeinhin mit diesem Begriff verbinden: auf ein fixes Haus, auf Publikum, einen Text, die Presse, Kritiker, Förderungen, Preise, und so weiter ...«

»Das klingt gut«, sagte Mischa anerkennend nickend, »damit sollte man aus dem Gröbsten heraußen sein.«

»Ich meine das ernst! Inszenierungen nur für eine einzige Person oder eine sehr, sehr kleine Gruppe Menschen, die sich diesen Luxus etwas kosten lassen. Der Witz dabei: Der Auftraggeber spielt selbst die Hauptrolle. Er stellt eine Sehnsuchtsfigur dar, jemanden, der er im richtigen Leben nicht sein kann. Wir, die Schauspieler, machen diese Figur und ihre Welt lebendig.«

»Und wie erreichst du deine Kunden?«

»Ich habe eine Anzeige in die Zeitung gesetzt.«

Sebastian reichte Mischa eine zerknitterte Ausgabe der Stadtzeitung *Falter*, die bei den Kleinanzeigen aufgeschlagen war. Ein Inserat war angezeichnet worden. Mischa überflog den Text.

»Hat schon jemand darauf geantwortet?«

»Viele. Die Leute sind neugierig.«

»Neugierig, ja. Aber wer hat denn Geld für so ein … Experiment?«

Mischa zeigte sein berühmtes Stirnrunzeln, das Sebastian noch aus dem Unterricht kannte. Damit konnte er Zweifel in jedes Herz der Truppe pflanzen, vom letzten Statisten bis zum Intendanten.

»Die, die auch Geld für Selbstfindungstrips, für Sommerakademien und Life-Balance-Workshops haben! Und weißt du, wo sich die Luxus-Branche hinbewegt? Zu einzigartigen, personalisierten Erlebnissen. Magische Momente, die niemand genau so ein zweites Mal erlebt.«

»Die Wohlhabenden erreichst du aber nicht mit einer Kleinanzeige!«, sagte Mischa, jetzt ganz der Anzeigenprofi.

»Das waren nur Beispiele, es können sich auch die melden, die keine fette Brieftasche haben. Auf die Idee kommt es an!«

»Aber läuft das alles nicht auf fette Loser hinaus, die einmal James Bond spielen wollen?«

Sebastian schüttelte entnervt den Kopf.

»Wir wählen ja nur Projekte aus, die uns anmachen! Du weißt, was es für spannende Theaterprojekte mit Laien gibt. Und denk an Reenactments, wo Ereignisse spielerisch nacherlebt werden. Ich muss dir nicht sagen, was Spielen alles auslösen kann. Und ich glaube, man kann das Leuten außerhalb eines psychologischen oder esoterischen Kontextes zugänglich machen – als dicker, großer Spaß! Aber was das *genau* sein kann, weiß ich ja selbst noch nicht. Ich habe nur ein paar Pfeile in die Dunkelheit geschossen, und jetzt warte ich, wer blutüberströmt vor meiner Tür zusammenbricht.«

»Viel Glück«, sagte Mischa, »das klingt auf jeden Fall ... anders.«

Er wollte Sebastian die Zeitung zurückgeben.

»Behalte sie, vielleicht fällt der Groschen noch!«

Sebastian stand auf und ging zur Toilette. Anschließend gesellte er sich für eine Weile zu Diana und dem Mönch, deren stockende Unterhaltung er aus den Augenwinkeln beobachtet hatte.

Als er Mischa eine Stunde später wieder über den Weg lief, war dieser betrunken von irgendeiner Flüssigkeit, die er und zwei Kollegen unter der Spüle gefunden hatten.

Mischa umarmte seinen Seminarfreund und sagte mit großer Traurigkeit: »Kennst du das, wenn man mit etwas nicht glücklich sein kann, und ohne es auch nicht?«

Das waren ja plötzlich ganz andere Töne, dachte Sebastian.

Ohne eine Antwort abzuwarten setzte Mischa fort: »Und

hast du dich auch schon einmal darüber gewundert, dass einem das niemand gesagt hat, als man noch jung war?«

»Was meinst du?«, sagte Sebastian, *»egal wie du es machst, du wirst nie glücklich sein?* Hättest du das gern gehört?«

»Man wäre vielleicht vorbereitet gewesen.«

»Du weißt doch, wie es ist: Wenn einem etwas wichtig ist, macht es einen auch fertig. Ich halte es da mit dem alten Bukowski: Find something you love and let it kill you.«

»Das ist nicht von Bukowski, das ist von Kinky Friedman!«

»Solange es nicht von Albert Fortell ist ...«

Jetzt lachte Mischa. Aber so richtig.

3

Valerie war nicht böse, als Mischa am Abend ihres Familienfestes ungeplant aufbrach, um noch zu Ottos Abschiedsfeier zu fahren. Sie war auch nicht böse, als er irgendwann um drei oder vier in der Nacht besoffen nach Hause kam, im Mantel und in den Schuhen zu ihr ins Bett fiel und augenblicklich zu schnarchen begann wie fünf Räuber. Sie war noch nicht mal böse, als er sich in den Morgenstunden unruhig träumend im Bett herumwarf und ihr seinen Ellbogen gegen die Stirn schmetterte. Böse war sie erst, als er seine Teilnahme an dem Ausflug, den sie am Nachmittag mit ihrer Familie unternehmen wollten, mit den Worten »Die reden mir einfach zu viel!« absagte, sie dafür aber bat, den Hund mitzunehmen, der dringend einen Spaziergang brauchte. Dann drehte er den Fernseher auf und schnarchte weiter.

Valerie musste ihren Eltern nichts beweisen, und sie hatte nicht das Gefühl, sich vor irgendwem rechtfertigen zu müssen. Dennoch hatte sie durchaus bemerkt, dass ihr Bruder und ihre Cousine ihr Studium in einem Alter beendeten, in dem sie ihres zum ersten Mal geschmissen hatte. Ihr war auch aufgefallen, dass ihre jüngere Schwester drauf und dran war, einen sehr erfolgreichen Osteopathen zu heiraten, dessen Familie ihnen einen Seegrund am Mondsee schenken wollte. Und genauso wenig entging ihr, dass sie gewisse Familienmitglieder immer noch nach Mathias fragten – der nette Wettermann – und nicht anders konnten, als wieder und wieder beiläufig zu erwähnen, was für ein Prachtkerl er doch gewesen war. Trotz ihrer Selbständigkeit also und obwohl sie einigermaßen mit sich im Reinen war, fielen ihr diese Dinge auf. Genauso wie ihr auch bewusst war, dass es nicht ganz einfach war, jemandem, der auf einem sehr idyllischen Fleckchen Erde lebte, zu erklären, warum man in die ferne, verpestete Großstadt gezogen war, um dort Blumen zu verkaufen. Wenn sie so ein Freund von Blumen war, hätte sie die doch direkt vor der Haustür gehabt! Diese Lebensentscheidung ergab für manche ihrer Leute deswegen – trotz aller Liebe – wenig Sinn.

All dies in Betracht ziehend war es, dachte sie, kein allzu selbstsüchtiger Wunsch von ihr, dass ihre Familie Mischa ein bisschen besser kennenlernte und so wie sie erkannte, was für ein lieber, sensibler und bisweilen lustiger Mann er sein konnte. Wenn dieser Mann allerdings am frühen Abend von einem Fest aufbricht, das gerade beginnt, gemütlich zu werden, und am Tag darauf den Familienausflug auslässt, wie konnte sie dann zeigen, dass ihre Wahl eine gute war, und wie konnte sie es dann auch selbst glauben?

Aber gut, sie wollte sich in nichts hineinsteigern. Familie sorgte oft für Unstimmigkeiten in der Beziehung, und nur weil Mathias ihre Eltern wirklich *verehrt* und alle ihre Cousins und Cousinen in den Radiosender eingeladen hatte, für den er seine Berichte machte, hieß das nicht, dass sie das von jedem Mann erwarten konnte, so lief das Spiel eben nicht.

Mischas alter Schauspiellehrer war gestorben. Und auch wenn er vorher nie von ihm erzählt hatte, oder wenn, dann in einer Weise, die bei Valerie keinen Eindruck hinterlassen hatte, war er offensichtlich wichtig für ihn gewesen.

Als sie am Abend zu Mischa nach Hause kam, saß er am

Küchentisch über einem Bild. Er malte Häuser, Landschaften und Brücken mit Buntstiften in einen dicken Zeichenblock. Er machte das nicht viel besser als ein elfjähriges Kind, und er war wohl auch nicht stolz auf die Bilder, es war einfach seine Form von Entspannung. Nachdem sie dem Hund die dreckigen Pfoten gewaschen und sich ein altes Essen in die Mikrowelle geschoben hatte – Mischa hatte vergessen, ihr auch etwas beim Inder zu bestellen –, setzte sie sich erschöpft zu ihm an den Tisch. Er legte die Malsachen weg.

»Gestern in dem Gasthaus, ist dir da ein Mann aufgefallen, der Sandalen trug?«, fragte er ansatzlos.

»Sandalen?«

»Ja!«

»Gestern hat bestimmt niemand Sandalen getragen, jedenfalls keiner aus meiner Familie«, sagte sie matt.

»Bist du dir sicher? Er hatte eine violette Stoffhose an.«

»Geht's dir nicht gut? Hast du Fieber?«

Sie griff ihm an die Stirn.

»Ich hab kein Fieber. Ich bin vorm Fernseher eingeschlafen. Und als ich aufgewacht bin, haben sie das Sportstudio gebracht. Und dort im Publikum saß jemand mit den gleichen Sandalen und der gleichen lila Hose. Man konnte seinen Oberkörper nicht sehen, nur Hose und Füße.«

»Hast du schon gekotzt heute? Vielleicht solltest du es mal versuchen.«

Mischa sprang vom Stuhl auf, und jetzt merkte sie, dass er wirklich aufgewühlt war.

»Das allein war es ja nicht. Anschließend an das Studiogespräch haben sie einen Beitrag über irgendeinen Kärntner gebracht, der mit ein paar Free-Skiing-Profis eine Tour im

Himalaya unternommen und darüber einen Film gemacht hat. Und der Film war mit diesem Song unterlegt: ›Across the Universe‹ von den Beatles. *Words are flowing out like endless rain into a paper cup*, du weißt. Der gleiche Song, den der Sandalenmann auf der Toilette im Wirtshaus gepfiffen hat.«

»Ein Zufall?«

»Unwahrscheinlich ...«

»Vielleicht war es ja so: Der Sandalenmann gehört zu dieser Expedition. Er ist in Wien, um den Film im Fernsehen vorzustellen. Der Song kommt auch im Film vor, deswegen hat er ihn auf der Toilette gepfiffen.«

Mischa überlegte einen Moment, dann murmelte er: »Das könnte sein.«

Er setzte sich wieder hin.

»Ich weiß gar nicht mehr, wie ich gestern nach Hause gekommen bin.«

Er starrte auf den Boden und suchte die Antwort. Er sah wirklich elend aus.

»War die Zeremonie denn schön?«, fragte sie ihn, obwohl sie eigentlich noch sauer auf ihn war und am liebsten gleich in ihre Wohnung gefahren wäre.

»Gestern habe ich die Vorstellung, dass der Tod bloß das Ende sinnlosen Leidens ist, nicht so nachvollziehen können, heute geht das vollkommen problemlos.«

»Was hast du denn getrunken?«

»Wir haben diesen Schnaps gefunden. Die Beschriftung war auf Hindi oder Thailändisch. Wir waren uns nicht einmal sicher, ob es ein Genussmittel war oder vielleicht ein Reinigungsöl für Gartenbuddhas oder ein Kakerlaken-Vernichter. Es hat nach Schweiß gerochen und nach Spülmittel geschmeckt. Also haben wir es ausgetrunken. Dann habe ich versucht, mit einem Mönch zu tanzen. Sein Körper bestand nur aus Muskeln, und er hat nach Weihnachten gerochen. Es war wohl doch kein Getränk.«

»Was für eine Sorte Trauerfeier war das eigentlich?«

»Eine buddhistische. Der Buddhismus ist berühmt dafür, sich der jeweiligen Landeskultur anzupassen.«

»Das scheint gut gelungen zu sein. Du, ich glaube, ich fahre noch zu mir.«

»Ok. Du bist sauer, oder?«

»Ich bin nicht froh. Und mir tut der Kopf von dem Schlag weh, den du mir versetzt hast.«

»Hab ich? Ich hoffe, im Schlaf!«

»Schon, trotzdem unangenehm.«

»Es tut mir leid. Ich hätte heute mitgehen sollen, ich wollte ja auch, aber es ging einfach nicht.«

Sie nickte, gab ihm einen Abschiedskuss und wies ihn darauf hin, dass der Hund schon zu essen bekommen hatte.

»Kann ich den haben?«, sagte sie im Gehen und deutete auf die Ausgabe des *Falter*, die auf dem Küchentisch lag.

Mischa zuckte die Schultern, und Valerie nahm die Zeitung mit.

Die Nacht war mild, und sie beschloss, zu Fuß in die Innenstadt zu gehen und dann mit dem Bus heimzufahren. Unterwegs spürte sie einen warmen Wind, und sofort kamen Frühlingsgefühle in ihr auf: Sie hatte plötzlich Lust, Rollerblades zu fahren. Als Valerie am Karlsplatz angekommen war, schnorrte sie von ein paar Teenies eine Zigarette und setzte sich an den Teich. Sie dachte an den Ausflug zurück, an die Schwester ihrer Mutter, die sie nach ihren Plänen gefragt hatte, vor allem, ob sie bald Kinder haben wollten. Sie hatte ihr gesagt, sie seien noch nicht mal ein Jahr zusammen, sie hätten darüber kaum noch ein Wort verloren. »Das heißt, du weißt nicht mal, ob er überhaupt Kinder will?«, hatte ihre Tante gefragt. »Doch, er will Kinder, irgendwann!«, hatte sie geantwortet und sich über die ewige Monotonie dieser Gespräche geärgert. Wie viele Kinder wurden gezeugt, nur damit man nicht mehr mit Fragen gelöchert wurde. Wie viele, nur damit die eigene Indifferenz verschwand.

Mathias hätte sofort Kinder mit ihr haben wollen. Nach dem Sex war er manchmal neben ihr gelegen und hatte ihren Bauch mit diesem seligen Lächeln gestreichelt, das er sich eigentlich für die Verkündung schönen Osterwetters aufhob. Sie hatte sich damals nur gedacht: Ich verhüte, Junge, da wird nichts passieren! Inzwischen hatte er bestimmt Kinder. Ihr war es damals undenkbar erschienen, heute war es immerhin vorstellbar.

Aber auch wenn das mit einem Kind noch dauerte: Sie hätte gerne irgendetwas mit Mischa geteilt. Etwas, das sie näher zusammenbrachte. Dumm nur, dass er das, was er am liebsten getan hatte, nicht mehr machte. Manchmal stellte sie sich vor, dass es ähnlich war, wie mit einem Mann zu leben, der ein Bein verloren hatte: War es für ihn kein Problem, wäre es für sie auch keines gewesen. Aber er sah nicht mal, dass ihm etwas fehlte. Sie hatte aber so eine Ahnung, irgendwann würde es ihm auffallen.

Vom Sitzen auf dem Stein war ihr kalt geworden. Sie rauchte den letzten Zug der Zigarette, dann machte sie sich auf den Weg nach Hause.

Als Valerie eine Stunde später in der Wanne lag und die Stadtzeitung las, die sie von Mischa mitgenommen hatte, stieß sie auf einen mit Kugelschreiber eingeringelten Eintrag bei den Kleinanzeigen:

»Sie wollen ein Wochenende aus der Realität fliehen? Die Hauptrolle in einer Geschichte der Weltliteratur spielen? Sich selbst in einer neuen Lebenswelt ausprobieren? Ausgebildete Schauspieler machen Ihren Traum zur Wirklichkeit. Keine Idee ist zu verrückt – wenn Sie es sich vorstellen können, können wir es spielen. Informationen und Regiegespräch kostenlos. Kennwort: The world's a stage«

Was für eine seltsame Anzeige, dachte Valerie. Warum hatte Mischa sie angezeichnet? Interessierten ihn diese Inszenierungen? Ihr selbst erschien der Inhalt etwas vage – es blieben mehr Fragen offen, als beantwortet wurden. Vielleicht ging es Mischa genauso, und er wollte bloß wissen, wer hinter der Anzeige steckte. Oder er fühlte sich von dem Text angesprochen. Das wäre gewissermaßen eine Sensation gewesen.

In derselben Nacht saß Sebastian in der Küche in seiner Wohnung und zog Bilanz über seine gegenwärtigen Unternehmungen: sein Stück *U(nglaub)-Haft* – in stockendem Schreibprozess befindlich; Fernsehen – nichts in Aussicht; eine Rolle in einem Schnitzler an einem Landestheater – immer noch nicht bestätigt.

Und was schließlich sein neuestes Projekt betraf, das er mit der Anzeige in der Zeitung loszutreten gehofft hatte – keine der Antworten erschien ihm vielversprechend, niemand wollte der Erste sein, der sich auf das Abenteuer einließ.

Sein Blick fiel auf einen bunten Zettel mit tibetischen Lebensweisheiten, den er von Ottos Abschied mit nach Hause gebracht hatte: »Die Wechselfälle des Lebens sind nicht Deine Widersacher, sondern Deine Verbündeten. Lerne sie anzunehmen, auch wenn Du sie als störend empfindest. Das Annehmen ist die höchste Form der Liebe. Es ist das endgültige ›Ja‹ zur geheiligten Erfahrung des Lebens.«

Sebastian knipste das Licht über dem Küchentisch aus. Er räumte die Bücher aus der alten Sitzbadewanne, legte sie mit ein paar Kissen aus und rutschte hinein. Er starrte aus dem kleinen Küchenfenster. Die Aussicht war die eines Gefangenen: unten ein Stück von einer Feuermauer, darüber ein Ausschnitt des schwarzen Wiener Nachthimmels. *Die geheiligte Erfahrung des Lebens.* Er dachte an Emils Geburt. Er war mit Anna im Kreißsaal gewesen, hatte ihre Hand gehalten. Ein Tuch war gespannt worden, um ihnen beiden den Anblick des Kaiserschnittes zu ersparen. Jedoch hatte man eine Lampe so eingestellt, dass sie aus dem Bereich des OP-Teams gegen das Leintuch schien. Als Emil schließlich aus der unteren unsichtbaren Hälfte von Anna herausgehoben wurde, sahen sie die Umrisse ihres Kindes als Schatten auf dem blütenweißen Vorhang: die verkrümmten Gliedmaßen, der plumpe Kopf, die Nabelschnur, die ihn noch immer mit seiner Mutter verband. Dann sein Schrei: der unsagbar große Schrecken, geboren zu sein. Anna und Sebastian hielten sich zutiefst verzagt in ihrem sterilen Schattenkino an den Händen, ganz nah am Geschehen und doch nicht dabei.

Stunden später – ihr Sohn lag längst zwischen ihnen –

hatte Sebastian gedacht: Das ist es also, das Geheimnis des Lebens. Nun kenne ich es. Unsere dauernde Suche nach der Bedeutung des Lebens – wir sind sie doch selbst! Wenn wir geboren werden, sind wir das Wunder, und wenn dann unsere Kinder kommen, wiederholt es sich. Jetzt verstehe ich es, hatte er sich gedacht. Und dann: Wie konnte ich mich je auf eine Bühne stellen und einen Menschen darstellen, ohne diese Erfahrung gemacht zu haben! Welche Hochstapelei, was für eine Anmaßung! Er beschloss, alle wichtigen Werke der Weltliteratur nochmal zu lesen – vor allem jene, die er nicht begriffen oder schlicht öde gefunden hatte. Er hatte sie ja gar nicht verstehen können! Ich werde ein besserer Schauspieler sein, denn nun kenne ich das Geheimnis des Lebens – das war es, was er damals gefühlt hatte.

Und nun saß er in der Wanne, in der sein Sohn als Baby gelegen war, und fragte sich, ob er überhaupt ein Schauspieler war. Denn viel mehr als reiche Lebenserfahrung waren es wohl doch vor allem Engagements, die einen Schauspieler zum Schauspieler machten! Und von denen hatte er derzeit leider keine.

Drei Tage sahen sich Valerie und Mischa nicht. Sie telefonierten, aber in den Gesprächen war Mischa einsilbig und in sich gekehrt. Valerie dachte, das wären die Nachwirkungen der Trauerfeier, und ließ ihn in Ruhe. Am vierten Tag stieß Valerie auf dem Nachhauseweg mit einem von Mischas Arbeitskollegen zusammen. Sie fragte ihn, wie es in der Firma lief, und er fasste sogleich nach seinen Zigaretten, als wäre nun ein längeres Gespräch fällig. Er begann von den Problemen mit den Kunden zu sprechen und erzählte, dass er dabei war, andere berufliche Optionen zu überprüfen. Dann fragte er Valerie, ob Mischa seinen Urlaub genoss. Sie konnte nicht verhindern, dass sie überrascht dreinschaute, denn sie hatte keine Ahnung, von welchem Urlaub er sprach. Der Kollege verfiel darauf in ein nervöses, schuldbewusstes Schweigen, das die Situation nun richtig unangenehm machte. »Vielleicht braucht er nur eine Pause«, murmelte er und sah sich links und rechts nach irgendeiner Rettung um. Valerie fand im Prinzip nichts dabei, wenn sich Mischa ein paar Tage Auszeit nahm, und er war auch nicht verpflichtet, sie mit ihr zu verbringen, trotzdem ärgerte sie sich jetzt über ihn.

Später am Abend hielt es Valerie nicht mehr in der Wohnung aus, und sie beschloss, Mischa einen Besuch abzustatten. Sie wollte ihn weder überwachen noch bei irgendetwas überraschen, sie glaubte nur, er würde sie einfach abwimmeln, wenn sie vorher anrief. Es war gegen 21 Uhr, als sie die Tür zu seiner Wohnung aufsperrte. Die Räume waren dunkel, und es roch intensiv süßlich nach vergammelndem asiatischen Essen. Sie rief seinen Namen – keine Antwort. Sie drehte das Licht im Wohnzimmer an und fand sich im Chaos wieder, zumindest gemessen an Mischas sonstiger Ordnung. Kleidung lag am Boden herum, auf dem Couchtisch standen Teller mit Essensresten und leere Bierflaschen. Auf dem Esstisch stapelten sich Unterlagen, Skripten, Plakate; lauter Dinge, die Valerie nie bei Mischa gesehen hatte.

Zuoberst auf dem Haufen lag ein großes Buch, das irgendwo in der Mitte aufgeschlagen war. Valerie kam ein paar Schritte näher. Auf der offenen Doppelseite des Albums war links ein Artikel eingeklebt, eine Theaterkritik aus der *Presse*, rechts ein Schwarzweißfoto einer Theaterprobe. Es zeigte einen etwas jüngeren Mischa im schwarzen Anzug, mit zerzausten Haaren und gelockerter Krawatte, wie er gerade den Kopf nach hinten warf, als wäre er in Rage. Valerie blätterte ein paar Seiten weiter: mehr Theaterkritiken, dazu Fotos von Proben und Aufführungen (Mischa mit blutverschmiertem Gesicht, in Badehosen auf einer Bühne im Campingplatz-Look, als bewaffneter UN-Soldat). In manchen Rezensionen waren Sätze markiert worden:

»Mischa L. stattet den Robert mit einem feinsinnigen Arsenal von irritierenden Gesten aus ...«

»... während Mischa L. entgegen der oft holzhammerhaft agierenden Regie den Brüchen seiner Figur Raum lässt ...«

»... als Jean erhält Mischa L. üppigen Applaus, der schon durch seinen körperlichen Einsatz gerechtfertigt ist!«

Valerie blätterte weiter. Sie wusste nichts von diesem Album, so wie sie ja auch kaum etwas über Mischas Bühnenleben wusste. Da waren Bilder von Mischa mit Mädchen auf Partys, schöne Mädchen, die er küsste und umarmte. Selten waren es die gleichen. Bilder von Mischa mit Kollegen, noch mehr Geknutsche, Umarmungen, Grimassen. Sie blätterte weiter: ein großes Foto, das Mischa im Smoking neben einer schwarzhaarigen Frau von etwa Mitte fünfzig im Abendkleid zeigte. Er hatte den Arm um ihre Schultern gelegt, sie sah feierlich und stolz aus. Im Hintergrund erkannte Valerie die Deko einer Preisverleihung. Valerie hatte Mischas Mutter schon einmal auf einem anderen Bild gesehen, dieses kannte sie nicht. Sie sah schmäler aus auf diesem Foto. Wenige Seiten später war Schluss mit den Bildern und Kritiken, obwohl im Album noch Platz war.

Valerie blätterte zum Anfang zurück: Fotos von Mischa als

Schauspielschüler. Er sah so jung und verletzlich aus! Eine seltsame Ernüchterung stellte sich bei Valerie ein: Sie fragte sich, wo diese Empfindsamkeit und Schutzbedürftigkeit hin verschwunden waren …

Sie blätterte zu den Seiten zurück, wo das Album aufgeschlagen gewesen war. Unter dem Album lag ein Filmplakat. Es war ein Entwurf, schwarzweiß ausgedruckt und aus zwei A3-Blättern zusammengesetzt. Der Titel des Streifens lautete *Dead Man's Dream*. Darunter stand der Titel noch einmal klein in serbischer oder kroatischer Sprache. Das Poster zeigte Mischa mit kurzrasiertem Schädel, Intellektuellenbrille und einem offenen Cut unter dem Auge, sein Kopf vor einer Mauer mit Schusslöchern, mit einem charmanten, unbesiegbaren Lächeln im Gesicht. Links darunter das Foto einer jungen Frau in einem kurzen roten Kleid, die auf einem Militärmotorrad durch eine vom Krieg zerstörte Altstadt braust, rechts unten ein Gangster, der mit einer großkalibrigen Pistole auf den Kopf einer Kuh zielt. Dazu der Spruch: »There are no rules in love, in war or in dreams.«

Valerie hatte keine Ahnung davon gehabt, dass Mischa in einem Film aus Ex-Jugoslawien gespielt hatte. Sie fand die Vorstellung eigentlich vollkommen absurd und musste plötzlich laut lachen. *Ihr* Mischa Star eines Balkan-Gangster-Movies? Was noch?

Sie ging in die Küche und sah in den Kühlschrank. Leere. Nur eine Bierdose stand noch darin wie ein tapferer kleiner Wächter, der nichts mehr zu bewachen hat. Valerie griff zu, öffnete sie und nahm einen Schluck. Dann trieb die Neugier sie wieder ins Wohnzimmer. Sie wischte über das Touchpad von Mischas Mac, der auf dem Couchtisch stand. Sie wollte den Titel des Films im Internet nachschlagen. Als sich der Bildschirm einschaltete, sah sie, dass ein YouTube-Video geöffnet war – »Across the Universe« von den Beatles. Sie drückte »Play«. Zu sehen war die Reise von Paul, John, George und Ringo nach Indien, wo sie zusammen mit ihren Frauen einige Wochen bei einem Guru meditieren lernten. Die vier in Roben und bunten Stoffhosen, geschmückt mit Blumenketten am Ufer des Ganges. Lichtblitze auf dem Wasser, üppige Vegetation, Hippie-Mädchen mit Henna-Tattoos, John mit der Gitarre in der prallen Sonne.

Zu Beginn der zweiten Strophe hörte Valerie, wie die Eingangstür der Wohnung geöffnet wurde. Sie klappte hastig das Notebook zu und machte vor Schreck einen Satz vom Tisch weg. Sie fühlte sich ertappt und wäre am liebsten durchs Fenster verschwunden. Stattdessen rief sie »Erschrick nicht!« und ging Mischa rasch entgegen. Im Flur standen sie sich gegenüber. Er trug eine Burger-King-Tüte unterm Arm, hatte die Kapuze seines Pullis über den Kopf gezogen, hielt den Hund an kurzer Leine.

»Waren wir verabredet?«, fragte er mit der rauen Stimme eines Menschen, der einen Tag lang mit niemandem gesprochen hatte. Er schien weder erzürnt noch erfreut zu sein.

»Ich war in der Gegend«, log Valerie.

»Ich hab's gerade ein bisschen unordentlich«, murmelte er, während er sich die Schuhe auszog, »musste ein paar alte Unterlagen durchforsten!«

Mischa schlurfte auf Socken in die Küche, setzte sich an den Tisch und begann, seine Burger auszupacken. Valerie setzte sich zu ihm. Er hatte die Haare mit etwas zusammengebunden, das wie ein Marmeladenglas-Gummi aussah.

Nach ein paar Bissen rief er: »Ich hab ihn wiedergesehen!«

»Wen?«, fragte Valerie.

»Den Sandalenmann!«, drang es durch sein Schmatzen. »Nur von hinten, im Gedränge in einer U-Bahn-Station. Und ich habe viermal in den letzten Tagen unterwegs das Lied gehört. Einmal aus einem Auto in der Mariahilfer Straße, dann auf der Donauinsel. Beim Karmeliterplatz lag es einfach in der Luft – vielleicht hat es jemand auf einem Balkon gehört –, und dann hat es noch jemand auf der Jesuitenwiese auf der Gitarre gespielt.«

Nun, auf diese Weise erfuhr Valerie immerhin, wo er sich in den letzten Tagen rumgetrieben hatte.

»Darf ich mal fragen, warum du so darauf achtest? Es ist nur ein Lied, oder?«

»Ich achte gar nicht besonders darauf. Es ist nur irgendwie schwer zu ignorieren.«

»Denkst du, es hat eine bestimmte Bedeutung?«

Mischa sah sie ausdruckslos an. »In welchem Sinne?«

»In dem Sinne, dass du es nicht zufällig dauernd hörst.«

Mischa wiegte nachdenklich den Kopf. »Ich denke viel über Otto nach in den letzten Tagen. Mir fallen Dinge ein, die ich ihm gerne noch gesagt hätte. Und ich habe das Gefühl, er möchte mir auch noch etwas sagen ...«

Valerie schwieg, unsicher über die Bedeutung dieses letzten Satzes.

»Ich weiß, dass er tot ist, ok? Aber jetzt merke ich, dass ich, obwohl ich ihn so lange nicht sehen wollte, immer davon ausgegangen bin, dass ich einmal wieder mit ihm sprechen werde und wir uns dann sicher aussöhnen können.«

Valerie hatte einen Kloß im Hals. »Was, glaubst du denn, möchte er dir sagen?«

Mischa sah sie ernst an. »Er will, dass ich spiele.«

»Dann mach das doch«, sagte Valerie, »spiel wieder!«

Es tat unerwartet gut, diese Worte einmal auszusprechen.

»Ich kann das nicht mehr«, erwiderte er knapp. Dann überlegte er angestrengt, bis er sagte: »In all den Jahren bin ich nie an einen Punkt gekommen, wo sich mir der Sinn wirklich erschlossen hat. Es ist wie eine Therapie, die nie endet. Aber irgendwann möchte man doch austherapiert sein. Wozu denn sonst die Qualen?«

»Und wenn die Therapie nicht für dich selbst ist, sondern für andere ...?«

Mischa verstand nicht, was sie meinte.

»Diese Anzeige im *Falter*, die du angezeichnet hast. Interessiert dich das?«

Mischa lachte. »Das ist das Projekt von Sebastian, er will das aufziehen. Er hat mir die Zeitung bei der Abschiedsfeier gegeben. Ich glaube nicht, dass die Sache aufgeht.«

Er schüttelte den Kopf und biss wieder in seinen fettigen Burger.

Valerie konnte ihm kaum noch zusehen. »Aber warum hast du dir dann überhaupt freigenommen, und warum holst du dieses Album hervor, das offenbar deine Mutter gemacht hat, und dieses Plakat von dem Film, von dem du mir nie erzählt hast?!«

Mischa ließ den Burger sinken und schluckte den Bissen mit Gewalt herunter.

»Weil ich mich erinnern wollte, ob ich einmal wusste, wer ich bin.«

»Das heißt, jetzt weißt du nicht, wer du bist?«

Er überlegte lange, dann zuckte er die Schultern. »Vielleicht, vielleicht nicht, keinen Schimmer. Der Film ist übrigens nie rausgekommen, der Regisseur hatte nach dem Dreh einen Zusammenbruch und ist mitsamt dem Film abgetaucht.«

»Aber du hattest deine Stücke, du hast so tolle Kritiken bekommen!«

»Als ob die Kritiker Bescheid wüssten! Tun wir ja selbst nicht! Man besucht Kurse und Workshops, zieht sich Strasberg und Meisner rein, hört sich die Sprüche der alten Kollegen an, schmiedet seine eigenen Strategien, arbeitet an Techniken – aber am Ende bist du nicht schlauer als am Anfang.«

»Aber du hast es ja gut gemacht, besser als andere. Dir stand alles offen. Dir *steht* alles offen.«

»Das macht es nicht einfacher, Valerie!«

Wenn er sie mit Namen ansprach, dann nur, um sie zu verbessern. Trotzdem tat er ihr jetzt vor allem leid, wie er da vor ihr saß mit Ketchup an der Wange und dunklen Ringen unter den Augen. Zum ersten Mal vielleicht legten sich für sie seine verschiedenen Wesen übereinander und ergaben in der Summe der Eigenschaften eine ganze Person. Sie sah den talentierten Künstler und den kleinen Rotzlöffel, der er einmal gewesen sein musste, den Verkäufer-Typ im Verlagsgeschäft, zu dem er sich selbst gemacht hatte, und den netten Kerl, mit dem man schon am früheren Nachmittag Bier trinken und über den Stress mit der Freundin oder sonstigen Alltagskram reden konnte. Er war all das, zusammengehalten von Schwermut und einem Marmeladenglas-Gummi.

Valerie dachte an das, was ihr einmal eine amerikanische Bekannte in Bezug auf einen anderen Mann geraten hatte: »Never try to fix him!«

Aber versuchen musste sie es doch! Und sie hatte nicht ewig Zeit, denn sie glaubte, Mischa war drauf und dran, sich aus dem Kreis der Vernünftigen – dem Club Ratio – zu verabschieden.

»Du glaubst, ich werde verrückt!«, sagte er zwischen den letzten zwei gierigen Bissen.

Valerie überging seine erstaunlich zutreffende Bemerkung geflissentlich.

»Hast du irgendwelche Pläne, wie es jetzt weitergehen soll? Wann willst du wieder in die Arbeit gehen?«

Mischa zuckte die Schultern.

»Vielleicht am Montag, könnte auch Mittwoch werden. Es ist aktuell irgendwie schwer kalkulierbar.«

»Gibt es vielleicht irgendwas, das ich für dich tun kann?«

Mischa schüttelte den Kopf.

»Aber es gibt noch etwas, das ich selbst probieren kann.«

Einen Tag später saß Sebastian im Wohnzimmer und schrieb an seinem Stück. Es handelte von einem Kunstmanager (den Sebastian spielen sollte) und seinem Vater, einem Lobbyisten, die beide wegen unterschiedlicher Vergehen in Untersuchungshaft saßen, und das in derselben Justizanstalt in Wien. Sebastian hatte noch nie zuvor für die Bühne geschrieben, und er merkte, dass die witzigen Ideen und geschmeidigen One-Liner, die beim Impro-Theater ganz selbstverständlich kamen, sich daheim vor dem Computer ungleich mehr zierten.

Am frühen Abend rief er seinen Koautor an. Der Handyverweigerer Steiner, der in einer WG mit einer geschiedenen Naturwissenschaftlerin lebte, war nicht daheim. Seine Mitbewohnerin teilte Sebastian mit, dass Steiner in Vietnam sei. Sebastian glaubte, falsch verstanden zu haben, und wollte sich bestätigen lassen, dass Steiner doch bestimmt nur *beim Vietnamesen* war. »Er ist in Vietnam«, wiederholte die Frau und konkretisierte, dass er etwa vier Wochen weg sei. Er würde aber E-Mails lesen, »wenn es sich ergebe«. Großartig, dachte Sebastian, auch so konnte man seinem Partner mitteilen, welche Priorität das gemeinsame Projekt besaß.

Am frühen Abend bekam Sebastian überraschend einen Anruf von Mischa. Er wollte ihn in dem alten Theaterbeisl treffen, das sie früher oft zusammen besucht hatten. Sebastian war verwundert, so schnell wieder von ihm zu hören, aber die Verabredung kam ihm gerade recht, um den Frust des Tages mit ein paar Gläsern Wein wegzuspülen.

Er betrat die Kneipe in der Josefstadt kurz vor halb zehn. Es war ein kleines, dämmriges Lokal; die Sechziger-Jahre-Möbel waren abgewetzt, die Lampen trüb geworden, die Kellner führten kein Lächeln im Repertoire und servierten einen Schankwein, den niemand ein zweites Mal trank. Man bestellte den *Intendantenwein*, der war durchaus genießbar.

Sebastian ließ den Blick über die anwesenden Gäste schweifen. Die meisten kannte er. Er sah ein paar Darstellerkollegen, eine junge Regisseurin mit ihrem Assistenten, das trinkwütige Pärchen, das über dem Lokal wohnte, und … Mischa. War das ein Marmeladenglas-Gummi in seinem Haar?

Mischa bemerkte ihn und winkte ihm erfreut-arglos zu,

als wären seit seinem letzten Besuch hier nicht ein oder zwei Jahre, sondern nur ein paar Tage vergangen. Sebastian deutete auf zwei leere Plätze an der Schmalseite der Bar. Mischa entschuldigte sich bei dem Mädchen, mit dem er sich unterhalten hatte, und ließ sich neben seinem Freund nieder. Sebastian bestellte für sich ein Achterl *Intendant* und für sie beide einen *Gründgens*, den Hausschnaps mit Himbeersirup.

Mischa sah sich in dem altvertrauten Lokal um und lächelte mit einer Seelenruhe und Verklärtheit, die Sebastian nur von Rollen her bei ihm kannte, aber nie in Wirklichkeit gesehen hatte.

»Geht's dir gut?«

Mischa nickte. »Ja, allerdings.«

»Ich habe nach Ottos Abschiedsfeier nicht das Gefühl gehabt, dass wir uns so bald wiedersehen ...«

»Überrascht mich selbst etwas. Ich war ziemlich fertig nach dem Abend.«

»Ging mir ähnlich.«

»Nein, nein. Anders fertig. Nachhaltig.«

»Wegen Otto?«

»Auch, ja. Kann ich dir die ganze Geschichte erzählen? Ich habe das alles ziemlich gründlich durchdacht, und es würde mich interessieren, was du dazu sagst.«

»Fang an«, sagte Sebastian.

»Mich haben nach Ottos Abschied ein paar Dinge beschäftigt. Dinge, die teilweise schon seit vielen Jahren auf eine Klärung warten. Ich rede da von meinem Verhältnis zu Otto, aber auch von meinen Beziehungen mit Frauen, vor allem aber vom Spielen und warum ich damit aufgehört habe.«

Sebastian nickte. Jetzt nur keine hastigen Zwischenfragen, Mischa öffnete sich nicht alle Tage.

»Ich habe mir in der letzten Woche von der Arbeit freigenommen und bin durch die Gegend gelaufen. Tagelang. Ich habe immer wieder über die Gespräche bei der Abschiedsfeier nachgedacht, das mit Diana, in dem sie mir indirekt vorgeworfen hat, ich sei ein Feigling, mein Talent zu verschwenden, oder unseres, als du gesagt hast, ich habe nie für mich gespielt.«

Mischa hatte sich ihr Gespräch also zu Herzen genommen. Sebastian spürte eine Zärtlichkeit in sich aufsteigen, von der er nicht mehr dachte, sie noch einmal für seinen Freund empfinden zu können.

»Ich bin am Seminargelände herumgeschlichen und hab mir die alt gewordenen Professoren angeschaut, hab Orte besucht, an denen ich schöne Momente mit Exfreundinnen hatte, und ein paar Tränen zerdrückt. Ich bin sogar in der Straße gewesen, in der ich aufgewachsen bin. Irgendwie habe ich auf eine Begegnung gehofft. Du kennst das: Der Protagonist läuft auf der Suche nach sich selbst einer alten Frau über den Weg, die ihn kannte, als er ein Knirps war, und ihn an eine Begebenheit in seiner Kindheit erinnert, die er vergessen hatte und die ihm wie ein fehlendes Puzzleteil Klarheit über sein Leben bringt!«

Die Tür ging auf, und ein Freund von Sebastian kam herein. Er war noch keinen Meter an die beiden herangekommen, als ihm Sebastian kurz und etwas barsch deutete, er solle sich hinsetzen und mit jemand anderem reden, was der Freund konsterniert befolgte.

»Die ganze Zeit über«, fuhr Mischa fort, »als ich so durch

Wien gerannt bin, ist mir ein Lied durch den Kopf gegangen: ›Across the Universe‹ von den Beatles. Ich hatte es auf der Toilette bei Valeries Familienfest gehört, und es hat mich erst auf die Idee gebracht, doch noch zu Ottos Abschied zu fahren. Es ist auf der Feier gespielt worden, und danach hab ich es an jeder Ecke gehört. Mein erster Gedanke war, das ist Otto, der hat noch ein Hühnchen mit dir zu rupfen, der gibt dir aus dem Jenseits noch Saures. Aber das ist mir nach ein-, zweimal drüber schlafen doch eher abwegig vorgekommen. Warum hat mich die Melodie aber nicht losgelassen? Vielleicht, dachte ich mir, kriegst du diesen Song deswegen nicht aus dem Kopf, weil er eine Botschaft in sich trägt, die einen direkten Bezug zu deinem Leben und damit auch zu deinem ganzen aktuellen existenziellen Dilemma hat. Ergo: Entziffere die Botschaft des Songs, und du findest die Antworten auf deine Fragen!«

Sebastian war ganz Ohr. Er glaubte daran, dass man manche Lieder nicht zufällig in bestimmten Momenten im Leben hörte.

»Ich bin also gestern in einen Laden spaziert und habe mir einen Disc Man – die Dinger gibt es noch – und die *Let-It-Be*-CD gekauft. Dann bin ich zur Friedensbrücke gefahren und habe mich an einer ruhigen Stelle in die Wiese am Donaukanal gesetzt. Es war sonnig, ich habe Schuhe und Socken ausgezogen und die Kopfhörer aufgesetzt. Die Sonne auf der Haut, das Gras unter den Füßen, den Fluss im Blick, so bin ich dagesessen. Ich hab den Song angedreht und auf Wiederholung gestellt. Ich hab das Stück vielleicht vier oder fünf Mal gehört und erst mal nur versucht, den Kopf frei zu kriegen und mich auf die Musik einzulassen. Das ist bei dem

Lied ja nicht schwer, es lullt dich ein: Johns warme Stimme, die Sitar, dieses Gefühl, im Universum zu schweben. Dann habe ich mich auf den Text konzentriert: Hier ist also ein Mensch, der sich dem Universum geöffnet hat. Glück und Trauer fließen durch seinen Geist. Ihn rufen die Sterne, und seine Gedanken, die gerade noch wie der Wind durch einen Briefkasten getaumelt sind, fliegen ins Weltall. Endlose, unsterbliche Liebe scheint auf ihn wie tausend Sonnen und zieht ihn hinein ins Universum. Man hört das und denkt: Es muss schön sein, die Sorgen so hinter sich zu lassen und sich ganz den Mysterien des Kosmos zu überlassen. Bloß eines passt einfach nicht ins Bild: der Refrain. *Nothing's gonna change my world.* Warum beharrt dieser Mensch so darauf – die Zeile wird zwölf Mal im Song gesungen –, dass sich seine Welt nicht ändern wird? Er scheint sich doch zu wünschen, dass sich etwas ändert, dass er seine kleinlichen Ängste ablegt und Teil eines größeren Ganzen wird. Vielleicht geht es in dem Song gar nicht um die Öffnung des Geistes oder um Meditation. Vielleicht geht es ums Sterben. Deswegen will er nicht loslassen: Wenn er eins mit allem wird, wenn seine Gedanken schweigen, ist das sein Tod als Individuum.«

»Glaubst du nicht, dass man Songs immer auf verschiedene Arten interpretieren kann, vor allem wenn sie um abstrakte Dinge kreisen ...«, warf Sebastian vorsichtig ein.

»Klar, das denke ich auch. Aber es ist mir ja gar nicht so sehr darum gegangen herauszufinden, was John mit dem Song aussagen wollte. Ich habe nur eine Art Hebel gesucht, der sich in die verklemmten Scharniere meiner Überlegungen stemmen lässt. Und ich habe diesen Hebel in der Zeile *Nothing's gonna change my world* gefunden. Ich habe auf einmal verstanden, dass sie zwei ganz unterschiedliche Bedeutungen haben kann: eine von Angst geleitete, in der Veränderung den Tod bedeutet, und eine zweite, die zuversichtlich ist, in dem Sinne: Egal was passiert, Gutes oder Schlechtes, es besitzt nicht die Kraft, meine Welt zu verändern. Und dann habe ich begonnen, darüber nachzudenken, was Veränderung für mich bedeutet. Ob ich sie als Gefahr oder als Chance sehe. Ich habe an Momente in meinem Leben gedacht, in denen ich eine Veränderung herbeigeführt habe: als ich aus meinem ersten Ensemble ausgestiegen bin, mich von Freundinnen getrennt habe, den Kontakt zu Otto eingestellt habe. Und dann der große Bruch, als ich dem ganzen Theater den Rücken gekehrt habe, meiner Band, all dem. Ganz offensichtlich ist mir plötzlich vor Augen gestanden: Wann immer ich eine Veränderung in meinem Leben vollziehe, bedeutet sie den Verlust von Menschen! Ich habe über die Motive meiner Entscheidungen nachgedacht. Warum handle ich immer so, dass ich am Ende Menschen verliere? Du musst dir vorstellen, dass ich in dem Moment immer noch den Song höre, vielleicht zum zwanzigsten Mal. Und als wieder der Refrain beginnt – *Nothing's gonna change my world* –, da begreife ich es plötzlich! Es ist wie eine Sehne, die reißt. *Mischa,* sage ich zu mir, *du veränderst deine Welt, damit du dich selbst nicht verändern musst!* Das ist der Grund! Das war er immer! Ich hatte den verdammten Song geknackt!«

Mischa hielt erschöpft inne und leerte den zweiten *Gründgens,* den Sebastian für ihn bestellt hatte. Sebastian überlegte, ob es möglich war, dass sich Mischa innerhalb einer Stunde mithilfe von Popmusik selbst therapiert hatte.

Aber sein Freund war noch nicht ganz fertig:

»Unter diesem Gesichtspunkt ist mir alles klar gewesen: Ich bin mein Leben lang Kompromissen aus dem Weg gegangen und habe meine Ideale gepflegt. Und ich habe immer gedacht, das zeichnet mich aus. Jetzt glaube ich, dass es mich bloß Freundschaften und Chancen gekostet hat.«

»Das waren jetzt sehr große Erkenntnisse in sehr kurzer Zeit, Mischa. Vielleicht solltest du nicht so hart mit dir ins Gericht gehen. Manches siehst du morgen wieder anders.«

»Nein, nein, ich ziehe das jetzt durch.«

»Was meinst du? Kündigst du jetzt deinen Job?«

»Nein. Das ist doch genau mein altes Muster. Mir schwebt etwas anderes vor.«

»Ok, und zwar was?«

»Ich will bei deiner Sache dabei sein.«

»Bei meiner Sache?«

»Ja, das mit der Anzeige in der Zeitung! Du hattest vollkommen recht: Ich habe nie einfach so gespielt. Spielen, weil es ein Spiel ist. Ich will mich verändern! Wenn du mich willst – ich bin dein Mann!«

»Aber ich habe noch nicht einmal einen Kunden! Was ich habe, ist ein Haufen Probleme.«

»Jedes Problem hält ein Geschenk in seiner Hand!«

»Ach, du weißt doch, dass es genau umgekehrt ist!«

In dem Moment wechselte der Computer auf den nächsten Song. Sie hörten die Klänge einer indischen Trommel, Gitarren, eine Sitar. »Words are flowing out like endless rain into a paper cup …«

Die Blicke der Freunde trafen sich. Was die meisten einen Zufall genannt hätten, war für sie ein Zeichen.

Am Tag darauf, es war Samstag, sollte Valerie Blumenarrangements in eine Wohnung in der Wiedner Hauptstraße bringen, gleich ums Eck von ihrem Geschäft in der Galeriengasse. Der Auftraggeber, ein älterer Herr mit amerikanischem Akzent, hatte die Blumen ein paar Tage zuvor bei Valerie bestellt. »Frühlingshaft und uplifting« war sein zweisprachiger Wunsch gewesen, und sie hatten Tulpen, Pfirsichblüten, Tazetten, Sterndolden, Schneebälle und weiße Narzissen gewählt. Zur Verabschiedung hatte er zu ihr gesagt, sie erinnere ihn an jemanden. Sein Begleiter, ein junger Mann, hatte gefragt: »Poldi?«, und der Alte hatte genickt. »Ich hoffe, sie ist cool«, hatte Valerie etwas schnoddrig gesagt, und der alte Mann hatte geantwortet: »Das war sie, wie hätte sie sonst ihre ganze Familie durch einen Weltkrieg gebracht …« Darauf war Valerie keine passende Antwort eingefallen.

Normalerweise wäre ein Bote mit der Lieferung beauftragt worden, aber in diesem Fall hatte der Kunde nochmal angerufen und gebeten, Valerie solle die Blumen persönlich vorbeibringen und vor Ort arrangieren. Also fuhr sie selbst den Kombi der Chefin die fünfhundert Meter bis zur Adresse ihres Auftraggebers, einem renovierten Jahrhundertwendehaus, das in einer langen Reihe von ähnlich gepflegten Zinshäusern stand. Valerie und die Aushilfe aus dem Geschäft trugen die Blumen durch das sonnendurchflutete Stiegenhaus in den ersten Stock hinauf und stellten sie vor der Wohnungstür ab. Die Kollegin verschwand gleich wieder, und Valerie drückte auf den Klingelknopf neben der hohen, weißlackierten Flügeltür. Der junge Mann aus dem Geschäft öffnete, während er auf Englisch ein Telefonat mit seinem Headset führte.

»Bernhard is still in Berlin, but he promised to be in Vienna tomorrow in the afternoon at the latest! Sophie will be arriving tonight, she caught the train from Bregenz just an hour ago. I haven't heard from Susanne and Mike, I guess they'll join up with the rest tomorrow in the afternoon. What about the twins, are they going to make it?«

Valerie trat ein und schlich auf der Suche nach dem alten Herrn durch die Räume. Die Altbauwohnung war frisch ausgemalt worden, der Parkettboden abgeschliffen und neu lackiert. Die Fenster waren geputzt, und es roch nach Reinigungsmittel und Bodenpolitur. Die wenigen Möbel waren großteils so alt, dass sich bei Valerie die Empfindung einstellte, dass diese Wohnung nicht neu bezogen, sondern aufgegeben und für den Verkauf hergerichtet wurde. Nachdem sie drei Räume durchwandert hatte, kam sie in einen großen Salon, in dem ein langer Tisch mit einem Dutzend Stühlen stand. Der alte Mann aus dem Blumengeschäft saß in einer Ecke des Raumes in einem Schaukelstuhl vor einem Plasmabildschirm und sah ein Baseballspiel auf ESPN America. Als er Valerie bemerkte, versuchte er aufzustehen, was ihm aber bei dem wippenden Stuhl nicht sofort gelang. Valerie versuchte, ihm zu helfen, indem sie den Sessel hinten fixierte. Dadurch war die Sesselkante aber zu hoch, um vorne herunterzurutschen. Valerie musste den Stuhl also langsam nach vorne kippen lassen, damit der Alte heruntersteigen konnte. Mit einer etwas gewagt aussehenden abrupten Verlagerung nach vorne gelang es ihm schließlich, in die Aufrechte zu gelangen. Er drehte sich zu Valerie um, leicht schnaufend und mit gerötetem Gesicht.

»Jetzt haben wir schon etwas zusammen erlebt. Wollen

Sie den Stuhl haben, ich schenke ihn her! Der ist wirklich ein Murks!«

Er sprach das charmante Deutsch von Exil-Wienern, die jahrzehntelang in den USA gelebt hatten.

Valerie lachte und meinte, natürlich würde sie ihn nehmen, jetzt wisse sie ja auch schon, wie man wieder runterkam.

Der Mann nickte und sagte: »Sie sind ein bewegliches Mädchen, Sie kriegen das hin. Verzeihung, das sollte nicht unangemessen klingen. In Amerika muss man sehr genau aufpassen, was man in diesen Tagen sagt. Leute – auch die jungen – legen viel Wert auf ihre Komfort-Zone. Alles Mögliche kann sie ängstigen oder kränken oder verletzen! Jetzt soll es Warnhinweise in Büchern geben: Dieses Buch enthält Szenen, die Sie erschrecken könnten. In diesem Buch gibt es Sex und Violence. Kann man den Leuten Literatur nicht mehr zumuten? Wenn Sie Angst vor großen im Wasser lebenden Säugetieren haben, sollten Sie dieses Buch nicht lesen!«

»*Moby Dick*«, sagte Valerie wie eine aufmerksame Schülerin.

»Genau, das ist aber auch ein erschreckendes Buch. Nur das Monster ist natürlich der Mensch, nicht der Wal. Wobei der Wal auch kein Guter ist.«

Der Mann schüttelte den Kopf und sah wieder zum Bildschirm.

»Die Saison beginnt gut, die Giants sind stark in diesem Jahr!«

Valerie versuchte, sein Alter zu schätzen. Er musste über achtzig sein, gut möglich, dass er auf die neunzig zuging.

Er hatte dichtes weißes Haar mit starken Wirbeln und die fleckige Haut eines Mannes, der die letzten sechzig Jahre in Kalifornien gelebt hatte und nicht an Sonnenschutz glaubte. Seine Ohren waren groß wie Seifenschalen und beherbergten halbdurchsichtige Hörgeräte modernen Typs, seine Zähne waren makellos unecht. Das Hellblau seiner Augen schien hinter den Gläsern seiner schwarzen Hornbrille bereits etwas auszulaufen. Als er vorschlug, die Blumen hereinzuholen, griff er nach seinen Nordic-Walking-Stöcken, deren Spitzen in zwei Tennisbällen steckten, und ging in seinem roten Trainingsanzug überraschend flott in Richtung Vorzimmer.

Valerie folgte ihm. Der junge Mann mit dem Headset hatte die Sträuße bereits in die Küche getragen, wo sie nun einer neben dem anderen auf der Theke standen.

»Sie sind einfach wundervoll!«, sagte der Alte mit fassungslosem Kopfschütteln, als hätte er es nicht für möglich gehalten, dass Valerie das so hinbekäme.

»Herrlich, die Narzissen. Gibt es schönere Blumen? Aber sie wollen, dass man ihre Schönheit allein bewundert, andere Blumen halten sich nicht neben ihnen.«

»Das stimmt«, sagte Valerie, »sie enthalten einen Giftstoff im Stängel, der anderen Blumen schadet. Wenn man sie einen Tag allein ins Wasser stellt, löst sich das Gift, und man kann sie gemeinsam mit anderen Pflanzen in die Vase stellen.«

Der Alte sah den Jungen an. »Wusstest du das, Patrick?« Er sprach den Namen englisch aus.

»Nein, ich verstehe nichts von Blumen, das weißt du.«

Der Alte nickte, dann wandte er sich an Valerie: »Ich

dachte, er würde mir auch den Garten machen in Kalifornien, aber das erwies sich als Fehleinschätzung. Er ist ein ›Handyman‹ im nicht-amerikanischen Sinne des Wortes, verstehen Sie?«

Valerie schüttelte den Kopf. »Ich bin mir nicht sicher …«

Patrick sprang ein: »Herr Freedman meint, ich kann mit dem Handy mehr anfangen als mit dem Handwerkszeug. Wir haben schließlich José für den Garten engagiert, der sich auch als hervorragender Grillmeister und lernfähiger Crocket-Spieler erwiesen hat. Es hat sich also alles zufriedenstellend gefügt.«

»Dann ist ja gut«, besänftigte Valerie die beiden Männer, deren Beziehung ihr ungewöhnlich vorkam. Sie löste die Schleife ihrer Schürze und band sie etwas fester neu und gab damit auch den Startschuss, mit der Arbeit zu beginnen. »Wohin also?«

In den folgenden dreißig Minuten verteilten Valerie, Patrick und Freedman die Blumensträuße in der Wohnung, brachten die extra bestellten Gestecke an Türen und Fenstern an und legten die Tischdekorationen auf. Währenddessen erzählten die Männer von dem Familientreffen, das am folgenden Tag stattfinden würde – zum letzten Mal in dieser Wohnung, die demnächst an den Makler übergeben werden sollte. Verwandte reisten gerade aus ganz Europa und den USA an, um noch einmal in jener Wohnung zusammenzukommen, in der schon Freedmans Großeltern gelebt hatten. Als die Wohnung mit Blumen geschmückt war, sah sie tatsächlich »frühlingshaft und uplifting« aus, wie es der Auftraggeber gewünscht hatte.

»Valerie, Sie haben das gut gemacht. Würden Sie mir noch

die Ehre geben, mit uns gemeinsam ein Sektfrühstück einzunehmen?«

Valerie wollte ablehnen, aber Freedman ließ ein Nein nicht zu. Also rief sie im Geschäft an, und ihr Kollege Jochen sagte ihr, dass die Chefin selbst gerade zum Lunch hinaus sei. Freedman schickte Patrick zum Feinkostladen drei Häuser weiter und bat Valerie, bis zu dessen Rückkehr mit ihm im Salon Platz zu nehmen.

Als sie an dem riesigen Tisch saßen, etwa zweieinhalb Meter voneinander entfernt, und Freedman sie auf eine Weise anlächelte, als wären sie alte Freunde oder hätten jedenfalls eine gemeinsame Vergangenheit, fühlte sich Valerie dazu verpflichtet zu fragen: »Wer war denn diese Poldi, der ich ein bisschen ähnlich sehe?«

Freedman lächelte, nahm seine Brille ab und legte sie auf den Tisch.

»Da muss ich etwas ausholen. Wissen Sie, womit ich mein Geld gemacht habe, Valerie? Ich war Drehbuchautor. Ich sage ›war‹, weil ich nicht mehr schreibe. Ich arbeite noch, aber nur als Script Doctor. Meine Patienten sind Hollywood-Drehbücher. Manche haben nur kleine Leiden, die man kurieren kann, andere sind unheilbar, für sie kann man eigentlich nichts mehr tun. Dennoch schaffen es auch die unheilbaren Patienten manchmal auf die Leinwand, wo sie uns dann mit ihren verkrüppelten Plots verwirren und erschrecken. Haben Sie *Cowboys & Aliens* gesehen? Glauben Sie mir, der Titel ist das Beste an dem Film! Na ja, Sie gehen sicher auch ins Kino, Sie wissen, wovon ich spreche. Ich habe mich mein Leben lang mit Filmen beschäftigt. Wissen Sie, welche die wichtigsten Worte des Autors sind, Valerie? Es sind bloß zwei: What if. Und das führt mich zu Poldi. Wenn ich mich an sie erinnere, denke ich: What if? Was wäre gewesen, wenn es damals anders gekommen wäre ...«

Er machte eine dramatische Pause, dann fuhr er fort:

»Stellen Sie sich vor: Es ist das Jahr 1951. Wien liegt immer noch in Trümmern. Es wird wiederaufgebaut, aber vieles ist unwiederbringlich zerstört. Die Stadt wird von vier Nationen kontrolliert, die sich die Bezirke untereinander aufgeteilt haben. Sie kennen die Story. Täter und Opfer des Krieges, der noch nicht lange vorbei ist, leben und wohnen nebeneinander, arbeiten miteinander. Man weiß: Der hat den denunziert, der hat mit denen kollaboriert, die haben weggeschaut, und so weiter. Aber man tut so, als wäre nichts gewesen, man schaut nach vorne. Die einen wollen wieder alles aufbauen, wie es war, die alten Machtverhältnisse herstellen; einige Junge träumen von neuen Ideen: Existenzialismus, Surrealismus, Kommunismus – alles Neue fasziniert. Was aber alle spüren, ist die Armut. Es gibt fast nichts, die Menschen leiden Not, der Schwarzmarkt blüht. In diese Stadt, die im Vergleich zum Rest von Österreich düster und bedrückend ist, kommt ein junger Mann zurück. Er hat seine Heimatstadt vor dem Krieg verlassen, ist in die Schweiz gefahren, hat angefangen, beim Film zu arbeiten, ist dann nach Amerika gegangen. Jetzt betritt er die Stadt seiner Kindheit und Jugend wieder. Zuerst denkt er: Er kennt dieses Wien gar nicht mehr, alles ist anders. Beinahe ist er glücklich, Kalifornien ist nun seine Heimat geworden, er muss kein Zerrissener sein. Aber er irrt sich. Als er durch seine alte Wohngegend geht, entdeckt er den Greißler, bei dem er Zuckerln gekauft hat, er blickt in einen Hof, wo er mit seinen Kameraden gespielt hat, und er hört das Bimmeln der Tram, das ihn als Kind beim Einschlafen gestört hat. Natürlich ist es noch die Stadt seiner Kindheit! Sein Herz wird ihm schwer, und er weiß, so wird es jetzt immer sein. Er wird auch ein Zerrissener sein, wie so viele, die weggegangen sind.

Er macht sich auf die Suche nach Poldi. Leopoldine Reisinger. Das Mädchen, dem er das erste Bussi aufgedrückt hat, das ihn vom Fahrrad geworfen und dann verarztet und liebkost hat, das ihm mit zehn Jahren einen Brief geschrieben hat, den er immer noch auswendig kennt. Er trifft es wieder, das Mädchen aus dem Nachbarhaus. Jetzt ist sie wie er 26 Jahre alt. Er verliebt sich in sie, oder war er es die ganze Zeit? Aber natürlich, da ist ein anderer Mann, Fritz, und der will sie heiraten, und sie will das vielleicht auch. Einen Monat lang bleibt der junge Mann in Wien. Er verbringt Zeit mit Poldi und ihrem Verlobten, sie streifen durch die Trümmer und die Weinberge. Er kommt ihr näher, ganz nahe sogar. Eine Nacht lang steht alles auf der Kippe. Aber als er wieder fährt, ist er allein. Leopoldine Reisinger heiratet im Sommer des nächsten Jahres ihren Fritz. Der junge Mann nimmt in Kalifornien eine junge Schauspielerin zur Frau, und bald bekommen sie ein Kind. Er hat Erfolg und eine Familie. Aber immer wieder, sein Leben lang, denkt er: What if.«

Freedman setzte die Brille wieder auf, fasste in die Tasche seiner Sportjacke und holte eine Packung Marlboro hervor. Er steckte sich eine Zigarette in den Mund. Valerie sah ihm mit großen Augen dabei zu.

»Keine Sorge«, sagte Freedman, »ich zünde sie nicht an!«

Er saugte an der kalten Zigarette und blies die Luft geräuschvoll wieder aus. Dann sagte er leise: »*Die Vorstellung*, verstehen Sie?«

»Haben Sie sie danach noch einmal wiedergetroffen?«, fragte Valerie.

»Nein, nie mehr. Sie starb jung, sie war nicht viel älter als vierzig.«

»Wie war sie denn?«

»Sie war wild und verantwortungsvoll zugleich. Der Spaß hat für sie dort begonnen, wo man Regeln nicht so ernst nahm und Leuten ein bisserl auf der Nase herumtanzte, aber gleichzeitig hat sie wohl gewusst, dass ihr Spaß auch nicht das Wichtigste auf der Welt war. Als Kind wollte sie zum Zirkus gehen oder Schriftstellerin werden, als dann der Krieg gekommen ist, hat sie als Schneidergehilfin, als Billeteurin, später als Kellnerin gearbeitet. Als ihr Vater krank geworden ist, hat sie sogar Geschoße in der Rüstungsfabrik zusammengesteckt, damit das Geld gereicht hat. Nach dem Krieg hat sie als Sekretärin in irgendeiner großen Firma gearbeitet, daneben hat sie sich einer Kabarettgruppe angeschlossen, in der sie ein bisschen gesungen und ihre hübschen Beine hergezeigt hat. Sie hat nicht mehr an eine Karriere geglaubt, sie hat sich nur austoben oder ablenken wollen. Ihr Bruder ist im Krieg getötet worden, die Traurigkeit darüber hat ihr eine Aura gegeben, die mich noch mehr für sie eingenommen hat.«

Freedman beobachtete Valerie mit seinen wässrigen Augen durch die dicken Gläser seiner Brille.

»Sie sind ihr wirklich ähnlich. Aber Sie sind nicht traurig, oder? Sie haben Sorgen, aber trauern mussten Sie noch nicht.«

»Nicht um einen Verstorbenen.« Sie unterdrückte den Drang, sich für die Abwesenheit von tiefer Traurigkeit in ihrem Leben zu rechtfertigen. Dann stellte sie ihm eine Frage: »Würden Sie heute etwas anders machen, wenn Sie diesen Monat in Wien im Jahre 1951 noch einmal erleben könnten?«

»Um das zu wissen, müsste ich ihn wohl noch einmal erleben.«

»Vielleicht können Sie das ja«, sagte Valerie.

»Was meinen Sie?«

»Es ist nur so eine Idee, die mir vorher gekommen ist.«

In diesem Moment hörte Valerie, wie die Wohnungstür geöffnet wurde. Sie stand auf und ging Patrick entgegen, der zwei Papiersäcke und eine Flasche Prosecco trug. Sie half ihm, Essen und Geschirr in den Salon zu bringen. Während des Essens drehte sich ihre Unterhaltung wieder um das bevorstehende Familientreffen. Anschließend sprachen sie über aktuelle Theaterinszenierungen, die in Wien Tagesthema waren, von denen Valerie jedoch nicht viel wusste, weil ihr Freund Theaterbesuche kategorisch verweigerte.

Als der Prosecco geleert war, bedankte sich Valerie artig und sagte, sie müsse nun aufbrechen. Freedman bat Patrick, Valerie eine Karte von ihnen zu bringen, damit sie bei ihnen anläuten könne, falls es sie nach Kalifornien verschlug. Während Patrick in den Vorraum ging, mühte sich Freedman hoch und reichte Valerie die Hand zum Abschied.

»Wie lange sind Sie noch in Wien?«, fragte sie ihn.

Er erwiderte, sie würden noch drei Wochen bleiben. Valerie hatte das Gefühl, dass dies Freedmans letzter Besuch in seiner Geburtsstadt war. Sie musste ihn jetzt ansprechen, wenn sie die Chance nutzen wollte. Vielleicht würde er sie für eine Irre halten und aus der Wohnung jagen, aber sie glaubte wirklich, dass dies eine einmalige Gelegenheit war, vielleicht sogar so etwas wie eine Fügung. Schließlich erinnerte sie ihn an diese Poldi, und offensichtlich hatte er mit der Frau und ihrer gemeinsamen Vergangenheit noch nicht abgeschlossen. Und dann dachte sie daran, dass sie dies hier eigentlich nicht für Mischa machte oder für seinen Freund Sebastian, den sie gar nicht kannte – nein, sie machte das für sich selbst. Sie wollte das erleben.

Valerie holte tief Luft.

Sie kamen so plötzlich ums Eck, dass Sebastian völlig unvorbereitet war. Emil sah er zuerst: Er stapfte mit schweren Schritten und grimmigem Ausdruck – tief in einer Phantasiewelt voll von Piraten, Dinosauriern und schwarzen Rittern steckend – durch die Drogerie, die ihm nichts bot, das seine geistige Anwesenheit notwendig machte.

»Emil, stopp!«, hörte Sebastian Annas Stimme, und schon eilte sie an ihm vorbei. Aus den Augenwinkeln erfasste sie ihn, und ein überraschtes »Du!« löste sich von ihren Lippen, bevor sie Emil an den Schultern packte und daran hinderte, auf die Straße hinauszutrampeln. Als sie sich zu ihm umdrehte und Sebastians Herz vor Freude über die zufällige Begegnung höher schlug, löste sich Annas Blick von ihm und fiel sorgenvoll auf den Nachzügler, der hinter ihnen durch den Gang der dm-Filiale schlenderte. Jetzt sah ihn Sebastian auch: ein junger Mann in Jeans und T-Shirt, Haare schulterlang und strähnig, die Haut gebräunt, entspannt lächelnd. Er rief »Emilio, runter vom Gas!«, und dieser Spitzname für seinen Sohn – Emilio –, den weder er noch Anna je verwendeten, löste augenblicklich Alarm bei Sebastian aus. Der junge Mann sah, dass Anna jemanden getroffen hatte, und wandte sich Sebastian freundlich und offen zu.

Vorzustellen brauchte Anna Sebastian nicht, denn Emil hatte ihn schon entdeckt, rief »Papa« und stürmte auf ihn zu. Sie gaben sich ein nicht ganz treffsicheres Windmühlen-High-five – einmal oben, einmal unten –, dann ließ sich Emil von Sebastian an den Oberarmen packen und spielte Toter Mann: Seine Beine wurden weich, der Kopf kippte nach vorne, er wurde hundert Kilo schwer.

Anna fuhr sich etwas angespannt durch ihre kurzen, dunklen Strubbelhaare, als wäre dieses ungeplante Treffen die vielleicht schon dritte Seltsamkeit, die ihr heute widerfuhr.

»Wir wollten gerade Pflaster kaufen, er hat sich das Knie aufgeschürft.«

Sebastian sah zu dem Kleinen hinunter, der leblos in seinem Griff hing.

»Und jetzt ist er dran gestorben. Ihr könnt sie zurücklegen.«

Sie lächelte müde.

»Das ist übrigens Klaus!«

Sebastian konnte Annas Neuem schlecht die Hand geben, weil er sie für seinen Sohn brauchte. Klaus hob die Hand zum Gruß, und Sebastian sagte »Hi«, während er den jungen Mann ansah und in seinem Gesicht las wie ein Autor in der Neuerscheinung seines Konkurrenten.

Anna setzte gerade an zu fragen, was es Neues gebe, als Sebastian sie im Satz unterbrach und unecht fröhlich rief: »Was macht ihr so, wo zieht es euch hin?«

Anna zuckte bloß die Schultern, also gab Klaus die Linie vor:

»Wir wollten vielleicht ein Eis essen gehen, und dann irgendwo die Füße in einen Brunnen halten«, sagte er mit den Händen in den Hosentaschen und lächelte Anna an, »wir sind ziemlich viel gelaufen heute!«

Sebastian dachte sich: Wo soll dieser Brunnen sein, wo sie ihre Füße hineinstecken wollten? Ihm fiel im Umkreis von einem Kilometer keiner ein. Wo, dachte er, dass sie waren? Und was war das für ein Akzent? Weststeiermark, Murau? Oder Kärnten, St. Veit an der Glan, Wolfsberg? Vor seinem inneren Auge sah er Klaus, Anna und Emil in einem zwanzig Jahre alten VW Passat mit Judenburger Kennzeichen und Surfbrettern auf dem Dach auf dem Weg zum Neusiedler See.

»Wohin seid ihr denn gelaufen?«, fragte Sebastian und wandte sich nun direkt an Klaus, von dem er sich die vielversprechendere Antwort erwartete.

»Wir haben uns ein paar Innenhöfe angesehen und Hausverwaltungen rausgeschrieben«, antwortete er bereitwillig. »Es gibt so wilde Häuser in der Stadt.«

Als Sebastian Anna einen fragenden Blick zuwarf, presste sie die Lippen zusammen und ließ die Schultern sinken.

»Ich suche keine Wohnung. Klaus hat diesen Postschlüssel, mit dem man in jedes Haus reinkommt, und wir sind nur so durch den Siebten gelaufen und haben uns angesehen, wie andere leben …«

»… und welche Hausverwaltungen sie haben«, ergänzte Sebastian ihren Satz.

Der Sarkasmus seiner Bemerkung war unüberhörbar. Sogar Emil spürte, dass die Stimmung kippte: Er erwachte von den Toten, übersiedelte an die Hand seiner Mutter und erkundigte sich nach dem Eissalon.

»Wir gehen dann«, sagte Anna kurz, »Dienstag, oder?«

Sebastian nickte, am Dienstag würde er seinen Sohn abholen, falls dieser ihn dann noch sehen wollte. Klaus reichte ihm zum Abschied die Hand und lächelte etwas beklommen. Sebastian spürte, dass es nicht gut gelaufen war, und er wollte noch etwas Versöhnliches nachschicken, aber sein Mund war trocken, und er fühlte sich, als hätte er einen Texthänger. Die drei gingen zur Kasse, zahlten und verließen den Drogeriemarkt. Sebastian starrte ihnen nach. Er sah, wie dieser Bursche Anna draußen tatsächlich den Arm um die Schulter legte und sie zu dritt die Mariahilfer Straße hinuntergingen. Mit Sicherheit glaubte jeder einzelne Idiot dort draußen, dass sie eine perfekte kleine Familie waren.

Eine Stunde später saß Sebastian in einem menschenleeren Pub in einer ruhigen Parallelgasse zur Mariahilfer Straße. Es hatte gerade erst aufgesperrt und roch nach Putzmittel und altem Rauch. Er hatte mit dem ersten Bier, das heute aus der Zapfanlage geflossen war, an einem kleinen Tisch Platz genommen und starrte in den leeren Raum. Er trug Flipflops, kurze Shorts und ein Sommerhemd. Die Sonnenbrille lag vor ihm auf dem Tisch, auf dem Sessel daneben hatte er ein paar Einkaufstüten von seiner kleinen Shoppingtour abgestellt. Er bot das Bild eines Urlaubers, dessen Kreuzfahrtschiff gekentert war, während er kurz Souvenirs kaufen ging.

Minutenlang rührte er sein Bier nicht an, bewegte sich überhaupt nicht. Vor seinem inneren Auge sah er immer wieder diese kleine Familie, die Hand in Hand die Einkaufsstraße hinunterspazierte. Es war *seine* Familie, bloß schien er beim wichtigsten Casting seines Lebens versagt zu haben, und ein anderer war für die Rolle des Vaters besetzt worden.

Was ihn lähmte und was er nicht in seinen Kopf hineinbekam, war die einfache Tatsache, dass es die Summe seiner eigenen Entscheidungen war, die zur aktuellen Situation geführt hatte! Er war nicht ausgetrickst, nicht betrogen, nicht ausgestochen worden. Er hatte sich selbst aus der Rechnung genommen. Schon vor langer Zeit.

Er war Anna an einem Sommerabend bei einer Party auf einer Dachterrasse mit Blick über den zweiten Bezirk begegnet, der Himmel grau mit leuchtrosa Schleier, das Riesenrad zum Greifen nah. Er ein erfolgshungriger Schauspieler, extrovertiert, auf Abruf charmant, mit Hang zum Exzess und der ersten Bitterkeit des ausbleibenden Durchbruchs; sie eine junge Sozialarbeiterin, nachdenklich, sorgsam. Er sprach sie an, weil er sich von ruhigen Wassern angezogen fühlte. Sie war geschmeichelt, sie kannte Männer wie ihn nicht, und auch wenn ihr klar war, dass er nur eine Show abzog, bewunderte sie, dass er es konnte. Ihm gefiel ihr scharfer Verstand und dass sie sich Zeit ließ, bevor sie etwas auf seine Sprüche erwiderte. Er merkte, dass er erstens genau und zweitens ehrlich sein musste, nur dann belohnte sie ihn mit einem Lächeln der Zustimmung oder sogar einem sehr prickelnden Lachen, das spät kam, aber lange anhalten konnte. Vor ihrem unbestechlichen Geist erklärten sich ihm schon in der ersten Stunde ihres Gespräches plötzlich persönliche Situationen, die ihm vorher schleierhaft geblieben waren, weil niemand ihm so genau zugehört und so genau nachgefragt hatte. Irgendwann an diesem Abend, an dem sie sich nicht mehr voneinander trennten und einen Mojito nach dem anderen leerten, wollte er nicht mehr nur ihr Lachen hören und zusehen, wie ihre grünen Augen den Mond fokussierten, während sie nachdachte, sondern er wollte sie an sich pressen und den Schweiß von ihrer Schulter kosten, dort, wo ihr die Haare in den Nacken fielen. Im Schatten eines Oleanderstrauches tat er schließlich genau das. Später in der Nacht kam es zur ungestümen Fortsetzung in Annas Wohnung, und sie beide erlebten Einen Moment Irrsinniger Leidenschaft – E.M.I.L.

Bevor sie aber wussten, was da auf sie zukam, begannen sie, sich regelmäßig zu sehen. Schon beim zweiten Date, unleugbar aber beim dritten oder vierten, merkten sie, dass ihre Gegensätze, die sie bei ihrem Kennenlernen so gereizt hatten, auf längere Sicht Probleme bedeuteten: Sie musste für die Arbeit fünf- bis sechsmal die Woche früh aufstehen, er war – wenn keine Aufführung anstand – bedingungsloser Nachtschwärmer. Ihr Beruf drehte sich um andere, seiner um sich selbst. Er suchte die Erfüllung im Augenblick, sie jedenfalls nicht nur dort.

Außerdem erlebte Sebastian nun, was es hieß, mit einer klugen, selbständigen Frau zusammen zu sein. Er hatte sich oft nach einer intelligenten Partnerin gesehnt, aber vielleicht hatte er sich unter Intelligenz nur die Fähigkeit einer Frau vorgestellt, mehr als andere zu begreifen und zu schätzen, was er zu sagen hatte. Anna dagegen war oft vehement anderer Meinung als er, und, irritierender noch, er erkannte, dass sie häufig recht hatte.

Knapp einen Monat nach ihrem Kennenlernen bat ihn

Anna per SMS um ein Treffen. Er erschien abends nach einem langen Probentag bei ihr in der Wohnung, und sein Gefühl sagte ihm, dass sie ihre noch junge Beziehung schon wieder beenden wollte. Stattdessen eröffnete sie ihm, dass sie schwanger war. *Ich bin schwanger* – er kannte diesen Satz nur aus Stücken und Filmen, hatte ihn noch nie in Wirklichkeit gehört, oder vielmehr, er war noch nie an ihn adressiert worden. Er hatte eine einschlagende Wirkung in der Realität, vielleicht ähnlich wie der Satz »Halt, oder ich schieße!«.

Bilder schossen ihm durch den Kopf: die schwangere Anna und er mit ernsten Gesichtern beim Spazierengehen im Park; sie mit dem Kinderwagen am Hinterausgang des Theaters auf ihn wartend; er mit dem heulenden Kind im rumpelnden Waggon einer Straßenbahn ... Er kannte all das ja: Er kam aus einer großen Familie, war mit drei Schwestern aufgewachsen, die alle schon Kinder hatten. Aber nun traf es ihn. Und es traf ihn gemeinsam mit einer Frau, die er erst seit ein paar Wochen kannte.

Anna sagte, sie wisse, wie seltsam das alles war und wie unendlich überraschend es für ihn kommen musste, aber dass sie das Kind unbedingt behalten wolle. Für ihn hatten damit keinerlei Verpflichtungen einherzugehen, er konnte sich so viel an allem beteiligen, wie er wollte und wie es ihm möglich war.

Das klang entgegenkommend, das klang beruhigend. Aber war es auch realistisch? Er sagte, er würde über alles nachdenken. In den nächsten zwei Tagen ließ er sich alle möglichen Szenarios durch den Kopf gehen, und ihm wurde klar: Er fühlte sich sogar bereit dafür, Vater zu werden – aber nicht, sich fest an eine Frau zu binden. Er fand Anna großartig, er respektierte sie, und sie würde bestimmt eine gute Mutter sein. Aber die Vorstellung, sich von einer befruchteten Eizelle vorschreiben zu lassen, neben wem er die nächsten zwanzig Jahre einschlief und aufwachte, kam ihm abstrus vor. Außerdem wusste er, wie es um seine Treuefähigkeit bestellt war. Er würde Anna verletzen. Es war besser, gleich jetzt klare Verhältnisse zu schaffen.

Als sie sich zwei Tage später wiedertrafen, sagte er ihr, er würde sie in allem unterstützen und versuchen, dem Kind vor und nach seiner Geburt ein guter Vater zu sein. Aber er glaube nicht, dass dieses Engagement von ihrer Beziehung abhängig sein sollte.

Anna verstand nicht sofort, was er meinte, und er musste präzisieren: »Ich denke, wir sollten uns nicht mehr als Mann und Frau treffen, sondern als Papa und Mama.«

Er dachte, er würde sie damit kränken, doch tatsächlich war es das, was auch sie für richtig hielt. Die neue gemeinsame Aufgabe war zu groß, zu bedeutend, um sie von der Zukunft einer Liaison abhängig zu machen, die vielleicht nie mehr als das sein würde. Sie umarmten sich, schüttelten sich partnerschaftlich die Hände – hingerissen von ihrer Vernunftentscheidung –, umarmten sich wieder lachend, küssten sich, küssten sich plötzlich leidenschaftlich, und waren schließlich kurz davor, wieder miteinander zu schlafen. Etwa ab diesem Punkt wussten sie mit Sicherheit: Es würde kompliziert werden. Aber irgendwie bekamen sie es hin. Sie wurden getrennt lebende Eltern, die ihren Job partnerschaftlicher erledigten als viele Paare, die zusammenlebten.

Die erste Zeit dachte Sebastian auch, dass er wirklich stolz auf sich sein konnte, wie er diese wichtigste Entscheidung seines bisherigen Lebens getroffen hatte. Er hatte sich für das Glück des Kindes und auch das von Anna entschieden, denn nun konnte er sich voll und ganz der Aufgabe widmen, die er sich zutraute: Vater zu sein. Wenn er sich mit anderen Frauen traf, war das in Ordnung und für niemanden ein Problem, denn er war ja von Anfang an aufrichtig gewesen. Als aber Emil auf die Welt kam und dann später zu krabbeln begann und ein richtiger kleiner Junge wurde, bemerkte Sebastian, dass es eine ganze Weile her war, dass er überhaupt mit einer Frau geschlafen hatte. Und irgendwann registrierte er auch, dass er sich gar nicht zu anderen Frauen hingezogen fühlte. An einem Abend in seinem Stammbeisl, nach etwa zehn *Gründgens*, musste er es sich schließlich eingestehen: Er war in Anna verliebt. Er war es vom ersten Moment an gewesen, als er sie auf dieser Terrasse vor dem Riesenrad gesehen hatte, und es hatte nie nachgelassen. Er wollte nicht jede Nacht allein in seiner Bruchbude von Wohnung einschlafen, er wollte neben Anna und dem Kleinen liegen. Wozu hatte er sich für die Freiheit entschieden, wenn in dieser Freiheit kein Platz für Liebe war?

Die reifste Entscheidung seines Lebens – sie war seine dümmste gewesen.

Sebastian verließ das kleine Pub in Mariahilf am frühen Abend. Als er nach Hause in seine Wohnung kam, erschöpft vom Grübeln, ließ er sich auf seine Küchenbank fallen und überlegte, ob es noch zu früh war, schon ins Bett zu gehen. In dem Moment klingelte sein Handy. Es war Mischa, der ihm berichtete, dass sie ihren ersten Klienten gefunden hatten.

4

Es ist das erste Mai-Wochenende, und die Süße des Frühlings liegt in der Luft wie ein Traum, den alle teilen. In Wien blühen die Kastanien, die Bäder haben gerade geöffnet, und die Gastgärten werden aufgebaut. In den Gassen der Inneren Stadt, zwischen meterdicken Mauern, ist es noch kühl, aber im Prater und im Burggarten liegen junge Leute auf Picknickdecken und proben schon den Sommer.

Mischa fährt auf einem schwarzen Waffenrad den Ring entlang, von der Oper Richtung Stubentor. Er trägt einen braunen, kratzigen Anzug aus einem Theaterfundus, zwickende Lederschuhe und einen schwarzen Hut. Der Schweiß rinnt ihm die Stirn herunter und sickert durch die Augenbrauen auf die Hornbrille mit Fensterglas, die er für diesen Tag aufgetrieben hat. In seiner Vorstellung ist es das Jahr 1951. Dort, wo die Neubauten stehen, sieht er von Bomben zerschlagene Trümmerhäuser; Hyundais und Toyotas verwandeln sich in rauchende LKWs, Pferdefuhrwerke, schwarze Bonzen-Limousinen und amerikanische Militär-Jeeps; eine japanische Reisegruppe wird zu einem Haufen schüchtern lachender Krankenschwesterschülerinnen mit perlweißen Schürzen, ein persischer Zeitungsverkäufer zu einem halbwüchsigen Fredi oder Franzi mit Schlappmütze, der den *Wiener Kurier* mit Vorstadt-Slang feilbietet. Bei der jungen Frau am Blumenkiosk beim Stadtpark muss er die rosa Leggings ausblenden, der Portier vorm Ritz-Carlton dagegen – vorbildlich zeitlos.

Mischa schaut auf die Uhr. Sie ist vom Flohmarkt, passt in die Zeit, allerdings kann sie keine mehr anzeigen. Er hat aber das Gefühl, er ist spät dran, also tritt er in die Pedale, brettert bei dunkelgelb über die Lände und schwingt sich nach rechts auf die Taborbrücke. Die Leute nehmen keine Notiz von seiner Kostümierung: Er könnte Kunst- oder Philosophie-Student sein, vielleicht auch ein Buchbinder, der Traumtagebücher in Leder packt, oder Klarinettist in einer Swing-Band, die Radiohead-Coverversionen auf Galerie-Eröffnungen spielt. In der Retrowelt gibt es keine Anachronismen.

Vor einem Haus in der Nähe des Karmelitermarktes ist seine Fahrt zu Ende. Er läutet bei Nummer 5, nach ein paar Momenten wird ihm geöffnet. Mischa kettet das Waffenrad an eine Klopfstange im Innenhof, dann nimmt er mit großen Schritten die Stiege ins Mezzanin, wo ihn Sebastian an der Tür erwartet. Sie nicken sich zu, registrieren die Aufmachung des jeweils anderen kommentarlos. Sebastian trägt ein weißes Hemd unter einer Strickjacke, eine Nickelbrille und einen falschen blonden Schnurrbart. Seine Haare sind in der Mitte gescheitelt und mit etwas Pomade geglättet. Seine Füße stecken in Filzpantoffeln.

»Ist er schon da?«, fragt Mischa.

»Noch nicht. Sein Assi hat angerufen, dass sie sich eine Viertelstunde verspäten.«

»Sehr gut. Ist Valerie noch nicht hier?«

»Doch, sie ist im Bad. Wird noch fertig gestylt. Bereite dich auf etwas vor ...«

Sie sind in dem Haus, in dem Poldi Reisinger, die Jugendliebe von Josef Friedmann, nach dem Krieg mit ihrem Verlobten lebte. Zu ihrer längst neu vermieteten Wohnung bekamen sie keinen Zutritt, aber ein Arbeitskollege von Mischa, der in der zuständigen Hausverwaltung gearbeitet hatte, besorgte den Schlüssel zu der verlassenen Wohnung direkt unter jener von Poldi. Die Besitzerin war erst vor wenigen Wochen in hohem Alter gestorben und hatte dieses Lehrbeispiel von Wohnen anno dazumal hinterlassen. »Es war wie eine ägyptische Grabkammer zu öffnen«, sagte sein Kollege, als er Mischa die Wohnung zeigte. Und er hatte recht: Das vergangene Jahrhundert ächzte in den Kastentüren und Fensterscharnieren, der Geruch der Armut, die zwei Kriegen nachgefolgt war wie ein stummes Bettelkind, hatte sich in jedes Stück Stoff eingefressen. Über allem befand sich die Glasur der Jahrzehnte, eine klebrige Patina aus Fett, Staub, Ofen- und Küchendünsten. Wenn man die Geschichte nachempfinden wollte, war ein Gang durch diese Wohnung eine eindrücklichere Erfahrung als jeder Museumsbesuch, jede literarische Schilderung. »Es ist eine Zeitkapsel«, sagte Mischas Freund und überreichte ihm den Schlüssel, als könnte man damit direkt in die Reichskanzlei oder das Bernsteinzimmer hineinspazieren.

Mischa klopft an die Badezimmertür.

»Wer stört?«, tönt es von innen. Es ist Cindy, das Make-up-Mädchen.

»Ich bin's, kann ich sie sehen?«

»Komm rein!«, ruft Valerie mit banger Stimme.

Mischa betritt das Bad. Rohre verlaufen rostig über dem Boden und entlang der Wände, eine winzige rissige Badewanne wird an einer Seite von historischen Telefonbüchern gestützt.

Valerie sitzt vor einem alten Alibert, sieht in ihr Spiegelbild wie in das Gesicht ihrer bösen Schwester. Cindy steht hinter ihr und legt letzte Hand an ihre Haare an. Am oberen Rand des Spiegels hängt eine Fotografie einer hübschen Blondine, die in einem dezent gemusterten Büro-Kostüm auf einem Schreibtisch sitzt (ihre schlanken Waden blitzen hervor) und charmant-hintergründig lächelt. Hinter ihr stehen vier Männer in groben Anzügen, die steif ihre Abteilung repräsentieren.

Valerie hat einen großen Teil des Wegs der Verwandlung zu dieser Frau zurückgelegt. Ihre Haare sind geglättet und mit einem halben Dutzend Spangen zurückgesteckt. Sie hat Rouge und Puder aufgetragen. Das Kostüm, das Valerie trägt, ähnelt dem auf dem Foto frappierend, es stammt aus demselben Theaterfundus wie Mischas Anzug und ist zuletzt in einem Jelinek-Stück getragen worden.

»Du siehst phänomenal aus!«, sagt Mischa.

»Und du schaust aus wie der Club der toten Dichter …«, flüstert Valerie, während sie schon wieder ihre Haare im Spiegel betrachtet und betastet. Sie dreht sich zu ihrer Stylistin um: »Lässt du uns bitte ganz kurz allein, Cindy?«

Als das Mädchen die Tür hinter sich schließt, wendet sich Valerie Mischa zu und lässt die Schultern sinken.

»Ich habe ganz, ganz schreckliche Angst! Ich weiß nicht, wer diese Frau war, ich weiß nicht, wie sie gesprochen hat, ich habe keine Vorstellung, wie es wirklich war, in dieser Zeit zu leben. Ich fühle mich nicht in der Lage zu tun, was hier von mir verlangt wird!«

Mischa drückt ihr einen Kuss auf die Stirn.

»Jetzt weißt du, was es heißt, Schauspieler zu sein.«

»Ich bin aber keine Schauspielerin!«

»Valerie, pass auf: Versuche nicht, so wie sie zu sein. Du kennst sie nicht, du kannst das gar nicht schaffen. Sei einfach du selbst, und du wirst trotzdem *sie* sein: weil es ihre Geschichte ist. Du trägst ihr billiges Sekretärinnen-Kostümchen, du bist in ihrer tranigen Wohnung mit ihrem schnauzbärtigen Verlobten, der die Welt verbessern will. Und dann taucht ihre Jugendliebe wieder auf, ein interessanter Knabe, der beim Film arbeitet – im Showbusiness –, wo es sie auch hinzieht. Sei nur du, die Geschichte macht dich schon zu ihr. Außerdem: Du siehst ihr wirklich verdammt ähnlich, Freedman wird nicht auf deine Schauspielkünste achten ...«

»Meinst du?«

»Bestimmt. Hab Mut. Versuch, Freude dran zu haben. Und wenn du unsicher bist, dann stell dir vor, wie es ihr gegangen ist! Sie hat als Mädchen herumposaunt, sie wird ein Star, sie wird Schauspielerin, sie wird Bücher schreiben ... Und dann, dreizehn Jahre später, taucht dieser Junge von damals wieder auf. Er arbeitet in Hollywood! Und sie? Sie ist Sekretärin in einer Glühbirnenfirma, kocht am Abend Knackwürste mit Zwiebeln für ihren Freund und singt in der Freizeit schlüpfrige Lieder im Kabarett. Es waren harte Zeiten, sie musste über die Runden kommen, aber dennoch ist sie sich ihm gegenüber bestimmt wie eine dumme Gans vorgekommen. Deine Unsicherheit ist auch ihre.«

»Ok, du hast recht. Ich versuche es.«

»Du schaffst das! Toi, toi, toi. Ach ja, und ... zappel nicht so viel. Das hat sie, glaube ich, nicht gemacht.«

»Was?!«

»Nichts, du kriegst das hin, alles Liebe, bis gleich!«

Mischa schlüpft aus dem Bad, schließt die Tür hinter sich

und deutet Cindy, sie könne wieder hinein zu ihr. Er gesellt sich zu Sebastian, der an einem alten Küchentisch sitzt und vor einem kleinen Handspiegel an seinem falschen Oberlippenbart herumzupft. Als er mit dem Ergebnis zufrieden ist, wendet er sich Mischa zu.

»Und jetzt erklär mir nochmal, warum ich nicht den weltgewandten Hollywood-Autor spiele, sondern den introvertierten Idealisten mit Schmerbauch!«

Mischa sieht ihn belustigt an.

»Du hast dich doch oft genug beschwert, dass du immer für die gleichen Typen besetzt wirst.«

»Es ist ok, ich nehm mir den Kerl schon zur Brust. Ich hatte nur den Gedanken, dass du eventuell vermeiden wolltest, dass ich deine Freundin abschmuse.«

»Wer sagt, es kommt zu einem Kuss?«

»Er sagte, es kam dazu.«

Als sie Freedman trafen – nur zwei Tage, nachdem Valerie Mischa erzählt hatte, dass sie einen interessanten Herrn kennengelernt hatte, der gerne mehr über ihr gemeinsames Projekt erfahren wollte –, schien er sie alle sympathisch zu finden und äußerte sich lobend über Sebastians Idee und den Anzeigentext, der ihm vorgelegt wurde. Nach einigem freundlichen Geplänkel zeigte sich aber auch, dass er sich keineswegs als ein Förderer junger Künstler sah oder Zeit für Stegreifspielchen übrig hatte. Mischa glaubte, dass es ihm ausschließlich um Valerie ging, die ihn so stark an seine Poldi erinnerte. Sie in den Kostümen und den Szenerien von damals zu sehen stellte für ihn einen beträchtlichen Wert dar. Mischa wusste nicht, ob diese Fixierung auf Valerie ein Problem werden könnte, er dachte nur, es sei richtig, wenn *er* Freedman spielte – schließlich stand auch seine Freundin im Mittelpunkt des Spiels.

Sie saßen einen langen Nachmittag zusammen in der Lobby eines gehobenen Hotels in Mariahilf, und Freedman erzählte aus seiner Erinnerung heraus, was in den Wochen in Wien geschehen war. Als sie alles gehört hatten, schlug Sebastian vor, drei Szenen zum Nachspielen auszuwählen. Er hatte auch gleich eine Idee, welche, und Freedman hatte keinen Einwand. Dann fragte ihn Sebastian danach aus, wie die Schauplätze dieser Szenen ausgesehen hatten, ob er Fotos von Poldi, Fritz und sich selbst aus jener Zeit besaß, worauf sie in der Darstellung achten sollten. Mischa war beeindruckt, Sebastian wirkte so, als wäre es die hundertste und nicht die erste dieser Inszenierungen, und er dachte, sein Freund hatte das wohl alles oft im Kopf durchgespielt. Sie verabredeten sich für das kommende Wochenende und tauschten Telefonnummern aus.

Es läutet an der Tür. Sebastian eilt die Treppen hinunter, um Freedman und seinen Assistenten abzuholen. Mischa greift zum Handspiegel und überprüft sein Aussehen. Er ist nahe dran an dem Foto, das ihm Freedman gegeben hat, aber irgendetwas an der Kleidung fehlt. Er merkt es an seinen Bewegungen, er ist noch nicht ganz in seinem Charakter.

Mischa hat sich aus dem, was Freedman erzählte und was er über das Hollywood-System der späten dreißiger und vierziger Jahre weiß, seine Rollen-Geschichte erarbeitet:

Freedman fing nach seiner Flucht über die Schweiz in die USA mit 21 Jahren als Botenjunge bei United Artists an. Er freundete sich mit den Österreichern an und bekam bald eine Chance, als Junior-Autor mitzuarbeiten. Viele Schriftsteller, die vor den Nazis in die USA geflohen waren, versuchten sich als Drehbuchschreiber. Einige wenige waren erfolgreich, viele scheiterten an dem Hollywood-Apparat, in dem der Autor nur ein Arbeiter in einer Textfabrik war. Freedman verstand schnell, dass der Glamour einzig und allein dem Verkauf diente und die Praktiken hinter den Kulissen unbarmherzig waren. Mit jedem gefeuerten Schriftsteller wuchs seine Abneigung gegen das System. Auch den Frauen misstraute er, da viele über die Freundschaft mit einem Autor ins Business einsteigen wollten. Je mehr er also über das Filmgeschäft und den amerikanischen Lifestyle lernte, desto mehr idealisierte er seine Heimat. So kam er mit 26 Jahren in ein Wien zurück, das für ihn ein Ort war, der unverdorben war. Und die Personifizierung dieser Unschuld, die ihm nirgends in Kalifornien begegnet war, das war Poldi, seine Hinterhofliebe.

Freedman, sein Assistent Patrick und Sebastian betreten die Wohnung. Freedman sieht sich um und atmet die Luft des Vorraums ein.

»Mein Gott, das ist eine richtige Arme-Leute-Wohnung, wie sie früher waren. Sie ist viel schlimmer als die, in der Poldi lebte, aber natürlich ist das hier Theater, alles wird dicker aufgetragen, bigger than life! It's great!«

Freedman sieht grotesk aus. Ein teurer schwarzer Mantel hängt an seinen Schultern, darunter trägt er einen hellblauen Trainingsanzug und eine Hüfttasche mit einem NASA-Logo. Der Kopf wird von einer zu großen Baseballmütze eingerahmt, und wieder stützt er sich auf seine Nordic-Walking-Stecken in Tennisbällen. Seine Husky-Augen flitzen hinter den dicken, gelblichen Gläsern seiner massiven Brille hin und her, nichts scheint seiner wachsamen Neugier zu entgehen.

»Setzen Sie sich hierher, bitte!«, sagt Sebastian und führt den alten Amerikaner zu einem Stuhl in der Küche, von dem man das Vorzimmer und das Wohnzimmer im Blick hat. Josef Friedmann alias Joe Freedman nimmt Platz.

»Und das bin also ich?«, sagt Freedman und deutet auf Mischa.

Mischa verbeugt sich leicht und lässt sich begutachten.

»Es kommt hin, ja, es kommt ganz gut hin. Ich hatte die Hände gerne in den Hosentaschen, die Zigarette im Mundwinkel, den Hut etwas schief. So liefen wir alle herum.«

»Ich habe eine Frage, Mister Freedman, haben Sie einen Gürtel getragen?«

»Ich mochte Hosenträger lieber, das war intellektueller!«

Mischa ärgert sich. Natürlich trug er Hosenträger, man hat auf dem Foto doch ein Stück des Streifens über dem Hemd gesehen.

»Es tut mir so leid, ich habe das übersehen, wie idiotisch. Ich renne schnell los und besorge welche!«

Sebastian fragt, ob das wirklich notwendig sei.

Mischa nickt entschieden. »Oh, absolut!«

Freedman wendet sich an seinen Assistenten: »Patrick, lauf du los: Hosenträger, Länge 110. In der Leopoldsgasse gab es früher ein Strumpf- und Lederwarengeschäft, schau dort mal hin! *Kurzweil* hieß der Besitzer, Ariel Kurzweil. Er war verheiratet mit einer *Immerdauer*, das war bemerkenswert. Was man so behält …«

Patrick verzieht den Mund, verlässt dann aber kommentarlos die Wohnung.

»So, schauen wir den Fritz mal an! Er war etwas breiter als Sie, er hatte schon eine gewisse Stattlichkeit.«

Sebastian verändert seine Haltung, zieht die Schultern zurück, stellt die Beine breiter.

»Das ist gut. Er hat sein Revier verteidigt! Aber genug von den Burschen. Wo ist meine Poldi?«

Mischa registriert die Formulierung, und sie gefällt ihm nicht, dennoch geht er zum Bad, klopft an und steckt den Kopf in den heiß gewordenen Raum.

»Seid ihr so weit?«

Cindy nickt, Valerie schüttelt mutlos den Kopf.

Cindy flüstert: »Sie kommt gleich!«

»Einen Moment noch«, richtet Mischa Freedman aus.

Freedman nickt und klopft nervös mit den Fingern auf dem Stuhl herum.

»Als ich Poldi das erste Mal wiedergesehen habe, habe ich nicht erwartet, dass sie so schön ist. Ich hatte gedacht, der Krieg hätte sie bestimmt früh alt werden lassen. Aber sie ist hinreißend gewesen. Viel zu gut für diese Wohnung und diese ganze Umgebung.«

Die Badezimmertür öffnet sich, und Valerie tritt in die Küche, in der es jetzt totenstill ist. Sie streicht ihr Kostüm glatt und versucht, in den seltsamen halbhohen Schuhen einer anderen Zeit sicher zu stehen.

»Tja, das ist es, mehr Poldi haben wir nicht aus mir herauskitzeln können.«

Sie zupft unsicher an den Haaren in ihrem Nacken, dann stemmt sie die Hände in die Seiten und lächelt Freedman an. Es ist die gelungene Imitation des Lächelns auf dem Foto.

»Oh, Valerie, Valerie.«

Freedman ist wie versteinert.

Valerie beugt sich fürsorglich zu ihm herab und reicht ihm die Hand.

»Geht es Ihnen eh gut, Mister Freedman? Bitte seien Sie nicht enttäuscht, Ihre Poldi gab es eben nur einmal.«

»Was sagen Sie da, Valerie, Sie sind doch *sie*, voll und ganz sogar. Es ist beängstigend.«

Mischa betrachtet seine Freundin und Freedman und spürt einen Stich der Eifersucht, als wäre zwischen den beiden eine uralte, tiefe Verbindung, die Mischas Beziehung zu Valerie wie einmal Kaugummiteilen auf dem Sportplatz aussehen lässt.

Valerie richtet sich geschmeichelt auf.

»Ja, ist das in Ordnung so? Sie war so schlank, ich weiß nicht, ob ich dem entspreche ...«

»Valerie, Sie sind entzückend. Sie stehen ihr in nichts nach!«

Sebastian grinst Mischa an, wobei unter dem lächerlichen Schnurrbart beide Reihen Zähne aufleuchten, und Mischa überlegt, ob er damit meint, *Es wird hinhauen* oder *Dein Mädel ist Gold wert* oder *Reale Frau – Obsession aus der Vergangenheit 1:0 ...*

Freedmans Assistent Patrick kommt zur Wohnungstür herein. Er sieht abgekämpft aus, hält jedoch das Ziel seiner Mission in Händen – ein Paar Hosenträger.

Mischa bedankt sich und probiert sie gleich an.

»Hast du sie bei Kurzweil bekommen?«, ruft Freedman seinem Assistenten zu.

»Du beliebst zu scherzen, oder? Ich vermute, es gibt in ganz Wien nur noch vielleicht zwei Geschäfte, wo man

Hosenträger kaufen kann, und die sind nicht in der nächsten Nachbarschaft.«

»Wo haben Sie sie denn bekommen?«, fragt Sebastian.

»Ich habe sie am Karmelitermarkt einem rumänischen Straßenmusiker abgekauft.«

»Sehr gescheit, was hat er genommen?«, erkundigt sich Freedman.

»Fünfzig Euro. Und meinen Gürtel.«

»Das ist in Ordnung, das ist fair. Gut gemacht, Patrick!«

Mischa ruft aus dem Badezimmer: »Sie passen, sie passen perfekt!«

»Sehr gut«, sagt Freedman, »dann können wir ja beginnen!«

Als Mischa – zufriedener als zuvor – wieder bei ihnen ist, stellt sich Sebastian in der Mitte der Gruppe auf und hält eine Art Einführung:

»Sehr geehrter Mister Freedman, zuerst möchte ich mich bei Ihnen für Ihr Vertrauen bedanken. Sie haben uns mit einem delikaten Auftrag bedacht, und wir werden unser Bestes geben, um Ihre Vorstellungen zu erfüllen. Ich will uns nun gemeinsam auf die erste Szene einstimmen: Es ist das Jahr 1951. Joe Freedman ist vor wenigen Tagen in Wien angekommen. Die ganze Zeit hindurch regnet es, große Teile der Außenbezirke, vor allem entlang der Donau, stehen unter Wasser. Er vertreibt sich die Zeit in Kaffeehäusern und im Kino, er geht in die Museen, die schon wieder geöffnet haben. Erst nach einer Woche bringt er es fertig, die Gasse zu besuchen, in der er aufgewachsen ist. Er wandelt durch das Viertel seiner Kindheit wie ein Fremder. Erst als er zum zweiten Mal wiederkehrt, traut er sich, sein altes Wohnhaus zu betreten. Die erste Person, die er dort trifft, fragt er nach Poldi. Man kennt sie dort natürlich und gibt ihm ihre neue Adresse. Er nimmt die Straßenbahn, und die ganze Fahrt über schlägt ihm das Herz bis zum Hals. Schließlich steht er vor ihrer Tür. Er nimmt all seinen Mut zusammen ... und klopft.«

Sebastian deutet Mischa mit einem Nicken, dass es nun so weit ist. Mischa und Valerie verlassen die Wohnung und schließen die Wohnungstür hinter sich.

Tok-tok.

Sebastian geht in seinen Filzpatschen durch die Küche in den Vorraum, öffnet die Tür.

Vor ihm steht ein junger Mann in einem nassen Anzug. Er hat den Hut abgenommen, das Wasser tropft von seiner Krempe auf den Boden.

»Wollen Sie zum Turacek«, fragt Sebastian barsch. »Der ist im zweiten Stock, gehen S' der Musik nach.«

»Verzeihung, nein, ich bin auf der Suche nach einer Frau. Ihr Name ist Leopoldine Reisinger, man sagte mir, sie wohnt hier.«

Fritz beäugt den Fremden misstrauisch.

»Sind Sie von ihrer Arbeit?«

»Nein, ich bin eigentlich ein alter Freund«, erklärt Mischa. »Aus Kindertagen ... Ich wusste nicht ... Ich komme ein anderes Mal wieder.«

»Warten Sie. Können Sie sich legitimieren?«

»Ja, natürlich.«

Sebastian begutachtet den Pass.

»Sie sind Amerikaner?«

»Ja, aber ich wurde in Wien geboren.«

»Sie wissen, dass dies hier die russische Zone ist? Es ist gefährlich hier für Sie. Man könnte Sie festnehmen wegen Spionage-Verdacht.«

»O nein, ich bin ja Wiener. Ich lebe erst seit fünf Jahren in den Vereinigten Staaten, und davor war ich in der Schweiz.«

»Schweiz? Ehrlich gesagt wäre es mir lieber, Sie gehen jetzt, das klingt alles nach sehr viel Ärger. In diesem Haus gibt es sehr hellhörige Individuen. Schauen Sie, dass Sie in den amerikanischen Sektor zurückkommen. Nehmen Sie am besten ein Taxi.«

Der alte Freedman ruft dazwischen: »Er sagte, gehen Sie in den Schottenkeller, dort finden Sie eine Freundin!«

Sebastian nimmt den Einwurf auf:

»Lassen Sie sich zum Schottenkeller führen, dort finden S' ein Mädchen ...«

»Sie missverstehen mich, ich kenne die Poldi doch, seit sie ein Kind war!«

»Ich kann Sie nicht hereinlassen!«

»Joschi?«

Poldi ist die Treppe hochgestiegen und steht nun vor Freedman.

»Joschi? Bist du's?«

Valeries eben noch überraschte Mimik entgleitet ihr, sie bricht in Lachen aus.

»Entschuldigung, Entschuldigung! Ich kann nicht, ich ... kann nicht *Joschi* sagen. Ich bin ja nicht die Hannerl Matz, es geht nicht ...«

»Das macht doch nichts, Valerie! Sagen Sie Josef zu ihm!«, schlägt Freedman vor.

»Ok, das kriege ich hin, machen wir's nochmal!«

Mischa flüstert ihr zu: »Mach es, wie *du* es tun würdest, ok?«

»Ja, ist gut.«

Poldi kommt die Stufen hoch. Sie sieht einen jungen Mann vor ihrer Wohnungstür stehen, der sich mit ihrem Verlobten unterhält. Sie glaubt, ihn zu kennen.

»Josef? Im Ernst, Josef? Der kleine Josef von der Zweierstiege?«

Mischa dreht sich zu ihr.

»Poldi?«

»Kennst du ihn?«, fragt Sebastian.

»Ich kannte einen Burschen, der diesem Herrn hier ähnlich sieht. Kommen Sie doch rein.«

Sebastian nimmt sie zur Seite und zischt: »Er ist Amerikaner. Er darf nicht hier sein!«

»Ich bitt dich, der ist doch wienerischer wie ein Maronibrater!«

Freedman lacht auf: »Herrlich, ja, so war sie!«

Poldi betritt die Wohnung, der Amerikaner hinter ihr.

»Wenn die Alte im Erdgeschoß ihn g'sehen hat«, redet Sebastian weiter auf Valerie ein, »kriegen wir ein Problem!«

»Du weißt, ich kann mit den Ruskis, und es wird ja gar nix sein. Also, Josef, wie ist es Ihnen ergangen?«

Valerie wendet sich plötzlich an Freedman und sagt: »Ich sage *Sie* zu ihm, ist das in Ordnung? Sie testet ihn erst ...«

»Ja, was immer Sie wollen, es ist sehr glaubhaft.«

Sebastian sagt leise zu Valerie und Mischa: »Wir unterbrechen am Ende der Küchenszene, dann können wir uns beraten und reflektieren, ok? Aber jetzt: durchspielen!«

»In Ordnung«, sagt Valerie und wird rot unter ihrem Make-up.

Joe steht immer noch mit dem Hut in der Küche. Man hat ihm nicht angeboten, abzulegen oder Platz zu nehmen.

»Wir sind ja '38 in die Schweiz gegangen, wo wir Verwandte hatten. Später sind wir dann in die USA ausgereist. Ich arbeite beim Film.«

»Ah, was machen Sie beim Film?«, fragt Valerie. »Ich kenne einige Leute, die als Komparsen arbeiten, und einen anderen, der einen Affen trainiert.«

Freedman hält sich die Hand vor den Mund, während er kichert.

»Ich bin Drehbuchautor.«

»Drehbuchautor?«, fragt Sebastian mit einem Anflug von Spott. »Die Storys der Filme sind nicht sehr glaubhaft heute ...«

»Wo in Amerika arbeiten Sie eigentlich?«, bohrt Valerie nach, nun mit merkbarem Interesse.

»In Kalifornien.«

»Aha, und in welcher Stadt?«

»In Hollywood.«

»Moment amal. Du bist Drehbuchautor in Hollywood?«

»Ja.«

»Der kleine Joschi von der Zweierstiege ist Drehbuchautor in Hollywood geworden?!«

»Die Hollywood-Streifen sind nicht alle sooo gut«, relativiert Sebastian.

Poldi setzt sich hin, hundertprozentig auf den jungen Mann fixiert, der plötzlich in ihrem Haus aufgetaucht ist.

»Welchen Film hast du denn geschrieben?«

»Nun ja, wir arbeiten in Teams. Oft sitzen vier oder fünf Autoren an einem Film. Aber *Abenteuer Pazifik* zum Beispiel, da war ich einer der Hauptautoren.«

»O mein Gott, den haben wir gesehen!«, sagt Valerie wie im Schock.

»Den haben Sie geschrieben?«, fragt Sebastian, nun auch beeindruckt.

»Ja, wie gesagt, ich hatte Koautoren, aber im Großen und Ganzen, ja, den hab ich geschrieben. Was ist mit dir, Poldi, du hattest doch auch Pläne, etwas Künstlerisches zu machen!«

»Ich bitte dich, Joschi, halt den Mund. Verzeihung, aber wirklich …«

»Sie spielt Kabarett!«

Fritz legt seiner Verlobten die Hand auf die Schulter. Poldi schlägt sie weg.

»Das ist doch nichts«, sagt Valerie, »es ist ein Zeitvertreib, wenn man keine Nähseide bekommt.«

»Ich habe Gutes über die neue Kabarettszene gehört – dieser Qualtinger soll sehr interessant sein!«

»Es gibt viele talentierte Darsteller«, beginnt Valerie, »aber … ich … ich … weiß grad nix. Hab einen Hänger, tut mir leid! Ich weiß einfach nix über das Kabarett damals …«

Freedman berührt ihren Arm. »Poldi hätte jetzt gesagt: In jedem Rudel gibt's an Pudel. Also einen, der hervorsticht, der mehr Aufmerksamkeit bekommt. Das hat sie auch über den Qualtinger gedacht. Bis wir ihn dann gemeinsam gesehen haben. Dann hat sie gesagt: ›Mit dem seiner Seele würde ich in die Kiste hüpfen!‹ Darauf hat ihr Fritz fast eine gescheuert.«

Valerie lacht.

»Ich mag Ihr Lachen, Valerie, ja, wirklich. Poldi hat selten gelacht. Sie war lustig und unverschämt, aber richtig frei herauslachen habe ich sie nach dem Krieg selten gehört. Der Bruder, Sie wissen ja …«

»Wollen wir vielleicht mal den Teil machen, wo Fritz von seiner Arbeit beim Roten Kreuz erzählt?«, schlägt Mischa vor.

Freedman rümpft die Nase. »Also ich muss das nicht unbedingt noch einmal hören … Nehmen Sie mir das nicht übel, Sebastian, aber es war kein Vergnügen, Fritz zuzuhören: Er betete irgendwelche Statistiken herunter, wie sich die Tuberkulose in Wien entwickelt hatte, er sprach vom Für und Wider der Kinderlandverschickungen und der angespannten Penicillin-Situation. Er ist sicher ein engagierter Mann gewesen, aber wenn er geredet hat, hab ich innerlich spanische Verben konjugiert.«

Sebastian streicht sich etwas pikiert über seinen Schnurrbart, wie es vielleicht Fritz getan hätte, wenn man ihm das Wort entzogen hätte.

»Wir können ja die Szene machen, wo die Hausmeisterin läutet«, bietet Valerie an.

Freedman reibt sich die Hände: »O ja, bitte, das möchte ich sehen! Mischa, da *wir* uns ja ohnehin verstecken müssen, könnten Sie die Hausmeisterin geben?«

Mischa zögert. »Meinen Sie, dass wir sie wirklich darstellen müssen?«

»Machen wir uns den Spaß!«, bittet Freedman.

»Nun gut«, gibt Mischa nach, und das Wort »Spaß« steigt wie eine bedrohliche graue Wolke über ihm auf.

Cindy, die die ganze Zeit still in einer Ecke der Küche gestanden ist, bietet Mischa einen Morgenmantel als Kostüm an. Er nimmt ihn entgegen wie ein zum Streifendienst zurückversetzter Inspektor seine Uniform. Er geht vor die Tür und schließt sie hinter sich. Nach einer Minute klopft er.

Fritz erstarrt in der Bewegung. Er sieht Poldi an.

»Wer ist das?!«

Valerie antwortet ohne jede Beunruhigung in der Stimme: »Machst halt auf, dann wissen wir's.«

»Und er?!«, zischt Sebastian und deutet auf Cindy, die nun als Freedman herhalten muss. »Kommen Sie, rasch!«, sagt er zu ihr, sie schaut verdutzt, und er führt sie zum Badezimmer. »Bleiben Sie hier drinnen, Josef, und sagen Sie nix!«

Sebastian deutet Valerie, die Tür zu öffnen.

Die Hausmeisterin, Frau Irglova, steht vor der Tür. Sie ist eine sechzigjährige Witwe aus Olmütz. Sie trägt einen Armeemantel über ihrem Nachthemd und hält eine kleine rußende Laterne in der Hand.

»Ah, meine Beschützerin!«, sagt Valerie.

»Oh, Frau Irrglauba, was verschafft uns die Ehre?«

Sebastian lächelt liebreizend.

Mischa steht in voller Größe vor Valerie und Sebastian. Der Bademantel hängt locker an ihm herunter, erinnert nun eher an einen Künstlerkittel. Mischa bemüht sich gar nicht, eine alte Frau zu verkörpern, stattdessen wird er zum Wesen der Person: ein Kontrollorgan, eine Bedrohung im Gewand einer Unterstützerin, jemand, der meint, ein Recht auf Antworten zu haben. Das ist Spaß für Mischa.

»Haben Sie Besuch, Frau Reisinger?«

»Aber nein, Frau Irglova, das ist doch mein Verlobter, der Fritz!«

»Ich kenn ihn schon, Ihren Fritz, aber da war doch ein Herr, der vor einer Stunde angekommen ist.«

Fritz richtet sich vor der Hausmeisterin auf.

»Wollen Sie sagen, meine Verlobte hat Herrenbesuch?«

»Aber nein, wieso, Sie waren ja die ganze Zeit über in der Wohnung. Aber der Herr ist reingangen und nicht mehr rauskommen, und beim Turacek ist er nicht, und die anderen Parteien, ich mein, bei wem sollt er sein?«

»Ich nenn Sie meine Beschützerin«, sagt Valerie, »weil Sie mir diesen verliebten Franzosen vor der Haustür vertrieben haben, aber jetzt sind Sie im Unrecht. Wir haben keinen Gast. Was sollten wir ihm auch anbieten? Den Wein hab ich ja Ihnen überlassen zum Dank.«

»Oh, das ist wunderbar«, flüstert Freedman. »Ich hab das aus dem Bad heraus gehört, sie war ganz echt in ihrer Treuherzigkeit!«

»Schauen Sie«, sagt Mischa, »es ist so: Ein Bekannter von mir hat den Herrn hereinkommen gesehen, und er hat die Vermutung angestellt, es ist ein Amerikaner. Von der Kleidung her, dem Stoff. Der mir Bekannte ist ein Schneidermeister. Und er sagt zu mir: Der ist doch bestimmt zu der Reisinger hinauf, die verkehrt doch mit Schauspielern und den ganzen Affen aus dem Showbusiness – seine Rede! Und wo die Show ist, sind die Amis nicht weit. Worauf ich zu ihm sage: Sie reden einen ordentlichen Unsinn! Das Fräulein Reisinger nämlich ist erstens ein anständiges Mädel, auch wenn sie im Kabarett auftritt, mit einem anständigen Verlobten, der fürs Rote Kreuz arbeitet, außerdem, und das hab ich ihm natürlich im Vertrauen gesagt, würd' die aber auch schon nie einen Amerikaner in ihre Wohnung lassen, weil nämlich ihr Bruder von einem Amerikaner, also im Krieg, na, ich muss es nicht aussprechen. Also, glauben S' mir, liebes Fräulein Reisinger, ich hab Sie eh schon wieder beschützt! Aber auftaucht ist er immer noch nicht, der Amerikaner! Haben S' jetzt wirklich nix zu sagen, oder muss ich die Ruskis anlügen, wenn sie mich fragen, ob's was zu berichten gibt?«

»Recht haben S', Frau Irglova, ich kann sie nicht leiden, die Amerikaner. Ich geh ihnen aus dem Weg, wo's nur geht. Trotzdem glauben Sie, ich hab einen hier in der Wohnung versteckt. Weißt du was, Fritz, jetzt wird es mir selbst langsam unheimlich. Wir sollten doch mal nachschauen. Denn, weißt du, bei den jüdischen Geschwistern, die der nette alte Herr im dritten Stock bei sich untergebracht hatte im Krieg, da ist unsere Hausmeisterin auch richtig gelegen, und die sind s' dann auch abholen gekommen. Das hab ich übrigens auch von einem Bekannten.«

»Wie können Sie ...«

»Oh, bitte, Frau Irrglauba«, schreitet Sebastian ein, »wir schätzen ja Ihre guten Antennen!«

Poldi wirft Fritz einen eisigen Blick zu.

»Aber wir haben niemanden bei uns, so ist es eben.«

Freedman gibt Patrick ein Zeichen, vor die Tür zu gehen.

»So lange schon kennen wir uns ...«, beginnt Sebastian.

In diesem Augenblick schlendert Joe Freedman im Stiegenhaus an der Hausmeisterin vorbei. Sie erschrickt und ruft: »Halt! Wer sind Sie?!«

Patrick bleibt stehen und sagt mit amerikanischem Akzent zu Mischa: »Ich bin ein Amerikaner. And now I make the fly – sorry, die Fliege!« Und er rennt los, die Stiegen hinunter und aus dem Haus hinaus. Mischa ihm hinterher.

Freedman steht von seinem Sessel auf und applaudiert.

»Phantastisch! Wunderbar! Ihr wart alle fabelhaft!«

Cindy, die immer noch in der Küche steht, sieht Freedman verwirrt an.

»Wie war das möglich?«

»Oh, das war nicht schwer. Ich bin aus dem Badfenster in das Flurfenster einen Stock höher geklettert. Ich war ein sportliches Kerlchen. Dann bin ich gemütlich die Stiegen hinunter und an der Alten vorbeispaziert! Sie ist mir bis auf die Straße nachgerannt, aber dann war ich ihr etwas zu flott. Sie dachte dann, es war doch der Turacek, der den Ami versteckt hatte, sie war ein törichtes Biest.«

Als Patrick und Mischa wieder in der Wohnung zurück sind und außer Atem und lachend auf die Küchenbank fallen, wendet sich Freedman an alle:

»Das war ein tolles Erlebnis bisher, ich danke Ihnen allen. Ich hoffe, Sie beginnen jetzt zu verstehen, warum ich Poldi so bewundert habe. Ich habe in Wien nach dem Krieg niemanden kennengelernt, der so unbequem und ehrlich gewesen ist. Zum Beispiel, wie sie die Hausmeisterin daran erinnert hat, dass sie die Judenkinder verpfiffen hatte. Alle haben diese Dinge später verdrängt. Und es ist ihnen leichtgemacht worden, die Erinnerungen wurden verhängt oder weggesperrt.«

»Erzähl von *Casablanca*!«, sagt Patrick.

»Ah, nun ja«, lächelt Freedman. »Das ist ein kleiner Exkurs: Sie kennen bestimmt den Film *Casablanca*. Es ist natürlich einer der großen Klassiker der Filmgeschichte, ein Streifen, der sich sehr kritisch mit den Nationalsozialisten und auch dem Vichy-Regime auseinandersetzte. Als der Film aber etwa zu der Zeit, als ich Wien wieder besucht habe, in die Kinos gekommen ist, da haben sich fast keine Hinweise auf den Zweiten Weltkrieg darin gefunden! Alle Nazi-Szenen waren herausgeschnitten worden. Der Freiheitskämpfer Victor László hieß nun Victor Larsen, ein norwegischer Atomphysiker, der die *Delta-Strahlen* entdeckt hat. Captain Renault war ein Mitglied von Interpol. Sie hatten den Film um 25 Minuten gekürzt und aus dem kritischen Kunstwerk eine Schnulze gemacht. Erst 1975 ist die Originalversion in deutscher Synchronfassung gezeigt worden – dreißig Jahre nach Kriegsende! Aber gut, genug für heute! Morgen wird es nämlich richtig spannend – ich glaube, ich werde heute Nacht unruhig schlafen.«

Nach ausführlichem Händeschütteln und weiteren Dankesbezeigungen verlassen Freedman und Patrick die Wohnung. Cindy folgt ihnen kurz darauf.

Sebastian verschnauft und lässt sich auf die Bank fallen.

Valerie ist tief in ihren Sessel gerutscht, streift ihre Schuhe ab und ächzt: »Ich hab es verhaut, oder?«

Sebastian sieht sie an, als habe er falsch verstanden: »Verhaut? Du warst sensationell.«

Mischa nickt. »Er verehrt dich. Und du hast es wirklich verdammt gut gemacht.«

»Ich hab dauernd gepatzt!«

»Na und«, ruft Sebastian, »hat er sich beschwert?!«

»Ihn hat es nicht gestört«, stimmt ihm Mischa zu, »und in den entscheidenden Momenten warst du voll da.«

»Und du bist eine verdammt beängstigende Hausmeisterin«, sagt Valerie lächelnd.

»Autorität, die aus dem Gefühl der Unterlegenheit

kommt, ist die schlimmste, auf die hab ich mich spezialisiert.«

»Mein Fritz bietet mir nicht eben ein breites Spektrum an Möglichkeiten an, aber trotzdem: Er reagiert so, wie es die meisten Leute täten.«

»Oh!«, erinnert sich Valerie, »das war ein Moment, als du gesagt hast: *Wir schätzen ja Ihre guten Antennen!* Da is' es mir eisig den Rücken runtergelaufen ...«

»Ich dachte: So ist er.«

Mischa überlegt. »Ich finde es interessant, dass die Aussagen, von denen uns Freedman erzählt hat, oft gar nicht so gut passen, und wir alle in manchen Momenten ganz etwas anderes gesagt haben, einfach weil es stimmiger war.«

»Weil wir eben nicht genau die gleiche Geschichte erzählen, das können wir gar nicht ... und das verlangt er auch nicht«, grübelt Sebastian laut. »Und genau das wird noch interessant werden, denn er will ja im Innersten nicht, dass die Geschichte so ausgeht, wie sie ausging. Er will ja seine Poldi haben.«

»Auch wenn ihm Valeries Lachen noch besser gefällt als das seiner Poldi damals«, ergänzt Mischa und zwinkert Valerie zu.

»Wie wird's morgen, was glaubt ihr?«, fragt sie.

»Emotional – für ihn und für uns«, sagt Sebastian.

Am Tag darauf, es ist Sonntagmittag, brennt die Sonne auf die Wiener Weinberge und den dunkel gekleideten Radfahrer herunter, der sich einen Pfad von der Hauptstraße hochkämpft, der zu einem kleinen Heurigen führt. Mischa trägt das Kostüm vom Vortag, den Hut, die harten Lederschuhe und natürlich die Hosenträger. Auf halbem Weg steigt er vom Rad ab und sieht die Weinberge hinunter in Richtung Stadt. Da liegt Wien. Für ihn ist es das unbesungene Schlachtfeld seines Alltags, aber für Freedman ist es verlorene Heimat, Feld der Erinnerungen, ein traumverhangenes Stück Seelenlandschaft, das er sich nicht mehr zu eigen machen kann.

Freedman denkt an Poldi, die er heute wiedertrifft. Denkt an ihre blauen Augen, ihr sarkastisches Lächeln, ihre schlanken Beine in Nylonstrümpfen, ihren Geruch nach Büro und Parfum.

Sebastian ruft Mischas Namen und winkt ihm vom Garten des Heurigen aus zu. Mischa winkt zurück, steigt aufs Rad und müht sich die letzten Meter den Weg hoch. Oben stellt er das Rad neben dem Tor des Hofs ab, an dem an diesem Tag kein »Ausg'steckt«-Schild hängt – sie haben den kleinen Heurigen für die nächsten Stunden ganz für sich reserviert. Sebastian deutet auf den Garten, der direkt in die Weinberge übergeht, auf die verwitterten Heurigenbänke, die alten Blumenkisten und den moosigen Brunnen mit einem steinernen Jüngling, der sich den Saft der Weintrauben in den Mund fließen lässt.

»Willkommen in einem Wienerlied deiner Wahl! Ein Traum, oder?«

Mischa sieht sich um und nickt beeindruckt.

»Noch mehr Wien, und du wärst ein Lipizzaner.«

Sebastian wiehert herzhaft und streicht sich zufrieden über seinen falschen Schnurrbart.

»Mischa, darf ich dir die Koller-Buam vorstellen!«

Sebastian führt Mischa zu einem Heurigentisch, an dem vier gutaussehende junge Männer sitzen und Apfelmost trinken. Wie Mischa tragen sie Anzüge der Nachkriegszeit, ihre Jacketts und Hüte haben sie abgelegt, die Hemdsärmel hochgekrempelt.

»Drei von ihnen sind Brüder, der Vierte im Bunde ist ein Cousin. Sie sind alle Schauspieler! Sie waren so famos und haben spontan zugesagt, in die Rollen der eidgenössischen Filmleute zu schlüpfen, die Freedman, Poldi und Fritz beim Heurigen getroffen haben.«

Mischa grüßt in die Runde.

»Und, wie steht's um euer Schweizerisch?«, fragt er die vier.

Der Jüngste sagt: »Uf alte Pfannä lehrt me choche.«

»Sehr gut«, lobt Mischa, »das lässt sich abwandeln!«

Ein anderer schlägt vor: »Uf alte Jetski lehrt me Jetski!«

Sebastian nimmt Mischa rasch zur Seite: »Die haben das schon drauf, ich hab sie eine Stunde lang in unsere Geschichte eingeführt. Ah, da kommt unser Sportsfreund!«

Sebastian deutet mit dem Kopf Richtung Tal, wo Freedman am Arm von Patrick in Zeitlupe den Weg zu ihnen hoch erklimmt. Beide starren den alten Mann aus der Ferne an, er ist ein Phänomen für sie, ein hinkender Reisender zwischen Epochen und Kontinenten.

Als Freedman den Hügel mithilfe seines Assistenten bezwungen hat, begrüßt er Sebastian und Mischa mit den Worten: »Beginnen wir, Freunde! Wo ist meine Poldi?!«

Sebastian bemerkt, wie Mischa bei der letzten Äußerung Freedmans vereist, und führt den Amerikaner von Mischa weg in Richtung Heurigengarten.

Kurz darauf hat Sebastian Freedman, Valerie, Mischa und die vier jungen Schauspieler um sich herum im Garten versammelt. Mischa betrachtet seine Freundin aus den Augenwinkeln, als wäre sie eine unbekannte Schöne, die er nicht anzusprechen wagt. Sie steht in einem ganz neuen Look lässig an ein Weinfass gelehnt und wartet auf Instruktionen. Statt des Bürokostüms trägt sie leichte Wanderschuhe und enge Hosen, eine weiße Bluse und eine amerikanische Sonnenbrille. Ihre Haare sind offen, sie hat roten Lippenstift aufgetragen, sonst aber kein Make-up. Sie ist eine Frau ihrer Zeit – der Fünfziger – und sieht doch moderner aus als Valerie in ihren Privatklamotten, mit denen sie an diesem Tag beim Heurigen erschienen ist.

Sebastian eröffnet die nächste Runde: »Freedman, Fritz und Poldi sind den halben Samstag durch das Umland von Wien gewandert, über den Kahlenberg bis hinaus nach Grinzing. Fritz und Poldi beginnen sich an die Anwesenheit Freedmans zu gewöhnen, sie genießen es, aus ihrem Trott herauszukommen, und sie geben vor Freunden mit dem erfolgreichen Amerikaner an. Das erste Mal seit langer Zeit haben sie wirklich Spaß. Gleichzeitig beginnt sich vor allem Fritz zu fragen, was Freedman eigentlich so lange in Wien zu tun hat, und was ihn noch hier hält. Als sie am späten Nachmittag zu dem kleinen Heurigen kommen, bestellen sie Wein und sind recht bald ziemlich lustig drauf. Irgendwann setzt sich eine Runde Schweizer an den Tisch neben ihnen, und sie kommen ins Gespräch. Stellt euch vor: In einer schattigen Ecke sitzt ein alter Mann und spielt Ziehharmonika. Der Himmel ist strahlend blau, im Garten riecht es nach Flieder, die Kinder der Weinbauern spielen Bockspringen in der Wiese. Ok, alles klar, beginnen wir!«

Sebastian schaltet seinen iPod mit Lautsprechern an,

Schrammelmusik erklingt. Alle setzen sich auf ihre Plätze, der alte Freedman nimmt unter einem Sonnenschirm auf einer Bank neben ihnen Platz, gleichzeitig Publikum, Schiedsrichter, Ehrengast.

Sebastian entledigt sich seiner Jacke und öffnet die obersten zwei Knöpfe seines Hemdes. Er nimmt einen Schluck Apfelsaft, dann beugt er sich vor und flüstert Mischa und Valerie zu: »Die Schweizer drehen einen Film hier, ich hab's in der Zeitung gelesen!«

Mischa, der ebenfalls die Jacke abgelegt hat, antwortet: »Der Film heißt *Die Vier im Jeep*, es geht um eine Militärstreife in der Internationalen Zone.«

Valerie spielt gelangweilt mit ihren Haaren.

»Ein Schweizer Film über die Polizei? Na, das klingt nach Spaß.«

»Es ist eine internationale Produktion!«, wirft Mischa ein.

»Schon wieder was Alliiertes ...«, stöhnt Valerie.

Einer der drei Brüder dreht sich zu ihnen um.

»Entschuldigen Sie, wenn ich Sie unterbreche, aber vielleicht können Sie uns helfen: Wir sprechen gerade darüber, um wie viel Schilling ein Taxifahrer in Wien wohl einen Ausländer betrügen würde ...«

»Das hängt immer davon ab, wie dumm der Ausländer ist!«, antwortet Valerie ohne sich umzudrehen.

»Also dieser Ausländer, von dem wir sprechen, ist nicht dumm, aber er ist Russe, und er spricht fast kein Wort Deutsch.«

»Wenn er einen Russen betrügt, ist der Taxifahrer dumm ...«, setzt Sebastian an, aber Valerie dreht sich zu dem jungen Mann um und sagt: »Also gut. Im Normalfall nimmt der Fahrer drei Schilling für den Kilometer. Sagen wir, die Strecke ist drei Kilometer lang. Das wären also drei mal drei Schilling – macht neun insgesamt. Tatsächlich wird er aber zu seinem Fahrgast sagen: Gnä Herr, fünf mal fünf macht 45, plus fünf fürs Gepäck, macht sechzig glatt. In dem Fall hätte der Herr fünfzig Schilling extra gegeben …«

Der Schweizer ist sofort angetan von Poldi, ihren Augen, ihrer Stimme, ihrer Art. Er wiederholt lachend »fünf mal fünf macht 45« und deutet seinem Nachbarn, das aufzuschreiben.

»Das ist fein, dürfen wir das für einen Film verwenden?«

»Ihr dürft's auch eine Oper draus machen«, sagt Valerie, dreht sich wieder zu ihren Freunden um und zieht ein Gesicht, als wären die Schweizer ziemlich wunderliche Gesellen.

Freedman schnalzt genießerisch mit der Zunge.

Mischa knüpft an das Gespräch mit dem Tischnachbarn an und fragt: »Habt ihr heut Drehpause?«

»So ist es, wir warten auf neue Objektive, wir hatten einen Wasserschaden«, antwortet der Schweizer bereitwillig.

»Worauf dreht ihr denn?«, fragt Mischa und gibt damit den Anstoß für eine filmische Fachsimpelei zwischen den beiden Heurigentischen.

Der alte Freedman gibt Sebastian ein Zeichen, dass er unterbrechen möchte.

»Lasst uns etwas vorspulen, ok? Wir wissen, was passiert ist – wir haben uns kennengelernt, wir haben über Filme gesprochen. So weit, so banal. Interessant wurde es aber erst, als sich der Schweizer für Poldi zu interessieren begann.«

Sebastian nickt und fordert die Runde auf, an einem Tisch zusammenzurücken. Wieder leitet er das Spiel blumig ein:

»Die Sonne geht langsam über den Weinbergen unter. Ein neuer Krug Wein macht unter den sieben Wanderern an dem Heurigentisch die Runde. Zwei der Schweizer schunkeln beseelt zur Schrammelmusik, einer ist eingeschlafen, der vierte – er ist der Aufnahmeleiter – ist nicht ganz so betrunken wie die anderen und hängt elektrisiert an Poldis Lippen. Valerie, bitte!«

»Der Ruski ist also auch in die Frau verliebt?«, fragt Valerie.

Einer der Schunkelschweizer zitiert den Russen im Film: »She very good. She very beautiful!« Der andere ruft: »Do you love she?!«

Der Aufnahmeleiter sagt: »Natürlich ist er auch in sie verliebt!«

»Was ist denn so außergewöhnlich an ihr? Lasst mich raten: Sie ist das hübscheste Hutschpferdl von ganz Wien!«, sagt Valerie.

»Gar nicht«, sagt der Aufnahmeleiter, »sie könnte Ihnen nicht das Wasser reichen!«

»Nun, vielleicht sollte ich einspringen, ich bin Schauspielerin!«

Der Aufnahmeleiter ist weder überrascht noch beeindruckt, er trifft ja eigentlich nur Schauspielerinnen, aber jetzt hat er einen Zugang zu der Frau gefunden.

»Was haben Sie denn gespielt?«

Valerie nimmt einen großen Schluck Apfelsaft, dann winkt sie ab, als bereute sie ihren Kommentar bereits.

»Ich habe mein halbes Leben lang Dummchen gespielt. Und ein bisschen Nazi kann ich auch. Gibt halt keinen Applaus dafür.«

Sebastian stellt sofort richtig: »Sie hat beim Kabarett und in Revues gespielt! Sie singt humoristische Lieder.«

»Wenn's nicht humorvoll ist, ist's humoristisch«, seufzt Valerie.

»Interessant«, sagt der Schweizer, »vielleicht haben wir noch eine Rolle im Film.«

»Aber du bist ja eigentlich keine Filmschauspielerin«, flüstert Sebastian.

Poldi wirft Fritz einen genervten Seitenblick zu. Sie will nicht zum Film, nicht mehr, aber es ist ihre Entscheidung.

»Ich weiß schon, wie man für den Film spielt, aber bieten Sie es mir besser nicht an.«

Poldis und Joes Knie berühren sich unter dem Tisch. Er verfolgt das Gespräch mit Argwohn, er wünscht Poldi allen Erfolg und alles Glück, aber nicht hier, nicht jetzt, nicht mit Fritz.

Der Schweizer wendet sich an seinen Sitznachbarn: »Für die Rückkehrer-Szene am Bahnhof, da suchen wir doch noch wen!«

Der Nachbar nickt, aber er sieht nicht so aus, als hätte er die Frage wirklich verstanden, er hat längst das weinselige Wiener Zwischenreich betreten, aus dem er erst am nächsten Tag mit Kopfweh und melancholischer Verstimmung wiederauftauchen wird.

»Kommen Sie doch am Montag zum Vorsprechen vorbei!«

Valerie antwortet nicht gleich. Sie nimmt einen Schluck Saft – damals war es Wein – und sieht zu Sebastian hinüber, der sorgenvoll dreinblickt, dann zu Mischa, der sich neutral verhält, sie aber jedenfalls nicht dazu ermutigt, zu dem Vorsprechen zu gehen.

Valerie sagt: »Sei's drum, ich komm.«

Freedman seufzt und sagt: »Es klingt paradox, aber hätten wir sie an diesem Abend ermutigt, zum Casting zu gehen, dann wäre sie nie dort aufgetaucht. Sie hätte unsere Schmeicheleien genossen und sich weiter über die Schweizer lustig gemacht. Sie wollte überhaupt nicht vorsprechen. Das hat sie nur wegen uns getan, weil wir sie nicht unterstützt haben, weil wir sie für uns behalten wollten. Und dann ist es leider nicht gut ausgegangen ... Machen wir Pause.«

Nach der Unterbrechung spielt die Truppe zwei weitere Szenen für Freedman. Die erste schließt direkt an das Gespräch am Heurigentisch an: Poldi und Fritz streiten hinter dem Haus, Freedman belauscht sie dabei. Fritz wirft seiner Verlobten vor, sie werfe sich dem Schweizer an den Hals. Sie hält ihm entgegen, er habe nur Angst davor, die Kontrolle über sie zu verlieren. Die Konfrontation endet damit, dass Fritz wütend verschwindet.

In der anschließenden Szene sitzen Joe und Poldi zusammen in den Weinbergen, nachdem Fritz allein Richtung Stadt losmarschiert ist. Sie beschwören gemeinsame Kindheitserinnerungen herauf. Dann erzählt Joe Poldi von seinem Leben in Hollywood und dass es trotz der Partys und des Trubels einsam ist. Er will wissen, ob sie Fritz liebt. Sie sagt, über Liebe möchte sie nicht reden, und sie glaube, Joe verstehe auch nur so viel davon, wie auf eine Filmleinwand passe. Er protestiert, sie neckt ihn. Schließlich schläft sie mit dem Kopf an seiner Schulter ein, und er verharrt lange in dieser Haltung, den Blick abwechselnd auf die Frau und die Lichter von Wien unter ihnen gerichtet.

Als Mischa und Valerie die Szene beschließen, lassen sie

sich erschöpft ins Gras sinken. Der alte Freedman sitzt zwei Meter von ihnen entfernt in einem Campingstuhl und betrachtet sie ernst und ebenso müde.

»Wenn ich mich an diese Augenblicke erinnert habe, dann immer mit dem Gefühl, ihr dort auf dieser Wiese besonders nahe gewesen zu sein. Und mein Eindruck war, dass Poldi diese Nähe auch gesucht hat. Aber jetzt, wo ich den ganzen Abend noch einmal erlebt habe, merke ich: Wir sind uns gar nicht so nahe gewesen. Wir sind betrunken gewesen, und die zwei haben gestritten – no big deal!«

Freedman wirkt desillusioniert. Mischa überlegt, ob Valerie und er einfach die Anziehung zwischen den beiden nicht zum Ausdruck bringen konnten. Valerie steht von der Wiese auf, geht zu Freedman und legt ihm eine Hand auf die Schulter.

»Lieber Mister Freedman, ich hab gerade wie Poldi damals alle Ihre Avancen und Bemühungen, mir näherzukommen, abgeblockt, aber ich kann Ihnen versichern, dass ich im Inneren all das gerne zugelassen hätte. Ich hätte diesem jungen Mann gerne mein Herz geöffnet. Und ich bin mir fast sicher, dass es ihr auch so gegangen ist. Sie hat es sich halt nicht erlaubt.«

Freedman umfasst ihre Hand und lächelt matt.

»Wie lieb von Ihnen. Fahren wir in Poldis Wohnung, dann sehen wir ja, wie es wirklich ausgeht.«

Es ist sieben Uhr abends, als das Team und Freedman mit seinem Assistenten Patrick wieder in die alte Wohnung kommen, in der sie am Vortag das erste Wiedersehen zwischen Poldi und Freedman inszeniert haben. Nun aber geht es um deren letzte Begegnung, bevor Freedman damals wieder in die Vereinigten Staaten reiste. Sie sind nur zu fünft, als sie die Tür aufsperren und die muffige Wohnung betreten. Die Stimmung ist angespannt. Alle drei – Sebastian, Mischa und Valerie – bedrückt das Gefühl, Freedman nichts gegeben zu haben, was einen Gewinn für ihn darstellt, ihm im Gegenteil vielleicht nur Kummer verschafft zu haben.

Die Vorbereitungen für den letzten Akt treffen sie eilig und schweigend: Valerie schlüpft in ein Nachthemd und einen Bademantel, anschließend bezieht sie das Bett im Wohnzimmer. Sebastian zündet Petroleumlampen an und verteilt sie in den Räumen. Mischa bietet Freedman einen Platz im Wohnzimmer an, von dem er den Großteil der Wohnung im Blick hat.

Sebastian eröffnet die Szene: »Eigentlich gibt es nicht viel zu sagen. Die Geschehnisse dieses Abends ereigneten sich drei Tage nach dem Casting für den Schweizer Film, das Poldi besuchte. Viel Glück, ihr beide!«

Sebastian setzt sich auf einen Stuhl neben Freedman. Valerie bleibt vor ihrem Bett stehen, Mischa verlässt die Wohnung.

Eine halbe Minute verstreicht, dann klopft er an die Tür.

Poldi schreckt auf, sie erwartet niemanden. Ein Klopfen um diese Zeit kann nur Ärger bedeuten.

Das Klopfen wiederholt sich.

Valerie geht barfuß ins Vorzimmer. Sie lauscht an der Wohnungstür, dann fragt sie: »Wer ist da?«

Sie hört eine Stimme, aber sie ist so leise, dass sie sie nicht erkennt.

Valerie wiederholt ihre Frage.

»Hier ist Josef, kann ich reinkommen?«

Valerie zögert. Schließlich öffnet sie die Tür, lässt Mischa herein und überprüft, ob auch niemand im Hausflur ist, der den Besucher gesehen hat. Vorsichtig schließt sie die Tür wieder.

»Spinnst du?«, sagt sie leise, »du darfst hier nicht sein!«

»Warum?«, fragt Mischa.

»Wegen der Irglova natürlich, du weißt, dass sie sich mit den Russen gutstellen will!«

»Ich weiß nimmer, ob mich überhaupt noch wer hier haben will.«

»Also ehrlich: Hier in der Wohnung will ich dich nicht haben. Für dich ist das nur Abenteuerurlaub, aber wir müssen uns auch später noch mit den Leuten hier rumschlagen.«

Joe will aufbrausend etwas erwidern, aber dann schluckt er es doch hinunter.

»Wo ist Fritz?«

»Weg. In Salzburg. Ein Kongress.«

»Hat ja gar nix gesagt davon.«

»Er ist für einen Kollegen eingesprungen, er wollt eh nicht.«

Joe sieht sich in der Wohnung um, sein Blick fällt auf das aufgeschlagene Bett im Wohnzimmer, dann auf Poldis Bademantel, den Saum ihres Nachthemdes, den man darunter sieht.

Valerie sieht ihn herausfordernd an.

»Was willst du?«

»Beruhig dich, bitte. Ich bin mit dem Turacek unten rein, er hat fünf Schilling von mir bekommen. Keiner hat uns gesehen, es ist alles ok.«

»Ok …«, macht Valerie seinen amerikanischen Tonfall

nach. »Es ist nicht ok, dass du hier bist, während Fritz weg ist.«

Joe nimmt den Hut ab. Seine Haare sind verdrückt, seine Brille verschmiert. Sein Hemd ist an der Brust vorne durchgeschwitzt, er muss gelaufen sein.

»Was ist eigentlich mit dir?«, fragt Valerie, jetzt ein wenig besorgt.

»Ich reise übermorgen ab. Ich habe seit Sonntag nichts mehr von dir gehört. Ich dachte, du lässt mich fahren, ohne dass wir uns nochmal gesehen haben. Ich hab in deinem Büro angerufen, die haben gesagt, du kannst nicht an den Apparat kommen. Ich frage mich, ob irgendetwas war, ob ich ... keine Ahnung ... etwas Falsches ...«

»Sei bitte leise und komm ins Wohnzimmer, man hört uns am Gang!«

Sie deutet ihm, auf einem Ohrensessel im Wohnzimmer Platz zu nehmen. Sie zieht sich einen Küchenstuhl heran.

»Hast du Zigaretten?«, fragt Mischa, »ich hab meine unterwegs verloren.«

Valerie steht auf und holt ein Päckchen aus der Küche.

»Danke. Warst du eigentlich bei dem Casting?«

Valerie setzt sich hin und sieht ihn misstrauisch an.

»Wieso fragst du das?«

»Weil ich seit Tagen nichts mehr von dir gehört habe!«

»Das ist schon richtig, aber ich wette, von dem Casting hast du trotzdem gehört.«

Mischa schweigt einen Moment, dann sagt er: »Das stimmt, ich war dort. Als ich nach zwei Tagen immer noch nichts von dir gehört habe, bin ich abends in das Hotel gegangen, wo die Schweizer untergebracht sind, und dort bin ich dem Aufnahmeleiter begegnet. Er sagte, eine andere war besser. Mein Gott, so ist es halt, das passiert die ganze Zeit!«

»Und du, warst du erleichtert?«

»Was, wieso?«

»Oh, Fritz war's. So salbungsvoll wie er mich getröstet hat, das war nah an der letzten Ölung. Und dir passt's doch auch ganz gut in den Kram. Sonst verderben s' noch dein Wiener Madl, die Hunde vom Film.«

Joe ist geschockt und für ein paar Momente tatsächlich sprachlos.

»Ich hätte dir den Erfolg gegönnt.«

»Hör bitte auf, von Erfolg zu sprechen, an so etwas denke ich gar nicht. Ich hätte mich nur gern nicht komplett zum Narren gemacht! Hat dir der Herr Aufnahmeleiter auch erzählt, warum sie mich nicht genommen haben?«

»Nein.«

»Ich sollte eine Frau spielen, die auf ihren Mann wartet, der in Gefangenschaft war. Als sie erfährt, dass er's nicht überlebt hat, bricht sie zusammen. Jeder hat wen verloren im Krieg, aber ich stell mich doch nicht dort hin und zieh das ins Lächerliche, indem ich vor einem Dutzend Schweizer losheule, als könnte man damit alles begreiflich machen. Ich hab ihnen den Job hingehauen.«

»Dann hast du dich ja gar nicht zum Narren gemacht.«

»Doch, weil das eben zum Beruf gehört, und ich mir das ja vorher hätt ausrechnen können.«

»Und deswegen hast du dich dann nicht mehr bei mir gemeldet?«

»Unter anderem, ja.«

»Unter anderem?«

»Ach, Josef, was machst du denn noch hier? In Wien. Ich kann dich gar nicht mehr anschauen.«

»Wieso denn?«

»Du findest das nicht, was du hier suchst.«

»Was such ich denn?«

Sie sieht ihn an, traurig, dass ausgerechnet sie es ihm sagen muss.

»Etwas, was es nimmer gibt. Es geht dir doch so wie den anderen. Von überall kommen sie zurück, die vor dem Krieg weg sind. Mit großen Augen rennen sie durch die Gegend und erkennen ihre Stadt nicht wieder. Und die Stadt erkennt sie nicht wieder. Es ist leider so.«

»Wien kann mir doch gestohlen bleiben. Es gibt bessere Orte!«

Poldi schweigt, sie ahnt schon, was jetzt kommt.

»Hast du in all den Tagen gar nix bemerkt?«

»Bitte, mach das nicht.«

»Warum bin ich denn zuerst bei dir aufgetaucht? Nach so vielen Jahren …«

Mischa nimmt Valeries Hand.

Plötzlich steht Freedman neben Mischa, seine Brillengläser blitzen im Licht der Öllampen.

»Sag ihr, dass ich nichts vergessen habe. Dass alle in diesem Land unter Amnesie leiden, aber ich nicht. Ich weiß noch, was wir für einander waren.«

Mischa erschrickt über Freedmans Auftauchen, und auch Valerie weicht ein Stück zurück.

»Los, sag das!«

Mischa nimmt sich zusammen und wiederholt, was Freedman gesagt hat, allerdings in sanfterem Ton.

Valerie braucht einen Moment, um wieder ins Spiel zu finden.

»Wir ... wir sind Kinder gewesen.«

Der alte Freedman schüttelt den Kopf: »Wir sind füreinander bestimmt gewesen. Gröfaz hin oder her. Los, sag das!«

Mischa wiederholt die Zeilen, allerdings gelingt es ihm nicht, sie lebendig klingen zu lassen.

Valerie sagt: »Aber du hast dich nicht mal richtig verabschiedet, als du und deine Eltern Österreich verlassen habt.«

Freedman protestiert: »Es hat doch alles so schnell gehen müssen!«

Patrick legt Freedman die Hand auf die Schulter: »Calm down, Joe!«

Freedman schreit: »Ich rede jetzt. Ich bin der Zeitzeuge, damn it!«

Sebastian steht auf und sagt: »Machen wir eine kleine Unterbrechung, in Ordnung?«

»Ich brauche keine Unterbrechung«, protestiert Freedman, »Unterbrechungen haben uns ja erst hierhergebracht!«

»Ich brauch aber eine Pause«, sagt Valerie. Sie steht auf und geht in die Küche, die Männer hören, dass sie den Wasserhahn aufdreht.

Freedman sieht ihr nach. Er begreift, dass er eine Regel gebrochen hat.

»Entschuldigt, ich hab mich eingemischt. Let's take a break.«

Der Alte setzt sich wieder auf seinen Stuhl.

Sebastian und Mischa gehen zu Valerie in die Küche.

»Bist du ok?«, fragt Mischa seine Freundin, die an der Spüle angelehnt steht und langsam ein Glas Wasser trinkt.

»Er macht mir Angst.«

»Er beruhigt sich schon, das wird bestimmt nicht nochmal passieren«, sagt Mischa.

Nach einigen Momenten kommt Patrick hinzu. »Kann ich mit euch reden?«

Sie stellen sich in der Ecke der Küche zusammen, in die Freedman keinen Einblick hat.

Leise erklärt Patrick den dreien: »Joe möchte es anders haben.«

»Wie anders?«, fragt Sebastian.

»Er möchte ein Happy End. Er will, dass sie *ja* zu ihm sagt.«

»Aber dann können wir uns nicht an das halten, was er uns erzählt hat«, bemerkt Valerie, und der Gedanke beunruhigt sie.

»Improvisiert!«, sagt Patrick gelassen.

Sebastian sieht Mischa hilfesuchend an. Der weiß allerdings selbst nicht, was er davon halten soll.

Valerie flüstert: »Ob das gesund ist …«

Patrick zuckt die Schultern: »Ihr wisst, was er immer sagt: *What if.* Er will es nur einmal andersherum erleben. All right?«

»Traust du dir das zu?«, fragt Mischa Valerie.

»Ich spring jetzt sicher nicht ab, wenn du das denkst …«

Mischa und Valerie setzen sich wieder auf ihre Plätze im Wohnzimmer, Patrick lässt sich links von Freedman nieder. Sebastian steht zwischen ihnen und versucht, die neue Situation in Worte zu fassen: »Wir werden jetzt die Vorzeichen ändern. Haben wir uns bisher – zumindest in den entscheidenden Punkten – an Ihrer Erinnerung orientiert, Mister Freedman, werden wir nun versuchen, jener Vielzahl an Möglichkeiten Raum zu geben, die in jedem Moment mitschwingen.«

»Keine Vielzahl an Möglichkeiten«, sagt Freedman, »Sie wissen, was ich sehen will.«

»In Ordnung«, resigniert Sebastian, »also fangt an!«

Mischa und Valerie tauschen flüsternd ein paar Worte miteinander, dann beginnen sie.

»Hast du in all den Tagen gar nix bemerkt?«, fragt Mischa.

»Bitte, mach das nicht.«

»Warum bin ich denn zuerst bei dir aufgetaucht? Nach so vielen Jahren ...«

Mischa nimmt Valeries Hand.

»Poldi, ich habe mir ein Grundstück in den Hollywood Hills gekauft. Man sieht bei schönem Wetter bis zum Pazifik – und es ist immer schönes Wetter! Ich möchte dort ein Haus bauen. Man kann dort mit der Natur leben – und ist trotzdem in zwanzig Minuten mit dem Wagen in der Stadt und kann sich einen Film ansehen. Es ist perfekt.«

»Das ist nett. Vielleicht können wir dich einmal besuchen.«

»Hör doch zu! Ich will dort nicht allein wohnen. Ich frage dich, ob du mit mir dort lebst!«

»Ich – mit dir?«

Mischa nickt.

Valerie versucht, eine Antwort zu finden, die Freedman Hoffnung gibt, aber es gelingt ihr nicht.

»Was soll ich denn in Kalifornien, Josef? Ich hab ein

schlechtes Englisch, ich kann die Amerikaner nicht leiden, ich hab meine Eltern hier in Wien. Und was wird der Fritz dazu sagen?«

»Wir sind noch jung, Poldi. Wir können die Weichen noch richtig stellen. Weißt du noch, was du in dem Brief damals geschrieben hast? – *Wenn du ein Mann bist und ich eine Frau, werden wir in einem Haus mit Hunden und Pferden leben, und ich werde Bücher schreiben und Tänzerin sein, und du kannst auf unsere Dinge aufpassen, und wir schlafen in einer großen Hängematte unter den Sternen!*«

Valerie sieht ihn skeptisch an: »Das habe ich geschrieben?«

»Natürlich hast du das! Und warum sollte es auch nicht so sein?«

»Weil es nun mal nicht so ist, wie es sollte, sondern so, wie es ist.«

»Nein, das stimmt nicht, das sagt man uns nur.«

Mischa greift nach Valerie und will sie küssen.

Sie hält ihn ab, sagt: »Hör auf! Es geht nicht.«

Mischa lässt sie los und sinkt seufzend in den Sessel. Valerie lässt den Kopf hängen und sagt: »Es tut mir leid, Mister Freedman, aber es ist so schwer, es anders zu spielen. Ich seh einfach nicht, wie man die Situation herumreißen kann.«

»Es ist nicht möglich«, sagt Mischa. »Es konnte so nicht sein.«

Valerie nickt.

Freedman steht auf und sieht mit beinahe törichtem Ernst in die Runde: »Ich habe nicht erwartet, dass ihr meinen Wunsch auf diese Weise sabotiert. Ich bin unendlich enttäuscht.«

Sebastian atmet tief ein, will etwas Versöhnliches sagen, aber ihm fehlen die Worte.

»Schauen Sie«, sagt Valerie, »wenn ich jetzt sagen würde: Ja, Josef, ich komme mit dir nach Amerika, ich lasse alles hier zurück, und es wird, wie wir es uns mal erträumt haben – würden Sie es mir denn abnehmen? Das wäre doch wie *Casablanca* mit Alpha-Strahlen!«

Patrick lächelt und nickt unbewusst zustimmend, weil er sich das schon seit sehr langem denkt.

»Poldi blieb in Wien«, setzt Valerie fort, »und Sie gründeten eine Familie in Kalifornien. Vielleicht ist es nicht die perfekte Geschichte, aber es ist wohl die einzig mögliche.«

»Woran liegt es eigentlich«, ruft Freeman aufgebracht, »ist es Ihre Phantasielosigkeit?«

Patrick sagt bestimmt: »Joe, du gehst zu weit!«

»Die Kinder sind Schauspieler, Patrick, wieso bringen sie es nicht zusammen, eine Liebesszene zu spielen?«

»Das könnten wir schon«, sagt Mischa, »aber sie wäre nicht sehr glaubhaft!«

»Glaubhaft, wer verlangt das denn? Ich wollte von Ihnen *Pretty Woman*, nicht *Schindlers Liste*!«

»Das hätten Sie vorher mal erwähnen müssen, Mister Freedman!«, macht sich Sebastian bemerkbar.

»Well, it's too late now! Patrick, gehen wir!«

Sebastian stellt sich Freedman in den Weg.

»Lassen Sie es uns nochmal probieren! Wir trinken alle ein Glas Wein, drehen romantische Musik auf, und dann kriegen wir das schon hin mit der Szene!«

Valerie murmelt: »Dann spielst aber du die Poldi ...«

Freedman schiebt Sebastian zur Seite.

»Das war's jetzt, wirklich, das war es jetzt.«

Patrick wirft den dreien einen bedauernden Blick zu, dann führt er Freedman aus der Wohnung hinaus. Hinter ihnen fällt die Tür zu.

»Scheiße«, stellt Sebastian fest.

»Allerdings«, sagt Valerie.

Mischa schüttelt den Kopf. »Das war doch von Anfang an unvermeidlich! Wir können uns nichts vorwerfen.«

»Unvermeidlich? Ich weiß nicht ... Valerie, war es denn gar nicht möglich, ihm ein bisschen entgegenzukommen?«, fragt Sebastian mit unterdrücktem Zorn.

»Du meinst, eine richtige Schauspielerin hätte das hingekriegt ...«, erwidert Valerie.

»Es ist nun mal seine Show, wir hätten ihm den Gefallen schon tun können.«

»Indem ich auf die Pippi-Langstrumpf-Story mit Pferden und Hängematte einsteige? Bitte!«

»Wie auch immer«, sagt Mischa, »ich glaube, auf diese Weise hat er mehr bekommen als andersherum.«

»Na ja, zufriedene Kunden sehen anders aus ...«, ätzt Sebastian, und Mischa verzichtet auf einen Kommentar.

Nachdem die drei die Wohnung aufgeräumt haben, gehen sie zur weiteren Nachbesprechung auf ein Bier in eine Kneipe ganz in der Nähe. Einen Grund zu feiern haben sie nicht, und ihre Argumente wiederholen sich bald, also vertagen sie die Analyse ihrer ersten Inszenierung auf einen Abend der nächsten Woche.

Mischa und Valerie verbringen diese Nacht nicht in einer Hängematte unter den Sternen, trotzdem liegen sie in enger Umklammerung im Dunkeln und fühlen sich wie unter einem bedrohlichen Firmament, aus dem sie Geister der Vergangenheit anstarren. Das Gefühl verlässt sie auch die nächsten Tage nicht – bis sie am Mittwoch nach der Arbeit nach Hause kommen und Sebastian mit einem geheimnisvollen Lächeln vor ihrer Tür sitzend vorfinden. Er hat einen Brief von Freedman bei sich, der ihm am Nachmittag per Boten geliefert wurde. Im Schneidersitz auf der Couch thronend liest ihn Sebastian vor:

Meine lieben, tapferen Schauspieler!

Wie kann ich mich für meine Grobheit entschuldigen, wo ihr mir doch die wertvollste Lektion erteilt habt? Die Ereignisse des vergangenen Sonntags ließen mich mit Kummer und Gram zurück, mit dem Abstand einiger Tage zog jedoch zu meiner großen Überraschung ein lange nicht gefühlter Friede in mein Herz ein.

Vielleicht ist es eine Krankheit von uns Autoren, dass uns die Möglichkeiten immer unendlich erscheinen, dass für uns alles so oder anders oder ganz anders vorstellbar ist und all diese Varianten immer greifbar und lebendig sind. Wir leben im Konjunktiv. Wir haben uns gut darin eingerichtet und spielen auf seinen unendlichen Fluren und in seinen unzählbaren Zimmerchen. Ihr aber habt mir am vergangenen Wochenende vorgeführt, dass die Anzahl der Möglichkeiten manchmal tatsächlich endlich ist und manches eben nicht anders geschehen konnte, als es geschah. Und während mir dies erst wie ein Mangel an Vorstellungskraft erschien, denke ich nun: Es erfordert Mut, bei der Wahrheit zu bleiben, vor allem, wenn die Alternativen so süß sind.

Aus *What if* machtet ihr *What it is*. Dafür danke ich euch!

Wenn ich jetzt an Poldi denke – die nun wieder ihr eigenes Gesicht anstatt Valeries trägt –, dann tue ich es erstmals ohne Vorwürfe, ohne Zorn, ohne die Bitterkeit, die Versäumnisse nach sich ziehen.

Sie alle drei haben mir meinen letzten Aufenthalt in Wien zu einem unvergesslichen gemacht! Mit Ihnen ist die Stadt so wertvoll, wie sie es einmal in meiner Erinnerung war.

Ich hoffe, die Geldsumme, die Sie in dem Kuvert vorfinden, entspricht Ihren Erwartungen. Übertrifft sie sie, umso schöner.

Mit vorzüglichen Grüßen,

J. Freedman

PS: Ich kenne viele begüterte Leute auf allen Kontinenten. Ich hoffe, es ist in Ordnung, wenn ich Sie weiterempfehle. Gut möglich, dass man auf Sie zukommen wird.

Während Sebastian triumphierend grinst und das beträchtliche Honorar Freedmans auf dem Tisch ausbreitet, nimmt Mischa den Inhalt des Briefes mit etwas weniger, Valerie mit etwas mehr Überraschung auf.

»Das lief ja noch gut«, sagt Mischa.

»Ach du Scheiße, es hat funktioniert!«, entfährt es Valerie. »Er hat uns wirklich bezahlt! Und er hat diesen Brief mit Füllfeder für uns geschrieben! Auf Hotelbriefpapier! Und er will uns weiterempfehlen!«

»Ja. Ja. Genau. Stimmt. Und ja!«, bestätigt Sebastian.

»Das ist das Unglaublichste, was mir je passiert ist. Im Ernst, ich kann's nicht anders sagen.«

»Ja, es ist ziemlich phantastisch«, sagt Sebastian.

»Soll ich bei der Blumenbude kündigen?«

»Ich sage euch, was wir machen«, verkündet Sebastian. »Wir investieren das Geld von Freedman in eine richtige Anzeige. Mit dem Sümmchen und gewissen Mitarbeiternachlässen bekommen wir doch sicher eine nette Viertelseite in einem Magazin, das von Menschen durchgeblättert wird, für die Luxus kein Luxus ist. Eine Website brauchen wir natürlich auch, aber ich nehme an, einer von uns hat einen Zwölfjährigen in der Verwandtschaft, der das erledigt. Und dann sehen wir uns an, was zurückkommt. Vielleicht gelingt es uns ja, jeden Monat so eine Inszenierung zu veranstalten – auch wenn ich bezweifle, dass wir immer so großzügig entlohnt werden wie von Freedman. Und damit wir jetzt nicht allzu impulsiv handeln, schlage ich vor, ihr beide wartet in jedem Fall mindestens ein Jahr, bevor ihr eure Jobs hinhaut. Wir hatten ein ziemliches Glück mit Freedman, und es ist gut möglich, dass uns nie wieder jemand so uneingeschränkt sein Vertrauen schenkt. Das ganze Projekt befindet sich ab jetzt in einer Testphase, und vielleicht erweist sich erst noch, dass es sich dabei ja doch um eine Schnapsidee handelt. Also sehen wir dem, was da kommen mag, offen und hoffnungsfroh, aber ohne überhöhte Erwartungen entgegen.«

Mischa und Valerie nicken, nett hat Sebastian das formuliert.

»Lasst uns einen Eid leisten«, fährt er fort. »Wir werden in den Wohnungen, Parks, Straßen oder Hotelzimmern, in die uns unsere Aufträge führen, so spielen, als wären es die Bühnen der besten Häuser. Wir werden unsere Hingabe an die Arbeit nicht von dem Honorar oder der Art des Auftrags abhängig machen. Und wir werden nicht vergessen, dass die Hauptfigur immer unser Auftraggeber ist und wir nur die unterstützenden Rollen spielen. Und am wichtigsten: Leben und Kunst – für uns ist das eine so heilig wie das andere.«

Sebastian pausiert gedankenvoll. Dann verzieht er das Gesicht.

»Der letzte Punkt war zu viel. Aber mit den ersten dreien ist es mir ernst. Also, seid ihr dabei?«

»Wo unterschreibe ich?«, fragt Valerie.

»Und du, Mischa?«

»Abgesehen von kleineren Einwänden wie zum Beispiel, dass du etwas überhöhte Erwartungen in die Anzeige setzt und ich nicht weiß, ob man einen Eid auf etwas leisten sollte, das Sekunden vorher als potenzielle Schnapsidee eingestuft wurde, und ich mir herausnehmen möchte, meinen Job auch nach dem Verstreichen eines Jahres zu behalten, bin ich dabei.«

»Dann ist es entschieden. Kollegen, lasst uns spielen!«

*

Es vergingen drei Wochen, die von der Hoffnung auf eine Fortsetzung bestimmt waren. Freeman hatte angekündigt, er würde sie weiterempfehlen, und es gab keinen Anlass, an seinen Worten zu zweifeln. Alle drei brannten darauf zu sehen, ob sich wiederholen ließe, was ihnen einmal gelungen war, ob sie ein zweites Mal durch den brennenden Reifen springen konnten. Jeder von ihnen hatte sich innerhalb des Freedman-Auftrags ein kleines Stück neu erfunden – oder zumindest neu erlebt –, und sie wollten herausfinden, ob dies nur der Beginn eines größeren Prozesses gewesen war.

Für Valerie stellte sich diese Frage am dringlichsten: Sie musste wissen, ob sie nur das Aussehen einer Frau besaß und deswegen in der Lage war, sie auch glaubhaft zu verkörpern, oder ob ihr das auch mit einer anderen Figur gelingen konnte. Je mehr Zeit verging, umso überzeugter war sie aber, dass ihr nur dieser eine Auftritt beschieden gewesen war. Während sie im Blumenladen stand und Sträuße band, dachte sie an Schauspieler, die nur eine große Rolle gehabt hatten: Mark Hamill als *Luke Skywalker*. Macauly Culkin als *Kevin*. Oder dieses Mädchen in *My Big Fat Greek Wedding* …

Nachdem sie sich eine Woche lang mit solchen Gedanken beschäftigt hatte, erklärte sie Mischa, die Schauspielerei mache einen wahnsinnig und sie könne das nicht brauchen. Sie sei ein geerdeter Mensch und würde sich bestimmt nicht in jene Sorte ausgeflippter Teenager zurückverwandeln, die sie selbst eigentlich nie gewesen war. Er nickte nur, wissend, dass sie längst verloren war. An diesem Abend sahen sie zufällig *Boulevard der Dämmerung* von Billy Wilder im Fernsehen, in dem eine alte, dem Irrsinn nahe Stummfilm-Diva einen verschuldeten Drehbuchautor für ihr Comeback einzuspannen versucht, und Mischa sagte zu Valerie: »Du in zwei Jahren.« Sie gab ihm einen Klaps auf den Hinterkopf und verschwieg, dass sie den ganzen Film über nachgedacht hatte, was sie aus dieser Rolle der verblendeten Diva wohl gemacht hätte. Sie hatte ihn, den Virus, Leugnen zwecklos.

Mischa dagegen war entspannt wie seit einer Ewigkeit nicht mehr. Sich auf Sebastians Idee einzulassen war die richtige Entscheidung gewesen. Er fühlte sich wie ein Musiker, der dem zermürbenden Business abgeschworen hatte und nun zum ersten Mal nach einer musiklosen Ewigkeit an einem verregneten Nachmittag in seiner Küche die Gitarre in die Hand nahm und ein Stück spielte, das er sich beigebracht hatte, als er fünfzehn Jahre alt gewesen war. Die Fingerkuppen der linken Hand sind weich geworden vom langen Pausieren, der Saitenschlag ist ungenau, aber der Fuß erwacht und schlägt den Takt, und der Klang der eigenen Stimme erinnert einen plötzlich an Dinge, die man früher mal gefühlt hat.

Sebastian dagegen war in einem Stadium großer Unruhe. Er glaubte sich nur einen Schritt davon entfernt, etwas greifen zu können, das ihm immer entwischt war. Was war es? Erfolg, Anerkennung, Erfüllung? Es war einfach *seine Zeit*. Wenn sich die Dinge für ihn zu ordnen begannen; die Leerstellen und Fragezeichen aus seinem Leben verschwanden. In den letzten Jahren schienen sich Möglichkeiten immer öfter in Unmöglichkeiten verwandelt zu haben, und nun glaubte Sebastian, dass eine Umkehr bevorstand. So wie es ihnen gelungen war, einem alten störrischen Mann seine Vergangenheit neu begreifbar zu machen, so konnte auch in seinem Leben eine Neuordnung stattfinden …

Um nicht bloß darauf zu warten, dass der nächste Auftrag zu ihnen kam, begannen sie, eine neue Anzeige zu gestalten. Lange diskutierten sie, wie man den ursprünglichen Text verbessern könnte. Schließlich strichen sie ein bisschen etwas, formulierten ein wenig um und fügten zwei Zeilen hinzu.

Anschließend wollten sie sich um eine Homepage kümmern: Nach einer oberflächlichen Internetrecherche fanden sie heraus, dass man gar keinen Zwölfjährigen brauchte, um eine Website zu gestalten, es gab jede Menge Tools im Internet, die es jedem ermöglichten, zu einer eigenen Seite zu kommen. Sie fanden das mindestens ebenso genial wie ihre eigene Geschäftsidee und begannen zu basteln. Am Ende des Abends waren alle drei betrunken und hatten ein hässliches Monstrum von Website erschaffen, das in jedem Benutzer den Wunsch wecken musste, es mit Fackeln ins Dunkle des virtuellen Raumes zurückzutreiben.

Beim zweiten Versuch am Abend darauf beschränkten sie sich auf das Nötigste an Informationen (Was, Wer, Wie, Haftungsausschluss) und befanden ihr Werk als gut. Ein Freund von Sebastian gestaltete den Anzeigentext als Inserat, und Mischa buchte für relativ wenig Geld eine Viertelseite in der samstags erscheinenden Farbbeilage einer Tageszeitung.

Den Tag, an dem die Anzeige erschien, verbrachten Mischa, Valerie und Sebastian gemeinsam in Mischas Wohnung, Sebastians Mail-Programm offen, Fingernägel weichgekaut, Sekt eingekühlt. Die erste E-Mail kam kurz nach neun, weitere folgten im Viertelstundentakt. Bis zum Abend hatten sie vierzig Nachrichten erhalten. Der Counter ihrer Homepage zeigte 1600 Besuche an. Am nächsten Tag ließ das Interesse immer noch nicht nach. Aus den vielen Korrespondenzen mit Neugierigen an diesem Wochenende resultierten elf persönliche Treffen in der Woche darauf. Mit einer Anzeige hatten sie eine Quelle erschlossen, die ihnen in der ersten Euphorie unerschöpflich erschien.

Am Wochenende darauf trafen sich Sebastian, Mischa und Valerie, um zu besprechen, welchen Auftrag sie als nächsten annehmen wollten. Sie saßen in Sebastians Küche und aßen Fondue. Als der erste Heißhunger gestillt war, legten sie eine Pause ein und tranken einen Schnaps. Sebastian nutzte die

Unterbrechung, um ihnen die Gespräche zu vergegenwärtigen, die sie in der Woche nach der Anzeigenschaltung in verschiedenen Kaffeehäusern Wiens geführt hatten.

»Von all den potenziellen Kunden können wir zwei wohl von vornherein ausschließen: Wir sind uns, glaube ich, einig, dass wir jenen Herrn, der Pasolinis *120 Tage von Sodom* mit lieben Freunden und unserer Unterstützung nachspielen will, bloß so schnell wie möglich vergessen wollen. Ähnliches gilt für das freundliche Ehepaar, das sehnlich die letzte Nacht im Führerbunker am eigenen Leib erleben möchte.«

»Für *Sodom* sind wir zu wenige, für den Bunker zu viele, insofern stimme ich dir zu«, sagte Mischa mit sattem Pragmatismus.

»Richtig, um nur eine Problematik zu nennen ... Bleiben also neun mögliche Aufträge. Ich fasse die einzelnen Ideen mal fix zusammen, und ihr sagt, was ihr davon haltet, ok? Nummer 1: Das war der ältere Herr, der mit seiner Enkeltochter Szenen aus *Heidi* nachspielen möchte, eine passende Berghütte hat er.«

»Irgendwie süß, aber für uns fallen dabei keine Rollen ab«, sagte Mischa. »Neben Heidi und dem Öhi gibt es Kinderrollen – Peter, Klara – und ein paar nicht so interessante ältere Erwachsene – ich fürchte, da sind wir die Falschen.«

Valerie wirkte gleichgültig: »Ich mochte die Bücher schon als Kind nicht. Muss nicht sein.«

Sebastian war der Sache selbst eher abgeneigt, wollte aber noch darüber nachdenken.

»Nummer 2: der Rathausbeamte, der den perfekten Banküberfall geplant hat und nun, wo er sich sicher ist, keine Verbrecherlaufbahn mehr einschlagen zu wollen, den Coup als

Inszenierung durchziehen will. Ich sag es gleich: Ich finde das toll.«

»Es ist schon spannend«, sagte Valerie, »aber ich stelle mir das unendlich aufwändig und teuer vor. Kann man denn eine Bank anmieten?«

Auch Mischa schien skeptisch zu sein. »Die Idee ist nett, aber meiner Meinung nach nicht durchzuführen. Ein vorgetäuschter Banküberfall ist in der Abwicklung genauso komplex wie ein echter. Allein die Herausforderung, die U-Bahn für eine Stunde zum Stehen zu bringen, so wie er das möchte. Eher nicht.«

»Ich schreib mal ein Fragezeichen hin«, fasste Sebastian zusammen. »Nummer 3 ist der Mann, der mit seinem sechzehnjährigen Sohn jedes Jahr auf Angelurlaub fährt und dem Jungen dieses Mal etwas bieten will, das spannender ist als Forelle am Grill.«

Mischa klopfte auf den Tisch: »Das gefällt mir. Es lässt uns alle Freiheiten, jede Menge Raum für Kreativität!«

»Aber er kam mir seltsam vor«, erinnerte sich Valerie, »er sagte, er fände es spannend, wenn sie eine Leiche fänden oder ein UFO entdeckten.«

»Die Geschichte mit der Leiche finde ich toll«, sagte Sebastian, »ich hätte mir als Kind gewünscht, mit meinem Vater zusammen eine Leiche zu finden! Wir können uns ja mal ein paar Gedanken zu so einer Geschichte machen und sie dem Mann zukommen lassen. Nummer 4: die Eltern mit ihrer kranken Tochter. Sie möchten dem Mädchen ihren großen Traum von einer Weltreise erfüllen, aufgrund ihres gesundheitlichen Zustands aber innerhalb der Wiener Stadtgrenzen. Klares *Ja* von mir.«

Valerie sagte: »Auch von mir. Würde ich sogar allein durchziehen, wenn ihr nicht wolltet.«

»Ich möchte das auch machen«, schloss sich Mischa den beiden an. »Vier oder fünf tolle Schauplätze, ein paar kleine Spielszenen, nichts Kompliziertes. Unbedingt.«

»Also alle dafür, gut. Nummer 5: Das war die Mutter, die ihren Sohn aus seinem Zimmer bewegen will, weg vom Computer und vom Kiffen. Sie hat schon alles probiert, wir sind die unorthodoxe letzte Hoffnung.«

»Er müsste einem besonderen Mädchen begegnen«, spann Valerie vor sich hin, »ein Mädel, das ihn in etwas hineinzieht. Etwas, für das man sich engagieren muss.«

»Ich bin dagegen«, sagte Mischa, »vielleicht schreibt er gerade an einer App, mit der man immer die Kneipe mit dem billigsten Bier findet, wir sollten den Mann einfach arbeiten lassen.«

»Nun gut, lassen wir den Fall mal, da ist irgendwie alles zu vage. Nummer 6: Das war die junge Frau, die ihrem Freund eine Tarantino-Nacht schenken möchte. Er kennt die Filme auswendig, man kann ihn also in alle möglichen Rollen stecken, und er ist spontan in der Lage mitzuspielen.«

»Also das würde ich auch ohne Gage machen«, sagte Mischa.

»Das wirst du vielleicht auch müssen, sie hat gesagt, sie hat nicht viel Geld.«

»Wir mieten uns so ein ganz abgefucktes Vorstadt-Hotel«, schwärmte Valerie, »und in jedem Zimmer findet eine andere Szene aus seinen Filmen statt. Sobald ihr Freund das Zimmer betritt, ist er schon mittendrin in der Action.«

»Fein«, sagte Sebastian, »wir machen es, und vielleicht

fällt uns eine Variante ein, für die man kein Hotel mieten muss. Nummer 7 fällt aus dem Rahmen: Das war dieser Mensch von der Telekomfirma, der wissen wollte, ob wir Mitarbeiter-Überprüfungen machen.«

»Spannend – potenzielle Führungskräfte in Situationen bringen, wo sie ihre Loyalität und moralische Festigkeit unter Beweis stellen müssen«, sagte Mischa.

»Findest du das in Ordnung?«, fragte Valerie.

Mischa fuhr sich durch die Haare, überlegte. »Es spricht manches dafür: Die bezahlen gut, und es ist sicher faszinierend zu sehen, ob sich die Leute wirklich in Versuchung führen lassen. Aber natürlich machen wir das nicht. Es ist einfach mies.«

»Brav«, sagte Valerie. Dann zu Sebastian: »Wie siehst du das?«

»Ich habe nicht Schauspiel studiert, um jemanden dazu zu bringen, Firmengeheimnisse auszuplaudern. Ich habe Schauspiel studiert, weil ich in Medizin durchgerasselt bin, haha. Nein, im Ernst, vergessen wir das. Wenn wir schon beim Thema sind: Nummer 8 ist die lustige Dame, die für ihren Arzt-Mann zu seinem Fünfziger eine Folge einer Krankenhaus-Serie drehen lassen möchte, in der er selbst mitspielt – ohne dass er allerdings die Szenen der anderen vorher zu Gesicht bekommt.«

»Schon jetzt ein Klassiker«, sagte Mischa, »tun wir's.«

»Will jetzt gleich, sofort, unbedingt!«, lechzte Valerie.

»Es wird episch«, bestätigte Sebastian.

Er machte einen Haken neben der Krankenhausgeschichte.

»Nummer 9 ist der Mann, der seinen Galeristen-Bruder

auf die Fährte eines falschen Street-Art-Künstlers locken will, um ihm so zu beweisen, dass er keine Ahnung von Kunst hat. Witzig, oder?«

»Wir nennen ihn Blinky, und er trägt einen Zylinder, aus dem ein Kuckuck rausschaut!«, sagte Mischa.

»Ich bin sein Groupie!«, sagte Valerie.

»Dann sind wir durch!«, rief Sebastian und schloss den Notizblock. »Interessante Ausbeute, oder?«

Valerie nickte tief überzeugt.

»Ich finde es gut, dass wir nicht alles machen, was uns angeboten wird.«

Sebastian stimmte ihr zu: »Wir müssen nicht gierig sein, die Sache kommt ja erst ins Rollen.«

»Absolut«, war Mischa auf ihrer Linie, »picken wir uns die Gustostücke raus. Apropos: zweite Runde Fondue?«

*

Zwei Wochen nach dem Fondue ging ein vierzehnjähriges Mädchen im Rollstuhl auf Weltreise durch Wien, streifte wie in dem irischen Film *Once* mit einem Straßenmusiker durch die Innenstadt, schloss sich in den Donauauen einer von *The Beach* inspirierten Aussteigerkommune an und nahm auf einer Praterwiese an dem indischen Farbenfest *Holi* teil.

Drei Wochen nach dem Fondue fanden ein Vater und sein Sohn an einem Anglerteich in der Steiermark eine menschliche Hand im Wasser treibend, stellten darüber allerlei Spekulationen an und lieferten sich schließlich ein kriminalistisches Katz-und-Maus-Spiel mit den drei undurchsichtigen Bewohnern der Nachbarhütte.

Fünf Wochen nach dem Fondue begannen in einem Krankenhaus in Döbling die Dreharbeiten zu einem Soap-Opera-Special, das vor verführerischen Schwestern, weisen Primarärzten und verzweifelten Patienten nur so überschäumte.

Sechs Wochen nach dem Fondue betrat ein junger Mann eine stillgelegte Fabrik in einem Wiener Randbezirk und fand sich in eine Reihe von beunruhigenden und bizarren Situationen hineingezogen, die nur dem Hirn eines Quentin Tarantino entstammen konnten.

Acht Wochen nach dem Fondue fand auf 1600 Meter Seehöhe in Tirol eine sehr frei gestaltete Dramatisierung von *Heidi* statt, in der interessante neue Figuren wie ein ehrgeiziger Freeclimber, ein urlaubender YouTube-Star und eine freche Hubschrauberpilotin der alten Geschichte ungewöhnliche Wendungen abtrotzten.

Neun Wochen nach dem Fondue lernte ein zwanzigjähriger Mann bei einer Demo, die ausgerechnet vor seiner Wohnung stattfand, eine junge Umweltaktivistin kennen, die ihn mit ihren radikalen Ideen und unberechenbaren Launen ganze drei Tage davon abhielt, endlich die Geheimnisse der Burg Schattenfang in *World of Warcraft* zu ergründen.

Elf Wochen nach dem Fondue fand ein Innenstadt-Galerist einen gesprayten Biber unter seinem Schaufenster vor und kaufte dessen Schöpfer in Folge die sperrigsten Stücke seiner schwer zugänglichen Objektkunst ab – was er später bitter bereute.

Dreizehn Wochen nach dem Fondue saßen sechs Männer und eine Frau mit entschlossenen Mienen über einem riesigen Plan des Wiener U-Bahn-Netzes und zeigten mit den Fingern auf einen geheimen Tunnel.

Er verlief direkt unter der *First Imaginary National Bank.*

EIN JAHR NACH DEM FONDUE

5

Sebastian lag in der Hängematte unter dem Vordach seiner Hütte, während der Monsun eintönig und unnachgiebig auf das kleine Inselparadies niederstürzte, auf dem sie stationiert waren. Eine Affenmutter, deren Kleines im Halbschlaf in ihrem Fell hing, hatte Schutz vor dem Regen gesucht; sie saß in einer Ecke der Terrasse und sah seelenruhig aufs grüne Meer hinaus. Sebastian hatte sich längst an ihre Anwesenheit gewöhnt und nippte gewohnheitsmäßig an seinem Bier. Zwischen dem Rausch vom Vortag und dem aktuellen, der sich allmählich einzustellen begann, konnte er genauso wenig eine klare Grenze erkennen wie zwischen Regen, Luft und Meer, die in den Nachmittagsstunden vor seinen Augen zu einem einzigen verschwommenen Wasserfarbengemälde verliefen. Der Rausch in Thailand hatte überhaupt eine ganz andere Dimension: Hier, wo die Natur selbst besoffen schien, wo alles wuchs, dampfte, quoll und trieb, fühlte man sich der Umgebung betrunken in gewisser Weise besser angepasst. Daheim in Europa entfremdete einen der Rausch von der Realität, hier fügte er einen erst richtig in sie ein – und das betraf nicht nur den Dschungel, sondern genauso den Straßenverkehr in Bangkok, der mit dem richtigen Spiegel viel von seiner Bedrohlichkeit verlor.

Sebastian stellte sein Bier ab, und kurz darauf fielen ihm die Augen zu, und er glitt in einen friedlichen Dämmerschlaf, in dem vage sexuelle Traumideen auftauchten und wieder verschwanden, bis er durch das Erscheinen seines

Cousins geweckt wurde, der wie immer ohne anzuklopfen in seinem Privatbereich aufgetaucht war. Tobias bewegte sich unsicher durch den Dunst des Nachmittags und nahm leise seufzend auf einem Hocker neben Sebastian Platz. Er war am Vortag 26 geworden, und auch wenn sie hier keinen Anlass zum Feiern brauchten, war es doch noch später geworden als sonst. Sebastian öffnete die Augen und nickte dem Jungen zu.

»Was gibt's?«

»Er will wissen, wann es heute losgeht.«

»Das Boot kommt um halb sechs, steht auf der Dispo.«

Sebastian gähnte ausgiebig.

»Ich weiß. Aber er meint, er hätte gerne die Lunch-Szene mit dir und Lisa vorher hier im Club gespielt. Offenbar hat er seinen Text auswendig gelernt.«

Sebastian richtete sich ein Stück in der Hängematte auf, rutschte aber sofort wieder in sie hinein.

»Erwartet er, dass ich diesen ganzen bescheuerten Streifen auswendig kann?«

Sebastian lächelte über die Ideen ihres Kunden und machte Anstalten, sich auf die Seite zu drehen, um dem Traum von zuvor noch eine Chance zu geben.

»Du könntest vom Blatt spielen ...«

Sebastian drehte sich wieder seinem Cousin zu.

»Bin ich eine Blasmusikkapelle? Er soll sich an das halten, was wir vereinbart haben, daheim kam ihm das Paket noch unheimlich komplett vor.«

»Lisa sagt, sie kann ihren Part.«

»Das glaube ich gerne. Soweit ich mich erinnere, hat sie in der Szene am Tisch genau zwei Sätze, und zwar vom Kaliber

›Ich nehme Fisch, bitte‹. Scaramanga dagegen lässt den halben *Faust* ab!«

»Redest du vielleicht kurz mit ihm? Es ist sein Abenteuer, er zahlt ein Vermögen dafür, und, na ja, du hofierst ihn nicht gerade ...«

»Ich bin immer für ihn da, wenn er mich braucht.«

Er schloss die Augen. Tobias' Bemerkung ließ ihn aber nicht los.

»Denkst du wirklich, er ist unzufrieden?«

»Na ja, heute beim Frühstück hat er mich gefragt, ob du immer so klar trennst. Ich glaube, er hat sich etwas Einheitlicheres vorgestellt.«

»Du meinst, weil wir nicht zusammen durch die Nächte ziehen? Er ist James Bond, ich bin sein Gegenspieler. Wie sieht das aus, wenn wir nach einer harten Konfrontation zusammen Mai Tai trinken gehen?«

»Also, so richtig hängst du dich jetzt auch nicht in deine Rolle rein.«

»Ah ja, und wie glaubhaft ist er als Geheimagent seiner Majestät?«

Wieder versuchte Sebastian sich aufzurichten, aber es gelang ihm in seinem Zustand nicht. Die Sonnenbrille rutschte ihm aus den Haaren ins Gesicht, und mit dem Fuß streifte er das Bier, das Tobias durch einen beherzten Zugriff retten konnte.

»Hilf mir mal hoch!«, sagte er zu seinem Cousin, und mit vereinten Kräften schafften sie es. Sebastian ließ sich auf einen Sessel neben Tobias nieder und zündete sich eine Zigarette an.

»Ich habe mal in einem Stück mit einem Kollegen gespielt, der sich gerade ein kleines Haus gekauft hatte. In einer Szene hatte er den Satz: *Wir waren auf Urlaub im Baltikum.* Stattdessen sagte er bei den Proben immer: *Wir waren auf Urlaub im Basilikum.* Natürlich passierte ihm das, weil er in Gedanken dauernd bei seinem kleinen Gärtchen war, das er gerade bepflanzte.«

»Und?«

»Na, er ist auch so. Er erfüllt sich seinen Traum, er schlüpft in die Rolle seines Helden, und zwar an phantastischen, exotischen Schauplätzen, aber er ist überhaupt nicht wirklich bei der Sache, er genießt es gar nicht. Vielleicht würde er auch lieber in seinem Garten liegen.«

»Ich denke nicht, dass es das ist.«

»Aha. Und was denkst du, ist es?«

»Also erstens ist der alte Bond sicher nicht sein *Held*, und er erfüllt sich auch keinen *Traum*. Er hat es einfach sattgehabt, dass dieser Freund von ihm dauernd mit dieser Inszenierung geprahlt hat – die mit Mischa –, und er wollte ihn übertrumpfen. Ich schätze, ihm ist einfach nichts anderes eingefallen als 007. Na ja, und jetzt kommt er auf den Geschmack – er hat diese Szene auswendig gelernt – und du ...«

»Ja?«

»... lässt ihn ein bisschen hängen.«

»Es läuft also darauf hinaus, dass Mischa seinen Job besser macht als ich.«

»Keine Ahnung, ich war damals ja nicht dabei. Vielleicht geht es auch gar nicht um dich ...«

»So?«

»Er hat mich gefragt, ob Lisa liiert ist.«

Sebastian ließ den Kopf sinken.

»Nicht das schon wieder ...«

Er überlegte ernsthaft, für den nächsten Auftrag ein weniger verführerisches Wesen auszuwählen. Verliebte Kunden machten seinen Job nicht einfacher.

Sebastian blickte aufs Meer hinaus, das unter dem Dauerregen aussah, als hätte es Gänsehaut.

Es stimmte schon, er hatte sich nicht rund um die Uhr um den Mann gekümmert. Aber dazu hatte er auch nicht mehr die Kraft, wenn sie abends ins Hotel zurückkamen. Das Tagesprogramm war immer dicht gewesen: Sebastian hatte sich durch Bangkoks Khao San Road jagen lassen, hatte in einer Höhle in einem Nationalpark, in der sich riesige Spinnen, Kröten, Fledermäuse und sonstiges Getier herumtrieben, mit Nachtsichtgeräten Verstecken gespielt und eine Verfolgungsjagd mit Tuk Tuks arrangiert.

Dazwischen wollte er nur abschalten. Dies war sein erster »Urlaub« innerhalb eines Jahres – und das Jahr hatte es in sich gehabt. Natürlich bezahlte ihr Kunde alles, und Sebastian kam seiner Doppel-Aufgabe als Widersacher und Spielleiter auch nach, aber dazwischen wenigstens wollte er etwas Kraft tanken und seine Batterien aufladen, während Mischa zu Hause hoffentlich alles regelte und den Laden am Laufen hielt.

Sebastian wandte sich wieder seinem Cousin zu, der in Thailand seinen ersten Einsatz als Assistent hatte.

»Sag ihm, wir spielen die Szene morgen, ich nehme mir das Skript am Abend vor, ok?«

»Aber die Szene spielt vor dem Duell auf der Insel.«

»Ich überlege mir was, ok?!«

Tobias nickte und ging. Sebastian wollte ihm noch irgendwas Freundliches nachschicken, zum Beispiel, dass er einen ganz guten Job machte, aber da war er schon zur Tür hinaus.

Am frühen Abend, der Regen war abgeklungen, erreichte ihr Schnellboot Khao Phing Kan. Sie hatten den Felsen, der der Insel vorgelagert war, schon von weitem gesehen und sofort erkannt. Er hatte sich ihnen eingebrannt, als sie als Jugendliche *Der Mann mit dem goldenen Colt* sahen, in dem Roger Moore zum zweiten Mal als Bond auftrat. Die kleine Felsinsel war durch den Film zu einem Symbol exotischer Extravaganz geworden, zum Inbegriff eines Traums von Abenteuer, Gefahr und Romantik. Jetzt reckte sich dieser wild bewachsene Keil, der aus einem gewissen Winkel wie ein zu Stein erstarrtes Segelschiff aussah, völlig unverändert direkt vor ihnen in den Himmel, als schien er zu sagen: »Ja, es gibt mich wirklich – wo wart ihr all die Zeit?«

Sie legten auf der eigentlichen Insel an, deren thailändischer Name fast in Vergessenheit geraten war, weil sie überall auf der Welt als »James-Bond-Insel« bekannt war. Hier befand sich im Film das geheime Domizil des Auftragskillers Francisco Scaramanga, gespielt von Christopher Lee, das er mit seinem Zwergendiener Schnick-Schnack bewohnte. Sebastian und Kollegin Lisa, sein Cousin Tobias und ihr Auftraggeber Wolfgang sahen sich einer ewig langen Kette von Souvenirshops gegenüber, in denen 007-Fanartikel verkauft wurden. Der Strand begann sich bereits zu leeren, die Boote der Hotels und Charterunternehmen brachten die Urlauber zurück nach Krabi oder zu einer der anderen Inseln der Phang-Nga-Bucht.

Für ihre besondere Mission auf der Insel hatte Sebastian

jemanden bestechen müssen, und dabei hatte sich wieder gezeigt, dass der schwierigste Teil am Bestechungsgeschäft darin bestand, jene Person zu finden, die tatsächlich das Sagen hatte. Wenn man ungeschickt vorging, hatte man einem halben Dutzend Leuten Geld gegeben, bevor man merkte, dass keiner von ihnen auch nur wusste, worauf man eigentlich aus war. Als Sebastian endlich den Richtigen gefunden und sein Anliegen vorgestellt hatte, war der Thailänder nicht gerade aus den Wolken gefallen – er hatte offensichtlich schon ausgefallenere Wünsche erfüllen müssen.

Während die Sonne langsam Richtung Horizont wanderte, schlossen die Verkäufer ihre Hütten und wurden nun ihrerseits mit Booten abgeholt. Lisa, die selbst keinen Auftritt in der folgenden Szene hatte und in Bikini und einem zum Rock geknoteten Tuch herumlief, nahm sich der beiden Protagonisten an. Sie legte Sebastian und Wolfgang die Sensorschilde der *Laser-Tag*-Ausrüstung um; dann händigte sie ihnen die Waffen aus: zwei riesige, klobige Plastikpistolen – eine in Gelb, die andere in Türkis. Sie hatten sie in einem Spielzeuggeschäft in Bangkok gekauft. Bis auf fünfzig Meter registrierten die Brustsensoren, wenn sie von einem Laserstrahl – der eigentlich ein Infrarotsignal war – getroffen wurden. Wer zuerst eine bestimmte Anzahl von Treffern erzielt hatte, war der Gewinner.

Als der Strand endlich leer war und ihnen der liebenswürdige Thai, der hier nach dem Rechten sah, signalisierte, sie könnten nun beginnen, nahm Sebastian seinen Auftraggeber zur Seite. In dem Moment dachten beide Männer, wie vollkommen lächerlich der jeweils andere im originalgetreuen Siebziger-Jahre-Sommerhemd mit Bügelfaltenhose und Slippern aussah, den Sensor-Panzer umgeschnallt und den Spielzeug-Colt in der Hand. Wolfgang konnte auch sonst die Ansprüche eines kritischen Publikums an den legendären Geheimagenten nicht erfüllen: Er war ein mittelgroßer Enddreißiger von etwas festerer Statur mit zurückweichenden dunklen Haaren und randloser Brille, Spross und Vertriebsmanager eines niederösterreichischen Winzer-Clans, der einem Abenteuer nie näher gekommen war als bei *Dinner in the Sky*.

Sebastian kratzte sich mit dem Pistolenlauf hinterm Ohr, dann sagte er: »Ich habe mich vielleicht in den letzten Tagen zu wenig um dich gekümmert.«

Während Wolfgang den Blick senkte – überrascht von dieser Bemerkung, die klang, als rede ein Mann mit seiner vernachlässigten Frau – und nach einer Antwort suchte, der man nicht sofort anhörte, dass er sich über die Zuwendung freute, fiel Sebastian auf, dass nun, wo die Boote verschwunden waren, die Klänge des Dschungels zurückgekehrt waren, all das Lärmen der Vögel, Affen und Insekten, die hier regierten, wenn die T-Shirt-Verkäufer weg waren. Das schuf eine klangliche Kulisse für diese Begegnung, die weitaus atmosphärischer war als ihre Kostümierung.

»Du kommst deinen Verpflichtungen ja nach, Sebastian, so ist es ja nicht.«

»Ja, aber du hast dir etwas anderes erwartet.«

»Ich kann nicht in die Rolle hineinwachsen, wenn es nur so kurze Momentaufnahmen sind und danach wieder alles auseinanderbricht.«

»Du machst es doch nicht schlecht, ich nehme dir deinen Bond jedenfalls ab!«

»Weißt du«, sagte Wolfgang nachdenklich, »ich war mir nicht sicher, was ich eigentlich bekomme, als ich das hier gebucht habe. Ob es nur ein Urlaub mit einem besonderen Unterhaltungsprogramm ist oder ... mehr. Und ich gebe auch zu, dass ich mich ein bisschen von dem Hype habe anstecken lassen. Du weißt ja, Freunde von mir hatten euch engagiert, ihr seid irgendwie Tischgespräch geworden. Ich hab mir gesagt, da ziehst du mit, das musst du probieren.«

»Und jetzt bist du enttäuscht.«

»Das ist es nicht einmal. Ich merke nur, dass ich mehr will.«

Sebastian sah in Richtung Lisa, die unter Tobias' wohlwollender Beobachtung am Strand ein Rad schlug.

»Mehr was?«, fragte Sebastian.

»Ich will etwas, das sich nicht kalkulieren lässt.«

Er sagte das mit dem entschlossenen Trotz eines Mannes, der sich für etwas entschieden hatte, das ihm immer verdächtig erschienen war.

Tobias rief zu ihnen herüber, dass es dunkel zu werden begann und sie anfangen sollten.

»Reden wir heute Abend weiter darüber, Wolfgang. Immer vorausgesetzt, dass du das hier überlebst.«

Sie nahmen Rücken an Rücken Aufstellung. Tobias begann, von zwanzig abwärts zu zählen, und Schritt für Schritt entfernten sich die Duellanten voneinander. Als sie bei eins waren, drehte sich Wolfgang blitzschnell um, doch Sebastian war bereits vom Strand verschwunden. Er bemerkte eine Bewegung bei den Höhlen und sah einen roten Lichtstrahl über den Sand huschen. Er wollte zur Seite springen, doch zu spät: Wolfgangs Sensorschild gab ein grässliches Kreischen von sich, ein rotes Licht begann pulsierend zu leuchten, und auf dem Display erschien die Anzahl der Treffer: 1. Wolfgang hörte den irren Schrei eines Affen, dann begriff er, dass es Sebastian war, der lauthals und aus dem Schutz der Höhle heraus lachte, und in dem Moment packte ihn der Jagdinstinkt.

Auch in Wien regnete es an diesem Samstagnachmittag. Mischa stand im Mantel mit hochgeschlagenem Kragen unter dem Dach des alten Theaterfoyers und wartete auf eine Journalistin, die bereits zehn Minuten überfällig war. Um sich die Zeit zu vertreiben, las er zum x-ten Mal die vergilbten Ankündigungen und Zeitungskritiken in den Schaukästen, mit denen die letzten Betreiber des Theaters das Publikum ins Innere des Hauses ziehen wollten. Einer der Kästen war eingeschlagen und von Vorbeikommenden mit Bierdosen, Fastfood-Verpackungen und Zeitungsprospekten gefüllt worden. Auf einem anderen hatte sich »Puber« verewigt, schwer zu sagen, ob es sich bei dem Autogramm um ein Original des Sprayers oder die Arbeit eines Epigonen handelte. In einer Ecke des Foyers befand sich ein Nest aus Kartons, in das sich an einigen Abenden in der Woche ein Obdachloser zum Schlafen hinlegte. Seit Mischa und die anderen hier regelmäßig ein und aus gingen, versorgten sie ihn im Vorübergehen mit Decken, Lebensmitteln und was ihnen so übrig blieb. Er dankte es ihnen, stand sonstigen Resozialisierungsanregungen aber ablehnend gegenüber.

Als Mischa schon zu seinem Telefon greifen wollte, um Viktoria an ihren Termin zu erinnern, tauchte sie aus dem hektischen Treiben der Straße vor ihm auf. Sie war um die vierzig, brünett und zierlich, ihre Haare verwüstet und die Brille mit dicken Tropfen bedeckt. Sie reichten sich die Hand, und Mischa führte sie durch die gläserne Flügeltür ins Innere des Theaters. Er nahm ihr die nassen Sachen ab und hängte sie in die alte Garderobe des Hauses; bot ihr ein paar Papiertaschentücher an, die sie dankbar entgegennahm. Dann gingen sie die schwach beleuchteten Stiegen zum Theaterraum hinunter.

Mischa öffnete eine alte Feuertür, und sie blickten in den nur noch spärlich mit Stühlen bestückten Zuschauerraum, der von den schwach glimmenden Fluchtweglampen beleuchtet wurde. Als Mischa den Hauptlichtschalter umlegte, tauchte vor ihnen die Bühne aus dem Dunkel auf. Sie war so groß wie ein Kinderzimmer und an den Rändern mit den Kulissenteilen mindestens fünf verschiedener Inszenierungen vollgeräumt. Da waren Teile einer Nestroy'schen Dorfplatz-Idylle, ein Käfig, in dem ein großer Stoff-Löwe saß, Stücke einer Schlosseinrichtung, von denen der Lack abblätterte, und eine Überwachungsinstallation, die aus ein paar Röhrenfernsehern gebaut worden war. Davor, in der Mitte der Bühne, standen drei schlichte, weiße Schreibtische, die U-förmig zusammengestellt waren.

Mischa deutete auf die Bühne.

»Das ist das Büro.«

»Was war das für ein Theater, ich kenne es gar nicht ...«

»Die Theaterräume beherbergten jahrzehntelang das *Kommodore-Kino*, vielleicht haben Sie das noch gekannt. Bevor die Räume Mitte der neunziger Jahre zum *Orion-Theater* umgebaut wurden, waren hier ein serbischer Boxclub, ein Getränkehandel und eine Diskothek untergebracht. Hinter jedem Stein, jedem Plakat und jeder Fliese erwarten einen Überraschungen, es ist auch ohne Theaterbetrieb ein recht spannender Ort.«

»Und jetzt ist es das Hauptquartier für Ihre Unternehmungen?«

»Ja, das ist ein bisschen ironisch, weil wir eigentlich überall spielen, außer eben in Theatern! Aber es war billig zu kriegen.«

Die Journalistin betrachtete Wände, von denen der Putz abblätterte, und die sich aufrollenden Böden und schien sich nicht sicher zu sein, ob man sich hier wirklich aufhalten durfte.

»Wieso wird das alles hier nicht wieder hergerichtet?«

»Die Räume stehen unter strengem Denkmalschutz, und deswegen wagt sich derzeit keiner an die Renovierung. Möchten Sie einen Tee haben?«

Sie betraten die Bühne, und während Mischa in der improvisierten Küche am Bühnenrand den Wasserkocher anstellte und einen Tee herrichtete, wandelte die Journalistin durch die Kulissen. Vielleicht erlebte sie in der Erinnerung eine Schulaufführung wieder, in der sie als Zwölfjährige reüssiert hatte.

Mischa stellte zwei Tassen Tee auf einen der Schreibtische und bot ihr einen Platz an. Sie setzten sich, und die Journalistin kramte Block und Kugelschreiber aus ihrer Tasche hervor. Mischa erwartete ihre Eröffnung. Er hatte sich nicht um dieses Gespräch bemüht und sah auch nicht ein, was es ihnen überhaupt bringen sollte. Aber Sebastian hielt das Interview für eine einmalige Chance, und die anderen hatten sich ihm angeschlossen. Deswegen saß Mischa jetzt hier und würde Dinge berichten, die ihm eigentlich nicht dafür geeignet erschienen, sie mit der Öffentlichkeit zu teilen.

»Wenn ich noch nie von Ihrem *Geschäft* gehört hätte, wie würden Sie es mir beschreiben?«

Mischa dachte kurz nach.

»Ich würde sagen, wir spielen mit Ihnen.«

»Was spielen Sie mit mir?«

»Was Sie wollen ... Cowboy und Indianer. Ritter und Prinzessin. Wir können spielen, dass Sie wieder ein Kind oder dass Sie hundert Jahre alt sind. Wir können spielen, Sie wären reich und erfolgreich, oder – falls Sie das ohnehin sind – Sie wären wieder ein armer Schlucker. Wir können den schönsten Tag Ihres Lebens nachspielen oder Ihren schlimmsten – aber dieses Mal mit einem guten Ende. Sie können in jeder Szene jedes Films, der je gedreht wurde, die Hauptrolle spielen, und es ist egal, ob sie Holly Golightly oder Tony Soprano sein wollen.«

»Weiß denn jeder Ihrer Kunden schon genau, was er möchte, wenn er zu Ihnen kommt?«

»Nicht unbedingt. Manchmal treffen wir uns mit Menschen, die eigentlich nur ihren Alltag möglichst weit hinter sich lassen wollen und für die es ein Trip nach Indien einfach nicht bringt. Meist kommt man dann in einem Gespräch auf ein Thema, das für die Person reizvoll ist. Manche schämen sich auch für ihre Wünsche, und es dauert lange, bis sie bereit sind, ihre Ideen zu formulieren. Dann haben sie aber sehr genaue Vorstellungen.«

»Provokant gefragt: Ist das nicht alles eine einzige Realitätsflucht?«

»Es mag so aussehen, tatsächlich trifft oft das Gegenteil

zu. Für viele ist das Spielen wie ein Weckruf. Wer seinen Traum zu Ende geträumt hat, erwacht im Leben.«

»Sehen Sie sich als eine Art Therapeuten?«

»Zum Therapeuten geht man, wenn man ein Problem hat. Uns können Sie auch engagieren, wenn es Ihnen hervorragend geht, zum Spaß, als Geschenk, als Horizonterweiterung.«

»Können Sie mir ein paar Beispiele für Aufträge nennen?«

Mischa verschränkte die Hände über dem Knie.

»Ich möchte ungern konkrete Geschichten erzählen, unsere Kunden sollen sich nicht in einem Zeitungsartikel wiederfinden müssen.«

Viktorias Miene verfinsterte sich ein wenig, und sie schaute in ihre Unterlagen, bevor sie die nächste Frage stellte.

»Und was kostet so ein *Abenteuer*?«

»Das hängt ganz vom Aufwand ab. Wenn wir ein halbes Dutzend Schauspieler brauchen und für den Auftrag ein Haus oder zum Beispiel einen Schlosspark anmieten müssen, wird es entsprechend teurer!«

Viktoria begann, etwas in ihren Block zu schreiben, ließ es dann aber bleiben. Sie sah Mischa ein wenig ratlos an.

»Ich verstehe ehrlich gesagt immer noch nicht ganz, was Sie eigentlich tun. Das ging mir nach dem Telefonat mit Ihrem Freund Sebastian so, und jetzt auch.«

»Aber ich habe doch schon erzählt …«

Sie unterbrach ihn:

»Warum zum Beispiel diese Geheimhaltung? Das, worüber wir hier sprechen, hat keinen Namen. Außer ein paar kleine Anzeigen in verschiedenen Zeitungen gibt es nichts, das auf Sie verweist.«

»Und es gibt uns dennoch …«

»Sie empfangen mich in der Ruine eines Theaters … Ich habe nicht das Gefühl, dass Sie an der Publicity, die sich aus einem Artikel ergeben könnte, interessiert sind.«

»Sie haben schon recht«, sagte Mischa, »ich hatte keine Lust, dieses Gespräch zu führen. Das war der Wunsch meiner Kollegen. Aber ich hätte mich auch nicht darauf eingelassen, wenn ich es *vollkommen* verkehrt gefunden hätte.«

»Also wollen Sie Ihre Geschichte erzählen?«

Mischa zögerte.

»Ich glaube, unsere Sache ist für die Leser von Interesse. Ich bin aber der Meinung, dass wir keine weitere Reklame brauchen: Man spricht auch so über uns, und die Wochenenden sind bis in den Sommer hinein ausgebucht. Ich finde auch, man sollte nicht versuchen, etwas auf ein paar Slogans zu reduzieren, das viel zu vielfältig dafür ist. Deswegen gibt es auch keine Homepage mehr. Sobald wir Beispiele für unsere Arbeit zeigen, fragen die Leute immer nur nach ähnlichen Szenarios. Stattdessen gibt es jetzt eben eine Handynummer. Aber eine Gegenfrage: Wie sind Sie eigentlich auf uns gekommen, wenn wir so schlecht darin sind, Werbung für uns zu machen?«

Viktoria nahm die Brille ab und lächelte.

»Das ist eine seltsame Geschichte: Ein Freund meines Mannes hat uns erzählt, wie er einmal abends durch den Votivpark spaziert ist. Auf einem Gehweg ist von links ein Mann im Mantel entlanggekommen, von rechts hat sich ihm ein Fahrradfahrer genähert. Als die beiden nur noch wenige Meter voneinander entfernt gewesen sind, hat der Radfahrer abrupt abgebremst. Er hat eine Waffe aus seiner Jacke gezogen und sie auf den anderen Mann abgefeuert. Der Getroffene ist zu Boden gefallen, Blut hat sich auf dem Weg ausgebreitet. Der Radfahrer hat die Waffe eingesteckt, das Fahrrad gewendet und ist davongefahren. Unser Freund ist natürlich zu dem Angeschossenen gelaufen. Als er ihn erreicht hatte, hat der Mann gerade wieder die Augen geöffnet. Unser Freund hat ihn gefragt, ob es ihm denn gutgehe. Es ginge ihm bestens, hat er gesagt, dann ist er aufgestanden und hat begonnen, sein eigenes Blut aufzuwischen. Er hat gesagt, er hoffe, unser Freund habe sich nicht über den Anblick erschreckt – es sei natürlich alles nur Show gewesen. Und dann hat er ihm eine Karte mit einer Handynummer und ein kleines Päckchen Gummibären überreicht. Als ich später diese Nummer gewählt habe, habe ich Ihren Kollegen Sebastian erreicht.«

»So etwas sollte natürlich nicht passieren. Normalerweise gibt es keine Zuseher, wenn etwas Blut spritzt. Aber wir können auch nicht immer alles absperren …«

»Darf ich fragen, um was für eine Show es sich in diesem Fall gehandelt hat?«

»Darüber darf ich nichts sagen …«

Sie ließ den Stift wieder sinken.

»Als uns dieser Freund die kleine Geschichte erzählt hat, stockte mir für einen Moment der Atem. Und als er mir die Karte mit der Nummer gab, war ich wirklich neugierig.«

»Was hat Sie daran interessiert?«

»Zuerst natürlich dachte ich wirklich, unser Freund wäre Zeuge eines Mordes geworden. Das packt einen selbstverständlich. Dann die Geste, ihm die Karte zu geben. Als bräuchte jeder irgendwann mal einen vorgetäuschten Überfall. Ist es das, was Sie machen: Gewaltphantasien inszenieren?«

Für einen Moment war Mischa gekränkt. Er nahm einen Schluck Tee, dann antwortete er:

»Viele Menschen sind von düsteren, gewaltsamen Geschichten fasziniert. Ich könnte Ihnen allerdings auch Beispiele für die friedvollsten Inszenierungen nennen ...«

»Aber um bei dem anderen zu bleiben: Wo sind da die Grenzen? Die Nachstellung von Mord ist ok. Wie sieht es mit anderen Straftaten aus? Vergewaltigung zum Beispiel. Ist das ein Tabu?«

»Ist es im Theater ein Tabu? Darf es denn in der Kunst Tabus geben?«

»Also ist es Kunst, was Sie machen? Keine Therapie, kein Geschäft. Kunst?«

Mischa schwieg.

»Ich will Sie nicht bedrängen«, sagte Viktoria, »ich versuche nur, hinter die Oberfläche zu schauen!«

»Wir sind aber kein Fall für einen Aufdeckungsjournalisten. Wir sind nur ein Haufen Schauspieler, die aus ihrer Verbannung ausgebrochen sind.«

»Von welcher Verbannung sprechen Sie?«

»Von der Bühne natürlich.«

Einen Moment lang drängte es Viktoria nachzufragen, worauf er damit anspielte, dann besann sie sich aber, sich in keine Nebendiskussion hineinziehen zu lassen.

»Ich will nichts aufdecken, wenn nichts aufzudecken ist. Aber ich würde gerne verstehen, was Sie eigentlich tun.«

»Sie wollen also mitmachen?«, fragte er die Journalistin.

»Eigentlich möchte ich nur zusehen!«

Mischa schüttelte entschieden den Kopf.

»Die Option gibt es nicht. Wenn Sie dabei sein wollen, müssen Sie mitspielen. Das heißt nicht zwangsläufig, dass Sie Text haben, aber Sie sind Teil der Inszenierung, verstehen Sie?«

»Ich trau' mir das zu.«

Mischa sah auf die Uhr.

»Dann beenden wir unsere Plauderei jetzt. Wenn Sie dabei sein wollen, ist heute genau der richtige Tag. Falls Sie wirklich wollen, treffen wir uns in zwei Stunden bei dieser Adresse!«

Er schrieb ihr eine Straße und Hausnummer auf ein Post-it und klebte es auf ihren Block.

»Kommen Sie in abgetragenen Klamotten: alte Jeans, ausgewaschenes Hemd, Sneakers. Und bitte lassen Sie die Haare so, wie sie sind!«

Sie griff sich automatisch ans Haar und wurde sich erst in dem Moment der Unordnung auf ihrem Kopf bewusst.

»Und eines noch: Sagen Sie bitte vor den anderen, Sie seien bloß eine Statistin.«

»Welche Rolle werde ich denn spielen?«

»Das sage ich Ihnen fünf Minuten vorher. Sonst könnten Sie vielleicht auf die Idee kommen, sich noch etwas dazu zu überlegen. Und, Viktoria: Seien Sie nicht allzu enttäuscht, wenn Sie heute keine Inszenierung einer Gewaltphantasie erleben ...«

Sie waren erst vor einer Stunde von ihrem Ausflug auf die James-Bond-Insel zurückgekehrt. Wolfgang hatte das Duell knapp für sich entscheiden können: Sebastian hatte den etwas schwerfälligen Winzersohn bei einbrechender Dunkelheit in den Höhlen vermutet, tatsächlich war er wie aus dem Nichts hinter ihm aufgetaucht und hatte Sebastian die Pistole entrissen. Als er ihm schutzlos gegenübergestanden war, hatte der Niederösterreicher keine Miene verzogen und drei Mal aus nächster Nähe die Waffe auf den Sensorschild seines Gegners abgefeuert. Licht- und Tonsignale in enervierender Intensität hatten von seinem Sieg gekündet. Sebastian war auf die Knie gesunken und hatte Wolfgang mit dem Blick des sterbenden Monsters angesehen, aus dem erst Unglauben und dann Dankbarkeit sprach. Dann war er mit dem Gesicht voran in den Sand gerutscht wie ein Kahn an den Strand. Ein guter, sauberer Theatertod.

Nun waren sie wieder in ihrem Club und wollten sich für das Abendessen frischmachen. Sebastian und Lisa gingen den Weg zu ihren Hütten gemeinsam, und als sie vor Lisas Tür standen, schlang sie ihren Zeigefinger um den kleinen Finger seiner Hand und sah ihn mit diesem Blick aus Bedenkenlosigkeit und Unternehmungslust an, der ihm wie ein starker sexueller Reiz ins Blut fuhr, gleichzeitig aber wieder jene Sorgen wachrief, die ihn begleiteten, seit sie nun regelmäßig »nur noch einmal« miteinander schliefen.

Begonnen hatte alles vor etwa sechs Monaten. Lisa war von einem Mann sitzengelassen worden, und er hatte sie getröstet. Erst mit Worten, dann mit Umarmungen, dann mit Sex. Sie spielten seit Jahren zusammen Theater, er hatte sie in die Truppe mit Mischa und Valerie geholt, sie war immer wie eine kleine Schwester für ihn gewesen. Und dann war sie zu seiner Geliebten geworden. Es war schön, aber irgendwie sollte es nicht sein. Bloß einmal noch ...

Sebastian ließ sich von Lisas Finger in ihr Apartment ziehen. Sie fielen auf ihr Bett, Sebastian zog ihr das Bikinihöschen herunter und vergrub seinen Kopf zwischen ihren Beinen. Minutenlang küsste er Lisas Schenkel, strich ihr Sand und Meersalz aus den Hautfalten und spielte mit ihren Haaren, die zu blond waren, um irgendetwas zu verdecken. Schließlich schob er seine Hand unter sie, mit der anderen drückte er ihren Schenkel zurück, und als er sie seine Zunge spüren ließ und sie stöhnte, als hätte er sie seit Tagen oder Wochen im Unklaren darüber gelassen, ob es so weit kommen würde, war für ihn der schönste Moment erreicht. Natürlich revanchierte sie sich später, aber bestanden hätte er nicht darauf.

Als Sebastian aus dem Bad kam, ließ er sich nackt und erschöpft auf das Bett fallen. Es war nun dunkel im Zimmer, und Lisa zündete eine Kerze an. Sie setzte sich neben ihn. War es nur das Kerzenlicht, oder hatte sie einen traurigen und ernsten Zug um ihren Mund, den er sonst noch nie wahrgenommen hatte? Es war, als hätte jemand die fröhliche Ringelspielmusik abgedreht, die man in Lisas Gegenwart immer zu hören schien.

»Ich fühle mich schlecht«, sagte sie wie zur Bestätigung in seine Gedanken hinein.

Er griff nach ihrer Hand, fragte, warum.

»Ich weiß einfach nicht, was du fühlst, und ich habe Angst, dir wehzutun. Ich hätte dich nicht mit hereinnehmen sollen ...«

Sebastian war sich nicht sicher, worauf sie anspielte. Er hatte von Anfang an klargemacht, dass er keine Beziehung suchte. Wieso glaubte sie, ihm wehzutun?

»Was meinst du? Wir wollten das doch beide.«

»Schon, ja. Aber du musst dir doch selbst denken, dass das nicht immer so weitergeht.«

Er richtete sich ein Stück im Bett auf.

»Natürlich, ja, aber ich ... ich dachte, wir sind noch nicht an dem Punkt.«

»Eine Zeitlang hat uns das beiden gutgetan«, sagte Lisa, »aber wenn es einer mehr braucht als der andere, wird es schwierig.«

Nun setzte sich Sebastian kerzengerade auf, denn er begriff gar nicht mehr, was Lisa da von sich gab.

»Du hast mich doch vorher eingeladen, oder nicht?«

»Ja. Ich dachte, ein letztes Mal wäre noch schön.«

Sebastian glaubte sich zu erinnern, dass er sich ein oder zwei Mal gewünscht hatte, dass es so einfach wieder enden würde. Bloß fühlte er jetzt ganz etwas anderes.

»Hast du jemanden kennengelernt?«, fragte er schließlich und fand sich im kleinen Wortschatz der Eifersucht wieder.

Sie wandte den Kopf ab, sagte nichts.

Er konnte es nicht fassen: Gerade noch hatten sie das Intimste miteinander geteilt, aber offenbar dachte sie schon seit Tagen, vielleicht Wochen an einen anderen.

»Das ist es also? Kenne ich ihn?«

»Du kennst ihn, natürlich. Aber ich weiß ja noch nicht einmal, ob er es ernst meint. *Pause*. Oder ich. Ich möchte nur klare Verhältnisse schaffen.«

»Wer ist es?«, sagte Sebastian ruhig. »Das wirst du mir sagen können, oder?«

»Ist das nicht klar?«

»Nein, wie könnte mir das klar sein?«

»Es ist Wolfgang.«

Wolfgang ... Sebastian dachte an die Wolfgangs, die er kannte. Da waren zwei, drei Kollegen, die so hießen, aber er war sich fast sicher, alle von ihnen waren schwul.

»Herrje, welcher Wolfgang?«

»Wolfgang! Unser Kunde! Der Winzer aus Langenlois! James Bond!«

Sebastian erstarrte. Dieses talentierte Mädchen, dieses zweifellos auch liebste Mädchen, mit dem er nach Anna zusammen gewesen war, saß mit ihren nackten schönen Brüsten vor ihm, das Gesicht von der Aufregung gerötet, und teilte ihm mit, sie gedenke, sich einem Mann hinzugeben, der Sebastian vor einer Stunde mit kalten Schweinsaugen fixiert und mit einer Plastikknarre dreimal in den Bauch geschossen hatte.

»Wolfgang?«

»Er interessiert sich für mich! Er ist sensibel und belesen.«

»Aber du weißt schon, dass wir uns nicht in einem Tschechow-Stück befinden, wo sich Sonja oder Natascha irgendeinen Tölpel schönreden muss, nur weil eben fünfzig Werst um den Hof herum sonst kein Junggeselle lebt? Wolfgang ist deine Auswahl unter all den Männern, die du kennst?«

Lisa sah ihn zornerfüllt an. Sie hatte Tschechow gespielt, sie konnte einschätzen, wie verzweifelt er sie aussehen ließ.

»In deinen Augen ist er nur ein *Freak*. Das sind sie doch irgendwie alle für dich. Du bietest den Menschen etwas an, du verkaufst ihnen einen Traum, aber dann verachtest du sie, weil sie dich als Schauspieler in ihre kleingeistige Vorstellungswelt hinunterziehen, während du doch große künstlerische Visionen verkörpern solltest!«

»Unbewiesen! Hörensagen! Aus dem Protokoll streichen!«

»Und das Komische ist: Mischa, dem immer unterstellt wurde, er sei so sehr auf den Applaus und das Lob der Kritiker aus, hat damit kein Problem, er hat Spaß daran, sich auf die Wünsche und Phantasien der Leute einzustellen.«

»Nebensächlich, du schweifst ab!«

»Was dir an Wolfgang nicht passt, ist, dass er aus der anderen Welt ist. Von dort, wo Kunst nicht der einzige Lebensinhalt ist. Aber es können nicht alle so sein wie wir! Sonst gäbe es nur Stücke über Leute, die Stücke schreiben.«

»Irrelevant, nicht Teil der Verhandlung.«

»Mit dir zu diskutieren ist wie Sex mit dir: Es wird laut, aber näher kommt man sich dabei nicht!«

Sebastian sah sie nachdenklich an, und für einen Moment dachte Lisa, sie habe ihn jetzt so weit, dass er ihr zuhörte. Dann fiel sein Blick auf ihre Brüste, und er sagte:

»Zieh dir was an, ich kann das nicht, wenn ihr zu dritt seid.«

Lisa sah sich im Raum um, und weil ihre Taucherbrille mit Schnorchel am nächsten lag, griff sie danach und schlug Sebastian damit mehrmals fest auf den Kopf. Die Muscheln, die in der Brille waren, flogen durch den Raum, und er duckte sich, als prasselten Felsbrocken auf ihn nieder.

Als er den Kopf wieder hob, trafen sich ihre Blicke, und es war klar, dass diese kleine Attacke nicht zu einem fröhlichen Gerangel und anschließender Versöhnung führen würde. Er hasste sie in diesem Moment dafür, dass sie ihn kritisierte und diesen Wolfgang gut fand. Sebastian war nicht perfekt, und sie hatte recht: Mischa machte es besser als er. Er war ein Heiliger, ein Engel auf Erden, ein verdammtes Genie. Aber darum ging es nicht. Sebastian war für Lisa da gewesen, als es ihr schlecht gegangen war. Irgendein Kerl hatte sie wieder mal sitzengelassen, und er hatte sie getröstet und war mit ihr ins Bett gegangen, weil sie das gebraucht, ihn dazu gedrängt hatte! Und dann, als es plötzlich nicht mehr so klar war, was sie eigentlich miteinander hatten, ließ sie ihn fallen und streckte ihre Fühler nach einem Mann aus, der einfacher gestrickt, solider war. Aber hätte sie der auch verstanden, als sie damals verletzt und vernichtet vor seiner Tür gestanden war? Nur ein Schauspieler versteht einen Schauspieler, und so wie sich Lisa in eine Rolle warf, so stürzte sie sich auch in Beziehungen: mit ganzer Seele und voller Leidenschaft.

Nun war Lisa in ein Shirt geschlüpft und stand vor dem Bett, die Hände in den Hüften und den Wunsch im Blick, Sebastian möge verschwinden. Aber er hatte nicht das Gefühl, dass ihr Gespräch schon abgeschlossen war.

»Sag mir nur eines: Hast du dich die ganze Zeit, während das mit uns lief, nach einer Alternative umgesehen? Hast du nie daran gedacht, dass sich das mit uns noch entwickeln könnte?«

Während er sie das fragte, war ihm vollkommen bewusst, dass die reine Kränkung aus ihm sprach. Er selbst hatte ihnen ja keine Chance geben wollen.

Sie sah ihn böse an, bestimmt wegen der *Alternative*, aber dann zog sie irgendwie die Bremse, setzte sich zu ihm an den Bettrand und suchte nach Worten.

»Als ich damals bei dir aufgetaucht bin, nachdem es mit

Stefan aus war, war deine Wohnung noch eine Bruchbude. Ein paar Wochen später dann sind die ersten Handwerker aufgetaucht und haben begonnen, den Boden im Wohnzimmer zu machen. Das war, nachdem das Geld für unsere Aufträge ein bisschen zu fließen begonnen hat. Du hast Pläne gezeichnet und Wandfarben ausgesucht. Und je mehr ich dir dabei zugesehen habe, umso klarer ist mir geworden, dass du die Wohnung für deine Familie herrichtest. Du hast ein Kinderzimmer geplant!«

»Ja, weil ich möchte, dass Emil sein eigenes Zimmer hat, wenn er bei mir ist, was ist daran verkehrt?«

»Nichts. Aber du hast die Wohnung für den Fall geplant, dass nicht nur Emil bei dir wohnt, sondern auch eine Frau. Und uns ist wohl beiden klar, an welche Frau du dabei gedacht hast. An mich jedenfalls nicht.«

Sebastian wich ihrem Blick aus.

»Du erwartest immer noch, dass ihr beide, Anna und du, irgendwann zusammenkommt. Sag einfach, dass es so ist!«

Er sah sie wieder an und sagte ruhig: »Anna ist längst kein Thema mehr.«

»Weißt du, Sebastian, was der Vorteil daran ist, unaufrichtig mit sich selbst zu sein: Man kann die Unwahrheit sagen, ohne zu lügen. Und das machst du gerade.«

Da war er wieder. Einer jener Lisa-Momente, in denen sie Dinge auf eine Weise auf den Punkt brachte, die man bemerkenswert finden konnte – solange man nicht selbst Objekt ihrer Analyse war.

»Sieh es doch mal so, Lisa: Solange du dir einreden konntest, ich hinge noch an Anna, musstest du dir keine Gedanken darüber machen, was aus uns werden könnte.«

Sein Einwurf prallte an Lisa ab. Sie wusste, es war nur ein Ablenkungsmanöver.

»Vergiss es«, sagte er, »ich haue ab!«

Er stand auf, schlüpfte in seine Sachen und ging Richtung Ausgang.

Kurz vor der Tür drehte er sich nochmal um.

»Und wie läuft das jetzt mit euch? Habt ihr schon ein Treffen ausgemacht, wenn ihr dann wieder daheim seid?«

»Wieso? Wir sind fertig mit der Inszenierung. Wir haben noch ein paar Tage hier vor uns. Es wird sich was ergeben.«

»Wer hat gesagt, dass wir fertig sind?«

»Wir haben die letzte Szene gespielt, Scaramanga ist tot, klar sind wir fertig.«

Sebastian erwiderte nichts. Er drehte sich um und öffnete die Tür von Lisas Apartment.

Sie rief ihm nach: »Geh zu ihr!«

Er knallte die Tür hinter sich zu.

Als Mischa gemeinsam mit der Ausstatterin Cindy das kleine Kaffeehaus mit den rostroten Vorhängen und der alten Vitrine mit den mumifizierten Schaumrollen betrat, saßen die Statisten bereits zusammengedrängt in einer der Sitzecken. Einige tranken Tee, die Mehrheit Bier – ein Hinweis darauf, dass sie das Engagement nicht so ernst nahmen wie einen Film oder ein »echtes« Theaterstück. Alle zehn, die er bei der Besetzungsagentur angefragt hatte, waren gekommen. Mit der Journalistin Viktoria, die eingezwängt zwischen den anderen saß, waren es elf. Mischa hatte den Statisten für ihre Kleidung bloß eine Anregung gegeben: »Du bist in Paris, du bist abgebrannt, und du verspürst den Drang,

Schriftsteller zu werden – zieh dich passend dazu an.« Das Ergebnis waren schäbige dunkle Anzüge mit Rollkragenpullovern und gezählte drei Baskenmützen bei den Jungs, Strickkleider mit Jugendstilbroschen und verschiedene abstruse Hüte bei den Mädchen. Mischa flüsterte Cindy zu, dass sie da noch ein bisschen Abwechslung hineinbringen musste. Sie wusste aber ohnehin Bescheid: Mischa und sie hatten sich Dutzende Fotos von jenem speziellen Ort angesehen, um den sich heute alles drehte, und auch von den jungen Leuten, die dort seit drei Generationen unterkamen, arbeiteten und träumten.

Mischa bestellte sich einen Espresso und setzte sich zu der fröhlich plaudernden Runde. Als es ruhig zu werden begann, legte er los:

»Ich erzähle euch jetzt eine kleine Geschichte: Vor einer unendlich langen Zeit, konkret in den frühen 1990er Jahren, war eine junge Frau mit dem Zug quer durch Europa unterwegs. Wie jede Reise, die man mit neunzehn, zwanzig Jahren macht, führte auch diese irgendwann nach Paris. Die junge Frau, ihr Name ist Marianne, wurde auf zuvorkommende Pariser Art willkommen geheißen: Man klaute ihr schon am Gare du Nord ihre Gürteltasche mit all ihren Wertsachen. Ihr blieben nur ihr Rucksack und ein paar Francs in der Hosentasche. Auf der Suche nach einer günstigen Bleibe, bis ihr die Eltern Geld für die Rückreise schicken konnten, besuchte sie die gammeligsten Absteigen der Stadt, aber selbst die waren zu teuer für sie. Dann traf sie zufällig eine junge Amerikanerin, die ihr einen wertvollen Ratschlag gab: Es gab einen Ort in der Stadt, an dem sie umsonst übernachten könne. Vorausgesetzt, sie mochte Bücher ...«

Ein paar der jungen Leute am Tisch, die schon ein wenig herumgekommen waren, flüsterten sich den Namen jenes speziellen Platzes im Pariser Viertel Quartier Latin zu, um den es sich in der Geschichte handeln musste: *Shakespeare & Company*, der wohl berühmteste Buchladen der Welt.

Mischa nickte. »Für die, die noch nicht von dieser speziellen Buchhandlung gehört haben: Sie ist Anfang der fünfziger Jahre von einem recht eigensinnigen Amerikaner gegründet worden und war Treffpunkt der Beat-Generation mit Autoren wie Ginsberg und Burroughs. Aber wirklich einzigartig an dem Laden ist, dass er auch eine Art YMCA für vagabundierende Literaturliebhaber ist. Wer bereit ist, ein bisschen bei der Arbeit im Geschäft auszuhelfen, kann dort eine Nacht oder einige Wochen bleiben. Die Leute schlafen einfach zwischen den Bücherstapeln. Man nennt diese Besucher *Tumbleweeds,* das sind diese Strohbälle, die durch die Steppe fliegen ...«

Mischa kam auf die Geschichte zurück: »An diesem Abend besuchte Marianne das Shakespeare & Company – und blieb einen Monat lang. Sie lernte dort nicht nur den Besitzer George Whitman und dessen Tochter Sylvia kennen – Whitman war schon damals ein älterer Herr, die Kleine vielleicht sechs Jahre alt –, sie machte auch die Bekanntschaft eines jungen Engländers, der schon über ein Jahr in der Buchhandlung wohnte. Als Marianne wieder abreiste, waren die beiden ein Paar. Später heirateten sie, und nach vielen Jahren und vielen Reisen bekamen sie auch ein Kind, ein Mädchen. Sie nannten sie Sylvia – nach der Tochter des alten Whitman, die damals mit ihnen in der Buchhandlung gespielt und gelesen hatte. Mariannes Tochter ist inzwischen acht Jahre alt. Und damit sind wir schon bei unserem Spiel heute …!«

Mischa suchte den Blickkontakt mit der Journalistin, die angenommen hatte, ihr Hauptaugenmerk läge auf der Inszenierung von Rache-Phantasien.

»Wir nehmen das Mädchen mit in die Buchhandlung Shakespeare & Company in Paris und zeigen ihr, wie sich ihre Eltern vor über zwanzig Jahren kennengelernt und verliebt haben. Sie kann das Geschehen nicht nur sehen, sie kann daran teilhaben, durch die Szenerie laufen und Fragen stellen. Die Rollen sind dabei so verteilt: Ihr alle seid die Tumbleweeds, die jungen Leute, die in dem Buchladen schlafen, arbeiten, dichten, lesen. Marianne ist unsere Auftraggeberin, sie wird sich selbst als junge Frau spielen. Mariannes Vater, der Opa des Mädchens, spielt den Besitzer der Buchhandlung, George Whitman. Das Mädchen, Sylvia, wird in die Rolle der kleinen Tochter von Whitman schlüpfen, die im Laden aufgewachsen ist. Bleibt noch eine Rolle: Ich spiele John, den Marianne in der Buchhandlung kennenlernt und später heiratet.«

Einer der Tumbleweeds fragte: »Warum spielt sich der Vater nicht auch selbst?«

»Das ist eine gute und wichtige Frage, die uns direkt zum Hintergrund und zu der eigentlichen Bedeutung unseres kleinen Stücks führt: Sylvias Vater ist gestorben, als das Mädchen erst ein Jahr alt war. Sie hat keine Erinnerungen an ihn. Sie fragt nach ihrem Vater, will immer noch mehr über ihn erfahren, und ihre Mutter erzählt ihr von ihm. Die Geschichte, wie sich ihre Eltern in Paris in dieser Buchhandlung kennengelernt haben und wie sie sich zuerst gar nicht leiden konnten, um sich dann doch zu verlieben – das ist eine von Sylvias Lieblingsgeschichten. Heute hat sie die Gelegenheit, in diesen Laden, diese Welt der Bücher und in diesen speziellen Sommer, als ihre Mutter selbst noch fast ein Mädchen war, hineinzuspazieren und ihren Vater – nun – nicht kennenzulernen, aber ihm hoffentlich auf andere Weise näherzukommen. Ach ja, die Kleine hat heute Geburtstag.«

Ein anderer Tumbleweed fragte, wie sie sich denn zu verhalten hätten, waren sie doch nie selbst vor Ort gewesen.

»Na ja, stell's dir vor: Ihr seid jung, ihr seid in diesen Ort verliebt, vielleicht auch in das Mädchen mit Dreads, das neben euch auf der Pritsche schläft, ihr quatscht über Bücher, das Reisen, euer barbarisch tristes Zuhause. Jeder von euch hat schon etwas geschrieben, aber ihr wisst nicht, ob es etwas taugt. Das Schöne ist: Hier geht's allen gleich. Ihr teilt euch die Arbeit, das Essen, billigen Rotwein, eure Erfahrungen. So stelle ich es mir jedenfalls vor.«

Als Mischa sah, dass Marianne mit ihrem Vater und ihrer Tochter ins Café kam, sprang er auf und eilte ihnen entgegen. Er hatte sie alle schon persönlich getroffen und war ein wenig in diese kleine Familie verschossen. Er hätte sich gewünscht, dass Valerie dabei gewesen wäre, um Marianne und ihre Familie kennenzulernen, aber sie betreute an diesem Tag eine andere Inszenierung.

Mischa begrüßte Marianne. Sie war Mitte vierzig, mit wilden, roten Haaren, die an diesem Tag unter einer Strickhaube verborgen waren, hellblauen Augen und einem offenen, ungeschminkten Gesicht, für das galt: Charakter ist das beste Make-up. Sie begrüßte Mischa mit Küssen auf die Wange. Ihr Lächeln verriet gleichermaßen Vorfreude wie Nervosität, und den anderen zwei ging es wohl ähnlich. Mariannes Vater war ein bärtiger Künstlertyp, Ende sechzig, John-Lennon-Brille, Jeanshemd. Sylvia, das Mädchen, trug ein weißes Kleid, hatte die blonden Haare geflochten und hochgesteckt und war offenbar ein wenig eingeschüchtert von all den Leuten, die heute wegen ihnen hierhergekommen waren.

Mischa reichte ihr die Hand, sie lächelte ihn süß an, und er war froh, dass sie ihm schon beim letzten Treffen ihren Segen gegeben hatte, ihren Vater zu spielen. An dem Tag hatte sie auch erklärt, sie werde vielleicht gar nicht so viel reden bei dem Spiel in der Buchhandlung, sie sei nämlich keine Schauspielerin. Dann hatte sie nachgedacht und festgestellt, sie sei wohl eher eine »Spielschauerin«. In diesem Moment hätte Mischa sie am liebsten eingepackt und mitgenommen.

Mischa deutete in die Runde der schnatternden Statisten.

»Voilà, das sind die Tumbleweeds!«

Mutter, Tochter und Opa winkten ihnen zu, dann stellte Mischa sie den jungen Darstellern vor.

»Nun noch zum Ablauf: Wir haben drei Szenen vorbereitet. Die erste ist Sylvias Ankunft im Buchladen. Die anderen zwei werden vor Ort kurz angekündigt. Was den Schauplatz betrifft: Unser Shakespeare & Company befindet sich gleich hier ums Eck. Es handelt sich um ein Antiquariat, das wir mit viel Flohmarktfunden, Klebstoff und Detailliebe in ein Fast-Ebenbild des S & C in Paris verwandelt haben. Wer Fehler findet, darf sie behalten. Alle bis auf Marianne gehen jetzt mit mir in den Buchladen hinüber. Wenn ich euch alles gezeigt habe, rufe ich Marianne an, und sie folgt uns. Sobald sie den Laden betritt, sind wir im Spiel, das heißt, wir haben 1992, und ich will keine Handys bimmeln hören! Alles klar? Dann los!«

Mischa führte den ganzen Tross zu dem Antiquariat ums Eck, während Marianne im Kaffeehaus wartete. Von außen verriet das Geschäft noch nichts von der Umgestaltung. Umso stärker war der Eindruck, als Mischa die Pforte öffnete und die Gruppe das Lokal betreten ließ. Er nahm Sylvia an der Hand und fragte sie, ob sie es sich so vorgestellt hatte. Er wusste nicht, ob sie nur nett sein wollte, aber sie sagte, es sei noch besser als in ihrer Vorstellung. Mischa führte alle herum und stellte ihnen auch die Leute vor, die schon vorher im Geschäft gewesen waren: Freunde des Laden-Besitzers, die die Kunden des S & C darstellten, Cindys Deko-Assistenten und zwei Neffen von Marianne, die fotografierten und filmten. Als sich die Tumbleweeds mit den Räumlichkeiten vertraut gemacht und alle ihre Plätze eingenommen hatten, griff Mischa zu seinem Telefon und gab Marianne Bescheid, dass sie kommen konnte.

Eine Stunde nach ihrem Streit tauchte Sebastian in der Bar des Clubs auf, wo sich auch Lisa und die anderen eingefunden hatten. Allein im Zimmer hatte er es nicht lange ausgehalten, außerdem war er nun schrecklich neugierig, den Winzer Wolfgang etwas näher kennenzulernen. Wer war der Mann, den Lisa entgegen jeder Wahrscheinlichkeit anziehend fand? Als sich Sebastian zwischen Tobias und Wolfgang setzte, beobachtete ihn Lisa misstrauisch, war jedoch in ein Gespräch mit einem englischen Urlauberpärchen verstrickt.

Es waren etwa ein Dutzend Leute, die sich an diesem Abend unter dem großen Schirm der Strandbar aufhielten und sich die Zeit mit Trinken und Kartenspielen vertrieben.

»Why is it raining again?«, fragte Sebastian den nepalesischen Kellner, der die Gäste im Pavillon des Clubs jeden Abend mit Cocktails versorgte, »... it feels like England!«

Tobias warf ein: »... only the girls are prettier!«, und ein Franzose, der neben ihnen saß, ergänzte: »... and the food is better!«

Kumar verbeugte sich leicht und versuchte zu erklären, was es mit dem Wetter auf sich hatte: »The rain in the afternoon – it's the monsoon! The rain in the evening – it's just fucking annoying!« Dann grinste er von einem Ohr zum anderen und sang den Refrain von Rihannas »Umbrella«, während er mit den Fingern schnippte und sich geschmeidig in den Hüften wiegte. Tobias lachte und erhob sein Glas auf den Kellner, der eine erstaunliche Könnerschaft darin besaß, sich auf die Launen und Temperamente seiner dauerdurstigen Gäste einzustellen, und in Sekundenschnelle zwischen devotem Kellner und frechem Entertainer hin und her wechseln konnte.

Sebastian trank einen Wodka Tonic und rauchte, während er Wolfgang, der sich nun mit einem jungen Amerikaner unterhielt, aus der Nähe inspizierte. Als er versuchte, ihn mit Lisas Augen zu sehen, entdeckte er einen Zug an ihm, dem man ihm vielleicht zugutehalten konnte: Trotz seiner provinziellen Saturiertheit war etwas angenehm Zurückhaltendes an ihm. Er schien seinen Gesprächspartnern zuzuhören. Sebastian fand, das war ungewöhnlich für einen Winzer, der doch jeden Tag Hunderte unqualifizierte Beurteilungen seines Veltliners über sich ergehen lassen und darüber der Meinung der Leute fast zwangsläufig überdrüssig werden musste.

Als der Amerikaner den Tisch wechselte, rückte Sebastian zu dem Winzersohn auf.

»Weißt du, Wolfgang, warum Ian Fleming James Bond erfand?«

Der Winzer wandte sich Sebastian zu. Er überlegte kurz, dann schüttelte er den Kopf. »Ehrlich gesagt weiß ich überhaupt nicht viel über Bond.«

»Fleming sagte in einem Interview – einem der wenigen übrigens, die er gab –, er erfand James Bond, als er nach langer, langer Zeit als Junggeselle kurz davor stand zu heiraten. Er sagte, er wollte mit dem Schreiben vor der Qual der Ehe flüchten!«

»Wirklich?«

»Ich finde, das ist eine sehr plausible Erklärung dafür, warum dieser Geheimagent so viel Zeit darauf verwendet, Geheimnisse in Spitzenhöschen aufzudecken …«

Wolfgang lachte, eine Spur lauter, als Sebastian erwartet hatte.

»Wie sieht es da eigentlich bei dir aus? Flüchtest du mit deinem Bond auch vor einer Frau?«

Sebastian betrachtete sein Gegenüber mit harmlos-neugieriger Miene.

»Ich? Nein. Ganz im Gegenteil.«

»Das heißt, du suchst sogar eine?«

Wolfgang sagte nur: »Ich lass' es auf mich zukommen.«

Nach einer Pause fügte er hinzu, plötzlich im Dialekt: »*Es is ja net leicht: Familienunternehmen mit Produktion, Verkauf und Gastro, olles unter einem Dach – des muass a Frau wollen.«*

Sebastian zuckte innerlich zusammen. Bis zu diesem Moment hatte der Winzersohn ein makelloses Hochdeutsch gesprochen. Nun fuhr der raue Wind der österreichischen Provinz durch ihren Strandpavillon. Vielleicht war das der Weg, um schlau aus dem Knaben zu werden, dachte Sebastian, und er stieg aus Gründen der Solidarisierung kurzzeitig auf seinen Wiener Heimatdialekt um.

»Des haaßt, du host scho schlechte Erfahrungen g'mocht mit der Liebe im Betrieb?«

Nun taute Wolfgang merklich auf. Eine Last schien ihm von den Schultern zu fallen. Es war sicher nicht so, dass es Wolfgang schwerfiel, sich ohne Dialekt auszudrücken, bloß kam die Hochsprache in erster Linie im Geschäftlichen zur Anwendung. Saß er aber mit Freunden und Familie daheim zusammen, im Weinkeller oder beim Wirten, da sprach man so, wie es sich richtig anfühlte. Das Niederösterreichische war seine Schnabelsprache und – wenn es um die Gefühle ging – durch keine andere zu ersetzen. Warum auch sollte man hier nicht sprechen wie daheim, in Thailand gab es mehr österreichische Dialekte zu bestaunen als auf einer Autobahnraststätte an der A1.

Wolfgang öffnete einen Knopf seines Strandhemdes, fuhr sich mit einer Hand durch die kurzen dunklen Haare und redete:

»Mit der ersten Freindin, da hot des net funktioniert. Sie wollt mi jeden Abend für sich. Des geht sie mit die Gäst net aus, vor allem in der Hauptsaison!«

Wolfgang führte Sebastian durch die Galerie seiner Verflossenen, erzählte über jene, die nicht wollten, die, die nicht konnten, und auch jene, wo's einfach nicht sein sollte. Er hatte es wirklich nicht leicht gehabt mit den Frauen. Sebastian sah zu Lisa hinüber, ob sie vielleicht etwas von Wolfgangs »Resumé de l'Amour« mitbekam – er nahm an, es könnte sie interessieren –, sie war aber immer noch in ihr Gespräch verwickelt.

Wolfgang war nicht mehr zu stoppen. Die Zurückhaltung, die Sebastian vorher noch an ihm beobachtet hatte, war nun völlig verschwunden. An ihre Stelle war eine unerwartete Vertraulichkeit und Jovialität getreten, verbunden mit einer vitalen Sprunghaftigkeit. Er sprach in einem Moment vom Wein, im nächsten über Pin-ups: »Des mit dem Jungwinzerinnenkalender is im Prinzip a g'schobene G'schicht. Einige von den Mädels haben ja nix mit dem Beruf zu tun.«

Sebastian schweifte gedanklich etwas ab. Er überlegte, was Mischa wohl gerade bei seinem Auftrag erlebte. Er war sich ziemlich sicher, dass er nicht in einer Episode »Weinbauer sucht Frau« steckte. Vielmehr war er bestimmt Teil eines beglückenden poetischen Gesamterlebnisses und würde noch Jahre später von den seligen Kunden Postkarten zu Weihnachten geschickt bekommen. Sebastian dagegen würde einer Fahrt zur Kirche auf dem Heuwagen beiwohnen, und wenn alles gegen ihn lief, wäre Lisa die Braut.

Sebastian versuchte, fair zu bleiben. Der Tschechow-Vergleich mit den bedürftigen Gutstöchtern war harter Tobak gewesen, und wenn er sich auf der Position verhärtete, riskierte er alles: Lisas Freundschaft, ihre Kollegialität, und jene winzige Möglichkeit von *whatever*, die immer noch zwischen ihnen existierte.

Gut, Wolfgang war nicht sein Fall, und es gelang ihm kaum, eine seiner Ausführungen bis zum Ende anzuhören. Hatte Lisa recht, wenn sie sagte, Sebastian hielt ihn für einen *Freak*? Klar, natürlich hatte sie recht. Aber was hieß das schon? Sebastian fühlte sich fast ausnahmslos von Freaks umgeben. Viele seiner besten Freunde waren welche. Er hielt sich selbst für einen. Seine Familie: Monster AG. Aber hielt er Wolfgang für einen Freak, der zu Lisa passte? Nein.

Trotzdem würde er sich nicht zwischen die zwei stellen. Sie suchte eine Beziehung, und Sebastian hatte sich nie zur Verfügung stellt. Sexuell schon, emotional nicht. Vielleicht war das eine große Dummheit gewesen, aber jetzt hatte der Winzer seine Chance. Diese Überlegungen rückten jedoch augenblicklich in den Hintergrund, als Wolfgang aus heiterem Himmel verkündete: »Jetzt sag ich dir aber eines, Sebastian: I hätt mir mehr von dem Trip erwartet.«

Damit hatte er Sebastians volle Aufmerksamkeit. Es war das erste Mal seit Freedman, dass jemand unzufrieden mit ihnen war – oder es offen aussprach. Wolfgang begann, ein paar Dinge zur Sprache zu bringen, die ihm missfallen hatten, Situationen, von denen er meinte, da wäre mehr Einsatz der Schauspieler angebracht gewesen. Sebastian begann zu schwitzen. Er konnte sich und seine Crew nicht einmal aufrichtig in Schutz nehmen, er wusste, dass er schlampig gearbeitet hatte. Es hatte ihn einfach nicht interessiert.

Also setzte er auf die einzige Karte, die noch nicht ausgespielt war: die letzten verbleibenden Tage. Auch wenn er Lisas Pläne damit mit Sicherheit durchkreuzte …

»Wolfgang, wir sind ja noch nicht am Ende. Lass uns über das reden, was du am Abend am Strand angesprochen hast:

Du sagtest, du willst etwas Unkalkulierbares erleben. Das stimmt doch so, oder?«

»In dem Moment war das so, ja.«

»Schau, wir haben noch zwei Tage hier, bevor es wieder nach Hause geht. Bringen wir zu Ende, weswegen wir hergekommen sind: Du erfüllst deinen Auftrag.«

»Aber der Scaramanga ist ja ... in dem Sinn ... erledigt.«

»Ja, der Sacaramanga schon, aber hast du da nicht jemanden vergessen?«

Wolfgang stutzte, dann aber fiel es ihm ein:

»Den Schnick-Schnack!«

»Den Schnick-Schnack, genau.«

Sebastian deutete auf Tobias, der im Laufe der letzten zehn Tage ein paar Mal in die Rolle des kleinwüchsigen Ganoven-Butlers geschlüpft war und sich nun – tief in seinem Korbsessel versunken – mit geschlossenen Augen tranceartig zu der Musik von Sade bewegte. Es war schwer, sich einen harmloseren Gegenspieler auszumalen.

»Da sitzt er immer noch, der Schnick-Schnack, und glaubt, davongekommen zu sein. Nicht zu früh freuen, kleiner Mann! Aber, Wolfgang: Wenn du die Sache zu Ende bringen willst, dann machen wir es diesmal richtig: kein Skript, keine Absprachen, kein doppelter Boden. Wir machen es *unkalkulierbar*. Was sagst du?«

Nun lächelte Wolfgang hochzufrieden. Er hatte nachverhandelt und mehr herausholen können.

Er nickte und sagte: »Einverstanden!«

»All right, Mister Bond! Auf einen würdigen Abschluss!«

Sie schüttelten sich die Hände, und Sebastian bestellte eine Runde Kokosschnaps für alle. Nachdem er sich aus allen

Richtungen der geräumigen Strandbar zuprosten lassen hatte, kippte er seinen Schnaps hinunter und flüsterte Wolfgang zu, er müsse noch ein paar Details arrangieren. Er wünschte den versammelten Gästen eine gute Nacht und verschwand in Richtung seiner Hütte. Lisa sah ihm irritiert nach.

Die Tür geht auf, bringt eine kleine Kuhglocke oberhalb des Eingangs zum Bimmeln und versetzt wie auf einen Startschuss hin die Tumbleweeds in plötzliche Geschäftigkeit. Zwei junge Burschen tragen Bücherkisten von einem Raum in den nächsten, ein Mädchen beschriftet eine Schiefertafel mit der Ankündigung einer Lesung, ein Schaufenster wird neu dekoriert.

Marianne steckt erst den Kopf zur Tür rein, dann schiebt sie sich mit ihrem prall gefüllten, verbeulten Rucksack in den Laden. Sie trägt speckige Jeans, ein rot-schwarzes Holzfällerhemd und grüne Doc-Martens-Stiefel. Ihre schwarz gefärbten Haare haben einen rotblonden Nachwuchs, um die Nase blühen ein paar kleine Pickel, ein frisch gestochenes Ohrloch ist entzündet. Sie hat eine rosa Sonnenbrille auf, mit herzförmig eingefassten Gläsern. In der Hand hält sie einen alten Stadtplan von Paris.

Marianne sieht sich unsicher um, ob sie im richtigen Laden ist – diese Räume erwecken nicht den Anschein, als würde hier jemand übernachten!

Wohin sie auch schaut – Bücher. Bücher in Regalen, Bücher in Stapeln, Bücher in Nischen. Bücher auf Tischen, unter Tischen, als Tische. Bücher übernehmen hier die Funktion von Wänden, Tapeten und vielleicht sogar von tragenden Elementen.

Ein großer Luster, an dem nur die Hälfte der Lichter brennt, taucht den Laden in heimelig-privates Zwielicht. In seinem Schein sieht Marianne den berühmten Spruch wieder, der in riesigen Buchstaben über dem Durchgang zu den hinteren Bereichen des Geschäfts steht: »Sei nicht ungastlich zu Fremden, sie könnten verkleidete Engel sein.«

Darunter steht die kleine Sylvia in ihrem weißen Kleid, selbst ein Buch im Arm, und kämpft mit dem Lachen.

Marianne zwinkert ihr zu, dann bahnt sie sich einen Weg durch die Bücher lesenden und Bücher tragenden Menschen hin zu dem Tresen, wo vor über zwanzig Jahren George Whitman stand. Nun hat ihr Vater Walter dort Stellung bezogen. Er knabbert an einer Karotte herum und macht sich Notizen in einem Block. Er trägt ein abgewetztes Cord-Sakko und eine Krawatte, deren Knoten so aussieht, als wäre er vor Jahrzehnten gebunden und seitdem immer nur gelockert und wieder zugezogen worden. Seine Haare sind verlegt, die Schultern des Sakkos staubig.

Als Marianne vor ihm steht, hebt er den Blick und mustert sie.

»Man sieht nur mit dem Herzen gut. Stimmen Sie dem zu?«

Marianne sieht ihn verständnislos an. »Pardon?«

»Ihre Brille!«

Jetzt bemerkt sie, dass sie immer noch ihre Herz-Brille trägt, welch ein Auftritt!

Marianne reißt sich die Brille herunter.

»Ach so. Meine Ersatzsonnenbrille. Meine richtige ist mir gestohlen worden. Zusammen mit meinen Wertsachen.«

Walter notiert sich wieder etwas in seinem Block.

»Ontwan dö Söhnt-Eksüpperie«, sagt Marianne.

Ohne aufzusehen murmelt Walter: »Französische Literatur, im Durchgang rechte Seite, erstes Regal, zweites Fach von oben. Nein, im Ernst, es könnte irgendwo dort hinten sein.«

Marianne sagt kleinlaut: »*Man sieht nur mit dem Herzen gut* – das ist von ihm. Wir haben ihn in der Schule gelesen.«

Er sieht kurz zu ihr auf. »Das heißt, ich verkaufe Ihnen heute keinen *Petit Prince* ...?«

Sie schüttelt den Kopf. »Ich habe kein Geld. Mir wurde alles gestohlen. Ich habe gehört, man kann hier schlafen, wenn man mithilft.«

»Wer behauptet so etwas?«

»Ein Mädchen auf den Champs Elyssées.«

»Ach die. Dann geht das in Ordnung. Übernehmen Sie mal die Kasse, ich habe einen Termin.«

Walter greift unter den Tisch und holt ein Handtuch hervor.

»Ich sollte duschen! Außerdem muss ich Schulden eintreiben. Wissen Sie, ich hätte heute einen *Petit Prince* verkaufen können, aber es lief schief.«

Marianne lächelt den alten Herrn mit einem Anflug von Nervosität an. Sie ist offensichtlich in einem Irrenhaus gelandet. Vielleicht konnte man deswegen umsonst hier übernachten.

»Also gut: Sie dürfen nur die Bücher verkaufen, in denen ein Preis steht, verstanden? Bitte formulieren Sie das in eigenen Worten!«

»Äh, also, wenn kein Preis im Buch steht, darf ich es nicht verkaufen.«

»Haben Sie schon im Buchhandel gearbeitet?«

»Nein.«

»Verblüffend …«

Walter wirft sich das Handtuch über die Schulter, greift nach seinem Necessaire und verlässt den Laden. Als er schon halb bei der Tür hinaus ist, dreht er sich noch einmal um und ruft Marianne zu: »Sollten Sie Fragen haben, rufen Sie John. Und erinnern Sie ihn daran, die Mäusefallen zu kontrollieren! Sagen Sie ihm, er hat Mausmonat! Er wird alles abstreiten.«

Und dann ist er auch schon auf der Straße draußen.

Ein junger Mann mit einem Buch in der Hand stellt sich neben ihr am Tresen an. Marianne setzt ihren Rucksack ab, geht um den Tresen herum und nimmt das Buch entgegen. Sie öffnet den Umschlag und atmet erleichtert auf: Es steht ein Preis darin. Sie wickelt den Kauf ab und schließt die Kasse wieder gewissenhaft.

Sie wollte nur übernachten, und jetzt hat sie sogar einen Job. Paris scheint ihre Stadt zu sein.

Als der Kunde gegangen ist, steht Sylvia vor ihrer Mutter am Tresen.

»Hi, ich bin Sylvia.«

Marianne reicht ihrer Tochter die Hand.

»Guten Tag, Sylvia!«

»Ich bin die Tochter von dem da!«

Sie zeigt auf die Tür, durch die Walter verschwunden ist.

Ein Tumbleweed lacht kurz auf.

»Ach so«, sagt Marianne, »dann kennst du dich sicher hier aus und kannst mir zeigen, wer John ist!«

»Da ist er doch!«, sagt Sylvia.

Mischa kommt aus den hinteren Räumen durch den

Gang auf sie zu. Seine Haare sind ein Büschel Straßengrabenkraut, das unter einem Stein hervorwächst, in dem Fall ein schwarzer Hut, der langsam seine Façon verliert. Sein Gesicht ist schmal (Mischa hat seit drei Tagen kaum etwas gegessen), hinter dem Ohr steckt eine Zigarette. Er ist sauber rasiert, nur zwischen Unterlippe und Kinn wuchert ein daumennagelgroßes Bärtchen. Er trägt ein schwarzes, mitgenommenes Jackett und ein helles Feldarbeiterhemd, in dessen Brusttasche ein zerkratztes Moleskine-Notizbuch steckt. Seine schwarzen Jeans sind eng, seine Lederschuhe auf Glanz poliert.

Er bleibt vor Sylvia stehen, berührt das Mädchen an den Schultern und sagt: »Ich glaube, dieser Nachmittag könnte ein Gedicht vertragen. Hast du Lust?«

Sylvia zuckt die Schultern.

»Ok.«

»Also«, sagt Mischa, »wir wechseln uns bei jedem Wort ab. Ich fange an: *Ein*«

Sylvia überlegt.

»… dünnes«

»Ein dünnes … Gespenst«

»… tanzt« – »… auf« – »… einem« – »… schwimmenden«

Sylvia sieht sich auf der Suche nach einem Wort im Laden um, ihr Blick fällt auf ein Kochbuch. »… *Kuchen*«

»Ausgezeichnet! … *und*«

»… singt« – »… von« – »… sauren« – »… Gurken« – »… Gesichtern!«

Mischa betrachtet Sylvia mit Respekt: »Das ist exquisit geworden: *Ein dünnes Gespenst tanzt auf einem schwimmenden Kuchen und singt von sauren Gurkengesichtern!* Ich finde, du solltest das zeichnen, und dann hängen wir das Bild übers Klavier. Am Abend machen wir dann einen Song daraus – und vielleicht ergibt sich im Lauf der Woche ein Konzept für ein Musical. Sehr produktiver Tag, wir können zufrieden sein. Klopfen wir uns gegenseitig auf die Schulter!«

Er beugt sich zu dem Mädchen hinunter. Sie klopfen sich gegenseitig auf die Schulter.

Marianne steht neben den beiden und wartet ab, ob ihr John einen Moment Aufmerksamkeit schenkt.

Als Sylvia losrennt, um irgendwo Papier und Stifte aufzutreiben, wendet sich Mischa Marianne zu.

»Ähm, hi«, sagt sie unsicher, »ich soll dich erinnern, die Mausefallen zu überprüfen. Das kommt vom Chef.«

Mischa sieht an ihr vorbei in Richtung Kasse.

»Wer macht gerade die Verrechnung?«

Sie folgt seinem Blick.

»Eigentlich ich, was wirklich seltsam ist, weil ich erst vor ein paar Minuten hier angekommen bin.«

Mischa schiebt sie zur Seite und geht zur Kasse, an der sich gerade ein junges Pärchen zum Zahlen angestellt hat. Er rechnet ab, dann kommt er zu Marianne zurück.

»Gut, du bekommst jetzt eine kleine Einweisung. Aber bevor ich damit beginne, stelle ich dir eine wichtige Frage. Bist du bereit?«

»Ist das die Frage? *Bist du bereit?*«

»Nein. Die Frage lautet: Hast du ein Buch verkauft, in dem kein Preis stand?«

»Aber nein, das ist doch das Einzige, worauf ich geachtet habe!«

Mischa seufzt erleichtert.

»Gott sei Dank. Er wird wirklich sauer, wenn das passiert. Also gut, dann mach mal weiter, da sind wieder Kunden.«

»Ich dachte, du wolltest mir eine Einweisung geben?«

»Stimmt, ok.«

Er ruft einen jungen Mann mit rotem Haarschopf zu sich, der gerade die russische Literatur ordnet.

»Gregory, übernimm die Kasse! Und später überprüfst du die Mausefallen. Aber mach es richtig, sonst kann ich es gleich selbst tun!«

Mischa wendet sich wieder Marianne zu.

»So. Du kommst aus Deutschland?«

»Ich bin Österreicherin. Aus Wiener Neustadt.«

»Wiener Neustadt? Was ist mit dem alten Wien passiert?«

»Es ist ... immer noch da.«

»Zum Glück. Ich möchte mir ein Stück von Thomas Bernhard am Burgtheater ansehen.«

»Also das wird nicht gehen.«

»Wieso?«

»Seine Stücke dürfen in Österreich nicht mehr gezeigt werden.«

»Was?! Verfluchte Zensur ... Wer unbequem ist, wird kaltgestellt. Immer das Gleiche. Wer hat das denn verfügt?«

»Thomas Bernhard.«

»Oh. Dann ist es wohl ok. Na ja, ich geh mal vor die Tür.«

»Die Einweisung?«

»Ach ja, klar. Also gut. Diese Buchhandlung wurde 1951 gegründet. Es gab davor schon ein Buchgeschäft gleichen Namens, in dem in den zwanziger und dreißiger Namen so Leute wie F. Scott Fitzgerald oder Gertrude Stein – die werden dir nichts sagen – ein und aus gegangen sind. Die Besitzerin Sylvia Beach – die Kleine ist nach ihr benannt – hat übrigens damals als Erste ein Buch namens *Ulysses* von einem gewissen James Joyce herausgebracht. Als George den Laden an anderer Stelle unter dem alten Namen aufgemacht hat, ist dann eine neue Generation von Autoren zum Tee vorbeigekommen – heute im Regal *Beat-Generation* zu finden. Wenn du mehr wissen möchtest, zieh dir den Wikipedia-Artikel rein!«

Marianne prustet los.

Mischa grinst und schüttelt den Kopf.

»Hab ich das jetzt wirklich gesagt?«

Das Lachen breitet sich unter den Tumbleweeds aus.

»Ok, ok«, beschwichtigt Mischa die Leute, »das kann passieren. Mea culpa. Es geht weiter!«

Mischa und Marianne gehen über uralte Teppiche in den hinteren Bereich des Ladens, vorbei an Bücherbergen, einer Galerie mit Fotos von legendären Autoren und Zetteln mit Gedichten, die an jeder freien Stelle kleben. Sie kommen zu einer Leiter, die in den ersten Stock führt. Oben finden sie sich in dem Salon der Buchhandlung wieder. Statt des Fensters mit Blick auf Notre-Dame hängt dort ein Poster von Notre-Dame, das Klavier ist ein Keyboard, aber sonst ist es nicht viel anders, als es Marianne in Erinnerung hat: abgewetzte Polstermöbel, ein alter Sekretär mit Schreibmaschine, staubige Gemälde, Bücher bis zur Decke.

»Hier kannst du schlafen. Jede Übernachtung kostet dich ein oder zwei Stunden Arbeit hier im Laden. Du musst jeden Tag in einem der Bücher lesen. Wenn du aufstehst, hat als Erstes dein Schlafsack und all dein Zeug zu verschwinden. Und wenn du uns bald wieder verlässt, gibst du bei George für den unwahrscheinlichen Fall, dass du mal berühmt bist, einen Text, ein Gedicht, was auch immer ab. Das sind die Regeln.«

Marianne sieht ihn herausfordernd an: »Wer sagt, dass ich euch bald wieder verlasse?«

Mischa lächelt. »Im Herbst beginnt doch die Schule wieder.«

Marianne sieht ihn giftig an.

»Mal sehen, wer zuerst geht.«

»Über zehntausend Tumbleweeds haben hier schon geschlafen. Und keiner ist länger geblieben als ich. Ich habe hier drinnen öfter ›Good night, Mary Ellen‹ gesagt als irgendein verirrter Bücherwurm sonst. Finden wir erst einmal heraus, ob du länger als eine Nacht bleibst, Herzchen.«

Mischa blinzelt sie an und lässt sie allein im Salon zurück.

Es war acht Uhr in der Früh, die Sonne begann langsam zu steigen, und die Andamanensee war glatt und glänzend wie eine frisch geschliffene Klinge. Ein Boot entfernte sich langsam von der Insel und nahm Kurs Richtung Festland. An Bord befand sich Wolfgang, der Sebastian zum Abschied zuwinkte. Sebastian, der barfuß im Sand hockte, erwiderte den Abschiedsgruß mit erhobenem Daumen, dann federte er hoch und joggte in Richtung Lisas Hütte.

Die Eingangstür war versperrt, also kletterte er durch den Garten und betrat von dort die Veranda. Die Tür war nur angelehnt. Lisa lag auf dem Bauch, halb zugedeckt von einem Leintuch, und atmete fast unmerklich. Es roch süßlich und alkoholisch in ihrem Schlafzimmer, und Sebastian überlegte, ob das von der halb gegessenen Mango auf ihrem Nachttisch oder dem Verlauf des letzten Abends herrührte. Er setzte sich auf einen Stuhl neben ihrem Bett. Ob sie lange gefeiert hatten? Wolfgang jedenfalls schien in der Früh einigermaßen in Form zu sein – allerdings war er Winzer, da galten andere Regeln.

Er sah, dass ihre Augen hinter den geschlossenen Lidern herumflitzten, als empfange und entschlüssle sie gerade terabytegroße Botschaften aus dem Weltall. Sebastian brachte es nicht fertig, sie aus ihren Träumen zu reißen, also begann er in einer Zeitschrift zu blättern, die neben dem Bett lag. Nach fünf Minuten erwachte sie von allein. Sie strich sich hastig über den Mund.

»Gut geschlafen?«, fragte er.

Sie starrte ihn an und versuchte zu verstehen, was seine Anwesenheit an diesem Morgen zu bedeuten hatte.

»Hast du hier übernachtet?«, fragte sie mit kehlig-rauer Stimme.

»O nein. Ich war schon vor Mitternacht im Bett – in meinem.«

Sie erinnerte sich wieder an seinen frühen Abgang.

»Wieso eigentlich?«

Lisa mühte sich ein Stück hoch und nahm einen Schluck aus der Wasserflasche, die neben ihrem Bett stand.

»Weil ich heute Morgen frisch sein musste.«

»Nicht, weil du sauer warst?«

»Das war nicht der Grund, nein.«

Lisa stand auf und begann, nach ihrem Kontaktlinsenbehälter zu suchen.

»Wie spät ist es eigentlich?«, fragte sie.

»Kurz nach acht.«

»Acht? Wieso weckst du mich schon?«

»Na ja, falls du mit nach Krabi fahren willst, sollten wir schön langsam mal frühstücken.«

»Krabi?«

»Die Stadt in Phuket.«

»Das weiß ich. Aber was machen wir dort?«

»Wir sehen uns an, wie ein Winzer im Hawaiihemd mit einem Plastikrevolver im Hosenbund durch die Stadt läuft, um einen ein Meter achtzig großen Liliputaner in Frack und Melone zu erledigen.«

Lisa sah Sebastian geschockt an.

»Der Wahnsinn geht weiter?!«

»Wir bringen es zu Ende. Schnick-Schnack muss bezahlen! Allerdings sind die Vorzeichen diesmal etwas anders ...«

»Inwiefern?«

»Na ja, du weißt doch, was ein MacGuffin ist, oder?«

»Ist das der Kerl in *dem schottischen Stück*, der den toten König entdeckt?«

»Das ist Macduff, nah dran. Ein MacGuffin ist ein Gegenstand, dem alle Figuren eines Films hinterherjagen, einfach nur, damit die Dinge in Bewegung bleiben. Bisher war das in unserem Abenteuer der Solex-Generator, den Scaramanga besitzt und Bond in seine Finger kriegen will. Nun, jetzt ist es Wolfgangs Pass.«

Lisa ließ sich auf die Bettkante plumpsen.

»Was heißt das?«

»Das heißt, Wolfgang rennt nicht einem irrealen Ding hinterher, das sich ein Drehbuchautor in den siebziger Jahren ausgedacht hat, sondern einem Dokument, das ihm die

Ausreise aus diesem Land gestattet. Ich denke, das bringt ein bisschen Würze ins Curry.«

Sebastian sah auf seine Uhr.

»Ich glaube, ich muss wirklich weitermachen, ich kann Tobi das nicht alles allein überlassen. Er hat ohnehin schon etwas unlocker reagiert, als er heute um sechs rausmusste.«

Lisa schüttelte den Kopf.

»Die nächsten Tage sollten doch frei sein! Stattdessen rennt Wolfgang jetzt seiner Chance auf die Ausreise hinterher! Ich verstehe das nicht ...«

Sebastian setzte sich zu Lisa aufs Bett und erzählte ihr alles nochmal der Reihe nach: wie ihm Wolfgang anvertraut hatte, er wolle »mehr«, etwas Unkalkulierbares; wie sie sich am Vorabend in der Bar geeinigt hatten, die restliche Zeit hier dem Abschluss des Auftrags zu widmen; wie er sich den Pass aus Wolfgangs Zimmer besorgt und Tobias in der Früh mit Wolfgangs Papieren und einem soliden Plan nach Krabi geschickt hatte.

»Ich hab mir das so überlegt: Wolfgang hat den Hinweis auf ein Lokal, wo Schnick-Schnack gerne speist. Er wird ihn knapp verpassen, findet aber seine Melone. In der Melone ist die Adresse einer Reinigung in Krabi. Dort kann er eine Hose des Kleinen abholen, in dem sich die Visitenkarte einer Tauchfirma findet. Und so weiter ... Am Abend hat Wolfgang dann eine Verabredung in einem Club. Dort wird er eine Dame treffen, die eine Information für ihn hat – sie weiß, wo sich Schnick-Schnack am nächsten Tag aufhält. Und bis dahin hat Wolfgang Zeit, sie ein bisschen besser kennenzulernen. Eine *unkalkulierbare* Situation, verstehst du?«

»Du willst mir sagen, du streichst unsere letzten freien

Tage hier auf der Insel, wo vielleicht die Chance bestanden hätte, dass der Kerl mal seine Schüchternheit überwindet, und steckst ihn stattdessen mit irgendeiner Frau in einen Nachtclub, damit er sich dort austoben kann?!«

»Die Frau im Nachtclub bist ja du, Lisa.«

»Ich?«

»Ja, du. Schau, ich hab dich um deine freien Tage gebracht, weil ich mich vorher nicht genug um den Mann gekümmert habe. Ich denke, da ist es nur fair, wenn ihr so eben innerhalb unserer Geschichte eure Chance bekommt. Für mich ist es in Ordnung.«

Lisa stand auf, drehte – ihre rasenden Gedanken ordnend – eine Runde im Zimmer und blieb schließlich knapp vor Sebastian stehen. Er sah mit einer unguten Ahnung zu ihr hinauf.

»Ich hab nicht ansatzweise genug geschlafen und bin bestimmt noch nicht nüchtern. Aber für mich klingt das gerade wie die übelste Schacherei, von der ich je gehört habe. Du stellst mich als *Sonderpreis* für euer lächerliches Finale zur Verfügung, weil du weißt, dass wir uns privat nähergekommen sind. Das heißt ja quasi, die Informantin spiele ich nur, aber ins Bett kriegt er mich dann echt! Ist das die Draufgabe, die er bekommt, damit er glücklich nach Hause fährt?«

Sebastian stand auf.

»Das verstehst du jetzt falsch.«

»Aber genau so hast du es doch gesagt: Wir kriegen innerhalb eurer Geschichte unsere Chance. Du gibst mich her, damit sein alberner Agententraum einen sexy Höhepunkt hat!«

»Ihr habt doch dann ein *Time-out*, die Zeit in der Bar ist dann nicht Teil der Geschichte!«

»Aber wozu dann die ganze Farce? Dann sagen wir eben, um fünf ist Feierabend. Aber das war ja nicht dein Plan. Du möchtest mich als Trumpfkarte spielen. Das ist das *mehr*, das ihm versprochen wurde! Jedes Bondgirl hat mehr Macht und Würde, als du mir in der Situation zubilligst.«

»Also nicht alle, denk doch an *Goodnight*, sie ist wirklich dämlich.«

»Wieso war ich so bescheuert, dir überhaupt von ihm zu erzählen? Ich dachte wirklich, vielleicht macht es dir was aus, vielleicht *bewegt* das irgendetwas in dir. Stattdessen beleidigst du erst ihn und dann mich und ziehst alles in den Dreck, was im letzten Jahr Gutes passiert ist.«

»Lisa. Das wollte ich doch nicht.«

»Ist aber so, ist aber so. Ich reise ab. Ich fahr' nach Bangkok. Wir sehen uns ja dann im Flieger.«

Sie begann, ihre Sachen zusammenzupacken.

»Das ist doch absurd! Kann ich irgendetwas tun ...«

»Nein, was willst du noch tun? Du hast mich über Monate nicht wirklich an dich rangelassen, du hängst an einer anderen Frau, du kennst mich nicht mehr, sobald ein anderer auftaucht. An all dem kann ich nichts ändern. Aber wenn du mich an einen Kunden verschenkst, um deinen Hals als Unternehmer zu retten, dann ist es genug, dann bin ich nicht mehr dabei. Bitte geh, geh jetzt!«

Sie schob Sebastian aus der Hütte hinaus. Er wollte die Tür wieder aufstoßen, aber Lisa hatte sie von innen versperrt.

Sebastian stand im Sand auf dem Kiesweg zwischen den Clubhütten, die Hände in den Taschen seiner Shorts, und verlagerte sein Gewicht von einem Bein auf das andere und wieder zurück. Er konnte sich nicht erinnern, dass ihm jemals so unrecht getan worden war.

Mischa, Marianne und Co. befanden sich nun schon mitten im dritten Akt ihrer Inszenierung in dem ins Shakespeare & Company verwandelten Antiquariat in Wien. Nachdem sich Marianne und John in der Einleitung kennengelernt hatten und gleich ein bisschen aneinandergeraten waren, hatten sie im zweiten Teil überraschende Gemeinsamkeiten entdeckt, einen Bücherdieb gefasst sowie eine geniale neue Methode entwickelt, Mäuse zu fangen. Nun, im dritten Akt, stellte John Vorbereitungen für seine baldige Abreise an, nachdem er die Nachricht vom plötzlichen Tod seines Stiefvaters erhalten hatte.

Mischa und Marianne stehen im hinteren Raum bei den Kunstbüchern. Sylvia hockt zwischen ihnen auf dem Boden und spielt auf einem dicken Teppich mit Tarot-Karten. Ein schwerer roter Vorhang steht weit offen und gibt den Blick auf ein schmales Stockbett frei. Mischa sieht unverändert aus, Marianne aber trägt nun eine rotblonde Kurzhaarperücke – 1992 war der Schnitt echt. Im oberen Stockwerk spielt jemand nicht fehlerlos »La Mer« auf dem Klavier.

»Also«, sagt Mischa zu Marianne, »ich weiß, dass in den letzten Tagen hier viel geredet wurde. Es gab Spekulationen, was die ›Rangfolge‹ betrifft beziehungsweise wer am meisten ›Verdienste‹ vorzuweisen hat. Ich wollte und will aber nicht, dass ihr euch gegenseitig zerfleischt. Ich sag es jetzt einfach geradeheraus und werde es später beim Abendessen auch den anderen mitteilen: Ich will, dass du mein Bett bekommst.«

Marianne antwortet cool: »Ja, das dachte ich mir schon. Ist in Ordnung, ich nehm's.«

John sieht Marianne etwas perplex an, er hatte sich ihre Reaktion anders vorgestellt.

»Du weißt, dass es der beste Schlafplatz im ganzen Haus ist!«

»Ich sag ja, ich nehm's.«

»Weißt du, wie lange ich auf dieses Bett warten musste? Als ich hier vor über einem Jahr gelandet bin, hab ich zuerst bei George oben in seiner Wohnung geschlafen. Auf dem Boden. Es hat Wochen gedauert, bis ich meinen fixen Platz im Salon hatte. Dann, als Håkon seinen Einberufungsbefehl zum Wehrdienst bekommen hat, ist es mir gelungen, das Klappbett zu erobern. Beim Pokern hab ich schließlich den unteren Platz des Stockbettes gewonnen. Und dann hat es nochmal zwei Monate gedauert, bis Timothy endlich mit seiner Kleinen in die Rue de Courcelles gezogen ist und mir das obere Bett frei gemacht hat. Es ist mausfrei, kakerlakenfrei, zugfrei, quietscht nicht, stinkt nicht, besitzt diverse Geheimfächer und gewährt direkten Zugriff auf das Werk von Dylan Thomas. Es ist so ein gutes Bett.«

»Na ja«, sagt Marianne, »vielleicht raste ich nur deswegen nicht vor Freude aus, weil ich dieses zweifellos einmalig schöne Bett nur für dich warm halte – bis du wiederkommst.«

»Ich hab es dir gesagt, ich weiß nicht, ob ich zurückkomme. Meine Mutter steht jetzt ziemlich allein da mit dem Geschäft.«

»Aber du hast vier Brüder, die alle in Chiswithlingtonston oder wie das heißt leben, ich bin mir sicher, zusammen kriegen die das hin.«

»Steve ist in der Mülldeponie unabkömmlich, Ben kommt mit dem Methadon nicht klar, Les ist seit dem Motorscooter-Unfall nicht mehr der Gleiche, und dann ist da noch unser Sorgenkind, Matt: Wer schließt sein Jus-Studium erst nach sechs Jahren ab?!«

»Vielleicht wirst du das hier ganz schrecklich vermissen! Die kleinen Rituale: Gute Nacht, John-Boy!«

»Gute Nacht, Mary-Anne!«

»Deine Gedichte mit der Kleinen, die Picknicks an der Seine, die Bücher, die Träumereien. Oder wenn du Sylvia aus dem *Hobbit* vorliest und Bilbo so klingen lässt wie Bart Simpson: Ay, caramba, ich bin unsichtbar!«

»Ich mag die Simpsons, aber ich glaube, nach der dritten Staffel ist ein bisschen die Luft raus.«

»Ach Gott, all die Dinge hier, sie werden dir fehlen!«

Einer der Tumbleweeds kommt zu ihnen herein.

»John, Marianne? Würdet ihr beide bitte nach vorne kommen, George möchte mit euch reden!«

Mischa, Marianne und Sylvia gehen in den vorderen Bereich des Shakespeare & Company. Im Kassenraum steht ein Tisch mit einem weißen Tischtuch und bunt gemischtem Geschirr. Dicke Kerzenstumpen brennen auf den Regalen. Die Tumbleweeds stehen um den Tisch herum, ein bisschen feierlich, ein bisschen verlegen, Mariannes Vater steht in seiner Rolle als Buchladenbesitzer George Whitman am Ende der Tafel. Als Mischa und Marianne an den Tisch treten, beginnt er zu sprechen:

»Lieber John! Ich bin kein Freund von großen Reden. Nicht mal von kleinen. Ich kann mich mit Reden jedweder Dimension schwer abfinden. Nun ist es aber so, dass all diese jungen Leute hier mich seit Tagen bedrängen, ein paar Worte zu sagen, weil du uns verlassen wirst. Sie rennen mir auf die Straße nach, ihre aufgeregten Gesichter tauchen beim Zähneputzen in meinem Spiegel auf, sie schreiben mir kleine Zettelchen mit überschäumender Interpunktion, kurz – es ist untragbar geworden. Ich setze sie nur deswegen nicht auf die Straße, weil ja die nächsten Nervensägen schon vor der Tür Schlange stehen. Aber gut. John: Du behauptest, kein Tumbleweed hätte sich länger hier festgesetzt als du. Nun kann ich das zwar nicht bestätigen, da ich mir nie die Mühe gemacht habe, darüber Buch zu führen, aber bei der Fülle an seltsamen, ein Zusammenleben erschwerenden Eigenheiten, die mir einfallen, wenn ich an dich denke, glaube ich doch, du hast recht. Zum Beispiel dein pedantisches Beharren darauf, eine eigene Kaffeetasse zu besitzen. Oder deine Überzeugung, Balzac und Proust nach Gewicht verkaufen zu dürfen. Oder deine Toilettenschatulle, die du auf dem Balken am Klo aufbewahrst, von wo sie einem manchmal gerade im Augenblick größter Konzentration ins Genick fällt. Es kommt mir vor, diese Dinge sind seit langem schon Teil des Lebens hier. Aber du hast auch deine Vorzüge gehabt: Nie sind deine Eltern plötzlich in meinem Geschäft gestanden und haben gerufen: Wo ist unser Sohn? Er sollte vor drei Wochen sein Studium in Oxbridge begonnen haben, stattdessen schläft er unter einem Klavier und schreibt an einer kommunistisch-nudistischen Novelle! Und nie bist du zu mir gekommen, wenn du unter Liebeskummer gelitten hast oder dein verstorbener Hamster Namenstag hatte. Dieses Verhalten möchte ich euch allen ans Herz legen! John, wir werden dich vermissen. Und zwar die ganzen sechs Wochen lang, bis du wieder hier vor der Tür stehst! À la votre!«

Walter erhebt sein Glas auf Mischa. Der prostet mit seinem Rotweinglas zurück in die Runde.

»Danke, George! Als ich vor über einem Jahr hier hereingeplatzt bin, hatte ich ein Jobangebot von einem Laden in meiner englischen Heimatstadt in der Tasche und auch den Vorsatz, dort nach dem Sommer meinen Dienst anzutreten. Das ist ein Autozubehörladen gewesen, Tuning und so, und meine Brüder waren grün vor Neid. Nach ein, zwei Wochen hier ist mir aber klar geworden, dass das geilste Gefährt immer noch der menschliche Geist ist. Ok, ja, das hatte ich vorbereitet, und es ist nicht gut. Nein, im Ernst, ich habe immer diese Flausen im Kopf gehabt. Ich habe mir die Leute in unserer Stadt angesehen – also Stadt, na ja, sie nennen es so – und habe mir gedacht, das kommt mir alles vor wie ein Theater, das ist einfach zu billig, um wahr zu sein. Dann ist mir ein Buch von Raymond Carver in die Hände gefallen, in dem mein Bruder die Nacktfotos von seiner Freundin versteckt hat, und mich hat das Buch wirklich mehr als die Bilder interessiert, weil sie erstens nicht so besonders ausgesehen hat und ich in diesen Geschichten eine Bestätigung für mein Gefühl gefunden habe: Hinter dieser ganzen langweiligen Fassade, dieser Routine liegt etwas ungeheuer Spannendes! Auch einfache Leute haben Träume, und nur weil sie sich nicht ausdrücken können, heißt es nicht, es passiert nichts in ihrer Seele. Dann habe ich aber gedacht: Scheiße, schreiben möchte ich trotzdem nicht über sie, und ich habe beschlossen, irgendwo hinzugehen, wo etwas los ist, und jetzt sind wir wieder dort, wo ich den Job hingeschmissen und mir hier mein Nest gebaut habe. Paris. Was für eine Stadt. Und wo wäre es schöner als hier? Ich habe George und Sylvie kennengelernt, eine Million Freunde gewonnen, mit denen ich vielleicht irgendwann über eine ganz benutzerfreundliche Plattform mein Leben lang in Kontakt bleiben kann … (Mischa muss warten, bis das Gelächter abklingt.)

Ich habe einen Haufen Gedichte geschrieben und die meisten davon der Seine überantwortet. Ich habe etwas in meiner Mappe, wo vorne *Roman* und hinten *Ende* steht, und irgendwann werde ich auch auf die Seiten dazwischen etwas schreiben.

Ihr seht, um mich muss man sich keine Sorge machen.

Aber man darf.

Ich danke dir für alles, George, wir sehen uns alle irgendwann wieder! Santé, Tumbleweeds, santé!«

Es wird geklatscht, Walter und Mischa verbeugen sich.

Nun ist nur noch eine kurze Szene offen: Auch diese spielt im Empfangsraum der Buchhandlung, immer noch an dem gedeckten Tisch. Bloß sind von der Gesellschaft inzwischen nur noch Mischa und Marianne übrig. Mariannes Vater, Sylvia und die Tumbleweeds haben es sich im Hintergrund bequem gemacht. Nur noch eine Kerze brennt, die Gläser sind fast leer.

»Wieso«, fragt Marianne, »hast du gesagt, die Seiten deines Romans seien leer?«

Mischa lässt sich mit der Antwort Zeit.

»Ich will wohl nicht, dass mich jemand fragt, ob er ihn lesen kann. Er könnte dasselbe darüber denken wie ich.«

»Dass er schlecht ist?«

»Nein. Bloß, dass ich nicht wusste, worüber ich geschrieben habe.«

»Worüber hast du denn geschrieben?«

»Über die Liebe.«

»Du schreibst über die Liebe?«, sagt Marianne, und fast muss sie lachen.

»Ja. Ich habe begonnen, über Jeanne d'Arc zu schreiben, die in unserer Zeit wiederkehrt und als Punk-Mädchen durch die Pariser Clubs streift. Sie lernt einen jungen Schriftsteller kennen, und sie verlieben sich. Dann betrügt sie ihn, und er will sie auf den Scheiterhaufen werfen. Voilà.«

»Lass es mich lesen. Du hast nur ein Exemplar, oder?«

»Ja.«

»Lass es mir hier. Und dann kommst du wieder, und ich sage dir, wie es mir gefällt.«

»In Ordnung. Mary-Anne?«

»Ja?«

»Komm her!«

Marianne lächelt, steht auf und geht zu ihm. Er sitzt auf seinem Stuhl, nimmt ihre Hände, sieht zu ihr hoch.

»Mir ist das Allerunglaublichste passiert.«

»Mir auch«, sagt Marianne und lacht.

»Ja?«

Sie nickt strahlend.

»Also ist das jetzt so?«, fragt er.

Wieder nickt sie. »Es ist nicht mehr zu ändern.«

Auf das Stichwort hin bläst ein Tumbleweed die Kerze aus. Für einen Moment herrscht Dunkelheit und Stille.

Als das elektrische Licht angeht, steht Mischa auf. Applaus bricht aus. Mischa will Marianne umarmen, aber sie nimmt sein Gesicht in beide Hände und küsst ihn fest und lange auf den Mund. Sylvia springt auf die beiden zu und schlüpft in die Umarmung ihrer Mutter. Der Vater schließt sich ihnen an, die Tumbleweeds kommen dazu, Wein wird ausgeschenkt.

Als die ersten Umarmungen und Danksagungen ausgetauscht sind, kommt Viktoria, die Journalistin, auf Mischa zu und nimmt ihn für einen Moment zur Seite.

»Ich entschuldige mich für mein Verhalten heute Nachmittag, ich war ziemlich biestig. Das war ein besonders schöner Abend. Ich rufe Sie morgen an, und wir besprechen, was wir daraus machen können.« Sie lächelt ihn zuversichtlich an, und Mischa spürt ein seltsames Unbehagen in sich aufsteigen.

6

»Soll ich beginnen?«, fragte Valerie die Schauspiellehrerin, die vor ihr an einem mit gerahmten Fotos und glückbringenden Figürchen vollgeräumten Schreibtisch saß.

»Fangen Sie an, wenn Sie so weit sind.«

Valerie versuchte sich zu sammeln, wusste jedoch in dem Augenblick gar nicht, wie man das bewerkstelligte. Sich auf sich selbst zu konzentrieren schien sie nur ins Zentrum ihrer Nervosität zu führen.

Sie nahm einen Schluck Wasser und stellte das Glas zurück auf die Anrichte. Das Möbelstück war ihr einziger Bezugspunkt im Raum, ihre Stütze, ihr Partner.

Sie atmete tief durch, dachte an die Else aus ihrem Monolog, die ihr nun fremd und konstruiert erschien – nicht mehr als eine Säule, über und über mit Sätzen vollgeschrieben, die in der Summe eine Person ergeben sollten.

»Einen Moment noch«, sagte Valerie und atmete tief durch. Sie schloss die Augen, vergegenwärtigte sich ein Bild und damit ein Gefühl.

Ein silberfarbener Audi auf dem Parkplatz einer geschlossenen Dorf-Kegelbahn. Es ist August. Valerie steht in abgeschnittenen Jeans und einem T-Shirt auf einer Böschung neben der Landstraße. Der Wagen reflektiert die tief stehende Sonne, sie sieht den Schatten am Steuer, Zigarettenrauch, der aus dem Fenster zieht. Sie ist siebzehn, und gleich wird sie zu dem Mann, den sie erst seit ein paar Wochen kennt, in den Wagen steigen.

Valerie öffnete die Augen und nickte.

»In Ordnung: Ich spiele einen Teil des inneren Monologs *Fräulein Else* von Arthur Schnitzler. Die neunzehnjährige Else muss einen Freund der Familie um Geld bitten, damit ihr Vater nicht ins Gefängnis geht. Ich spiele sie und ihn.«

Die Schauspiellehrerin deutete, sie könne beginnen.

»Da stehen wir uns gegenüber. Hätte ich ihm nicht einfach ins Gesicht schlagen sollen? Wäre nicht noch jetzt Zeit dazu? Jetzt wäre der Moment. Warum tu' ich es denn nicht? Ich bin feig! Was wird er wollen? Einen Kuss vielleicht? Darüber ließe sich reden. – *Ich will genügsam sein. Und für diesmal will ich nichts anderes, Else, als – Sie sehen.* – Ist er verrückt? Er sieht mich doch. – Ah, so meint er das, so! Warum schlage ich ihm nicht ins Gesicht, dem Schuft! Nackt willst du mich sehen? Das möchte mancher. Ich bin schön, wenn ich nackt bin. – *Ich bin kein Erpresser, ich bin nur ein Mensch, der weiß, dass alles auf der Welt seinen Preis hat. Und was ich mir diesmal kaufen will, Else, so viel es auch ist, Sie werden nicht ärmer dadurch, dass Sie es verkaufen.*«

Valerie wiederholte den letzten Satz. Sie ließ den Kopf sinken, dachte angestrengt nach, aber der Rest des Textes war wie aus ihrem Gedächtnis gelöscht. Sie sprang innerhalb des Monologs zu einer anderen Stelle, setzte dort fort. Als sie geendet hatte, zitterten ihre Knie, sie hielt sich an der Anrichte fest und war dankbar, es hinter sich zu haben.

»Danke schön, Valerie«, sagte die Schauspiellehrerin und bat sie, auf dem Sessel ihr gegenüber Platz zu nehmen.

»Wie alt sind Sie, Valerie?«

»Ich bin 32.«

Sie schrieb die Zahl unter Valeries Namen auf ihren Notizblock.

»Gut. Sie haben am Telefon gesagt, Sie haben schon Schauspielerfahrung. Wo war das?«

»Nicht auf einer Bühne.«

»Also Amateurtheater?«

»Jedenfalls nicht an einem richtigen Haus.«

»Gut. Überlegen Sie, eine Aufnahmeprüfung an einer Schauspielschule zu machen? Dann muss ich Ihnen leider sagen, dass Sie für die meisten Schulen zu alt sind. Die eine oder andere Privatschule macht Ausnahmen, aber richtig empfehlen kann ich Ihnen diese Institute nicht.«

»Ich weiß«, sagte Valerie, »ich hab mir das schon angesehen.«

»Was schwebt Ihnen denn vor?«

»Ich glaube, ich möchte nur eine Meinung hören. Ich verwende viel von meiner Zeit auf das Spielen, und es macht mir große Freude! Ich will herausfinden, ob ich auch auf einer richtigen Bühne stehen könnte oder lieber meine Ambitionen bremsen sollte. Ich möchte wissen, ob das Spielen für mich zum Beruf werden könnte.«

»Ja, na ja, gut. Sprechen wir über Ihre Szene. Wie war es für Sie?«

»Ich hatte einen Textaussetzer, ich war nervös, aber ich glaube, ich hab es nicht völlig verhaut.«

Die alte Dame lächelte Valerie an.

»Ich finde, Sie haben es brav gemacht, Valerie. Monologe sind ja an sich eine schreckliche Sache! Kein Partner, herausgerissen aus dem Stück, die Fallen des Pathos, und die Schwierigkeit der Konzentration!«

Valerie nickte in großer Zustimmung, sie hatte es als ihre schwerste Aufgabe betrachtet, seit sie spielte.

»Wieso haben Sie diesen Text gewählt?«

»Also um ehrlich zu sein: Ich fand das Buch im Bücherregal meines Freundes. Es ist schwer, gute Monologe für Frauen aufzuspüren, und *Fräulein Else* ist ein einziger innerer Monolog, also viel guter Stoff. Dazu kam, dass ich mich in der Situation ganz gut wiederfinden konnte.«

Die Schauspiellehrerin betrachtete Valerie neugierig.

»Welchen Aspekt haben Sie denn besonders nachempfinden können?«

Valerie zögerte, es war seltsam, einer Fremden zu erzählen, was sie sonst nur einer guten Freundin anvertrauen würde.

»Wissen Sie, als ich siebzehn war, lernte ich am Land, wo ich aufwuchs, einen älteren Mann kennen, der sich sehr für mich interessierte. Er war Vertreter, etwa Mitte dreißig, und er übernachtete manchmal bei uns in der Pension. Er stellte mir nach, machte mir Komplimente, schenkte mir Dinge. Und manchmal trafen wir uns und redeten lange. Er wollte wohl mit mir schlafen. Es schmeichelte mir. Irgendwann begannen die Leute aber zu reden, und ich bat ihn, wegzubleiben. Er ließ sich lange nicht mehr sehen, aber ganz verschwand er nie.«

»Und an ihn dachten Sie bei der Szene?«

»Ich erinnerte mich an seine Blicke. Ja, vor allem an die Blicke ... – Und wie fanden Sie es sonst?«

»Sie haben eine Natürlichkeit in Ihrem Ausdruck – das ist sehr wichtig. Und Sie haben für eine Überraschung gesorgt, indem die Stimme des Mannes zuerst bloß ein Nachäffen des Mädchens ist, das die Geschichte erzählt, schließlich aber eigenständig wird, als spräche er selbst.«

»Das haben Sie bemerkt! Das war genau meine Absicht! Mein Plan!«

»Sehr hübsch, wirklich. So eine Situationsphantasie ist sehr wichtig. Aber natürlich war nicht alles gelungen.«

»O nein, bestimmt nicht, ich hatte ja diesen Aussetzer ...«

»Den hatten Sie, ja, leider auch an einer wichtigen Stelle, aber das war die Nervosität. Ich weiß, man möchte sie zum Teufel schicken, doch eigentlich ist sie unser Freund, sie ermöglicht erst unsere Höchstleistungen. Aber Sie haben es ja noch gerettet, und das ist gut – auf der Bühne muss man irgendwie weitertun, improvisieren. Doch von dem Black-out wollte ich gar nicht sprechen.«

»Sondern ...?«

»Nun, Sie sind keine gelernte Schauspielerin, das wissen wir, und das zeigt sich natürlich auch. Ihrer Stimme fehlt die Kraft und die Genauigkeit, Sie klimpern nur auf dem Mittelregister herum. Ihre Atmung ist nicht ideal, Hochatmung par excellence. Dann Ihre Raumarbeit: Es gab sie nicht. Sie standen neben meiner Anrichte wie an einer Busstation. Ihr Platz wäre in der Mitte des Raumes gewesen, vielleicht hätten Sie auch zurückweichen können, wenn Dorsday fordernder wird – aber an der Anrichte kleben, nein. Verstehen Sie, was ich meine?«

»Ja, ja, doch, das ist sehr hilfreich.«

»Ich finde auch, dass die Szene nicht gut gewählt ist. Ich bleibe bei dem, was ich gesagt habe, Sie haben sie mit Natürlichkeit und Sensibilität gespielt, bloß ist sie doch gar fern von Ihrer Lebensrealität, der *Vertreter* hin oder her. Sie sind eine Frau von Anfang dreißig, die bestimmt mitten im Leben steht, keine neunzehnjährige Rechtsanwaltstochter, die noch nie geliebt oder gearbeitet hat. Es ist schön, dass Sie sich in sie hineinfühlen können, aber wenn ich nur eine Szene vorspiele, damit sich jemand ein Bild von mir macht, wähle ich doch einen Text, der richtig gut zu mir passt, in dem ich zeigen kann, wer ich bin und welche Power ich habe! *Personality* sagt man heute, das ist gefragt.«

Valerie, die langsam den Boden unter den Füßen verlor, nickte engagiert, als wären genau dies die Hinweise, die sie zu hören gehofft hatte.

»Ich könnte jetzt noch ein paar Dinge aufzählen, wo es nicht gestimmt hat. Schauen Sie bitte nicht so traurig, Sie wollten doch eine Meinung hören!«

»Es ist nur, weil Sie so positiv begonnen haben, und nun …«

Die Schauspiellehrerin sprang von ihrem Drehstuhl hoch, ging um den Schreibtisch herum und baute sich mit ihren vollen 145 Zentimeter Körpergröße direkt vor Valerie auf.

»Da ist eben Licht und Schatten, Valerie. Wir wollen über beides sprechen. Wir müssen über beides sprechen, denn Sie sind 32 Jahre alt. Wissen Sie, was ich Ihnen gesagt hätte, wenn Sie vor zehn Jahren zu mir gekommen wären und dieselbe Szene auf die gleiche Weise gespielt hätten? Ich hätte Sie in den Arm genommen und gesagt: Valerie, ich möchte Sie für die Prüfung an einer der großen Schulen vorbereiten. Das hätte ich gesagt – trotz der Fehler, die wir heute gesehen haben. Weil da ein Potenzial ist. Da ist eine Natürlichkeit, die Gold wert ist, da ist Intelligenz, und da ist Phantasie. Und Sie sind ein fesches Weibsbild noch dazu. Aber vor zehn Jahren sind Sie nicht zu mir gekommen.«

»Vor zehn Jahren wäre ich gar nicht auf die Idee gekommen, Schauspielerin zu werden. Ich habe das überhaupt erst im letzten Jahr entdeckt!«

»Nun, dann muss ich Ihnen sagen: Wenn der Wunsch vorher nicht da war, vielleicht vergeht er auch bald wieder.«

Valerie blickte durch die Frau hindurch in eine triste Zukunft im Blumengewerbe. Sie: das alternde Mädchen hinter den Chrysanthemen, das einmal von der Bühne geträumt hatte.

»Valerie, Sie sind ja eine junge Frau! Aber Sie haben am Anfang unseres Gespräches einen Satz gesagt, dem ich mich verpflichtet fühle: Sie wollten wissen, ob das Spielen für Sie zum Beruf werden könnte. Und ich glaube, die Antwort ist *nein*. Wenn Sie – bei wem auch immer – eine solide Ausbildung erfahren haben, wenn Ihre Stimme und Ihr Körper geschult sind, dann sind Sie Mitte dreißig, also in einem Alter, in dem vielen Schauspielerinnen die Rollen wegzubrechen beginnen. Sie wären dann erst ganz am Anfang. Wollen Sie sich dieser Situation wirklich aussetzen?«

Valerie dachte an die verzweifelte Diva aus *Boulevard der Dämmerung*. Sie aber wäre schon am Ende ihrer Karriere angelangt, bevor sie überhaupt begonnen hätte.

»Aber Sie können weiter in Ihrer Laienspielgruppe aktiv sein, und auch das kann schön und erfüllend sein.«

Valerie wollte sie unterbrechen, diesen Irrtum aufklären, erklären, wie professionell sie arbeiteten, wie erfahren und gut ausgebildet ihre Partner waren, aber damit hätte sie sich gleichzeitig selbst widersprochen – sie war ja hier, um zu erfahren, ob ihr andere Möglichkeiten offenstanden.

»Und Sie können Anschluss an andere Gruppen suchen, an freie Bühnen. Es gibt so viele Möglichkeiten, wenn man sich künstlerisch engagieren möchte. Aber ich rate Ihnen: Kündigen Sie nicht Ihren Job, erwarten Sie nicht, dass die Kunst Sie ernährt.«

»Also sagen Sie, ich habe Talent, aber ich besitze keine Technik, und falls ich sie einmal besitze, werde ich zu alt sein, um sie einsetzen zu können …?«

»Sie sind gekränkt, weil ich offen mit Ihnen war, aber wie würden Sie sich erst fühlen, wenn Sie viel Zeit und Geld in eine Ausbildung investiert hätten, nur um sich als ein Gesicht in einer unüberschaubar großen Menge von engagementlosen Schauspielern und Schauspielerinnen wiederzufinden? Spielen Sie für sich, Valerie, zu Ihrem eigenen Vergnügen!«

Die Frau nahm wieder hinter ihrem Schreibtisch Platz und legte den Zettel mit Valeries Daten auf einem schmalen Stoß an der hinteren linken Ecke ab.

Valerie machte keine Anstalten aufzustehen, sondern starrte düster auf ihre Fußspitzen.

Mit mehr Sanftheit in der Stimme als zuvor setzte die Schauspiellehrerin nach: »Ich weiß doch, was Sie fühlen! Zum Beispiel laufen Sie Ihr halbes Leben lang mit der Erinnerung an diesen Mann herum, der erste, der Sie als Frau begehrt hat. Erst war er Ihnen unheimlich, dann mochten Sie ihn, dann tat er Ihnen leid, dann widerte er Sie an, die ganze Palette an Gefühlen. Und im Spiel bekommt das alles einen Sinn, eine Ordnung, so wie so viele andere Empfindungen, die wir in uns tragen und auf der Bühne zum Ausdruck bringen wollen. Wir möchten unseren Schmerz und unsere Verwirrung in Schönheit und Wahrheit verwandeln und damit andere Menschen berühren. Aber diese Sehnsucht hat mit dem Beruf des Schauspielers so viel zu tun wie der Wunsch zu fliegen mit der Ausbildung zum Piloten. Es tut mir leid. Wenn Sie wollen, kann ich Ihnen gerne Privatunterricht geben, denn Sie haben gute Anlagen. Bloß falsche Hoffnungen, die werde ich Ihnen nicht machen.«

Valerie nickte nun langsam; ihr Blick immer noch gesenkt.

»Was schulde ich Ihnen?«, fragte Valerie.

»Gar nichts, es ist in Ordnung!«, sagte die Frau.

Valerie sagte »danke schön«, dann verließ sie das Zimmer.

Kurz nach acht am Abend dieses Tages sperrte Sebastian seine Wohnungstür auf. Er stellte Koffer und Rucksack im Vorzimmer ab, ließ sich auf seine Küchenbank fallen und war Minuten später eingeschlafen. Er erwachte um ein Uhr nachts mit einem eingeschlafenen Bein und trockener Kehle. Er starrte lange in die Dunkelheit und lauschte auf die Geräusche des Hauses. Er hörte eine Toilettenspülung aus der Wohnung über ihm. Sein Kühlschrank kam rumpelnd zu Bewusstsein, brummte und verstummte wieder. Draußen auf dem Gang stolperte jemand über einen Karton mit Flaschen, fluchte. Der Fernseher in der Nachbarwohnung lief zu laut. Es war keine gute Rückkehr, das Haus war wie eine verschmähte Geliebte, die ihn nach seiner langen Abwesenheit ohne Schminke und ohne Lächeln begrüßte.

Er hielt den Kopf unter den Wasserhahn und trank einen Viertelliter direkt aus der Leitung. Es schmeckte nach Gummi. Sebastian drehte alle Lichter in der Wohnung an und begutachtete die Fortschritte der Handwerker. Emils

Zimmer war fertig ausgemalt und tapeziert, einer der Arbeiter hatte ein Notbett hineingestellt und Kinderspielzeug darauf verteilt. Trotzdem genügte ein Blick, um zu erkennen, dass etwas mit diesem Zimmer nicht stimmte. Es sah aus wie der Raum eines nur erträumten oder früh gestorbenen Kindes, mehr Wunsch als Wirklichkeit, vorbereitet wie für eine ihrer Inszenierungen. Sebastian sah Emil in Gedanken vor sich, wie er dieses Zimmer anschaute wie ein Kleidungsstück, das ihm nicht gefiel und auch nicht passen konnte, und sich nach kurzer Zeit verlegen abwandte und in die Küche zurück trollte.

Sebastian sank in dem Türrahmen zu Boden und spürte, er musste lachen oder weinen. Es war eine unheimlich starke Empfindung. Nach ein paar Momenten stellte sich jedoch heraus, dass gar nichts passierte. Das Gefühl verließ ihn wieder, als hätte es sich in der Adresse geirrt.

Mit großer Nüchternheit betrachtete er die Situation seiner »Familie«: Anna, die Mutter seines Sohnes, hatte eine neue Beziehung. Klaus und sie, das war jetzt etwas Fixes, das sagte jeder, der sie kannte. Ebenso offensichtlich war, dass Klaus Emil mochte, dass die beiden gut miteinander auskamen. Jetzt ein Zimmer für Emil herzurichten – das war keine gute Idee. Der Junge musste wissen, wo sein Zuhause war. Sebastian beschloss, ihm den Raum gar nicht erst zu zeigen. Und was ihn selbst betraf: Er würde die Rolle weiterspielen, die ihm zugedacht war.

Sebastian stand auf, löschte die Lichter in der Wohnung und setzte sich wieder in die Küche. Er überlegte, sich einen Whisky einzugießen, aber da er nichts in sich fühlte, das ein Drink zum Klingen bringen, verstärken oder betäuben konnte, sah er keinen Sinn darin. Er zündete eine Kerze an und kramte das Buch aus dem Rucksack hervor, das er schon zur Hälfte im Flieger gelesen hatte: die vollständige Ausgabe von *Tom Sawyer und Huckleberry Finn*. Es war das Thema ihres nächsten Auftrags, und da bestimmt zwanzig Jahre vergangen waren, seit er es zuletzt gelesen hatte, war eine Auffrischung dringend angebracht. Nach einer halben Stunde war er wieder in die Geschichte eingetaucht, und den Zeilen gelang es tatsächlich, die Leere, die von seiner Wohnung auf ihn übergegriffen hatte, mit Bildern, Gerüchen und Empfindungen zu füllen. Seine Küchenbank wurde vorübergehend zum Floß, das den schwarzen Mississippi hinuntertrieb, und wenn er geglaubt hatte, so etwas würde ein Buch mit einem Erwachsenen nicht mehr machen können, wurde er eines Besseren belehrt.

Als er das letzte Kapitel gelesen hatte, begann es schon hell zu werden. Er schloss das Buch und setzte sich ans Küchenfenster. Er sah lange in den Hof mit den Mülltonnen, der ihm nun beseelt und ausdrucksvoll erschien wie ein Gemälde von Edward Hopper. Aber er ahnte, dass es nur am Dämmerlicht und dem Nachglühen einer guten Lektüre lag. Als ihm die Augen wieder schwer wurden, schaffte er es diesmal immerhin ins Schlafzimmer.

Am Morgen wurde er von den zwei Arbeitern geweckt. Sie standen in seiner offenen Schlafzimmertür und lachten zu ihm herein. Die »Pedas«, beide hießen *Peter*, hatten Bier und Liptauersemmeln mitgebracht und boten Sebastian davon an. Er lehnte ab und verschwand im Badezimmer. Als er einen Kaffee getrunken hatte und sich einigermaßen frisch fühlte, instruierte er sie, die Kindertapete wieder zu entfernen. Der dicke Peter lehnte das rundheraus ab, sie hatten doch so schön gearbeitet! Der dünne Peter seufzte, nahm einen Schluck Bier und machte sich auf die Suche nach einer Spachtel. Sebastian erklärte ihnen, dass er jetzt andere Pläne für das Zimmer hatte. Der dicke Peter begann zu erzählen, was er für seine Kinder schon alles hergerichtet hatte und dass mit Dankbarkeit natürlich nicht immer zu rechnen war, aber – nun ja, der Lohn der Arbeit lag in ihr selbst. Ja, über den Lohn sollten sie auch noch reden, sagte Sebastian. Dann fragte er, wessen Idee das eigentlich mit dem Bett und dem Spielzeug gewesen sei. Der dünne Peter zeigte auf den dicken und machte ein müdes Gesicht, als müsste er sich dauernd mit solchen baulich irrelevanten Extravaganzen herumschlagen. In der folgenden Besprechung der übrigen schwelenden Bauherde der Wohnung schafften es beide Pedas, Sebastian zur Seite zu nehmen und in Blicken und Worten den jeweils anderen Peter als zwar prinzipiell in Ordnung, aber dennoch schwierig und tendenziell weibisch hinzustellen. Sebastian beschloss, sich davonzumachen.

Am frühen Nachmittag läutete er an Annas Tür. Er war braungebrannt, trug Jeans und ein weißes Hemd mit Stehkragen aus einem Thai-Shop. Bei sich hatte er einen Sack mit Geschenken, die er für Emil und Anna in Bangkok besorgt hatte. Als die Tür aufging, stand er nicht Anna oder seinem Sohn gegenüber, sondern Klaus. Sie trafen das erste Mal allein aufeinander.

Klaus bat Sebastian herein, locker, kumpelhaft, entspannt. Er sagte, Anna und Emil würden gleich kommen. Sebastian nickte nur, stellte die Tasche mit den Geschenken ab und folgte Klaus zögerlich ins Wohnzimmer. Der Fernseher lief, Klaus sah eine Sendung auf Comedy Central. Er ließ die Serie rennen, wandte sich aber nach ein paar Momenten Sebastian zu.

»Du kommst gerade aus Thailand, oder?«

Sebastian nickte, dann erzählte er, wo sie gewesen waren.

Klaus verdrehte neidvoll die Augen.

»Wir reden auch oft von einer größeren Reise, aber es ist schwierig. Du hast ja bestimmt gehört, dass es bei mir beruflich gerade nicht so gut läuft, wir müssen warten, wie es sich entwickelt.«

Sebastian wusste weder, was Annas Freund machte, noch wie erfolgreich er damit war.

Klaus' Blick glitt wieder Richtung Fernseher ab. Er war unrasiert, trug eine Sporthose und ein verwaschenes T-Shirt der Band Walk off the Earth. *Arbeitslos* schien in großen Lettern auf seine Stirn geschrieben zu sein.

»Das ist schon sehr cool, was ihr da auf die Beine gestellt habt«, sagte Klaus, »Anna ist mächtig stolz auf dich.«

Sebastian war sich nicht sicher, ob er ihn richtig verstanden hatte, aber nachzufragen kam nicht in Frage. Meinte er, Anna wäre stolz auf ihn? Ihm gegenüber hatte sie das nie zum Ausdruck gebracht.

»Neulich hat sie gesagt, du hast das gefunden, was perfekt zu dir passt, und dass es manchmal eben länger dauere. Der letzte Teil galt aber mir.«

Klaus lächelte, fasste in eine Chips-Tüte und stopfte sich eine Handvoll in den Mund. Dann sah er zur Tür, überprüfend, ob sie noch allein waren, und sagte: »Wahrscheinlich sitzen wir beide nicht bald wieder so zusammen, also lass mich dich etwas fragen: Du kennst Anna gut, so richtig gut. Hattest du manchmal das Gefühl, dass ein Teil ihrer überragenden Intelligenz darauf begründet ist, dass sie einfach gut darin ist, andere dumm aussehen zu lassen?«

Sebastian wusste nicht, was er darauf erwidern sollte (obwohl er spontan einfach »Ja« sagen wollte).

»Vergiss es«, sagte Klaus, »das ist jetzt nicht gut rübergekommen. Wir haben unsere Probleme im Moment, aber der Kleine bekommt nichts davon mit, das kann ich dir schriftlich geben. Mir ist das sowas von wichtig.«

Einige Momente später schon schien Klaus aber zu denken, er habe vielleicht doch zu schnell eingelenkt, und setzte nach:

»Es ist aber wirklich nicht leicht, in deinen Schuhen zu gehen, lieber Vorgänger, das solltest du auch wissen. Was war das mit eurer ersten Nacht, warum erzählt sie mir davon, als sei es ein Ereignis gewesen, über das man etwas in den Nachrichten gehört haben müsste? War das wegen Emil? Ich weiß es wirklich nicht.«

Sebastian war angesichts dieser Eröffnungen ziemlich perplex. Er hatte kein Konzept für diese Begegnung. Ein Teil von ihm wollte sich mit Klaus solidarisieren, ein anderer wollte ihn von dieser Couch und aus der Wohnung werfen.

Klaus übernahm bereitwillig Sebastians Anteil am Gespräch.

»Ich bin ja einer, der's gut findet, wenn die Freundin ein Vorleben hat – und ein bisschen rumgekommen ist. Ich sehe dich auch nicht als Rivalen. Aber wenn du den Kleinen holst, und ihr beide – du und Anna – in der Küche eure Nummer abzieht, dieses kleine gegenseitige Update, dieses einander

Versichern, dass es nichts in eurem Leben gibt, das für den anderen wirklich ein Geheimnis bleiben könnte, dann ist das kein gutes Gefühl, wirklich kein gutes Gefühl. Ich kenne andere getrennt lebende Eltern, da ist es nicht ganz so. Ihr habt da euer spezielles Ding.«

Eine Pause entstand, die Klaus wieder unterbrach.

»Willst du meine Band hören?«

Er griff zur Fernbedienung des CD-Players, und Sekunden später krachte ein schneller Ska-Track durch die Boxen. Klaus hörte seinem eigenen Song vor Aufmerksamkeit versteinert zu.

»Wir waren bei *Die große Chance* damit, es war *eine große Sch…*«, rief er Sebastian über die Musik hinweg zu. In diesem Augenblick wurde die Wohnungstür geöffnet, und Anna und Emil kamen herein. Emil lief ins Wohnzimmer, fand seine beiden männlichen Helden dort vor und wusste nicht, wen er zuerst begrüßen sollte. Also ließ er den Teil ganz aus und begann, zu dem Song zu tanzen, zu dem es offenbar eine eigene Choreografie gab, die der Junge perfekt beherrschte.

Anna kam ins Zimmer, und Sebastian konnte ihr ansehen, dass sie wie er mit der Situation überfordert war. Klaus drehte die Musik leiser und verzog für Emil ein wenig das Gesicht, so als wären sie wieder mal erwischt worden.

Anna fragte mit Erschöpfungspathos in der Stimme, was sie für Emil zusammenpacken solle. Als Sebastian endlich mit dem Kleinen die Wohnung verließ, atmete er tief durch und fragte sich, welche Unterhaltung Anna und der Mann auf dem Sofa nun wohl miteinander führten … *Sie haben Probleme*, dachte er. Sie kritisierte Klaus und verwendete ihn,

Sebastian, als Beispiel, wie man es besser machen konnte. Er spürte ein Kribbeln im Bauch, als er sich vorstellte, sie würde sich von Klaus trennen, weil er nicht so war wie *er*. Dann sah er seinen Sohn an, der zu Klaus' Song getanzt hatte, und dachte, *so darf ich nicht denken*.

Eine Stunde später spazierten Sebastian und Emil in Badehosen über die Wiese eines Freibads in Döbling. Vater und Sohn: beide schlank, hühnerbrüstig, blond; mit einem lässigen Gehabe, das in eineinhalbfacher Ausführung besondere Wirkung entfaltete. Als sie eine Weile herumstolziert waren, setzten sie sich auf eine Bank, verschränkten die Arme hinter dem Kopf und sonnten sich. Nach ein paar Minuten begannen Emils Arme an der nun zur Sonne gerichteten Unterseite – dort, wo sie nicht eingeschmiert waren – zu jucken, und er kratzte sich, bis alles rot war. Sebastian bemerkte es zu spät, und sie mussten in den Schatten wechseln, damit sich Emils Haut beruhigte. Er lieh sich von einem Mädchen eine After-Sun-Creme aus und rieb die roten Stellen an Emils Körper damit ein. »Was machst du für Sachen?«, fragte er, »das ist nicht die Art Aufmerksamkeit, die wir erzielen wollten!«

»Es brennt.«

»Wirklich? Es sieht so aus, als wärst du nur zwanzig Minuten auf dem Grill gelegen.«

Emil sah Sebastian an, und ein Lächeln breitete sich ganz, ganz langsam über sein Gesicht aus – er ahnte, es musste sich um einen Witz handeln.

»Magst du Klaus gerne?«, fragte Sebastian seinen Sohn plötzlich.

Emil nickte.

»Man kann gut mit ihm spielen«, sagte der Junge mit nüchterner Anerkennung.

»Ja, und Zeit dürfte er auch haben, gell?«

Emil nickte. »Er kann ganz lange schlafen.«

»Und die Mama hat ihn auch gern?«

Emil sah ihn an, als stellte er die dümmsten Fragen.

»Ist schon gut«, sagte Sebastian, »ich hab's verstanden.«

Sie setzten sich nebeneinander in die Wiese und schauten Frauen hinterher, die an ihnen vorbeispazierten. Emil wusste nicht, was daran Spaß machte, aber sein Papa konnte sich so offenbar prächtig die Zeit vertreiben. »Wie findest du die?«, fragte Sebastian und blickte einem Mädchen im roten Bikini hinterher.

Emil sagte: »Ganz nett ...«

Er sagte immer »ganz nett«. Manchmal lief es auch umgekehrt ab, aber da Emil nicht wusste, worauf er bei der Auswahl der Frauen achten musste, zeigte er willkürlich auf irgendwelche, zum Beispiel eine ältere Dame, die auf einer Schwimmrolle im Wasser trieb, und fragte: »Wie findest du die?«

Zuerst sah ihn Sebastian an, als hätte Emil irgendetwas nicht richtig begriffen. Dann aber fing er an, über die alte Frau im Wasser zu reden, über ihre Haare und ihren Badeanzug, und wie sie wohl als Mädchen ausgesehen hatte und ob sie abends allein in ihrem Bett einschlief, und dann hatten sie eine richtig nette Unterhaltung, sodass Emil später zu Anna sagte, er und Sebastian hätten *gut miteinander geredet.*

Gegen fünf am Nachmittag war Emil mit dem Kopf auf dem Bauch seines Vaters eingeschlafen. Auch Sebastian fielen die Augen zu, und die Geräusche des Freibads überführten seine Gedanken auf ein Schiff, das einen Fluss hinunterglitt, an dessen Ufer Kinder badeten. In seinem Traum sah er die Landschaften aus *Huckleberry Finns Abenteuer*, dann wandelte sich das Szenario, aus dem Mississippi wurde der Nil, und er fand sich an Bord eines Dampfschiffes wieder, umgeben von den Figuren eines Agatha-Christie-Krimis. Hercule Poirot wandte sich ihm gedankenvoll zu und zitierte Molière: »Die große Ambition der Frauen ist die Ermutigung zur Liebe!« Und dann stand plötzlich Lisa neben ihm an der Reling. Die Sonne verschwand hinter den Hügeln, sie trug ein Kleid im Stil der zwanziger Jahre und sah ihn mit diesem bedenkenlosen Blick an – *inconditionell,* flüsterte ihm Poirot zu. Nun erkannte Sebastian die Ambition hinter dem Blick, aber sie ängstigte ihn nicht. Er griff nach Lisa, spürte ihre Wärme, und sie glitt in seine Umarmung.

In diesem Moment erwachte Sebastian von den Schreien vorbeilaufender Kinder, und er bemerkte, dass er eine Erektion hatte, die sich in seiner Badehose allzu deutlich abzeichnete. Er warf sich ein Handtuch über den Schoß, und sein Kopf sank wieder in die Wiese. Er starrte in den blauen Himmel, dann schloss er die Augen, und nun war es wieder Annas Gesicht, das er vor sich sah.

Zwei Tage waren seit Valeries Vorsprechen bei der Schauspiellehrerin vergangen. Sie stand an dem Arbeitstisch im Hinterraum der Blumenhandlung und stellte gemeinsam mit ihrem Kollegen Jochen Tischgedecke für eine Hochzeit her. »Das ist wieder so eine Woche«, hörte Valerie ihn durch den Nebel ihrer Gedanken hindurch lamentieren.

»Zuerst hat Katja, die Dreijährige, das Meerschweinchen

verloren. Wir suchen und suchen, eine Riesenaktion, schließlich finden wir es im Klappbett – sie hat es zugeworfen und das Viecherl drinnen begraben. Also Mampfi Nummer drei besorgen! Dann der Chef meiner Frau: Sie holt seine Kinder vom Hort ab, weil er nachmittags im Büro getrunken hat, und seine Frau macht *ihr* Vorhaltungen, weil sie unangemeldet ihre Kinder mitnimmt …! Und Tim – der Fünfjährige –, hat mit meinem Smartphone Fotos von unserer Nachbarstochter gemacht, wegen denen ich ins Gefängnis wandern könnte!«

Valerie, bestens vertraut mit Jochens Frau und seinen Kindern, dennoch immer wieder unnötig mit Altersangaben versorgt, bemühte sich nicht mehr, angemessen auf seine Schilderungen zu reagieren. Jochens Berichte waren sein Selbstreinigungsprogramm, mehr verbale Ausscheidungen als eigentliche Erzählungen, die zwar eines Anwesenden, aber keines Zuhörers bedurften.

An diesem Tag drangen seine Geschichten ohnehin kaum zu ihr durch, denn im Geist war sie schon in ihrer Mittagspause und bei dem Treffen, das sie am Vortag in einem Moment großer Verwirrtheit ausgemacht hatte, was sie nun bereute.

Nur um Jochen Anlass zu geben, weiterzuschwadronieren – und sich dadurch abzulenken –, stellte ihm Valerie eine Frage:

»All diese Dinge, die euch dauernd zustoßen, diese kleinen Katastrophen – würdet ihr darauf überhaupt verzichten wollen?«

»Was denkst du – klar würde ich darauf verzichten wollen! Ich würde gerne wieder mal ein gutes Buch lesen. Oder einfach nur in einem ruhigen Raum sitzen und lange aus dem Fenster schauen, während ich ein Glas Wein trinke. Ich brauche die Katastrophen nicht für mein Glück.«

Und Jochen setzte damit fort, lebhaft und zufrieden von weiteren Schlamasseln zu erzählen, die sich verlässlich durch sein Leben zogen und ihn in der Rolle des Mannes bestärkten, der jene Kämpfe tapfer ausfocht, denen privilegierte, besser ausgebildete und familienlos gebliebene Menschen feige auswichen.

Valerie ließ ihn reden; dies war das Hintergrundrauschen ihrer Arbeit, ihres Alltags. Stille und Einsamkeit hatte sie seit ihrem Termin bei der gestrengen alten Theaterdame vor zwei Tagen genug gehabt.

Als sie am Abend nach dem Vorsprechen allein in ihrer Wohnung gewesen war, die inzwischen nur noch das Bett, eine Kommode und ein paar Küchenutensilien beherbergte, weil alles andere schon zu Mischa übersiedelt worden war, hatte sie sich ans Fenster gesetzt, das Kinn auf ihre Arme gelegt und eine Ewigkeit lang in einer Art Schocklähmung in den Hof gestarrt. Das Urteil der Schauspiellehrerin war ihr wie eine fundamentale persönliche Zurückweisung erschienen, wie ein plötzliches böses Erwachen aus einem langen schönen Traum.

Sie hatte Mischa eine Nachricht geschrieben, dass sie Zeit für sich brauche, und den Abend sowie den ganzen folgenden Tag allein bei sich zu Hause verbracht. Hatte über ihr Leben und ihre Zukunft nachgedacht. Und all die Zeit über gewusst, wie gefährlich das war, denn allen Veränderungen in ihrem Leben waren solche Phasen intensiven Nachdenkens und Abwägens vorausgegangen. Mischa hatte einmal zu ihr gesagt, anstatt die Fäden zu entwirren, schnitt sie sie lieber durch. In dem Moment war ihr das ungerecht erschienen, aber er hatte recht gehabt.

Während der erste Abend ganz ihrem Schmerz und bittersüßen Weltrückzugsphantasien gewidmet gewesen war, wurde Valerie am Tag darauf von den Geistern des Vorsprechens heimgesucht. Immer wieder dachte sie an diese eine Bemerkung der Lehrerin: »Ihre Sehnsucht zu spielen hat mit dem Beruf des Schauspielers so viel zu tun wie der Wunsch zu fliegen mit der Ausbildung zum Piloten!«

Ihre Schauspielversuche erschienen ihr jetzt wie das Rudern mit den Armen, während man einen Hügel hinunterrannte.

Und all ihre anderen närrischen Fehler: wie sie sich an die Kommode geklammert hatte, ihr Textaussetzer, ihre unpräzise, plapperhafte Sprache. Und eines natürlich musste man sich auf der Zunge zergehen lassen – sie war nicht mal fähig, richtig zu atmen!

Und zuletzt ärgerte sie sich natürlich, die Geschichte mit ihrem Verehrer aufs Tapet gebracht zu haben. Sich so weit auszuliefern ... Sie wusste nicht, wie viele Sitzungen beim Therapeuten es benötigt hätte, bis sie damit herausgerückt wäre. Aber für die Kunst warf man natürlich alles in die Waagschale. Jeder Knacks konnte einem einen Vorteil verschaffen, die geheimsten Erinnerungen enthüllte man wie die blassen Schenkel beim ersten Freibadbesuch des Jahres.

Etwa zu diesem Zeitpunkt öffnete sie eine Flasche Wein, und nach ein, zwei Gläsern begann sie, die Valeries verschiedener Lebensabschnitte miteinander zu vergleichen: die zugängliche, fröhliche Jugendliche im Sommer des Verehrers;

die brave, unsichere Studentin in Wien; die auf rätselhafte Weise über Nacht zu Coolness gelangte Kellnerin; die überangepasste Freundin des Formatradio-Wettermanns; die zur Szene-Aussteigerin gewandelte Blumenfrau; und schließlich die Wochenend-Actrice mit Genie und Cockerspaniel an ihrer Seite.

Angesichts ihrer Wandlungsfähigkeit fiel ihr wieder ein Kommentar der Schauspiellehrerin ein: »Wenn der Wunsch zu spielen vorher nicht da war, vielleicht vergeht er auch bald wieder …« Die Frau hatte unrecht, Valerie hatte immer schon gespielt. War von einer Rolle in die nächste geschlüpft.

Sie angelte nach ihrem Smartphone und öffnete einen Ordner in der Bildergalerie. Dort hatte sie *Selfies* von jedem ihrer Aufträge abgelegt. Je ein Bild von ihr selbst in Kostümierung, passend zur jeweiligen Inszenierung. Valerie als Gangsterbraut, als Künstlerin, Bankerin, Supermarktkassiererin, Punk-Girl; Frauen verschiedener Epochen und verschiedener Herkunft.

Es kam ihr vor, als seien die Geschichten dieser Frauen eine Fortschreibung ihrer eigenen Biografie. Noch mehr Lebensentwürfe, die sie ausprobiert und wieder verworfen hatte.

Aus der Sehnsucht heraus, zu einer Urform von Valerie zurückzufinden, die noch nicht ein Dutzend Mal die Haut gewechselt hatte, kam ihr plötzlich die Idee, sich bei dem Mann zu melden, der vor mittlerweile fünfzehn Jahren in ihrem Heimatdorf aufgetaucht und so verrückt nach ihr gewesen war. Er hatte eine Valerie gekannt, die wirklich ganz sie selbst gewesen war: unkompliziert, erwartungsvoll, aufgeschlossen. Damals hatte sie noch keine Rollen spielen müssen.

Valerie hatte ihn vor ein paar Jahren wiedergetroffen, in der Kegelbahn an der Hauptstraße von ihrem Dorf. Es war sogar nett gewesen, und sie hatten E-Mail-Adressen getauscht. Seitdem hatte er ihr immer kurz vor Weihnachten ein paar Zeilen geschrieben. Er war wieder verheiratet, hatte noch ein Kind bekommen, er schien zufrieden zu sein.

Valerie öffnete ihr Notebook und suchte seinen Namen in ihrem Posteingang. Sie schrieb ihm ein paar Zeilen und schickte die Mail ab, ohne lange darüber nachzudenken. Sie waren erwachsen, beide in einer Beziehung, er würde ihre Nachricht richtig verstehen.

Als sie am nächsten Tag in der Früh erwachte und die Antwort auf ihre E-Mail las – ja, er habe zu Mittag Zeit, sei auch in Wien, er freue sich –, bereute sie ihr Schreiben bitterlich. Hatte das Treffen mit einem ehemaligen Verehrer oder auch Exfreund jemals etwas Erhellendes zutage gebracht? Wie konnte sie einem Mann, der keinen Platz in ihrem Leben hatte, gerade in einem Moment der Kränkung und Verletzlichkeit eine Tür in ebendieses öffnen?

Nun war die Mail aber geschrieben und beantwortet, der Mann, der ihr seine Lebensprobleme anvertraut hatte, als sie siebzehn gewesen war, rechnete nun damit, von *ihren* zu hören. Auf jeden Fall aber erwartete er, sie nun nach vielen Jahren wiederzusehen, und diesmal waren alle Vorzeichen auf den Kopf gestellt, denn *sie* hatte sich bei ihm gemeldet.

Kurz nach zwölf verließ Valerie den Blumenladen. Sie würde es hinter sich bringen. *Mach es kurz, lass ihn nicht zu nah an dich ran, schieb es auf eine Laune. Und in einer Stunde bist du wieder im Laden, und die Welt ist ganz die alte.*

Sie hatte sich mit dem Mann in einem Kaffeehaus auf der anderen Seite des Wienflusses verabredet, nicht zu nahe bei ihrer Arbeit. Als sie zwischen den vollbesetzten Tischen hindurchging und nach seinem Gesicht Ausschau hielt, waren ihre Hände schweißnass, und ihr Magen drohte zu revoltieren. Wieder die Stimme der Schauspiellehrerin, »Nervosität ist unser Freund!«, und die Ahnung: Die Frau wusste vielleicht gar nicht, wovon sie sprach.

Studenten beim Lernen und Handylesen; eine junge Mutter teilte sich Pommes mit ihrem kleinen Sohn; zwei alte Herren beim Schachspielen. Dann in einer Armlänge Entfernung vor ihr schwebend: das gebräunte und dennoch fahle Gesicht eines Mannes mit erwartungsvollen Augen, ein suchender Blick, der zu ihrem passte. Das Gesicht, jetzt von ihr als seines identifiziert, kam ihr entgegen, er war aufgestanden, reichte ihr die Hand zum Gruß, lächelte dankbar, erfreut, nervös – was hatte sie nur getan ...

Sie setzte sich ihm gegenüber an den kleinen Tisch – *viel zu nahe*, dachte sie – und hielt nach einer Kellnerin Ausschau. Sie bestellte ein Glas Weißwein, natürlich wieder das falsche Signal, aber sie musste sich ja beruhigen! Er hatte einen Espresso vor sich stehen, bestellte nun aber auch einen Wein.

Seine Haare waren schwarz wie früher, vielleicht färbte er sie, an der Stirn lichteten sie sich etwas. Er roch nach Rasierwasser, es war nicht mehr das gleiche wie damals in seinem Auto. Der Zigarettenmarke aber war er treu geblieben, ein Päckchen lag neben seinem Blackberry auf dem Tisch. Er trug ein schwarzes Sakko, darunter nur ein T-Shirt, als träfe er sich mit einem Freund zum Fortgehen in der City.

Ihr Wein kam, und er hob das Glas ein kleines Stück zum Anstoßen.

»Ich habe mich gefreut, von dir zu hören«, sagte er.

»Ich habe ... ich bin nicht nüchtern gewesen gestern, entschuldige. Ich war nicht gut drauf, und irgendwie sentimental, es gibt eigentlich keinen Anlass.«

Valerie hörte ihr eigenes Echo, hörte, wie ihre Worte sich gegen sie wandten und eine andere Botschaft übermittelten: *Wenn es mir schlecht geht, denke ich an dich und muss mich zwingen, dich nicht anzurufen.*

»Jedem geht es mal so, ich bin froh, dass du diesem Impuls gefolgt bist.«

Valerie ließ den Kopf sinken, presste unbewusst die Lippen aufeinander.

»Ich hatte dir in der letzten Mail auch meine Telefonnummer geschickt, du hättest mich auch anrufen können«, sagte er. Sie hörte fast etwas wie einen Vorwurf heraus und hob den Blick, ob er sich auch in seinem Gesicht abzeichnete. Aber da war nichts, er suchte bloß nach den richtigen Worten, wie sie.

»Es gab ja nichts, was ich dir sagen wollte, es war nur eine ... Anwandlung.«

»Du hast geschrieben, du hast an früher gedacht und wer wir waren ...«

»Ich will ehrlich sein, ich habe nur daran gedacht, wer ich war.«

»Du warst einzigartig. Wirklich.«

Sie warf ihm einen Blick zu, in dem ihr ganzes Unbehagen über diese Situation hier lag.

»Es stimmt aber. Du hast mir zugehört, als ich bei niemandem mehr durchgedrungen bin. Ich war doppelt so alt wie du, vollkommen desillusioniert, aber du hast mich aufgeheitert.«

Er griff nach seinen Zigaretten, dann erinnerte er sich, dass er hier nicht rauchen durfte, und fragte Valerie, ob sie sich hinaussetzen konnten. Sie übersiedelten an einen Platz im Schatten, er zog sein Sakko aus und bot ihr eine Zigarette an. Sie lehnte ab, vorsichtig mit weiteren Solidarisierungen.

»Du fragst dich, wer du warst? Ich habe mich das damals auch gefragt – wer bin ich? Beziehungsweise: Wer bin ich noch? Bei dir konnte ich wieder so sein, wie ich war, bevor mir so viel Mist passiert ist, die Scheidung, all das.«

»Ich war siebzehn. Ich habe keine schnellen Urteile gefällt.«

»Siebzehn. Nur eine Zahl. Ich hab nach dir nie wieder eine so junge Frau getroffen, die mich interessiert hat.«

Valerie glaubte ihm das sogar.

»Du hast dich in Menschen hineinfühlen können. Du hast Anteil genommen. Du warst frech, aber ohne Bosheit. Und du hast keine Erwartungen an die Leute gestellt. Ich habe dich nach diesem Sommer wirklich vermisst.«

Valerie konnte seinem Blick nicht standhalten und begann, ihre Fingerabdrücke auf dem eigenen Weinglas zu verwischen.

»Mit dreißig«, fuhr er fort, »glaubt man, gute Dinge tauchen in schöner Regelmäßigkeit immer wieder auf, wie der nächste Sommerschlussverkauf, aber mit fünfzig, da möchte man festhalten, was gut ist. Aber es gelingt nicht immer.«

Einer plötzlichen Eingebung folgend fragte sie:

»Hast du dich von deiner Frau getrennt?«

Er schenkte ihr ein kleines Lächeln, als könnte man vor ihr nichts geheim halten.

»Letztes Jahr. Sie ist ... egal, lange Geschichte. Sie ist weg.«

»Und die Kinder?«

»Die zwei aus der ersten Ehe sehe ich jetzt wieder, die sind erwachsen. Der Kleine – wir kämpfen.«

Er griff in seine Jacketttasche und zog ein abgegriffenes Foto heraus. Er legte es vor Valerie auf den Tisch. Es zeigte ihn als jüngeren Mann und sie als Mädchen, aufgenommen an einem Sommertag bei einem Volksfest. Sie saßen auf einer Bierbank und lächelten in die Kamera. Er umarmte sie, sie hatte ihren Kopf auf seine Schulter gelegt. Valeries Erinnerung kam zurück: Sie waren mit seinem Auto dreißig Kilometer gefahren, um an irgendeinem Dorffest teilzunehmen, wo sie niemand kannte. Eine Blasmusikkapelle hatte gespielt. Sie hatte ein Bier getrunken und eine Zigarette geraucht und ihrem Begleiter aus der Stadt anhand der Festgäste die Archetypen einer Dorfgemeinschaft erklärt. Es war lustig gewesen, und sie hatte sich in seiner Gesellschaft wohlgefühlt.

»Erinnerst du dich? Dort habe ich dich gefragt, was du einmal machen möchtest. Und du hast gesagt, du weißt es eigentlich nicht, aber es wird etwas Ungewöhnliches sein. Ich wollte dich auf etwas festnageln, aber du hast nur gemeint, irgendwann wird einer sagen, *da war doch noch die Valerie, was macht die jetzt eigentlich?*, und ein anderer wird sagen, *hast du nicht gehört, die hat ganz ordentlich was auf die Beine gestellt.* Und ich hab zu dir gesagt, das glaub ich sofort!«

Sie erinnerte sich – ihre alte, seltsame Ahnung; mehr noch, die Überzeugung, dass sie einmal Teil irgendeiner unbestimmten großen Sache sein würde.

»Warum wolltest du mich sehen, Valerie? Was hast du?«

Und plötzlich brach ihr Widerstand, und sie ließ die Maske fallen. Einfach so. Für einen Moment war es wieder wie in dem Sommer damals, als sie barfuß in seinem Auto saßen und Musik hörten, auf irgendeinem Waldweg, und er von seiner Exfrau redete und sie von der Schule oder einem Traum, den sie gehabt hatte. Es kam einfach aus ihr heraus:

»Ich hab mich selbst aus den Augen verloren. Ich dachte, du kannst mich darin bestätigen, dass ich immer noch die Alte bin. Und dass alles so kommen wird, wie ich es mir vorgestellt habe, auch wenn das idiotisch ist. Als wir uns kannten, war ich so voll Vertrauen, dass mir einfach alles zufallen würde. Jetzt kommt mir vor, alles, was ich erreiche, zerbröckelt wieder.«

Sie sah an ihm vorbei ins Leere, dann schüttelte sie den Kopf und vergrub ihr Gesicht in ihren Händen.

Er sagte: »Sprich weiter!«, und Valerie holte Luft.

»Weißt du, wir haben etwas erfunden, ein Unternehmen gegründet, etwas Einzigartiges in die Welt gesetzt, und ich sollte stolz darauf sein und hoffen, dass es wächst und floriert, stattdessen stelle ich mich nur selbst in Frage und wünsche mir beinahe, es würde wieder damit vorbei sein, damit es eben nicht dieses Besondere ist, das ich immer für mich ersehnt habe, sondern dieses Besondere noch irgendwo anders auf mich wartet und vielleicht noch schöner und erfüllender ist. Aber man muss doch die guten Dinge festhalten und nicht darauf warten und vertrauen, dass irgendwann noch Besseres auftaucht. Und, entschuldige, ich muss das jetzt einfach sagen: Ich schäme mich, dass ich dich beim Vorsprechen als Vorbild für den Dorsday gewählt habe, denn ich habe mich nie von dir bedrängt oder ausgenutzt gefühlt. Nie.«

Stille an ihrem Tisch, in die ein gefühlloser Kellner eindrang, um eine Zwischenrechnung zu machen.

»Ich weiß natürlich nicht, wovon du da im Detail sprichst«, sagte der Mann, als sie wieder für sich waren, »aber ich bin so froh, *dass* du es tust, und ich glaube, ich verstehe dich und deine Zweifel. Wollen wir irgendwo anders hingehen, wo wir wirklich reden können, die Leute hier ...«

»Nein«, sagte Valerie, »nein, ich muss auch schon gehen!«

»Schon?«

»Ich habe nur Mittagspause, ich kann nicht länger. Es tut mir leid, ich hätte dir nicht schreiben sollen, auch wenn es sehr nett war.«

»Warte!«

Er griff nach ihrer Hand, Valerie ließ es zu.

»Besteht irgendeine Chance ...?«

Irgendeine Chance ... Für Valerie öffnete sich mit einem Mal die Vorstellungswelt dieses unglücklichen Mannes, der sie nie vergessen hatte, der vielleicht tausend Szenarios durchgespielt hatte, in denen sie zusammenkamen und -blieben. Sie wusste, dass sie einfach nur *nein* hätte sagen sollen, aber es war so viel einfacher, sich dumm zu stellen.

»Eine Chance worauf, was meinst du?«

»Ein Wiedersehen, ein Glas Wein irgendwann. Oder im Auto sitzen und reden.«

»Vielleicht, ja. Ich kann dir das jetzt nicht zusichern. Ich bin momentan eine Fehlbesetzung für mich selbst. Aber danke, dass du Zeit hattest und mir zugehört hast und alles.«

Sie umarmte ihn kurz, dann zwängte sie sich zwischen

den anderen Tischen hindurch und eilte durchs Lokal in Richtung Ausgang. Sie spürte seinen Blick noch, als sie schon hundert Meter die Straße hinunter war.

7

Am darauffolgenden Morgen trafen sich sechs Menschen an einem Bootssteg der Donaustadt Hainburg, nur wenige Kilometer von der Grenze zur Slowakei entfernt. Sebastian und Mischa trugen hochgekrempelte Hosen mit Seilen statt Gürteln, Leinenhemden und zerfledderte Strohhüte. Ihr Auftraggeber Hannes war in alte Lumpen gehüllt, die im Wind um seinen Körper flatterten: eine zerrissene Hose, die nur an einem Hosenträger hing, eine Jacke, die ihm viel zu weit war. Dazu trug er einen großen, löchrigen Hut. Bei ihnen standen die Journalistin Viktoria, ein Fotograf und der Kapitän des Motorbootes, das sie gemietet hatten. Es war ein warmer Junitag, der Himmel wolkenlos, und so sollte es bis zum frühen Abend bleiben. Wenn das Gewitter kam, das der Wetterbericht angekündigt hatte, wollten sie schon wieder auf dem Weg zurück in die Stadt sein.

Viktoria, die seit dem Auftrag in dem Buchladen ein »Fan« ihrer Arbeit war, hatte sich mit Sebastian darauf verständigt, einen Artikel in ihrem Magazin zu bringen. Geplant war eine Fotostrecke von zwei verschiedenen Aufträgen, dazu Interviews mit den Akteuren und Kunden und ein paar inspirierende Sprüche, die nahelegten, man solle seinen Träumen folgen und mal wieder eine Reise im Kopf unternehmen.

Schon während der Fahrt über die Donau begann Sebastian, gegen den Lärm von Motor, Wind und Wasser anbrüllend, über den Stellenwert der Insel als Sehnsuchtsort zu referieren. »Eine Insel ist eine Welt für sich! Sie kann das Exil eines Ausgestoßenen sein oder das Paradies auf Erden! Sie ist eine Projektionsfläche für Lebensträume und existiert damit an der Grenze zwischen Fiktion und Realität!«

Jenes Eiland, auf dem sie schließlich abgesetzt wurden, war eine langgestreckte, bewaldete Strominsel am Rande des Au-Gebiets und glich Jackson's Island, dem Versteck von Tom, Huck und Joe bei Mark Twain, fast vollkommen. Dort, wo die Strömung die Spitze der Insel traf, hatte sich eine breite Sandbank gebildet, an die ein anfangs heller, dann dichter werdender Auwald anschloss. Wie bei Twain befand sich die Insel nahe der unbewohnten Uferseite, nur durch einen schmalen, schwach durchspülten Wasserstreifen vom Land getrennt. Sie waren ganz für sich hier, denn die Insel war Teil eines Nationalparks, und ein Aufenthalt dort nicht gern gesehen, vielleicht sogar rigoros verboten. Aber heute waren sie Piraten und damit Gesetzlose – was kümmerte es sie also?

Die fünf Passagiere sprangen aus dem Boot und wateten barfuß an Land. Viktoria wollte gleich die Fotos schießen, damit sie schnell in die Stadt zurückkam. Also besprachen der Fotograf, die Journalistin und die Fotomodelle Mischa und Sebastian gleich nach der Landung die Motive, während ihr Kunde, der anonym bleiben und nicht abgelichtet werden wollte, in den Klamotten von Huck Finn verträumt durchs Gebüsch pirschte.

Sie wurden in Szene gesetzt: Sebastian und Mischa beim Angeln; Mischa, wie er in der Gabel eines Baumes saß und mit gestrecktem Hals nach einem Schiff Ausschau hielt; Sebastian, der genüsslich eine Maiskolben-Pfeife paffte.

Als Hannes, ihr Auftraggeber, vorübergehend außer Sicht-

und Hörweite war, nahm Viktoria Sebastian zur Seite und fragte ihn, ob er wisse, wer ihr Kunde sei. Sebastian nannte seinen Namen, mit dem er offensichtlich nichts verband.

Viktoria flüsterte im Ton höchster Geheimhaltung: »Das war der Chef von ****!«, und sie nannte den Namen eines längst untergegangenen Technologie-Unternehmens, dessen unrühmliches Ende die Gerichte bis in die Gegenwart beschäftigte.

»Wie seid ihr denn an ihn geraten?«

Sebastian zuckte die Schultern.

»So wie an alle. Er hat angerufen, erzählt, er träume davon, Huck Finn zu sein und ein Wochenende auf Jackson's Island zu verbringen.«

Mischa hatte ein paar Worte aufgeschnappt und sah Sebastian fragend an.

Der seufzte: »Unser *Huck* ist in den Medien, er wartet auf seine Verhandlung ...«

»Ach, weswegen?«

Viktoria sagte: »Insiderhandel, getürkte Bilanzen, solche Dinge ... Das ist nicht gut für den Artikel.«

»Er ist ja nicht zu sehen«, beschwichtigte Sebastian, »und wir haben andere Kunden, mit denen du sprechen kannst!«

»Also zieht ihr es durch?«

»Klar, er hat schon gezahlt!«

Als der Fotograf alle Fotos im Kasten hatte, gingen er und Viktoria wieder an Bord des Bootes. Als sie abgelegt hatten, der Motor leiser wurde und schließlich nicht mehr zu hören war, blieben Mischa und Sebastian noch eine Weile mit nackten Füßen im Wasser bei der Sandbank stehen.

»Beunruhigt dich das?«, fragte Sebastian.

»Der Kerl und sein Prozess? Nein, nicht wirklich. Der will nur Urlaub von seinem Leben nehmen. Aber etwas anderes …«

Sebastian sah seinen Freund von der Seite an.

»Nämlich?«

»Keine Ahnung, deine Einstellung irgendwie. Zum Beispiel der Spruch vorher: *Wir ziehen das durch, er hat schon gezahlt!* Geht's nur noch darum?«

»Wir haben einen Vertrag mit dem Mann!«, sagte Sebastian.

»Aber das Spielen. Hast du noch Spaß dran?«

Sebastian sah Mischa an, als ginge ihre Unterhaltung am eigentlichen Thema vorbei.

»Ich kümmere mich um die Akquise, die Organisation, sogar die Buchhaltung. Valerie und du, ihr habt eure Jobs, und am Wochenende kommt ihr zum Spielen. Ich manage die Sache rund um die Uhr. Man sieht das dann anders.«

»Willst du lieber wieder Theater spielen?«

»Das fragst du mich jetzt? Ich habe meine ganze Karriere zurückgestellt, damit das hier funktioniert, damit wir einmal die kreative Kontrolle besitzen!«

Der unbedacht ausgesprochene Stehsatz *Ich habe meine Karriere zurückgestellt* schwebte einige Momente über ihnen. Er war wie ein lustiger Versprecher oder Spucke auf der Lippe, etwas, das man schwer nicht bemerken und belächeln konnte. Aber Mischa widerstand dem Drang.

»Du solltest dich nicht aufopfern müssen! Wir wollten spielen, Spaß haben, weißt du noch? Damit hat alles angefangen.«

»Es zeigt sich nur, dass es hinter den Kulissen eine Menge Arbeit bedeutet. Sebastian-Arbeit.«

Vom Ufer aus unterbrach Hannes' Ruf ihre Unterhaltung: »Können wir dann loslegen?«

Sebastian nickte ihm zu und machte sich auf den Weg an Land, Mischa folgte ihm nach kurzem Zögern.

Hannes stand ihnen in seinen Huck-Finn-Fetzen gegenüber, den Hut in den Händen, und kratzte sich geduldig lächelnd seine Glatze. Mit seinem rötlich-grauen Bart, den ausufernden feinen Augenrunzeln und seiner großen, asketischen Statur glich er in seinen Lumpen am ehesten einem armen Pilger auf einer endlosen Wanderschaft, jedenfalls erinnerte er weder sehr stark an die Figur des schlauen Außenseiters aus Twains Roman (dem er auch vierzig Lebensjahre voraus war) noch an einen raffinierten Börsenmanipulator.

»Es geht schon auf elf zu«, sagte er und zeigte auf die Sonne, als könnte einer von ihnen anhand des Sonnenstands die Uhrzeit bestimmen. »Wie wollen wir beginnen?«

Sebastian wies ihn auf den Tagesplan hin, den er ihm geschickt hatte: *Ankunft auf der Insel, Bau des Lagers, Besprechung der Piratennamen, Insel-Erkundung, usw.*

Hannes nickte, sah aber keineswegs überzeugt aus.

»Geht es nur mir so, oder ist durch die Foto-Aufnahmen mit dieser Journalistin jeder Zauber verflogen, der vielleicht auf dieser Insel entstehen hätte können?«

Sebastian erklärte, sie fänden sicher schnell in das Spiel und in die Stimmung der Bücher, wenn sie nur erst einmal beginnen würden.

Hannes betrachtete die beiden und sagte schmunzelnd:

»Seid mir nicht böse, aber auch wenn ihr die besten Schauspieler der Welt wäret – was ihr wahrscheinlich nicht seid, wenn ich euch für ein Wochenende mieten kann –, glaube ich nicht, dass ihr heute sehr überzeugend Tom Sawyer und seinen lieben Freund Joe spielen könntet. Ihr habt offensichtlich noch eine Rechnung miteinander offen.«

»Wir hatten nur eine kleine Unterhaltung dort draußen«, versuchte Sebastian zu erklären, »die …«

»… die ich gestört habe, als ich gerufen habe, oder?«, unterbrach ihn Hannes. »Ich finde, ihr zwei solltet euch ausreden. Dann können wir weitermachen.«

»Nein, das ist Ihre Zeit, wir können später reden.«

»Eben weil das meine Zeit ist, solltet ihr euch aussprechen. Bei der Geschichte auf der Insel geht es nämlich um Freundschaft und um Freiheit, und wenn ihr beides nicht spürt, weil ihr böse aufeinander seid und euch in euren Rollen gefangen fühlt, werdet ihr hier keine überzeugende Darbietung abliefern!«

Er fasste in seinen geräumigen alten Seesack und holte eine bauchige Flasche Rum hervor.

»Die nehmt ihr mit. Wenn ihr zurück seid, sollte der Pegel etwa beim oberen Rand des Etiketts sein, alles klar?«

»Wieso nicht«, sagte Mischa, griff nach der Flasche und stapfte wortlos in den Wald hinein. Sebastian sah ihm verdutzt nach, folgte ihm aber schließlich.

Im Wald setzte sich Mischa auf einen umgestürzten Baum. Er nahm einen Schluck und reichte die Flasche Sebastian, der ihm mit ein paar Meter Abstand gefolgt war. Sebastian probierte den Schnaps, schüttelte sich und blieb unentschlossen vor dem Stamm stehen. Sie waren umgeben von Vogelgezwitscher und den flüsternden Geräuschen von Wind und Wellen; hin und wieder raschelte es irgendwo im Unterholz, in der Ferne hörten sie einen Specht klopfen, ein paar Mücken schwirrten um sie herum.

»Also, bringen wir es hinter uns!«, sagte Mischa.

»Du willst das wirklich jetzt besprechen?«, fragte Sebastian.

»Warum nicht? Sag mir, was los ist! Wo ist dein Enthusiasmus hin? Was ist passiert?«

»Was passiert ist? Realität, nehme ich an! Aus dem Spiel ist Ernst geworden. Ein Geschäft. Ganz einfach.«

»Es ist ein Geschäft«, sagte Mischa, »aber nicht nur!«

»In erster Linie schon. Auf einen Auftrag folgt der nächste, dem Jahr gehen immer schneller die Wochenenden aus. Die ganze Organisation beansprucht so viel Zeit, dass das Spielen eben in den Hintergrund gerät.«

»Das muss aber nicht so sein. Wir können uns genauer ansehen, welche Aufträge wir annehmen. Und du kannst dir Rollen aussuchen, die dich interessieren. Warum überlässt du mir all die guten Parts? Warum bin ich heute Tom Sawyer und du Joe Irgendwer, der nicht gerade zu den Posterboys der amerikanischen Literatur zählt …?«

Sebastian schnaufte, dann nahm er noch einen Schluck Rum und setzte sich neben Mischa auf den Stamm.

»Ich hab Angst gehabt, dass du wieder zum Theater zurückgehst, wenn du dich bei uns zu langweilen beginnst. Ich schanze dir also die guten Rollen zu, um dich bei der Stange zu halten. Andererseits denke ich, was für eine Verschwendung, weil dir nur eine Handvoll Leute beim Spielen zusieht.

Ich habe seit Monaten das Gefühl, ich missbrauche dich für meine eigenen Zwecke.«

»Aber für mich ist unsere Sache doch perfekt!«, rief Mischa.

»Mal ehrlich: Du willst nicht wieder vor einem richtigen Publikum spielen? Auf einer Bühne, vor einer Kamera?«

»Ich liebe, was wir machen! Ich brauche nichts anderes.«

Sebastian schwieg. Er hatte geahnt, dass Mischa so fühlte, aber es ihn sagen zu hören ließ seine eigene Unzufriedenheit mit der aktuellen Situation kleinlich und schäbig erscheinen.

»Aber das bedeutet nicht, dass es für dich auch das Richtige ist«, sagte Mischa.

»Es ist immer noch meine Idee, ja?«, sagte Sebastian gereizt, »und ich entscheide auch, ob sie das Richtige für mich ist.«

»Aber es war nicht deine Idee, nie mehr etwas anderes als das zu machen, oder? Ich glaube, dass dir ein Leben ohne Applaus einfach nicht reichen wird.«

Die Unruhe ließ Sebastian aufspringen.

»Also zurück an den Anfang? Jetzt habe ich einmal Erfolg mit etwas, ich tue alles dafür, und du sagst, es ist nicht das Richtige für mich! Soll ich wieder bei null anfangen?«

»Ich will dir unser Ding doch nicht wegnehmen! Wenn es nach mir ginge, könnten wir ewig so weitermachen! Aber vielleicht solltest du die anderen Optionen nicht ganz aus den Augen verlieren. Vielleicht findet gerade jetzt ein Casting für eine Hauptrolle in einer Serie statt, für die du die Idealbesetzung wärst!«

»Was denn für eine Serie?«

»Vielleicht eine Story über einen politischen Emporkömmling, der nachts Prostituierte killt. Oder etwas Schönes, ein Bäcker vom Land, der seinen Zwillingsbruder in der Großstadt sucht und dabei seine große Liebe trifft. Herrje, ich bin kein Autor, aber es muss doch gute Stoffe geben da draußen!«

»Ich wollte nicht wissen, was in der Serie passiert! Ich meine: Wer macht sie, und wer gibt mir die Hauptrolle?«

»Keine Ahnung. Ich will nur sagen, du bist ein toller Schauspieler. Das weiß aber niemand, weil du in Lausbuben-Klamotten auf einer Au-Insel sitzt oder in Thailand von James Bond verfolgt wirst.«

»Ich bin früher schon gut gewesen und zu Castings gegangen. Hat auch nicht viel gebracht. Ich hab mir den Erfolg eben über einen Umweg geholt!«

»Aber ist es der, den du suchst? Irgendwann erwachst du doch aus dieser Sache und wirst denken: Ich habe so viele Möglichkeiten verpasst.«

»Du denkst, das ist das, was bleiben wird? Bedauern?«

Mischa schüttelte den Kopf.

»Nein. Aber ich denke, wenn du bloß aus dem Grund jedes Wochenende irgendwelchen Leuten Privatvorführungen gibst, weil du auf dem herkömmlichen Weg nicht weitergekommen bist, dann nimmst du der Sache doch ihre Bedeutung. Dann ist es nur ein Plan B. Aber es ist ja mehr als das: Das kleine Mädchen aus dem Shakespeare & Company wird sich ein Leben lang an diesen Abend in dem Antiquariat erinnern.«

Sebastian sah unruhig zu Boden.

»Bitte«, sagte Mischa, »überlege, was für dich zählt. Entscheide nicht wegen Valerie und mir!«

Ein paar Momente schwiegen sie und lauschten auf die Geräusche der Insel. Dann sagte Mischa: »Wie steht es mit dir und Lisa?«

»Aus ist es«, sagte Sebastian.

»Was ist denn da in Thailand passiert?«

»Es hat sich gezeigt, dass unser Kunde mehr Interesse an Lisa als an James Bond hatte. Das beruht anscheinend auf Gegenseitigkeit.«

»Und du?«

»Ich habe festgestellt, dass ich selbst auch mehr Interesse an Lisa hatte als angenommen, aber das hat sich ja nun erübrigt. Und wie ist es bei dir?«

»Mit Valerie?«

»Ich hab eigentlich Marianne gemeint. Die aus dem Shakespeare & Company – kann es sein, dass ihr euch mal getroffen habt?«

»Wie kommst du darauf?«

»Sie hat mich auf unserem Firmenhandy angerufen, als ich zurück war, und ist ziemlich überrascht gewesen, als ich dran war. Ich habe ihr deine Privatnummer geben müssen.«

»Wir waren ein, zwei Mal auf einen Kaffee. Ich hab im *Shakespeare* ihren Mann gespielt, sie war nur ein bisschen ... nostalgisch.«

»Weiß Valerie davon?«

»Nein, es ist nicht wichtig. Sie würde nur die falschen Schlüsse daraus ziehen.«

»Schon gut, gehen wir zurück!«, sagte Sebastian.

Sie nahmen einen letzten Schluck und machten sich mit leichter Schlagseite auf den Rückweg.

»Also meine Herren«, begrüßte sie Hannes, als sie aus dem Wald zurückkamen, »sind die Differenzen beigelegt?«

»Alles geklärt«, sagte Sebastian.

»Dann lasst uns schwimmen gehen«, rief Hannes, »alles Weitere kommt von allein!«

Er nahm nun auch einen Schluck Rum. Danach zog er sich in Windeseile nackt aus, rannte auf die Sandbank hinaus und hechtete ins Wasser.

Mischa und Sebastian ließen ebenfalls ihre Klamotten fallen und folgten dem behaarten Rücken des Mannes ins Donauwasser. Nach dem Schwimmen ließen sie sich zum Trocknen auf den weißen Ufersand sinken, und so wurde es Mittag.

Wie Hannes gesagt hatte, ergab sich alles Weitere von allein. Als Nächstes kam der Hunger. Hannes zog einen Gaskocher, eine Pfanne und die Zutaten für Omeletts aus seinem Seesack. Sie aßen im Schatten eines Baumes, dann ließen sie die Flasche herumgehen, und Mischa konnte es sich nicht länger verkneifen, ihren Auftraggeber auf seinen juristischen Status quo anzusprechen.

»Sie warten also auf Ihren Prozess?«

Der Mann wirkte für einen Moment überrascht, dann ließ er sich aber nach hinten auf die Ellbogen sinken, steckte sich einen Grashalm zwischen die Zähne und erzählte:

»Das, was mir vorgeworfen wird, ist ja eine Ewigkeit her. Man hat sich mit dem Fall aufgrund seiner Komplexität und gewisser politischer Gründe lange Zeit nicht auseinandersetzen wollen. Ich glaube, es ist nachvollziehbar, dass dich so eine über dir schwebende, sich jedoch nie manifestierende Verhandlung und Verurteilung in einen Zustand völliger Apathie und Schwermut versetzt. Man wartet auf seine Strafe, während man sie eigentlich schon erleidet.«

»Aber immerhin weiß man durch so eine Geschichte, wer wirklich zu einem steht, nicht wahr?«, mutmaßte Sebastian.

»Ja, ja, das schon. Wer mir geblieben ist: meine Frau. Wenn ich noch Freunde hätte, würde ich euch nicht dafür bezahlen, mit mir auf die Insel zu fahren.«

Sebastian lachte über Hannes' Direktheit.

»Ich habe eure Anzeige gelesen und sofort gewusst, das will ich machen. Das Erste, was ich mir seit Jahren gönne. Unsere finanzielle Situation ist nicht rosig, aber das musste sein.«

»Und warum Huck?«, fragte Mischa.

Hannes kratzte sich am Kinn und ließ seinen Blick über die Insel streifen, die für diesen Tag ihre war.

»Nun, ich habe als Kind mit meinem Bruder hier schon Huck und Tom gespielt.«

»Auf dieser Insel?«, fragte Mischa.

»Na ja, genau diese Insel kann man nicht sagen, das Ufer sieht heute anders aus als vor vierzig Jahren, aber hier in etwa war es. Ich bin in Hainburg geboren und aufgewachsen, hab ich das nicht gesagt? Huck Finn ist ein Held meiner Kindheit gewesen. Der Junge, der in einem Fass schläft. Der so lange aufbleiben kann, wie er will, der nicht in die Schule oder Kirche muss, der Männerkleidung trägt. Er ist der Paria des Ortes, ein Ausgestoßener, aber seine Würde bleibt unantastbar!«

Als sie sich eine Weile ausgeruht hatten, begann Hannes, unruhig zu werden. Er schlug vor, sie sollten nun die Insel erkunden. Sie packten also eine kleine Ausrüstung zusammen und machten sich auf den Weg. Sie strichen durch den Auwald, stiegen über vom Sturm niedergerissene Stämme, kletterten auf Bäume und verschafften sich so einen Überblick über ihr kleines Reich.

Hannes begann nun, immer öfter wortgenaue Zitate aus dem Buch zu verwenden, sprach Mischa und Sebastian mit *Tom* und *Joe* an und sagte nicht nur einmal, dass man sie wahrscheinlich schon vermisste und nach ihnen suchte, so lange wie sie schon auf der Insel waren. Also nannten die beiden Hannes nun *Huck* und vertieften sich etwas mehr in die eigentliche Geschichte: drei Jungen, enttäuscht und gekränkt von ihren Familien und der Dorfgemeinschaft, beschlossen, von nun an ein Leben als Piraten zu führen.

Der Nachmittag verging mit allerlei Zerstreuungen: Sie fanden einen Biberbau oder etwas, das sie dafür hielten, und legten sich lange vergeblich auf die Lauer.

Als die Rumflasche leer war, machten sie eine Flaschenpost daraus. Sie schrieben einen Brief an den russischen Oberpiraten Putin, denn nach ihren Berechnungen musste die Flasche an den Küsten der Krim angespült werden.

Sie formten aus Ufersand einen Delfin und eine Bikinischönheit. Sie nannten das Mädchen Svetlana und sangen ein trauriges Seemannslied für sie.

Als sie am späteren Nachmittag wieder in ihrem Lager saßen und sich eine kleine Stärkung zubereiteten, erzählte Hannes, welche Ideen in seiner Firma entwickelt, aber erst Jahre später von anderen umgesetzt worden waren – und diese reich gemacht hatten. Dass aufgrund des fatalen Ausgangs seiner ganzen Unternehmung nun der Fokus auf den wirtschaftlichen Ungenauigkeiten dieser Zeit lag, aber niemand ihm Anerkennung für ihre Arbeit und für seine Visionen aussprach, darüber schien er nicht hinwegzukommen.

»Vielleicht sind wir damals Piraten gewesen und werden dafür heute bestraft, aber man musste Pirat sein, um sich durchzusetzen. Die Investoren haben Piraten geliebt, sie haben sie hofiert und verehrt und sich mit ihren Fahnen geschmückt. Veränderung und Fortschritt werden bis zu einem gewissen Grad durch Gesetzlosigkeit erreicht, damals war das eine ungeschriebene Übereinkunft.«

Nach dem Essen kramte Hannes eine kleine Schatulle aus seinem Seesack hervor, der Mischa und Sebastian inzwischen wie ein magisches Füllhorn erschien, und fragte die beiden, ob sie Lust hätten, etwas zu rauchen. Eigentlich sprach alles dagegen, sie sollten einen klaren Kopf behalten, aber nach dem Rum und in der eigenartigen Stimmung dieses Tages zuckten sie nur die Schultern und sahen Hannes dabei zu, wie er einen Joint baute. Als dieser dann die Runde machte, erstarb ihr Gespräch, und sie alle schienen unter einem Kegel aus Rauch langsam in den sandigen Grund des lichten Inselwalds zu sinken. Die Geräusche der Natur nahmen an Klarheit und Fremdartigkeit zu, und die Insel fühlte sich unter ihren Körpern mehr und mehr wie ein Ort an, der von Wien und ihrem Leben unendlich weit weg war. Zeit ging verloren, kleine Stücke, aus dem Tag geschnitten und im Wasser weggespült. Das Spiel von Licht und Schatten beschäftigte sie wie ein schöner, schwer zu entschlüsselnder Code.

Hannes holte ein Radio aus seiner Tasche hervor. Als Nächstes tanzten alle drei um den Gaskocher herum. Sie waren nun Indianer, tief in Trance einen uralten Ritus erfüllend, während ein Pop-Song aus dem Lautsprecher dröhnte. Sie zogen sich bis auf die Unterwäsche aus und verwandelten die Lichtung in eine Freiluftbühne, auf der sie unter großem körperlichen Einsatz ein uraltes tänzerisches Schauspiel aufführten.

Mit der Anstrengung ließ die Wirkung des Joints allerdings nach, und irgendwann setzten sie sich wieder auf den Boden, kippten bald darauf nach hinten, und Mischa und Sebastian fielen die Augen zu. Bevor sie aber wegdrifteten, hörten sie noch Hannes, wie er vor sich hin murmelte:

»Sollen sie doch glauben, wir sind ersoffen. Dann wird's ihnen leidtun. Heulen werden sie um uns. Heulen.«

*

Sebastian erwachte vom Klingeln seines Handys. Er hob den Kopf und sah sich voll Verwirrung um. Es war dunkel geworden, die Sonne war von grauen Gewitterwolken verdeckt. Sebastian spürte, es würde gleich regnen. Er nahm das Telefonat an: Der Chauffeur ihres Bootes kündigte an, er würde sie abholen, bevor das Gewitter losgehe – es war schneller aufgezogen, als sie erwartet hatten. Sebastian sagte, er solle kommen, und legte auf. Dann rüttelte er Mischa wach, der neben ihm lag.

»Wir müssen los, das Gewitter kommt.«

Mischa setzte sich auf und sah sich um.

»Wo ist Hannes?«

»Ich hab keine Ahnung!«

Ihr Auftraggeber war verschwunden und mit ihm alles,

was er mitgebracht hatte: Gaskocher und Geschirr, Radio, Fernglas, seine Kleidung ... Die Lichtung war leergeräumt.

»Ich seh mal, wo er ist«, sagte Mischa und ging in Richtung Wald los. »Ich halte mich links, geh du die Donauseite entlang!«

Sebastian startete los. Er brauchte keine zwei Minuten, bis er die Insel von einem zum anderen Ende durchquert hatte. Als er aus dem Wald auftauchte, sah er Mischa am brackigen Wasser des Nebenarmes stehen. Er hielt etwas in der Hand. Als er zu ihm aufgeschlossen hatte, erkannte er, dass es der Hut von Hannes war, den Lisa in einem Secondhandladen gekauft hatte.

»Er war im Fluss, hat sich hier am Ufer verfangen«, sagte Mischa.

Sie schauten übers Wasser, das nun von den ersten Regentropfen getroffen wurde. Sebastian begann, den Namen des Mannes zu rufen. Einmal, zweimal, ein drittes Mal. Keine Antwort, nur in der Ferne das Grollen des näher kommenden Gewitters.

»Ist sein Seesack auch hier?«, fragte Sebastian.

Sie begannen, ihre Umgebung abzusuchen, aber sie fanden nichts.

»Glaubst du, er ist allein schwimmen gegangen?«, fragte Mischa.

Sebastian schluckte; ein Vorgeschmack von Panik saß ihm plötzlich in der Kehle.

»Ich hab keine Ahnung.«

»Hast du ihn schon angerufen?«

Sebastian nahm sein Handy und wählte Hannes' Nummer.

»Es läutet, aber er geht nicht dran. Wenn er wirklich schwimmen gegangen ist, dann wäre der Rucksack hier irgendwo, oder nicht?«

Mischa nickte. Dann sah er übers Wasser und sagte: »Das Boot kommt.«

»Ok, wir müssen jetzt die Nerven behalten«, sagte Sebastian. »Wir können dem Boot-Typ nicht sagen, dass Hannes weg ist! Wenn wir ihm sagen, er ist verschwunden und sein Hut lag im Wasser, muss er die Polizei verständigen – da bleibt ihm gar nichts anderes übrig. Mach dir bewusst, was das bedeutet: Wir waren auf einer Insel im Naturschutzgebiet, auf der wir uns nicht aufhalten dürfen. Wir haben getrunken und Drogen konsumiert. Wir haben uns in jeder Beziehung fahrlässig benommen. Die werden davon ausgehen, er ist wirklich abgesoffen, und eine Suchaktion starten. Das heißt, hier werden Schiffe von der Polizei, der Wasserrettung und der Feuerwehr aufkreuzen, die werden Taucher schicken, der verdammte Christophorus-Hubschrauber kommt! Ich hab einen Bericht gesehen, als in der Wachau einer über Bord gegangen ist – da waren zweihundert Mann im Einsatz, das war ein Aufmarsch! Und, Mischa – dafür bekommen *wir* die Rechnung, denn es war unsere Schuld. Wir sprechen hier von einem sechsstelligen Betrag – wir zahlen das unser Leben lang zurück!«

»Aber wenn er wirklich ...«

»Du sagst doch selbst, sein Rucksack wäre hier, wenn er ins Wasser gegangen wäre. Wer geht mit Rucksack schwimmen?«

»Und wenn er sich ...«

»Glaubst du, der wartet all die Jahre auf seinen Prozess,

damit er sich kurz vorher selbst aus dem Verkehr zieht …? Ich wette, der hat nach dem Rauchen Gusto auf was Süßes bekommen, ist mit Sack und Pack durch den Nebenarm da gewatet und sucht jetzt drüben im Auwald nach Heidelbeeren für die Crêpes, die er uns servieren will. Ich will ihn ja auch nicht hierlassen, aber jetzt kommt das Gewitter, und das Boot ist da, wir müssen einfach mal hinüberfahren, wenn das nicht auffliegen soll!«

»Also gut, was sagen wir ihm?«

»Irgendwo dort hinten in ein, zwei Kilometern gibt es einen Ort. Wir sagen, Hannes ist zu Fuß dorthin aufgebrochen.«

»Warum sollte er das tun?«

»Er kommt ja aus der Gegend, vielleicht kennt er dort jemanden.«

»Ok.«

»Gut, dann sind wir uns einig.«

Sie machten sich auf den Rückweg durch den Inselwald. Unterwegs bemerkte Sebastian, dass Mischa immer noch den Hut von Hannes in der Hand hielt. Er riss ihn ihm aus der Hand und wollte ihn in die Donau werfen. Dann überlegte er es sich anders und machte sich auf die Suche nach dem Loch in der Uferböschung, das sie für eine Biberhöhle gehalten hatten. Als er es gefunden hatte, nahm er den Hut und stopfte ihn dort hinein.

Valerie saß in ihrer Wohnung auf dem Boden, warf Spielkarten in einen Topf, der zweieinhalb Meter von ihr entfernt stand, und spielte Musik, die sie schon seit Jahren nicht mehr gehört hatte. Seit sie am späten Nachmittag von der

Arbeit nach Hause gekommen war, befand sie sich auf diesem meditativ-melancholischen Trip. Es gab nur eine Sache, die sie an ihrem Programm störte: Sie hatte zu wenig Karten. In einer Schublade fand sie schließlich noch ein Päckchen Büroklammern und stellte fest, dass sich diese ebenfalls werfen ließen. Pling, flapp, pling, flapp – so ging es jetzt immer abwechselnd.

Hin und wieder aktualisierte sie den Posteingang ihres Computers. Sie war verwundert, noch nichts von ihm gehört zu haben. Es war dreißig Stunden her, seit sie sich im Kaffeehaus getroffen hatten, und eigentlich hatte sie seine erste Mail noch am Abend desselben Tages erwartet. Sie hoffte, sie hatte keine falschen Hoffnungen in ihm geweckt. Er war ein netter Kerl, und sie wollte nicht mit seinen Gefühlen spielen.

Sie spielte »Save Tonight« von Eagle-Eye Cherry, danach »Scrubs« von TLC und dachte wieder an den Sommer damals in ihrem Ort: Mit einer Freundin hatte sie einen Mini-Vibrator aus dem Kondomautomaten auf dem Klo der Kegelbahn gezogen, den sie aber nie ausprobierte, weil die Freundin ihn die erste Woche bekam und ihn dann nie wieder hergab (und Valerie ihn dann auch nicht mehr haben wollte). Solche Dinge fielen ihr jetzt laufend ein, seltsame Schlaglichter auf ihre Jugend und auf ihre Zeit als junge Frau in Wien.

Als sie mit dem Gedanken spielte, wieder eine Flasche Wein aufzumachen, sperrte sich etwas in ihr dagegen, und sie überlegte, ob sie nicht lieber doch zu Mischa fahren sollte, der am Abend aus Hainburg zurückkommen wollte. Sie ging unter die Dusche, um darüber nachzudenken, und als sie wieder aus dem Badezimmer kam, sah sie, dass sie einen Anruf von Mischa versäumt hatte. Als sie ihn zurückrief, klang er so, als könne er schlecht reden. Er sagte nur, dass sie noch in Hainburg seien und über Nacht blieben, und bat sie, ob sie nachkommen und ihnen etwas zum Anziehen mitbringen könne.

Sie fragte, ob etwas passiert sei. Mischa sagte, sie hätten Sebastians Handy verloren und müssten nochmal auf die Insel, wenn das Gewitter wieder abgezogen war. Er klang wirklich seltsam, und sie fragte ihn, ob da noch etwas anderes sei. Er gab ihr keine Antwort, sondern wiederholte nur: »Genau, es ist weg!« Dann legte er auf.

Valerie dachte kurz nach. Sie rief ihre Chefin an und fragte, ob sie sich den Wagen ausleihen könne. Dann packte sie ihre Sachen und machte sich auf den Weg.

Die ganze Fahrt über war Valerie unkonzentriert und fühlte sich überfordert, als habe man sie aus dem Schlaf gerissen und sofort mit einer ungeheuer komplexen Aufgabe betreut. Als sie in dem Donaustädtchen ankam, war der Regen abgeklungen und der Himmel schon wieder blau. Mithilfe des Navis steuerte sie das Wirtshaus an, dessen Adresse ihr Mischa per SMS geschickt hatte. Sie parkte auf dem nassen Parkplatz, und beim Aussteigen empfing sie intensiver Blütengeruch.

Als sie in die Gaststube trat, sah sie Mischa und Sebastian – beide immer noch in ihren Vagabundenkostümen – mit einem Dritten, den sie nicht kannte, an der Bar stehen. Sie begrüßte sie. In Anbetracht der eher lauen Reaktion fand sie, ihr Erscheinen auf Zuruf hier in der Ferne wurde nicht richtig gewürdigt. Entgegen dem Eindruck, den sie am Telefon gewonnen hatte, wirkten Mischa und Sebastian locker und entspannt und scherzten mit dem Mann, dem das Boot gehörte. Sie hatten vor, nochmal zur Insel zu fahren, um Sebastians Handy zu suchen. Vorher allerdings wollten sie in ihre normalen Klamotten schlüpfen, die Valerie für sie mitgebracht hatte.

In Mischas Zimmer im ersten Stock des Gasthauses hatten die drei Gelegenheit zu reden: Valerie fragte, warum sie eine Stunde mit einem geliehenen Auto hierhergefahren sei, obwohl doch – von dem verschwundenen Handy abgesehen – alles im Lot zu sein schien.

»Nichts ist im Lot«, sagte Mischa, »Hannes, unser *Huck Finn*, ist verschwunden.«

Valerie sah Sebastian an, ob er das bestätigen wollte.

»Es stimmt, er ist weg. Aber er ist wirklich ein Kauz, er hat sich wahrscheinlich nur vorübergehend abgesetzt.«

»Wieso habt ihr nicht bemerkt, dass er verschwunden ist?«, fragte Valerie, die sich die Insel so klein vorstellte wie Inseln in Cartoons – eine Palme, ein bis zwei Gestrandete.

»Sag du!«, ließ Sebastian Mischa den Vortritt.

»Wir sind am Nachmittag kurz eingeschlafen. Er hatte uns Rum angeboten. Und einen Joint. Dazu war es heiß. Es ist ein bisschen viel gewesen.«

»Ihr habt getrunken? Und gekifft?«

Ihr Tonfall war nicht eigentlich vorwurfsvoll (oder sollte es nicht sein), bloß wirklich überrascht.

»Wir haben doch nie etwas getrunken. Selbst wenn die Kunden das wollten …«

»Du bist nicht dabei gewesen. Das ist heute eine seltsame Stimmung gewesen. Der Mann wartet auf seinen Prozess.«

»Was hat das damit zu tun?«, frage Valerie.

»Es hat mit dem Fotoshooting begonnen«, sagte Sebastian, »das hat ihn irritiert. Er wollte, dass wir etwas trinken, um in Stimmung zu kommen.«

Valerie setzte sich auf einen Stuhl. Ihr war schwindlig, und ein dumpfes Schuldgefühl beschlich sie, als sei dies nur passiert, weil sie auf ihrem Egotrip gewesen war.

»Glaubt ihr, er ist labil? Psychisch labil?«

Beide schwiegen einen Moment, dann sagte Mischa: »Ich glaube das schon, ja.«

Sebastian schüttelte den Kopf. »Er ist nicht gefährdet, das glaube ich nicht.«

»Wir müssen alles unter Kontrolle haben«, sagte Valerie, »das geht nicht, wenn wir saufen oder uns selbst zu sehr von dem Theater mitreißen lassen.«

»Du musst uns nicht daran erinnern, es ist eben aus dem Ruder gelaufen«, rief Mischa.

»Und er ist einfach weg? Habt ihr ihn angerufen?«

Sebastian fasste für Valerie nochmal alles zusammen: wie sie ihn angerufen und gesucht hatten; ihre Theorien, wo er abgeblieben sein könnte; und ihre Entscheidung zurückzufahren, um einem drohenden finanziellen Desaster zu entgehen.

»Bestimmt sitzt er jetzt wie ein begossener Pudel auf der Insel«, sagte Sebastian, »und fällt uns glücklich in die Arme, weil wir nicht auf ihn vergessen haben.«

Valerie sah die beiden abwechselnd an. »Was ist, wenn er wirklich schwimmen gegangen ist und von einer Strömung fortgerissen wurde? Und ihr nur deswegen niemanden verständigt habt, weil ihr Angst vor den Kosten hattet? Was ist dann?«

»So ist es nicht, das garantiere ich euch!«, sagte Sebastian.

Mischa sah nicht so überzeugt aus.

Sebastian klopfte ungeduldig auf den Bettrahmen. »Lasst uns einfach losfahren, bitte, vielleicht klärt sich alles, wenn wir wieder auf der Insel sind!«

Während Sebastian und Mischa sich umzogen, blickte Valerie aus dem Fenster, von dem aus man ein Stück der Donau sehen konnte, und sie dachte, *so kommt also der Horror ins Leben.*

Als sie mit dem Boot den Fluss querten, erreichte die Sonne schon fast den Horizont. Sebastian saß vorne neben dem Steuermann, Mischa und Valerie waren hinter ihnen. Die zwei berührten sich nicht, trösteten sich nicht, sahen sich nicht mal an. Solange sie nicht auf der Insel gewesen waren und sich umgesehen hatten, gab es nichts mehr zu sagen, nichts zu spekulieren. Er musste einfach dort sein, denn dann war alles wieder wie zuvor. Die andere Möglichkeit hingegen musste radikal weggedacht werden.

Das Boot hielt an derselben Stelle wie am Vormittag, wenige Meter vor der Sandbank. Sie sprangen ins Wasser und gingen erneut an Land. Sebastian sagte, alles sehe jetzt anders aus. Der Wind hatte Blätter und Zweige abgerissen und bis auf die Sandbank geweht. Große Wasserlachen hatten sich gebildet, es war dunkler und kälter als zuvor. Der Eindruck auf Valerie war entmutigend, denn dieser Ort sah unwirtlich und versehrt aus. Es fiel ihr schwer zu glauben, dass man hier jemanden finden könnte.

Sie ließen die Sandbank und das von dürren Büschen bewachsene Übergangsstück hinter sich und folgten einem leicht ausgetretenen Weg in den Wald. Die Lichtung, auf der ihr Lager gewesen war – verwaist. Kein Zeichen einer Rückkehr. Zum zehnten oder zwölften Mal an diesem Abend rief Sebastian Hannes' Handy an. Er deutete ihnen, still zu sein. Nichts.

Sie liefen durch den Wald, sahen in die Baumkronen, suchten nach Spuren seiner Anwesenheit. Wieder riefen sie seinen Namen. Der Auwald schluckte ihre Rufe, und bis auf gelegentliche Laute von Vögeln kam keine Antwort.

Als sie langsam zurück in Richtung Boot gingen, begann Sebastian mit einem bemüht optimistischen Resümee: »Das bedeutet jetzt eigentlich noch gar nichts. Es heißt nur, dass er eben nicht auf die Insel zurückgekehrt ist, sondern wahrscheinlich irgendwo anders durch die Au läuft. Er hat sein Handy verloren, vielleicht hat er sich auch verlaufen. Aber es kann ihm nichts passieren, die Nacht wird warm sein, er hat Essen und Getränke dabei. Irgendwann heute Abend oder morgen früh wird er auf eine Siedlung oder Wanderer stoßen, und dann werden wir von ihm hören.«

Valerie und Mischa erwiderten nichts, all das kam ihnen weder schlüssig noch wahrscheinlich vor. Sebastian konnte sich auch selbst damit nicht überzeugen und verfiel ebenfalls in Schweigen.

Bevor sie wieder die Sandbank erreichten, kamen sie zum zweiten Mal an den beiden Sandfiguren vorbei, die die Männer am Nachmittag geformt hatten: der Delfin und die Bikinischönheit. Und dieses Mal sah Sebastian genauer hin. Wie bei einem Suchbild entdeckte er einen Fehler. Nein, es waren sogar zwei. Er tippte Mischa an.

»Schau doch mal, fällt dir was auf?«

Mischa wusste nicht, was Sebastian meinte.

»Sieh dir den Delfin an!«

Valerie folgte seinem Blick. Wenn Sebastian nicht gesagt hätte, dass der Abdruck im Boden einen Delfin darstellen sollte, hätte sie ihn nicht erkannt: Es war bloß ein länglicher Fleck im Sand, das Relief war vom Regen ausgewaschen worden.

»Er ist weggeschwemmt worden, es hat geschüttet.«

»Ja, aber warum *sie* nicht?«

Mischa betrachtete die Nixe. Sebastian hatte recht. Sie hatte noch alle ihre Rundungen und Konturen, die perfekten Formen, an denen sie lange liebevoll gefeilt hatten.

»Seltsam«, sagte Mischa.

»Und fällt dir noch was auf?«

Mischa hatte es gerade aussprechen wollen. »Ihr Bikini-Oberteil. Es fehlt.«

Dort, wo vor Stunden zwei Dutzend Steine ein Oberteil gebildet hatten, lagen nun zwei pralle, nackte Sandbrüste mit nur je einem Nippelstein vor ihnen.

Valerie sah sie ungeduldig an: »Und ... was heißt das?«

Sebastian erklärte es ihr euphorisch: »Das heißt, der Kerl ist nach dem Regen nochmal hier gewesen! Und weil ihm fade war, hat er Svetlana restauriert und ihr bei der Gelegenheit gleich den Bikini entfernt. Wie es jeder Mann allein auf einer Insel machen würde. Kinder, er lebt!«

»Bist du dir *ganz* sicher?«, fragte Valerie, und ihr Blick gab Sebastian zu verstehen, dass er sie besser nicht anschwindeln sollte.

»Hundertprozentig. Hier war sonst niemand.«

Valerie setzte sich auf einen Baumstamm und spürte, wie der Horror sie langsam verließ und sich stattdessen die Normalität in all ihrer Leichtigkeit wieder einzustellen begann. Der Mann war nicht ertrunken. Er lebte und lief irgendwo durch den Auwald. Sie würden sich nicht rechtfertigen müssen, es würde keine Anklage, kein Leid, keine Trauer geben, sie konnten ihr Leben weiterleben. Eigentlich war gar nichts geschehen, aber zwischen ihrem Gespräch im Zimmer der Pension und diesem Moment war alles in Frage gestanden.

Sie dachte an den alten Witz: Hast du zu wenig Platz daheim, nimm dir zehn Ziegen in dein Haus. Wenn du sie wieder weggibst, wirst du dich wundern, wie groß dein Haus dann ist!

So ging es ihr jetzt mit ihrem Herzen.

Als sie mit dem Boot zurückfuhren, saßen sie zu dritt auf der Rückbank. Sie näherten sich Hainburg wieder, das jetzt ins Abendrot getaucht war, mit dem Stadtberg im Osten, dessen Plateau mit der alten Festung noch von den letzten Sonnenstrahlen erreicht wurde. Weit über die Dächer des Städtchens reckte sich der barocke Kirchturm der Pfarrkirche in den Himmel.

Sebastian dachte an Huck, Tom und Joe, die von ihrer Insel aus die Häuser ihres Heimatdorfes sahen und sich an dem Gedanken labten, wie man sich dort um sie sorgte, wie man sie vermisste und zurückwünschte. Und dann fiel ihm wieder ein, dass Hainburg, dieses nette Städtchen, ja die Heimatstadt von Hannes war. Und plötzlich verstand Sebastian, was er von ihnen wollte. Er wusste nicht, warum er es ihnen nicht hatte sagen können, aber er wusste mit Sicherheit, was er jetzt von ihnen erwartete.

»Ich versteh's jetzt«, sagte Sebastian.

»Du weißt, wo er ist?«, fragte Mischa.

»Ich habe keine Ahnung, wo er ist! Aber ich weiß, warum er verschwunden ist. Er will, dass wir die Geschichte abschließen. Er will Kapitel 18.«

»Was passiert in Kapitel 18?«, fragte Valerie, die sich überhaupt nur ungenau an das Buch erinnern konnte. In ihrer Erinnerung verschwammen die Geschichten von Mark Twain und Charles Dickens miteinander, und sie wäre gar nicht verwundert gewesen, wenn Tom Sawyer ein Floß mit Oliver Twist geteilt hätte.

»In Kapitel 18 glauben die Dorfbewohner, die Kinder sind ertrunken. Sie veranstalten eine Trauerfeier in der Kirche des Ortes. Das ganze Dorf kommt, um sich zu verabschieden, der Pfarrer hält eine Predigt, alle weinen um die Jungs. Während der Zeremonie tauchen die drei auf. Sie werden gefeiert, als wären sie von den Toten auferstanden, alles ist ihnen verziehen!«

Valerie sah ihn zweifelnd an.

»Er sieht sich als eine Art weißen Piraten!«, sagte Sebastian. »Als einen, der zu Unrecht verfolgt, ausgegrenzt und geächtet wird. Er will eine Wiedergutmachung. Die Leute sollen um ihn trauern, und wenn er von den Toten aufersteht, sollen sie Abbitte bei ihm leisten.«

»Das ist reichlich dramatisch für jemanden, der in sechs Monaten mit einer Fußfessel daheim vor dem Großbild-Fernseher sitzen wird, oder?«, wunderte sich Valerie.

»Schon«, sagte Sebastian, »aber in gewisser Weise haben wir ihn mit unserem Angebot ja geradezu dazu aufgefordert. Dramatisierung ist unser Geschäft! Ich glaube, er hat es sogar als stille Übereinkunft zwischen uns verstanden, dass wir die Geschichte zu Ende inszenieren.«

»Aber nun, da wir ja wissen, dass er gar nicht ertrunken ist«, sagte Valerie, »werden wir uns darauf doch nicht einlassen, oder? Also so eine Trauerfeier zu inszenieren?«

»Ich würde eher als Sprecher für ein Mittel gegen Hämorrhoiden auftreten, als dem Mann diesen Wunsch zu erfüllen!«, stellte Mischa klar.

Auch Sebastian schüttelte den Kopf.

»Für die Angstzustände, in die uns der Mann in den letzten Stunden versetzt hat, hat er sich eine Tracht Prügel verdient, keinen Gottesdienst. Für mich ist die Sache damit erledigt.«

Als sie angelegt und den Besitzer des Bootes bezahlt hatten, machten sie sich zu Fuß auf den Weg zum Gasthof. Sie wollten noch ein Schnitzel essen und ein Bier auf den Schreck trinken. In der Früh würden sie nach Wien zurückfahren, und Hannes konnte sich so lange in den Auen verstecken, bis ihm ein Geweih wuchs.

Am nächsten Tag um acht in der Früh klopfte es an der Tür von Sebastians Hotelzimmer. Als er öffnete, standen draußen drei Polizeibeamte in Uniform und eine blonde Frau von Anfang fünfzig. Einer der Beamten nannte Sebastians Namen, fragte, ob das er sei. Sebastian nickte schlaftrunken.

Die Frau stellte sich als Hannes' Ehefrau vor. Sie hatte die Polizei verständigt, als ihr Mann in der Früh immer noch nicht zurück gewesen war. Im Hotel hatte man sich natürlich an die Männer in Lumpen erinnert.

Der Polizist forderte Sebastian auf, sie zu begleiten. Er solle ihnen zeigen, auf welcher Insel sie am Vortag mit dem Abgängigen gewesen seien.

Sebastian seufzte, zog sich an und folgte den Männern.

Auf dem Weg zum Boot sagte die Frau neben ihm gehend kleinlaut: »Ich hab ja gewusst, dass Sie mit ihm auf der Insel gewesen sind, aber ich hab Ihre Nummer nicht gehabt. Als er einfach so weggeblieben ist und nicht übers Handy zu erreichen war, da hab ich zur Polizei gehen müssen! Ist er noch auf der Insel?«

Sebastian sagte ihr, er wisse es nicht, aber es sei möglich.

An Bord des Boots zeigte Sebastian den Beamten die Richtung, und nach zehn Minuten Fahrt quer gegen die Strömung tauchte die Insel in ihrem Sichtfeld auf.

Das Boot kam an der üblichen Stelle vor der Sandbank zum Stehen. Ein Beamter blieb mit Sebastian und der Frau im Boot, die anderen zwei Polizisten gingen an Land.

Es dauerte beinahe eine halbe Stunde, bis die Männer zum Boot zurückkehrten.

»Ist er hier, haben Sie ihn getroffen?«, fragte die Frau.

Anstatt zu antworten, öffnete einer der Polizisten eine schwarze Plastiktüte und nahm einen unförmigen, vor Dreck starrenden Gegenstand heraus.

»Gehört dieser Hut dem Abgängigen?«

Sebastian schluckte, und seine Kehle verengte sich so, dass selbst die kleinste Silbe kaum durchzupassen schien.

»Ja.«

»Und können Sie uns sagen, warum der Hut in einer Höhle am Ufer versteckt wurde?«

Der Blick der Frau heftete sich auf Sebastian, und plötzlich war er froh, dass er nicht allein mit ihr auf dem Boot war.

Als Sebastian in dem schmucklosen grauen Dienstzimmer der Polizeiwache saß, in dem es nach Kaffee und Fotokopierer roch, und zusammen mit Hannes' Frau darauf wartete, dass der Revierinspektor erschien, um sich einen Überblick über den seltsamen Fall auf der Insel zu verschaffen, entwickelte sich in ihm ein ganz neues, dringendes Interesse, alles zu tun, um das Wiederauftauchen des Verschwundenen zu beschleunigen. Hannes' Frau hatte er unter großem rhetorischen Einsatz begreiflich machen können, wie sie auf der Insel in Panik geraten waren und deswegen den Hut versteckt hatten. Aber das, was er aus den Blicken der Polizisten herausgelesen hatte, die ihn schweigend zur Wachstube eskortiert hatten, und auch wie ihn einer am Arm gepackt hatte, als er einmal falsch abgebogen war, musste ihn annehmen lassen, für sie ging es nicht mehr nur um Fahrlässigkeit – die dachten, sie hätten den Mann auf der Insel um die Ecke gebracht!

Wie waren sie überhaupt erst in diese Situation gekommen? Indem sie Sein und Schein so lange durcheinanderbrachten, bis sich alle Gewissheiten auflösten. Vielleicht war das der wahre Grund, warum man Theater in geschlossenen Häusern spielte, hinter dicken Mauern oder in Kellern: damit die Fiktion nicht entkommen konnte, damit man immer wusste, wo sie aufhörte und die Realität anfing.

Die Tür ging auf, und der Inspektor erschien. Er war ein gesetzter Mann mit angegrautem Schnauzbart und über der Brust hängender Lesebrille in der radikal neutralen dunkelblauen Hose-Hemd-Uniform der österreichischen Exekutive. Er setzte sich gemächlich ihnen gegenüber an den Tisch, legte die linke Hand auf die Tischplatte, seine rechte auf die linke. Sein Blick zeigte das gemäßigte Interesse eines Menschen, dessen Pensionsantritt naht.

»Was haben wir hier?«, fragte er, und Sebastian, der schon mit gebrüllten Anschuldigungen gerechnet hatte, dachte, welch großartige, offen formulierte Frage!

Während Sebastian die einzelnen Glieder der Ereigniskette akkurat und detailreich vor dem Beamten offenlegte (und bloß Kleinigkeiten wie Rum und Marihuana verschwieg), wurde ihm allerdings rasch bewusst, wie wenig seine Geschichte dazu angetan war, Außenstehende auf ihre Seite zu ziehen und von ihrer Arglosigkeit zu überzeugen. Er schilderte Mischa und sich als Männer, die sich von einem anderen Mann dafür bezahlen ließen, seine besten Freunde zu spielen; die in selbstgemachten Kostümen mit ihm Sandfiguren bauten und Flaschenpost nach Russland schickten.

Er versuchte dem ungünstigen Eindruck, den seine Ausführungen machten, entgegenzusteuern, betonte, wie erfahren sie waren und dass noch bei keinem ihrer Aufträge etwas schiefgegangen sei. Dadurch aber hörte sich alles noch schlimmer an, so als arbeiteten sie stets am Rande einer Katastrophe. Sebastian begann zu schwitzen und missdeutete die Verwirrung im Blick des Polizisten als Verurteilung.

Dann besann er sich zum Glück darauf, ihre Theorie zum Verschwinden des Mannes vorzustellen. Er erzählte, was in Kapitel 18 des Buches geschah, und warum sie glaubten, Hannes wolle, dass es hier genauso geschehe.

Der Beamte schwieg und kratze sich unter dem Schnauzbart. Dann wandte er sich an die Frau.

»Ich kenn' Ihren Mann, und natürlich die Mutter. Wie geht's denn mit dem Prozess?«

»Vor dem Sommer werden sie nicht mehr fertig, aber es ist schon viel geschehen.«

»Er hat jetzt einen Stress, oder?«

»Ja, es geht ihm schon an die Substanz.«

»Glauben Sie, er findet von allein wieder heim?«

»Ich weiß nicht, ich mach mir schon Sorgen ...«

Der Polizist seufzte, dann wandte er sich wieder Sebastian zu. Er schien mit ihm und seiner Aussage keineswegs glücklich zu sein.

»Sie wissen, Sie durften sich dort nicht aufhalten. Außerdem schaut man aufeinander an einem Gewässer, sie hätten den Mann im Aug' behalten müssen.«

»Normalerweise ist das eine Maxime von mir, also etwas, an das ich mich, Sie verstehen, aber in dem Fall, nein, es war nicht in Ordnung.«

»Und das mit dem Hut, das macht gar kein gutes Bild. Sie sind sich sicher, wir finden nicht auch noch den Rucksack und sein Handy auf der Insel, weil dann verfrachten wir Sie und Ihren Freund in null Komma nix in die Josefstadt ...«

Eine Sekunde lang überlegte Sebastian, warum sie ins Theater in der Josefstadt geschickt werden sollten – ob das eine Strafe war, darüber ließ sich streiten –, dann erst kam ihm die Justizanstalt ein paar Straßen weiter in den Sinn.

»Das wird nicht nötig sein! Es ist dort sonst nichts. Und das mit dem Hut, das war eine Übersprungshandlung! Wie Gähnen, wenn man eigentlich nervös ist!«

Der Polizist sah ihn an, als müsse sein entgegenkommendes Verhalten nicht unbedingt von unbegrenzter Dauer sein.

»Und was machen wir jetzt?«, fragte die Frau.

Der Beamte sah sie an und zuckte die Schultern.

»Ich würde den jungen Herren raten, ihr *Spiel* zu Ende zu bringen, denn das scheint der schnellste Weg zu sein, Ihren Mann zurückzubringen. Wenn wir bis zum Abend – sagen wir, achtzehn Uhr – nichts von ihm gehört haben, werden wir eine Handyortung veranlassen, vielleicht finden wir ihn so. Jedenfalls gehen wir ab dem Zeitpunkt dann von einem Unfall oder einem Verbrechen aus. Und dann werden wir selbstverständlich Sie und Ihren Kollegen etwas gründlicher einvernehmen. Tun Sie uns bitte allen einen Gefallen, und bringen Sie den Mann heute noch wieder zurück!«

Als Valerie und Mischa kurz vor zehn in den Frühstücksraum kamen, sahen sie Sebastian an einem der Tische am Fenster sitzen. Er hatte einen Kaffee vor sich stehen und war dabei, mit flinker Hand etwas in seinen Notizblock zu schreiben. Als sie sich zu ihm setzten, legte er den Stift nieder und lehnte sich zurück.

»Ok, es ist Folgendes …«, begann er. »Die Polizei weiß Bescheid. Und sie haben den Hut gefunden.«

Dann erzählte er ihnen im Detail, was an diesem Morgen schon passiert war, von der Fahrt auf die Insel bis zur Abmachung mit dem Polizisten.

»Wieso habt ihr mir nichts von dem Hut erzählt?«, fragte Valerie, als er kaum geendet hatte.

»Ich dachte, es renkt sich von allein ein!«, sagte Sebastian.

»Und du?«, fragte sie Mischa.

»Ich hab nicht mehr daran gedacht. Auf Hüte vergisst man, deswegen bleiben in Garderoben immer welche liegen.«

»Aber diesen habt ihr absichtlich versteckt!«

Sebastian sagte: »Wir waren im Schock! Wir haben nicht gewusst, wohin Hannes verschwunden war! Aber wir können das alles noch hinbiegen. Wir haben bis sechs Uhr Zeit, Hannes zurückzuholen. Und wenn ich recht habe mit meiner Theorie, dann gelingt uns das auch. Aber wir müssen sofort loslegen! Seid ihr dabei?«

»Wir haben ja keine Wahl«, sagte Valerie, »wir müssen diese Trauerfeier organisieren und hoffen, dass er dort auftaucht!«

»Und dann schicken wir ihm eine gesalzene Spesenrechnung!«, sagte Mischa. »Was brauchen wir alles?«

Sebastian sah auf seine Notizen.

»Eine Kirche. Einen Pfarrer oder nicht-geistlichen Zeremonienmeister. Ein trauerndes Publikum. Um es anzulocken, Freibier und Buffet. Ein Foto des Verstorbenen. Blumenschmuck. Musik. Plakate. Glockengeläut. Freunde und Bekannte, die uns Stoff für den Nachruf liefern.«

»O Gott«, flüsterte Valerie.

Mischa rutschte tiefer in die Bank hinein und stöhnte.

»Ich weiß«, sagte Sebastian, »aber anders wird es nicht gehen!«

»Wie lassen wir ihn überhaupt wissen, wo und wann die Trauerfeier stattfindet?«, fragte Mischa. »Er könnte überall sein!«

Sebastian griff die Frage dankbar auf, darüber hatte er

sich auch schon den Kopf zerbrochen. »Ich glaube, er ist längst hier in der Gegend. Auf unserer Donauseite. Er hat bestimmt in einer Pension in der Nähe übernachtet. Vielleicht ist er jetzt schon in der Stadt und rollt als Fahrradtourist mit Helm, Sonnenbrille und falschem Bart durch die Gassen! Er wird mit Sicherheit die Plakate sehen, mit denen wir die Leute zur Feier lotsen. Dann weiß er Bescheid.«

»Hoffen wir mal, es ist wirklich so ...«, sagte Mischa.

Valerie schlug vor, sie sollten sich die Aufgaben aufteilen. Danach zogen sie getrennt los.

Valerie spazierte durch die Gassen der Stadt, in denen samstäglicher Betrieb herrschte. Ausflügler, Familien, Fahrradfahrer und Einheimische flanierten zwischen Geschäften und Cafés im Schatten der befestigten Stadttore. Sie bekam es mit der Angst zu tun, wenn sie sich vorstellte, alle diese Leute zum Narren zu halten und Teil ihres Spieles werden zu lassen. Während sie ziellos durch die Gassen wanderte, dachte sie, sie hatte die schwersten Aufgaben übernommen: Sie sollte den Nachruf verfassen und jemanden finden, der ihn später vor Publikum verlas.

Sie betrat wahllos irgendein Café und fragte eine Kellnerin, ob sie Hannes zufällig kannte. Nach drei erfolglosen Versuchen hatte sie verstanden, dass die meisten Leute, die hier in der Gastronomie arbeiteten, aus der Slowakei kamen und wenig Einblick in das Leben der Stadtbewohner hatten. Also ging sie dazu über, Menschen, die in etwa Hannes' Alter hatten, beim Kaffeetrinken zu stören und auf Hannes anzusprechen. Sie behauptete, sie schreibe ihre Masterarbeit über seinen Prozess, was allgemein als völlig unsinniges Unterfangen angesehen wurde. Jemand empfahl ihr schließlich, mit einem gewissen Toni zu sprechen, der einen Würstelstand außerhalb der Stadtmauer führte – er sei ein Schulfreund von Hannes gewesen.

Als sie Toni fragte, ob er ihr etwas über seinen Freund erzählen könne, stellte sich heraus, dass er nicht nur die Schulbank mit ihm geteilt hatte, sondern auch im Vorstand seiner Firma gewesen war! Er bezeichnete sich selbst als einen der Gewinner der ganzen Affäre, war er doch ohne Anklage davongekommen und ging inzwischen einem seriösen Gewerbe nach. Zwischen Hot Dogs und Leberkäsesemmeln gab er ihr einen Überblick über Hannes' Lebensgeschichte, gespickt mit der einen oder anderen Anekdote. Sie notierte sich alles mit einem Kugelschreiber auf hauchdünnen Würstelstandservietten.

Zum Abschluss sagte Toni, Hannes sei nicht allzu beliebt in der Stadt, viele Leute hätten Aktien seines Unternehmens gekauft, im Glauben, eine sichere Investition zu tätigen, und das teuer bezahlt. Auch das noch, dachte Valerie.

Im Garten eines Kaffeehauses fasste Valerie die Informationen zusammen und schrieb die Rede in Schönschrift auf zwei A4-Blätter. Als Nächstes zermarterte sie sich das Hirn, wo sie einen Redner herbekommen könnte. Zufällig trippelte in diesem Moment eine Gruppe von Menschen an Valerie vorbei, die von einem in mittelalterlicher Kluft gekleideten Mann angeführt wurde. Er war etwa Mitte fünfzig, mit schulterlangem silbernen Haar. Ganz offensichtlich hatte der Mann schauspielerische Ambitionen, er war ein Märchenerzähler, nicht bloß ein Fremdenführer. Valerie ließ ein paar Euro auf dem Tisch zurück und folgte der Gruppe.

Sie hatte Glück; es dauerte keine zehn Minuten, bis die Führung zu Ende war. Der Mann bekam Kleingeld in seinen Lederbeutel geworfen, er verbeugte sich mit großen Gesten, dann machten sich die Ausflügler in alle Richtungen davon. Er zündete sich eine Zigarette an und schlenderte die Straße wieder hinunter. Valerie lief ihm hinterher und sprach ihn direkt darauf an, ob man ihn für eine Rede vor Publikum buchen könne. Bei einem Eiskaffee erklärte sie ihm dann die Eckdaten des Jobs: eine Trauerfeier, aber kein Verstorbener. Publikum, aber keine Trauernden. Leichenschmaus, aber – natürlich – keine Leiche. Warum nicht, sagte er.

Nachdem sie sich auf eine Gage geeinigt hatten und gemeinsam den Text der Rede durchgegangen waren, machte sich Valerie auf den Weg zurück ins Wirtshaus. Sie nahm am Tisch neben Mischa und Sebastian Platz und berichtete von ihrem durchaus erfolgreichen Vormittag. Sebastian hatte seine Aufgaben auch erledigen können, nur Mischa hatte kein Glück gehabt: Er hatte die katholische und die evangelische Kirche besucht, und von beiden Stellen Absagen auf sein Ansinnen erhalten, extrem zeitnah eine überkonfessionelle Trauerfeier abzuhalten. Die Suche nach Ausweichmöglichkeiten war ebenso erfolglos verlaufen.

Mischa hatte allerdings eine andere Idee: »Wir geben den Hauptplatz bei der Kirche als Treffpunkt an. Um vier findet dort eine Hochzeit statt. Sobald die Glocken läuten, gehen wir in einer Prozession mit den Trauergästen zur Donau hinunter. Dort gibt es Wiesen am Wasser, wo wir die Zeremonie abhalten können. Und bevor sich jemand beschweren kann, sind wir schon wieder weg.«

Am Nachmittag liefen sie durch die Straßen und hängten Plakate auf. Unter dem sanft lächelnden Gesicht von Hannes, seinem Namen und dem Geburts- und Todesjahr – das aktuelle natürlich – stand folgender Text:

Ein Sohn der Stadt ist zu früh gegangen.

Wir trauern um einen Visionär,
Gestalter und Missverstandenen.

Wir treffen uns um 16 Uhr am Hauptplatz,
dann Prozession zur Donau, um Abschied zu nehmen
und uns zu erinnern.

Alle sind willkommen!

Nach der Zeremonie werden kalte Getränke
und Brötchen gereicht.

Das letzte Urteil trifft der Herrgott.

(Keine Fotos!)

Schon beim Aufhängen der Plakate sahen sie die unterschiedlichsten Reaktionen auf die Nachricht von Hannes' Tod: Es gab jene, die ihn aus den Medien kannten und erstaunt über sein plötzliches Ableben waren. Einige von ihnen griffen sofort zu ihrem Smartphone und überprüften, ob das Internet mehr dazu wusste – sie wurden enttäuscht. Dann waren da jene, die ihn auch persönlich gekannt hatten und tatsächlich betroffen wirkten. Bei der dritten Gruppe mischte sich in die Überraschung auch der Spott mit hinein, denn wohin seine *Visionen* geführt hatten, war allgemein bekannt ... Interesse löste das Plakat aber bei allen aus: Öffentliche Trauerfeiern waren nicht an der Tagesordnung, und das Spannungsfeld zwischen *Gestalter* und *Missverstandenem* regte die Phantasie an.

Um halb vier standen Valerie, Sebastian und ihr Redner am Hauptplatz. Mischa hielt zusammen mit Hannes' Frau unten an der Donau die Stellung und gab acht, dass niemand mit den Klappstühlen oder Teilen des Buffets verschwand.

Valerie hielt ein Schild in der Hand, auf dem eines der Plakate mit Hannes' milde lächelndem Konterfei klebte. Sie hatten sich an einer ruhigen Ecke des Platzes aufgestellt und warteten seit einer Viertelstunde vergeblich auf Sympathisanten. Auf der anderen Seite des Hauptplatzes war hingegen einiges los, immer mehr Gäste der Hochzeit erschienen und breiteten sich auf dem Kirchenplatz aus. Das Wetter meinte es allerdings nicht sehr gut mit der Hochzeitsgesellschaft, der Nachmittag war verhangen und trüb, und für den Abend war wieder ein Gewitter angekündigt.

Etwa zwanzig Minuten vor vier tauchten ein Mann und seine Freundin mit Eistüten in der Hand auf und fragten, ob das hier die Trauerfeier sei. Valerie sagte, hier seien sie richtig. Wie er denn gestorben sei, fragte die Frau, und Sebastian erklärte, er sei ertrunken.

Ein älterer Herr gesellte sich dazu. Die Gefahren des Schwimmens in der Donau wurden erörtert. Eine Familie mit zwei halbwüchsigen Jungen blieb stehen. Sie hörten dem älteren Mann im Gespräch mit dem Paar zu. Drei adrette ältere Damen kamen nach dem Kaffeehausbesuch vorbei und gesellten sich zu ihnen. Es entspann sich ein Gespräch über die Geschäfte des Verstorbenen, wem sie genutzt, wem geschadet hatten. So ging es weiter, es war kein dramatischer Andrang, aber langsam wurden es mehr.

Der entscheidende Moment der Versammlung kam, als bei der Hochzeit nebenan ein Dutzend kleiner Blumenmädchen in rosa Kleidchen und mit Sträußchen bewaffnet aufmarschierte. Denn jetzt wurde all jenen Leuten, die wegen der Trauerfeier gekommen waren und nur irrtümlich bei der Hochzeitsgesellschaft gewartet hatten, schlagartig bewusst, dass sie bei der falschen Gruppe waren. Eine kleine Völkerwanderung fand statt, und die Hälfte der Menschen vor der Kirche schloss sich den Wartenden um Valerie an.

»Was passiert hier?«, fragte Sebastian, als er auf die Menge an Menschen starrte, die in lockere Plaudereien verstrickt auf dem Platz standen. Naturgemäß zog eine so große Gruppe immer noch weitere Leute an, und als es vier Uhr wurde und die Glocken zur Hochzeit zu läuten begannen, füllte die Menschenmenge, die wegen der Trauerfeier gekommen war, den halben Hauptplatz. Lag es am mäßigen Wetter, das die Leute davon abhielt, ins Bad zu gehen? War es das Versprechen von Gratisgetränken? Oder verhielt es sich so, dass so viel Spott und Häme über den »Verstorbenen« ausgebreitet worden waren, dass die Menschen sich mit der Teilnahme an der Feier reinwaschen wollten?

Valerie überreichte dem Stadtführer – er hieß Julius (oder nannte sich so) – das Schild und bat ihn, die Menge zum Wasser zu führen. Er trug eine graue Kutte, die er wohl aus dem Theaterfundus der hiesigen Mittelalterspiele hatte, eine Kette mit einem keltisch aussehenden Anhänger und hellgrüne Clogs. Als er sich an die Spitze der Gruppe setzte und die Menschen mit theatralischer Stimme aufforderte, ihm zu folgen, löste er eine leise und raunend geführte Diskussion aus, welcher Religion Hannes eigentlich angehört hatte ...

Die Menge begann sich zu bewegen. Julius führte sie durch die historische Blutgasse, unter den Gleisen der Bahn hindurch und weiter auf eine Wiese nahe der Donau. Der Himmel war dunkel und zerklüftet, die Donau stahlgrau, Wind war aufgekommen. Julius in seiner mönchischen Aufmachung leitete die Leute zu der Ansammlung von weißen Klappstühlen, die höchstens einem Fünftel von ihnen Platz boten, und stellte sich vor der Menge auf. Hannes' Frau kam in einem schwarzen Hosenanzug mit schwarzem Hut auf ihn zu und reichte ihm die Hand. Er verbeugte sich leicht, dann vollführte er eine Hokuspokus-Handbewegung, die die Witwe dankbar als Segnung entgegennahm. Als sich die Frau auf einen Stuhl in der ersten Reihe hingesetzt hatte und Ruhe in die Gruppe eingekehrt war, begann der Geiger eine traurige Melodie zu spielen. Mischa, Sebastian und Valerie standen am Rand bei den Buffettischen und beobachteten das Schauspiel von dort.

Als der Geiger geendet hatte, begann Julius zu sprechen: »Hannes war ein Spross der Stadt, ein Hainburger Bub, ein Donaukind. Das Wasser, in dem er schon als Kind gespielt hatte, sollte ihm später zum Schicksal werden. Doch blicken wir zurück auf die Jahre dazwischen!«

Die Kindheits- und Jugendepisoden, die nun folgten, fanden Anklang beim Publikum, es schienen manche noch Erinnerungen daran zu haben, andere hatten von dem einen oder anderen Jux gehört.

Julius kam auf die Studentenjahre von Hannes zu sprechen, auf seine beruflichen Anfänge und die bemerkenswerten Ideen, die ihn schließlich in die Selbständigkeit führten. Ganz so, wie der Pfarrer in *Tom Sawyers Abenteuern* die Tugenden der Jungen preist, begann ihr Zeremonienmeister nun, in einem Ton der Milde und Vergebung von Hannes' Geschäften zu sprechen. Wie er immer nur in die Zukunft gesehen, sich nur der Innovation verpflichtet gefühlt und darüber manchmal die schnöden Pflichten der Gegenwart übersehen hatte. Hie und da sah Valerie jetzt ein sarkastisches Grinsen oder rollende Augen. Insgesamt überwog aber die Nachsicht: Der eigene Tod ist ein recht überzeugendes Friedensangebot, und die Menschen, die an diesem Nachmittag an der Trauerzeremonie für Hannes teilnahmen, waren bereit, das Angebot anzunehmen.

Als der Redner auf die *Zeit der Strafe* zu sprechen kam, wie Valerie den nächsten, vom Prozess überschatteten, Lebensabschnitt Hannes' genannt hatte, merkte sie, wie Mischa neben ihr unruhig wurde.

»Er müsste jetzt auftauchen«, sagte er, »im Buch platzen die Jungs mitten in die Predigt hinein.«

Valerie folgte seinem Blick, aber es waren einfach zu viele Menschen, um Hannes in der Menge auszumachen.

Ihr Leihpfarrer kam hingegen schon zum Ende. Er sprach von Hannes' Frau, die immer zu ihm gehalten hatte, und von seiner Heimatstadt und den Donauauen, die ihm so am Herzen gelegen waren. Ebendort wieder einem Bade zu frönen, war ihm zum Verhängnis geworden. Er machte einen Schritt zur Seite und bat den Geiger, ein Schlusslied anzustimmen. Während der Musiker spielte, warf Hannes' Frau den dreien einen dringlich-fragenden Blick zu, den sie nur mit einem Achselzucken beantworten konnten.

Als das Musikstück zu Ende war, stellte sich Julius wieder vor die Leute, bedankte sich für ihr Kommen und wies sie auf das Buffet hin. Dann ging er.

Die drei eilten zu Hannes' Frau, die jedoch nun damit beschäftigt war, die Beileidsbekundungen der Gäste entgegenzunehmen. Valerie registrierte, dass es zu tröpfeln begann, was zur Folge hatte, dass die Leute es nun besonders eilig hatten, sich Bier und Brötchen abzuholen, und ans Buffet drängten. Mischa und Sebastian schwärmten aus und suchten in der Menge nach Hannes.

Es begann nun wirklich zu regnen, und die Gäste machten sich auf den Rückweg. Sebastian lief ein Stück zurück Richtung Stadt, um letzte Blicke auf die Wegeilenden werfen zu können. Valerie und Mischa standen bei Hannes' Frau, die hilflos zusah, wie sich die Gesellschaft und damit auch die Chance auf die Rückkehr ihres Mannes auflöste. Der Redner und der Geiger verabschiedeten sich, dann waren sie allein auf der Wiese.

»Es hat nicht funktioniert, wir haben nur Zeit verloren«, sagte die Frau, »dieser ganze Zirkus war umsonst!«

»Vielleicht war er da«, sagte Mischa, »er hat sich alles angesehen, und dann hat ihn der Mut verlassen, und er ist wieder verschwunden.«

»Das glaube ich nicht«, sagte die Frau erregt, »die Idee war von Anfang an verrückt. Dieses ganze Schauspiel, während er vielleicht irgendwo an einer Uferböschung liegt!«

Sebastian unterbrach sie.

»Da hängt noch eine Jacke.«

Er zeigte auf die Klappstühle in der Wiese. An einem Sessel in der letzten Reihe hing eine graue Anzugjacke.

Sie gingen quer durch die Wiese zu dem Stuhl mit dem Sakko. Sebastian fing an, die Taschen der Jacke abzuklopfen. Er zog ein Handy hervor.

Hannes' Frau kam näher, um es sich anzusehen, und schließlich riss sie es Sebastian aus der Hand.

»Das ist seines! Der Sprung im Display, es ist sicher seines!«

Sebastian griff nach seinem eigenen Telefon und wählte Hannes' Nummer. Das Handy in der Hand der Frau begann zu blinken, der Ton war abgestellt worden.

»Er war hier«, sagte Sebastian entgeistert, »er muss hier gesessen sein!«

Nun wurde ihnen bewusst, dass sie trotz des Regens nicht ganz allein hier bei den Donauwiesen waren: Vereinzelte Gestalten in Regenjacken gingen immer noch am Wasser entlang, zwei, drei Leute stand auf dem Damm, der die Boot-Anlegestelle von der Donau trennte, Radfahrer zogen an ihnen vorbei.

Wie auf ein Startsignal hin gingen die vier los. Sie suchten das Ufer ab, liefen auf Leute zu, deren Gesichter von Regenkapuzen halb verdeckt waren, und versicherten sich, dass nicht *er* darunter verborgen war.

Valerie war am weitesten nach Westen marschiert, bis dorthin, wo die Baumzeile entlang der Bahnstrecke aufhörte und die Wiesen immer schmäler wurden. Sie wollte schon umdrehen, als sie einen alten Mann sah, der bis zu den Hüften im Wasser der Donau stand. Er hatte ihr den Rücken zugedreht. Sein Anblick alarmierte sie sofort, denn er trug Straßenkleidung, Hose und Pullover. Sie näherte sich ihm bis zur Kante der Böschung, von der eine etwa sechs Meter lange Steintreppe zum Wasser führte. Sie rief: »Hallo, entschuldigen Sie!«

Der alte Mann drehte sich zu ihr um. Seine Haare waren voll, grau und penibel gescheitelt, er hatte einen sauber gestutzten weißen Bart und trug eine bräunlich getönte Brille. Valerie war ein ganzes Stück von ihm entfernt, aber sie erkannte, dass all das nur Maskerade war.

»Was wollen Sie?«, fragte der Mann.

»Sie sind Hannes, oder? Wir suchen Sie! Ihre Frau und wir suchen Sie, seit Sie von der Insel verschwunden sind.«

»Gehören Sie zu den Jungs, ja? Gratulation zu dem Schmierentheater!«

Er drehte sich wieder von ihr weg und starrte aufs Wasser hinaus.

»Wo waren Sie denn die ganze Zeit?«

Er schien Valeries Frage nicht zu hören, stattdessen machte er einen weiteren Schritt in Richtung tieferes Wasser.

Sie sah zu den anderen hinüber. Die hatten bemerkt, dass sie sich mit jemandem unterhielt, und liefen schon auf sie zu. Als seine Frau fast da war, drehte sich Hannes zu ihr um. Mit ernster Miene hob er zaghaft die Hand zum Gruß.

»Was tust du da im Wasser?«, fragte sie und ging langsam die Stufen zu ihm hinunter.

»Bleib stehen!«, rief er.

Auf halbem Weg zwischen Wiese und Fluss verharrte sie auf den Stiegen.

»Mach nix Dummes, bitte!«, sagte sie.

»Ich hab meine eigene Beerdigung überlebt, was soll passieren?«

»War es nicht so, wie du es dir vorgestellt hast?«

»Ob es … Was glaubst du? Es war furchtbar! Niemand ist gekommen. Keiner von der Familie. Keiner von den Freunden aus Wien, die Weggefährten. Die meisten von diesen Figuren waren mir völlig unbekannt! Was ist das für eine Trauerfeier?«

»Bitte kommen Sie aus dem Wasser und lassen Sie uns alles in Ruhe besprechen!«, rief Sebastian.

»Und diese Wiese! Eine Trauerzeremonie muss in einer Kirche stattfinden! Durchgeführt von einem Pfarrer, keinem keltischen Priester in Badeschlapfen!«

»Es war keine Kirche aufzutreiben«, rief Sebastian zum Wasser hinunter, »wir mussten improvisieren!«

»Bier und Brötchen, Klappstühle und ein Geiger aus einer Zigeunerkapelle. Da möchte man auf seiner eigenen Beerdigung doch am liebsten tot sein!«

»Wo warst du denn überhaupt?«, fragte seine Frau.

»Wo soll ich schon gewesen sein? Bei meiner Mutter in der Wohnung, gleich beim Hauptplatz!«

Die Frau flüsterte: »Bei der Mama …«

»Kommen Sie bitte an Land«, drängte Valerie, »wenn wir jetzt nämlich bei der Polizei melden, dass Sie doch ertrunken sind, wird es sehr schwer sein, jemanden davon zu überzeugen, nach Ihnen zu suchen!«

Seine Frau ging langsam ein paar Stiegen in Richtung Wasser hinunter und sagte: »Hannes, lass uns einfach nach Hause gehen. Du hattest dein Abenteuer. Diese Menschen hier haben alles getan, um dich glücklich zu machen.«

»Ich versteh das nicht«, lachte Hannes, »mir wird der Prozess gemacht, aber die kommen mit ihrem Pfusch durch! Was ist mit deren Geschäftsethik? Die haben nicht mal nach mir gesucht, als ich von der Insel verschwunden war. Sie sind einfach zurück an Land gefahren. *Ihre* Unterlagen sollte man sich einmal vornehmen, wer weiß, wen die noch irgendwo zurückgelassen haben!«

»Du bist unfassbar, Hannes!«, sagte seine Frau.

»Ihr spielt doch mit den Menschen und ihren Träumen!«, rief er in Richtung von Sebastian und Mischa. »In eurer Anzeige steht, man könne ein Wochenende die Realität hinter sich lassen. Stattdessen habt ihr mich erst zum Kern meiner traurigen Existenz geführt! Nie habe ich mich mehr alleingelassen und unverstanden gefühlt als nach dieser Farce!«

»Genug, ich hol den jetzt da raus!«, sagte Sebastian und lief hinunter zum Wasser.

Mischa wollte seinen Freund zurückhalten, aber in seiner Rage war Sebastian nicht zu stoppen. Während die Frauen noch seinen Namen riefen, tauchte Sebastian ins Wasser ein und hatte Hannes, der noch versucht hatte, sich umzudrehen und abzustoßen, in wenigen Schritten erreicht. Mischa war knapp hinter ihm ins Wasser gestiegen und erreichte die beiden, als Sebastian Hannes gerade die Arme um die Brust schlang, um ihn so zurück an Land zu ziehen. Mischa wiederum versuchte dasselbe mit Sebastian, und durch den Schwung, mit dem er ihn traf, verlor dieser seinen Halt am Boden, und alle drei rutschten weg und tauchten als ein Bündel von drei Männern unter. Gleichzeitig spürten sie, wie die Strömung sie ergriff. Hannes tauchte wieder auf und schrie etwas, Sebastian kam kurz nach ihm wieder an die Oberfläche und packte den Mann, der ihm unter Wasser entglitten war, fest am Arm, wodurch er ihn erneut unter Wasser zog. Mischa schnappte nach Luft und fasste ohne etwas zu sehen nach Sebastian. Er erwischte gerade noch einen Hemdzipfel von ihm und zog ihn, als Einziger, der noch Bodenkontakt hatte, an dem Stück Stoff in Richtung Land. Dann spürte er, wie er selbst von Hannes' Frau ergriffen wurde, die wiederum von Valerie gehalten wurde. Langsam näherten sie sich alle wieder dem Ufer.

Als Hannes als Letzter Grund unter den Füßen hatte, versuchte er, sich Sebastians Griff zu entreißen, aber der ließ es sich nicht nehmen, Hannes im Schwitzkasten bis zur Wiese am Rand der Böschung hinaufzuziehen und dort erst loszulassen. Hannes sank erschöpft zu Boden. Er hatte sein Toupet und die Brille im Wasser verloren, nur der Bart klebte noch schief in seinem Gesicht und umrandete Nase statt Mund.

Eine Weile lagen sie alle drei verstreut in der Wiese und schnappten nach Luft. Sebastian war der Erste, der sich wieder hochrappelte.

»Er ist an Land«, sagte er in die Runde und zeigte auf Hannes, »und er ist am Leben. Ihr könnt das alle bezeugen. Er ist ersoffen, wir haben ihn betrauert, und ihn dann wieder aus dem verdammten Fluss zurückgeholt. Unsere Arbeit ist getan, die Passionsspiele sind vorüber, ich gehe zum Hotel. Die Rechnung schreibe ich morgen. Wiederschaun.«

Nach zwei Schritten die Böschung hinauf drehte er sich nochmal um und sagte: »Die Klappstühle …« Dann machte er eine wegwerfende Handbewegung, kletterte weiter aufwärts und war kurz darauf aus ihrem Blickfeld verschwunden.

Als Valerie und Mischa zusammen mit Hannes und seiner Frau eine Viertelstunde später den Weg in die Stadt zurückgingen, begegnete ihnen der alte Herr, der als einer der Ersten bei der Trauergruppe am Hauptplatz angestanden war. Er fror in der Bewegung ein und starrte Hannes in dessen durchnässten Kleidern an.

»Jetzt ist er doch net tot?!«

Hannes blieb stehen und sah den Alten herausfordernd an.

»Sind Sie jetzt enttäuscht?«

Der Mann schien zu überlegen, wie es ihm damit ging.

»Enttäuscht, nein. Das ist doch schön für Sie! Nur haben wir halt geglaubt, Sie sind bei den Fischen.«

»Ich leb aber noch«, sagte Hannes.

»Ich auch«, sagte der Alte und lächelte. »Was is jetzt das größere Wunder?«

Hannes zuckte die Schultern.

»Ich weiß es nicht, ich kenn Sie ja gar nicht.«

»Ich kenn Ihre Mutter. Die wird erleichtert sein.«

»Die hat ja gar nix mitkriegt von all dem.«

»Ach nicht, na umso besser«, sagte der Alte. »Aber um den Prozess kommen S' jetzt doch nicht herum.«

»Na ja, der ist ja schon fast geschafft.«

»Gott sei Dank. Auf Wiedersehen.«

Dann machte sich der Alte mit kleinen Schritten auf seinen weiteren Weg.

Valerie dachte: Wie schade. Für einen Moment hatte sie geglaubt, Hannes könnte aus dieser zufälligen Begegnung einen Trost oder sogar eine Versöhnung mit der Stadt für sich herausholen. Aber dann war es doch nur ein gar nirgendwohin führendes Geplänkel geworden, das nichts klärte und nichts bedeutete. So wie all ihre Bemühungen an diesem Wochenende.

8

Nach einer Fahrt, während der über vieles lebhaft geschwiegen wurde, setzte Valerie Sebastian am Schwedenplatz ab. Mit einem Rucksack, in dem sein Joe-wie-hieß-er-noch-Kostüm steckte, fand er sich allein am Donaukanal wieder. Die Sonne war gerade am Verschwinden und tauchte die Ufer des Kanals, wo die Leute Cocktails und Coronas tranken, in Magazincoverlicht. Er konnte sich dort nicht vorstellen, also ging er ein paar Schritte zum nächsten Würstelstand, kaufte sich eine Dose Bier und setzte sich auf eine Bank direkt am Schwedenplatz bei den Abgängen zur U-Bahn, zu den Pennern und den ausgelaugten Touristen. Ein junges kanadisches Pärchen, offenbar ohne einen Cent in der Tasche, fragte ihn nach einer Zigarette. Er kaufte ein Päckchen, und die zwei erzählten ihm von ihrem Singer/Songwriter-Projekt und boten ihm um fünf Euro eine CD an, die sie in Berlin aufgenommen hatten. Er nahm zwei und fragte sie, ob man die Songs auch downloaden könne. Sie nannten ihm den Link, und zehn Minuten später hatte er das Album auf seinem Handy. Als sie mit seinem Geld zu einer Pizzabude aufbrachen, steckte er die Kopfhörer an, schnallte sich den Rucksack um und marschierte durch die Stadt Richtung Rathaus, in den Ohren düster-alternativer Endzeit-Country made in Berlin, wie eigens für seine Stimmung komponiert.

Sätze, die an diesem Wochenende gefallen waren, begannen wie Reklametafeln in seiner Erinnerung aufzuleuchten und flankierten seinen Weg durch die Innere Stadt:

»… selbst wenn ihr die besten Schauspieler wärt – was ihr gewiss nicht seid, wenn ich euch für ein Wochenende mieten kann!«

»Irgendwann erwachst du aus dieser Sache und wirst denken: Ich habe so viele Möglichkeiten verpasst.«

»Vielleicht findet gerade jetzt ein Casting für eine Serie statt, für die du die Idealbesetzung wärst!«

Als er für einen Moment aus seinen Gedanken auftauchte, fand er sich zu seiner großen Überraschung nur noch ein paar Meter von dem Theaterlokal entfernt, wo er früher drei Mal die Woche, inzwischen aber seit einem halben Jahr gar nicht mehr aufgetaucht war. Er hatte den Weg nicht bewusst gewählt, es war die Gewohnheit gewesen, die ihn hierhergeführt hatte. Er wollte einfach weitergehen, irgendwohin, wo er für sich war, wo er nachdenken konnte, aber die Anziehung der Tür mit dem grau gewordenen Milchglaseinsatz war stärker, und er hatte die Hand am Knauf, bevor er wusste, dass das Lokal gewonnen hatte.

Als er eintrat, sah er, dass nur vier, fünf Gäste an der Bar standen und er keinen von ihnen kannte. Er hatte auch keine Vorstellung davon, worüber sie reden mochten. Wenn er früher hier hereingekommen war, dann war es gewesen, als ob man in eine Unterhaltung zurückkehrte, die man nur für einen Augenblick unterbrochen hatte. Er hatte gewusst, was die Gemüter bewegte. Seine eigene Position in dem unsichtbaren Organigramm der Kneipe war genau festgeschrieben gewesen, seine Daseinsberechtigung unbestritten. Diese Privilegien waren abgelaufen.

Er setzte sich an einen der kleinen Tische in der Nähe des Eingangs, den Rucksack stellte er auf den Sessel neben sich.

Er registrierte, dass ein neuer Kellner hinter dem Tresen stand, eine Sensation, die für Unruhe und Gerede gesorgt haben musste und mit Sicherheit auch amouröse Hoffnungen bei manchen Gästen geweckt hatte. Der dunkelgelockte junge Mann erschien an seinem Tisch, und Sebastian bestellte ein Achterl *Intendant*. Immerhin, der neue Barmann kannte das Codewort für den Qualitätswein und servierte ihn kalt und mit einer Schüssel Erdnüsse. Sebastian bemerkte jetzt, dass im Extrazimmer – vom Barraum durch eine Schwingtür getrennt – eine größere Runde saß und feierte.

Er nahm einen Schluck Wein und fühlte sich wie einer der Rucksacktouristen, die von Zeit zu Zeit hier auftauchten, seit das Lokal im *Lonely Planet* erwähnt worden war. Mit großen Augen sahen sie sich um und versuchten, etwas von dem Theater- und Literaturzauber, der dieser Kneipe zugeschrieben wurde, einzufangen. Jeden versoffenen Kerl an der Bar hielten sie für eine Wiener Schauspieler- oder Autorenlegende, jedes Thekengespräch erschien ihnen wie ein philosophisches Gipfeltreffen – nur selten lagen sie richtig.

Sebastians Gedanken gingen zu Hainburg zurück. Alles, was schieflaufen konnte, war dort schiefgelaufen. Aber vielleicht hatte er das gebraucht. Vielleicht musste er einmal ein paar bittere Wahrheiten hören, auch wenn sie von einem Verrückten kamen, der in Straßenkleidung in der Donau stand: »Ihr spielt doch mit den Menschen und ihren Träumen!« Es stimmte, das taten sie, das tat er. Er griff in die Theater-Zauberkiste und brannte ein paar Effekte ab, aber was die Menschen wirklich brauchten, das blieb ihm verborgen. So hatte er in Thailand getrickst und dabei sowohl Lisa als auch Wolfgang an der Nase herumgeführt. So gaukelte er Anna die ganze Zeit vor, dass für ihn alles in bester Ordnung war. Und so ließ er Mischa und Valerie im Unklaren darüber, ob es eine Zukunft für sie als Gruppe gab. Vor allem aber hatte er sich selbst viel zu lange etwas vorgemacht: Er war kein Produzent, Regisseur, Autor, Analytiker und Geschäftsmann in Personalunion. Er war nur ein kleines Schauspielerlicht. Und es war höchste Zeit, daraus die Konsequenzen zu ziehen.

Nach dem zweiten *Intendanten* ging Sebastian auf die Toilette. Auf dem Rückweg hörte er, wie aus dem Nebenzimmer sein Name gerufen wurde. Sebastian erkannte Kilian – seinen Seminarkollegen, den er zuletzt bei Ottos Trauerfeier gesehen hatte, der Einzige von ihnen, der es zu einer richtigen Karriere gebracht hatte.

Kilian stand auf und quetschte sich an den anderen Leuten vorbei, die bei Kerzenschein auf den schiefen Bänken an dem alten Eichentisch saßen und sich lautstark unterhielten.

»Schau ihn an, den feschen Kerl!«, gurrte er und tätschelte Sebastians Wangen, »gorgeous man, great strength!«

Sebastian wusste nicht, wen Kilian da imitierte, und er war von der Präsenz und der gehobenen Laune seines Freundes für einen Moment eingeschüchtert. Dennoch zwang er sich, so zu reagieren, wie es immer ihre Art gewesen war:

»Und von dir gibt's jetzt noch mehr«, sagte Sebastian und griff Kilian an seinen gut gepolsterten Bauch, »Kompliment, first class!«

»Ich geb uns einen aus!«, rief Kilian. »Setz dich her!«

»Lieber ein anderes Mal«, sagte Sebastian, »ich hatte ein ziemlich hartes Wochenende!«

Kilian kam ganz nah an Sebastian heran und sagte mit

seiner geschmeidig-sonoren Stimme: »Ich hatte heute eine Szene, in der ich H. für den neuen Film von D. den Arsch versohlt habe. Man macht Dinge für den Job …!«

H. war ein in Würde ergrauter Mime des bürgerlichen Theaters, D. ein erfolgreicher Regisseur mit Freude an bizarren Handlungskapriolen.

»Krass. Trotzdem, Kili, ich werde mal heimwärts …«

»Im Ernst, ich will mit dir reden. Wo sitzt du, ich komm zu dir!«

Sebastian zeigte müde auf seinen Tisch beim Eingang, und Kilian deutete ihm, er komme gleich mit den Drinks. Sebastian setzte sich wieder an seinen Platz und machte sich auf einen Haufen Anekdoten gefasst.

Fünf Minuten später erschien Kilian tatsächlich mit einem Tablett, auf dem eine kleine Karaffe Schnaps, ein Kännchen mit Himbeersirup und Gläser standen – der *Gründgens*-Selbstbausatz. Sie gossen ein und prosteten einander zu.

Sebastian fragte, wovon der aktuelle Film handelte. Kilian begann zu erzählen, gestand, dass er das Buch nicht zu Ende gelesen hatte, weil sich das Skript sowieso jeden Tag ändere, und servierte ein paar Geschichten von der unorthodoxmanischen Arbeitsweise des Regisseurs.

»Was ist bei dir los?«, fragte er dann, »man hört ja gute Dinge …«

Sebastian fragte, was es denn sei, das man höre.

»Ihr macht spannende Sachen, geht euren eigenen Weg. Ich kenne Kollegen, die jederzeit bei euch mitmachen würden. Man müsste sie nur darauf ansprechen …«

»Ob sie auch noch wollten, wenn sie wüssten, was wir zahlen können …«

»Darum geht es gar nicht so. Es geht um die Autonomie, die ihr euch geschaffen habt. Das ist der Anreiz.«

Sebastian musste schmunzeln.

»Ich sag dir jetzt mal, wie es um unsere Autonomie bestellt ist …«

Und dann erzählte Sebastian, was in Hainburg passiert war, wie alles außer Kontrolle geraten war; wie sich in Thailand Privates und Berufliches heillos vermischt hatten; wie sie einer Journalistin wegen einer Story hinterherrannten, ohne sich überhaupt einig zu sein, ob sie die Publicity wollten.

Als er zu Ende erzählt hatte, sagte er: »Ich muss dich jetzt einfach etwas fragen, auch wenn du mich vielleicht für irre hältst: Weißt du etwas von einem Job für mich? Hast du von einem Casting gehört? Ist dir irgendwas zu Ohren gekommen?«

Kilian sah ihn erstaunt an. »Du fragst mich nach einem Job?«

»Ich weiß, es ist seltsam. Man liest über dich in der Zeitung, man sieht dich im Fernsehen, es wird geredet über dich – und nicht nur einmal hat mich jemand gefragt: Warst du nicht im Seminar mit ihm? Seid ihr nicht befreundet? Kann er dir nicht helfen? Und immer sage ich: Er hat es auch allein mit seinem Talent geschafft, warum sollte er wollen, dass ich es leichter habe, dass es bei mir über Kontakte läuft?«

»Man kann nur jemandem helfen, der zeigt, dass er Hilfe sucht. Wann immer wir uns getroffen haben in den letzten zehn Jahren, hast du mir erzählt, was alles bei dir passiert, welche Projekte du angeleiert hast und was nicht alles in

Aussicht steht. Ich hab dir das nicht immer abgenommen. Aber ich dachte mir: Du willst dein eigenes Ding durchziehen. Und das ist der einzige Grund, warum wir beide noch nie über gemeinsame Projekte gesprochen haben, oder darüber, ob ich etwas für dich wisse.«

»Ich weiß, ich bin nicht immer einfach«, sagte Sebastian. »Aber du kennst mich, du weißt, was ich kann, und du bist gut verdrahtet. Wenn du eine Idee hast, wo ich mich blicken lassen könnte – heute frage ich dich!«

»Und deine Truppe, eure Aufträge?«

»Das ist etwas anderes, darum geht es nicht. Es geht darum, dass ich wissen muss, ob es da draußen noch eine Chance für mich gibt. Oder ob der Zug endgültig abgefahren ist.«

Kilian sah ihn nachdenklich an. Dann stand er auf und ging in den Nebenraum, wo er zuvor gesessen war. Als er zurückkam, hatte er seine Umhängetasche dabei. Er setzte sich wieder, zog ein Manuskript aus der Tasche und legte es auf den Tisch.

»Das könnte etwas für dich sein. Es ist eine Serie. Man hat mir eine Rolle angeboten, aber mich hat das Buch nicht umgehauen. Es gibt ein, zwei Rollen, für die du geeignet wärst.«

Sebastian zog das Skript auf seine Seite des Tisches.

»Es geht um drei geschiedene Männer, die gemeinsam in eine WG im siebten Bezirk ziehen. Die haben alle Kids so im Alter von deinem, das würde ja passen.«

»Wow«, sagte Sebastian und begann in dem Buch zu blättern.

»Casting ist Mitte nächster Woche, ich kann dich ankündigen.«

Sebastian legte das Skript wieder auf den Tisch.

»Ich werde das gleich lesen und mich bei dir melden.«

»Ich wüsste noch etwas anderes vielleicht, aber die suchen jedenfalls jetzt. Es könnte passen.«

»Das ist toll, das ist ... danke dir!«

»Weißt du noch, wie es im Seminar war? Ihr zwei, du und Mischa, ihr wart die Stars. Alle dachten, ihr kommt groß raus, und ich spiele den lustigen Dicken in einer Baumarkt-Werbung. Und genau so hätte es auch ausgehen können.«

Sebastian nickte, auch wenn er es nicht glaubte.

»Ich schicke dir jetzt die Nummer von Carla, bei ihr kannst du dich dann melden!«

Sebastians Handy vibrierte, und der Kontakt war auf seinem Display.

Und damit war die Angelegenheit erledigt. Kilian wechselte das Thema, begann von Handwerkern in seinem Haus und einem lästigen Computerproblem zu reden. Dass gerade ganz nebenbei ein Manuskript und eine Telefonnummer getauscht worden waren, mit möglicherweise weitreichenden Konsequenzen, schien schon wieder vergessen.

Am nächsten Tag saß Sebastian barfuß in Jeans und T-Shirt auf einem Küchenstuhl in seinem leeren Wohnzimmer. Der Laminatboden war frisch verlegt, nur die Bodenleisten fehlten noch. Nachdem die Elektrik auch schon gemacht worden war, brauchte er eigentlich nur noch auszumalen. Die Fenster standen offen, es war ein heißer Vormittag.

Zum zweiten Mal las er jetzt das Skript, und er verstand, warum Kilian nicht begeistert gewesen war. Die Figuren erschienen ihm flach, die Handlung war unglaubhaft, die Dialoge blechern. Aber Sebastian sah das Potenzial in der Geschichte: Er selbst kannte einen Vater in etwa seinem Alter, der nach der Trennung wieder in eine WG gezogen war und sofort in alte Verhaltensmuster zurückgefallen war. Und der dennoch darauf hoffte, seine Familie irgendwann zurückzubekommen. In dem Plot der Serie steckte ein wahrer Kern, ein dramatisches Potenzial, das es herauszuarbeiten galt.

Er begann, die Dialogzeilen der zwei Hauptfiguren zu markieren, für die er laut Kilian in Betracht käme. Als er den Text lernte, konnte er gar nicht verhindern, dass ihm parallel dazu treffendere Zeilen einfielen oder Charaktereigenschaften und Ticks, die den Figuren mehr Dimension verliehen. Er fing an, an ihrer Sprechweise, ihrem Auftreten und ihren Vorgeschichten zu feilen. Er spürte, dass die Entwicklung der Serie erst am Anfang stand und am Ende einer langen Reise eine glaubwürdige, ehrliche Geschichte über Vaterschaft, Freundschaft und Verantwortung stehen konnte.

Zwei Tage später stand Sebastian in der Wohnung vor dem Spiegel und zog sich für das Casting an, als sein Handy läutete. Es war Kilian, der sich vor dem Termin nochmal melden wollte.

»Hat die Vorbereitungszeit gereicht?«

Sebastian sagte, er sei optimal vorbereitet. Er erzählte Kilian, wie er sich den beiden Charakteren angenähert, ihre Vorgeschichten angereichert und die Dialoge aufgepeppt hatte. Er sprach die Schwachstellen und das Potenzial der Serie an und wie man sie langfristig vielleicht sogar ein bisschen kultig machen konnte.

Schweigen am anderen Ende der Leitung.

Als sich Kilian wieder meldete, klang seine Stimme verändert, sein Ton immer noch freundschaftlich, aber bestimmt. »Sebastian, vergiss das alles. Vergiss all deine Ideen zu der Sendung, wie man sie verbessern oder kultig machen könnte. Geh einfach dorthin, sprich deine Sätze, schüttle ein paar Hände und verschwinde wieder. Das ist mir wirklich ernst: All diese Leute dort kennen die Schwächen der Serie. Sie kennen sie besser als du, und hätten sie die Möglichkeit, würden sie sie ändern. Versuche nicht, jemandem dort seinen Job zu erklären. Beschränke dich auf deinen Part. Halte dich an den Text. Und bitte vergiss alles, was du jemals über gutes Fernsehen gehört hast! Das wird kein *Breaking Bad*, das wird bestenfalls nur ein bisserl *bad*. Zeig denen einfach, dass du ein Schauspieler bist, der auch aus schwachem Material noch etwas machen kann. Wenn dir das gelingt, dann hast du ihre Bewunderung. Hol dir den Job, ok?«

Sebastian schluckte und überlegte, wie er Kilian verständlich machen konnte, dass er immer noch ein Profi war und wusste, wie weit er gehen konnte. Aber dann ließ er den Versuch fallen und sagte nur: »Verstanden. Danke für den Tipp.«

Das Casting fand in einem Fernsehstudio am Stadtrand statt. Erst spielte Sebastian eine Szene als *Chris*, anschließend eine als *Mike*. Er brauchte das Skript nicht, er konnte alles auswendig, Wort für Wort, wie es im Buch stand. Dann fragten sie ihn, ob er auch eine Passage als der dritte Mitbewohner, Fred, lesen könne, und auch das machte er. Er reichte vielen Leuten die Hände, witzelte mit dem Beleuchter und der Maskenbildnerin und stellte eine Großpackung Kinder Schokolade für die Crew auf den Buffettisch. Nach dem Vorsprechen trank er einen Kaffee mit Carla, die er schon von anderen Castings her kannte, dann plauderte er mit dem Sendungsverantwortlichen, dessen Tochter in denselben Kindergarten wie Emil ging. Als er das Studio nach einer Stunde verließ, die ihm wie zehn Minuten erschienen war, wusste er, er hatte alles richtig gemacht.

Am Abend desselben Tages und auch am nächsten Tag blieb Sebastian ruhig. Ihn quälten nicht die üblichen Selbstzweifel nach einem Vorsprechen, er wusste, er hatte eine gute Leistung abgeliefert. Statt wie verrückt vor Nervosität durch die Stadt zu rennen und sinnlos Klamotten zu kaufen, wie er es oft gemacht hatte, malte er das Wohnzimmer aus, montierte die Leisten und putzte die Fenster. Er traf ein paar Vorbereitungen für den nächsten Auftrag am Wochenende und schrieb eine gesalzene Spesenrechnung für Hannes. Außerdem telefonierte er mit Lisa und bat sie, zum nächsten Treffen im Theater zu kommen – selbst wenn sie ihm noch nicht verziehen hatte, was in Thailand geschehen war.

Kilian rief Donnerstagabend an, als Sebastian gerade eine neue Couch ausgepackt hatte und ein Bier öffnen wollte, um sie einzuweihen.

»Ich darf dir leider noch nicht sagen, ob du einen Job hast, aber es wäre kein Fehler, sich näher mit der Rolle des Fred zu beschäftigen und ab Ende August einen leeren Terminkalender zu haben.«

Sebastian bat Kilian, das zu wiederholen.

»Basti, du bist in der WG.«

»Die wollen mich?«

»Wenn sie könnten, würden sie dich für alle drei Rollen besetzen. Aber warte mit dem Feiern, bis du es von ihnen hörst, ok?«

»Was haben sie gesagt?«

»Sie haben mich nur gefragt: *Wo war der all die Jahre?*«

Sebastian ließ sich auf den Rand der kleinen Badewanne in der Küche sinken. Er war überwältigt. Aber es war nicht nur Genugtuung, die er spürte, da war ein genauso großer Anteil an Trauer und Zorn wegen all der langen Zeit, in der er nicht bemerkt worden war.

»Manchmal muss halt erst der richtige Moment kommen, Basti! Ich freu mich für dich!«

Sebastian brauchte einige Momente, bis er etwas erwidern konnte:

»Den Fred hatte ich gar nicht vorbereitet, den hab ich nur runtergelesen!«

»Offenbar gut gelesen ... Natürlich musst du nochmal vorsprechen, aber die wollen dich unbedingt. Freu dich einfach, alles Gute!«

»Danke dir.«

»Du klingst gar nicht begeistert.«

»Es ist nur der Schock, ich muss das erst fassen. Ach, Kilian ...«

»Ja?«

»Ich hätte auch eine Baumarktwerbung genommen!«

Kilians Gelächter brachte Sebastians Handy zum Scheppern, aber auch das war nicht der Funke, der in ihm das Feuerwerk zündete, das er eigentlich erwartet hatte. Dieser Moment, auf den er so lange hingearbeitet hatte, fühlte sich vollkommen anders an als in seiner Vorstellung. Statt das Burgtor unter Triumphgebrüll niederzureiten, hatte er bloß angeklopft und war eingelassen worden. *Wo sind Sie denn so lange gewesen?*, wurde er beim Eintreten gefragt, und er begriff, dass all seine Versuche, die Festung zu stürmen, gar nicht bemerkt worden waren.

Eine Stunde später stand er vor dem Haus von Anna und Emil. »Ich muss euch sehen«, hatte er am Telefon gesagt und sich gleich auf den Weg gemacht. Die beiden erwarteten ihn an der Wohnungstür. Emil trug seinen alten Schlafanzug, aus dem er schon fast rausgewachsen war, mit dem wuscheligen schwarzen *Barbabo* auf der Brust.

»Ist Klaus da?«, fragte Sebastian beim Eintreten.

»Er ist in Kärnten, sein Vater hat Geburtstag«, sagte Anna.

In der Küche setzte Sebastian Emil auf einen Stuhl und bat Anna, ebenfalls Platz zu nehmen. Er schloss die Tür und setzte sich ihnen gegenüber hin. Er war nervös. Anna hatte wenig Interesse an den Untiefen der Populärkultur, was für andere ein *guilty pleasure* war, war für sie bloß Zeitverschwendung. Sebastian hatte keine Ahnung, wie sie die Neuigkeiten aufnehmen würde.

»Du machst es ja spannend«, sagte sie, »hat die Royal Shakespeare Company angerufen?«

»Nein, und damit lässt du alles, was ich euch vielleicht erzähle, ziemlich billig erscheinen ...«

»Entschuldige, ich bin still!«

Sebastian wandte sich an Emil: »Du hast mich doch neulich gefragt, ob du mich einmal im Fernsehen sehen kannst, weißt du noch?«

Emil schüttelte den Kopf.

»Doch, das hast du. Ich kann mich genau erinnern. Die Antwort ist: Ja, bald wirst du mich im Fernsehen sehen können!«

Anna legte den Kopf ein wenig schief, als warte sie ab, was er ihnen jetzt für eine Geschichte auftischen würde.

Emil fragte: »Schon in der nächsten Woche?«

»Nein, erst im nächsten Jahr, es ist ja nicht YouTube!«

»Eine Werbung?«, fragte Anna, die die üblichen Ausmaße seiner Erfolge kannte.

Sebastian griff in seine Tasche und legte das Manuskript zu seiner Serie auf den Tisch. Er blätterte einmal um. Die erste Rolle, die dort genannt wurde, war Fred. Er tippte mit dem Finger auf den Namen.

»Es ist eine neue Serie. Und es ist eine Hauptrolle.«

Anna blätterte verwirrt durch die Seiten des Manuskriptes, sie verstand es noch nicht.

»Also in einer Folge der Serie hast du den Hauptpart?«

»Es ist eine neue Serie, und ich spiele eine von drei in etwa gleich großen Hauptrollen. In jeder Folge.«

»Und das ist fix?«

»Ziemlich fix.«

Sie sagte: »Das ist toll für dich«, aber ihr Stirnrunzeln war stärker als ihr Lächeln, und ihr Blick berührte ihn nur kurz, bevor sie sich wieder auf das Manuskript konzentrierte und ohne wirklich zu lesen darin herumblätterte.

Emil kam um den Tisch herum und umarmte Sebastian.

»Ich bin stolz auf dich!«, sagte er, und es klang genauso unnatürlich, wie es in seiner Serie klingen würde, wenn ein Kinderdarsteller diese Zeile aufsagte.

»Freust du dich wirklich?«, fragte Sebastian. Emil nickte und schmiegte sich an ihn – und das war glaubhaft genug für seinen Vater.

»Ich bring dich ins Bett, ok?«

Sebastian ging mit Emil in sein Zimmer und legte ihn nieder.

»Bist du dann berühmt?«, fragte ihn Emil.

»Ein bisschen vielleicht.«

»So wie Klaus und seine Band?«, maß ihn Emil an den Größten, die er kannte.

»Berühmter.«

Emil dachte darüber nach.

»Bist du dann viel auf Reisen?«

Er sah Sebastian mit dem Blick des jungen Skeptikers an, ein wacher Beobachter gefährlicher familiärer Trends.

»Du musst dir keine Sorgen machen, ich arbeite ganz in der Nähe. Und falls ich einen eigenen Wohnwagen habe, darfst du dort bei mir schlafen.«

»Hast du den Wohnwagen schon, wenn ich Geburtstag habe?«

»Nein.«

»Ich werde dann älter sein, als ich jemals war.«

»Weißt du, was das Komische ist: Man ist jeden Tag älter, als man jemals war, und gleichzeitig jünger, als man je wieder sein wird. Deswegen ist man jeden Tag der Schlaueste und der Stärkste! Gute Nacht, Kleiner!«

»Gute Nacht.«

Sebastian gab Emil einen Kuss und löschte das Licht.

Als er wieder in die Küche kam, las Anna im Schein der Esstischlampe in dem Manuskript. Er setzte sich neben sie und fragte, ob er eine Zigarette rauchen dürfe. Sie öffnete das Fenster und schob ihm einen Aschenbecher hin.

»Ist es in Ordnung, wenn ich noch kurz bleibe?«

»Ja, bleib noch. Magst du einen Wein?«

Sebastian nickte, und Anna öffnete eine Flasche Welschriesling.

»Und, wie findest du es?«, fragte Sebastian und tippte auf das Manuskript.

»Das Thema ist ganz interessant. Ich kenne solche alten Jungs, die's nicht lassen können, obwohl sie selber schon Jungs haben. Oder Mädels. Erfährt man, warum ihre Beziehungen in die Brüche gegangen sind?«

»Nicht am Anfang. Das kommt nach und nach heraus.«

Sie nickte.

»Wer ist deine Figur? Da ist der Werber, der Öko, wer bist du?«

»Fred ist Maler.«

»Maler? Wie *Barbabo*?«

»Nicht so wuschelig. Eher kratzbürstig. Einer, der sich gern anlegt.«

»Wie *Barbawum*?«

»Es sind nicht alle Serien zwangsläufig wie die *Barbapapas* aufgebaut.«

Er zog an seiner Zigarette und sah sich in der chaotisch aussehenden Küche um, in der inzwischen genauso viele Spuren von Klaus – Flyer seiner Band, Gitarrenequipment, Zeitschriften – wie von Emil zu finden waren.

»Ich hau den Hut drauf bei der anderen Geschichte …«, sagte er.

»So einfach, wegen einer Rolle?«

»Die Rolle macht es mir einfacher, ist aber nicht der Grund.«

»Was ist der Grund? Dass dich dabei keine Weiber anhimmeln?«

Offensichtlich waren sie heute nicht in der Stimmung, sich gegenseitig zu schonen.

»Ich muss nicht Theater spielen, um Frauen kennenzulernen.«

»Aber darüber reden hilft manchmal, oder?«

Sebastian sagte nichts darauf, damit Anna den Nachhall ihrer eigenen Worte hören konnte.

»Scheinbar bin ich wütend«, sagte sie schließlich und zuckte die Schultern, als könne man wohl nichts daran ändern.

»Soll ich dir erklären, warum du wütend bist, oder hilft uns das nicht weiter?«

»Ich würde es dann vielleicht doch gerne selbst versuchen, Mann des vorvorigen Jahrhunderts.«

Sebastian lächelte und goss sich nach.

»Also: Ich will mich für dich freuen, und ich weiß, wie lange du auf so eine Chance gewartet hast, aber es erscheint mir wie eine viel zu einfache Antwort auf eine komplexe Frage. Oder vielleicht ist es auch einfach die falsche Antwort. Als wir uns kennengelernt haben, wolltest du entdeckt werden, auffallen. Das Urteil anderer war dir wichtiger als dein eigenes. Im letzten Jahr hast du es geschafft, die Dinge selbst in die Hand zu nehmen, du hast begonnen, auf dein eigenes Urteil zu vertrauen. Das war ein Riesenschritt, fand ich, und ich hab das Klaus wahrscheinlich viel zu oft unter die Nase gerieben ... Und jetzt wirfst du das einfach weg! Wie ich gesagt habe: Ich freue mich für dich ...«

»Du hast gesagt, du *willst* dich für mich freuen ...«

»Ich freue mich für dich, aber ich will dich was fragen: Was ist, wenn diese Serie ein Flop wird? Man hört doch dauernd, dass Serien oft ganz schnell wieder abgesetzt werden. Wie steckst du das dann weg? Sonst waren es ja gerne die anderen, aber diesmal, als *Barbabo* in der Hauptrolle, da stehst du doch total ungeschützt da!«

»Aber genau das ist es ja, was ich tun muss«, rief Sebastian, »ich muss mich diesem Risiko stellen. Es ist eben anders nicht möglich! Vor mir selbst zu bestehen – das ist mir nicht genug! Und wie ich nun weiß, ist es mir auch nicht genug, *einen* Menschen zufriedenzustellen, ihn an der Hand zu nehmen, um seine Kindheitswünsche wahrzumachen oder die Phantasien zu erfüllen, für die sich ein Sexclub nicht zuständig fühlt. Ich will nicht die Verantwortung dafür übernehmen, was unser Spiel bei diesem Menschen auslöst. Vielleicht applaudiert er uns heute und stürzt sich morgen von der Brücke. Vielleicht beantwortet es eine seiner Fragen, wirft aber hundert neue auf. Wir haben über ein Jahr mit einer geladenen Waffe herumgefuchtelt, die wir für eine Spielzeugpistole gehalten haben.«

»Aber die Leute waren doch zufrieden!«

»Nicht alle. Und wer weiß, wie lange. Und überhaupt: Ich wollte doch keine Religion gründen, die Leuten einen Sinn und ein Happy End anbietet, wenn weder das eine noch das andere in Aussicht steht. Ich bin kein Priester, kein Therapeut – und ich bin auch kein Geschäftsmann. Ich bin nur ein Schauspieler, und ich will nichts anderes, als Leute dazu zu bringen, mich zu lieben!«

Anna verdrehte die Augen.

»Es ist aber so! Und es gibt nur eine Rechtfertigung für diese Liebe, und das ist die Courage, die wir aufbringen, wenn wir uns auf die Bühne stellen. Wir haben sie uns verdient, weil wir uns zum Narren machen, weil wir riskieren zu scheitern und ausgelacht zu werden. Oder eben weil es uns passieren kann, dass unsere Serie nach drei Folgen abgesetzt wird. Ich habe mich einmal im Leben vor einem Risiko gedrückt und es teuer bezahlt, aber das mache ich nie wieder.«

Es folgte eine Stille, die Sebastian augenblicklich bewusst machte, dass er sich verraten hatte.

»Wovon sprichst du da?«, fragte sie.

»Vergiss es, ich sollte gehen! Du willst dich für mich freuen, aber du kannst es nicht.«

Sebastian stand auf und sah sich nach seiner Jacke um. Anna zog sie von ihrer Rückenlehne und setzte sich darauf.

»Was meinst du, du hast dich vor einem Risiko gedrückt und dafür bezahlt?«

»Ich meine nichts damit, ich spreche nur allgemein von Wagnissen.«

»Tust du nicht.«

»Es ist mir nur rausgerutscht, hör auf zu bohren!«

Er hatte keinen Moment lang vorgehabt, von jener Entscheidung zu sprechen, die der junge Sebastian getroffen hatte und der ältere bereute, oder von all den zu spät verstandenen Gefühlen, die inzwischen längst im Fundament ihrer Beziehung eingegraben waren.

»Gib mir die Jacke!«

Sie sah ihn mit ihren grünen, analytischen Augen an, die ihn immer durchschaut hatten und sich von keinem seiner Manöver täuschen ließen.

»Du hast noch nie so etwas gesagt, Sebastian, noch nie.«

»Ich hab auch noch nie die Hauptrolle in einer Serie bekommen! Ich bin aufgewühlt, verwirrt.«

Er stand verloren zwischen Tür und Tisch, wollte gehen und bleiben, so wie es immer gewesen war.

»Ich bin nur gekommen, um euch die gute Nachricht zu überbringen«, sagte er, »ich will bestimmt nicht an dem rühren, was wir haben, es funktioniert doch alles, wir machen es gut!«

»Sag mir eines: diesen unabhängigkeitsliebenden, fidelen Gelegenheitspapa – hast du den die ganze Zeit nur gespielt?«

»Nein. Natürlich nicht.«

»Ich glaub dir nicht.«

»Was willst du denn hören?«, rief er. »Das war doch meine Rolle, oder? Erst Samenspender, dann Onkel vom Dienst!«

»Sei leise!«, zischte sie. »Und nimm das zurück!«

»Nein.«

»Du hast das doch so gewollt! Du hast gesagt: Wir sind Papa und Mama, nicht Mann und Frau! Wie einem Kleinkind hast du es mir erklärt!«

»Und du bist dankbar darauf eingegangen! Du wolltest *Emil*, mich wolltest du ja nie!«

Ihr entfuhr ein Stöhnen, und sie sah ihn an, als kenne sie ihn nicht mehr.

»Bist du eifersüchtig auf deinen Sohn, Sebastian?«

»Ach komm, was willst du mir noch anhängen?«

Sie schüttelte ungläubig den Kopf.

»Du kommst hier mit deiner Serie an, und nur weil ich mir erlaube, ein paar kritische Fragen zu stellen, wirfst du mir an den Kopf, ich hätte dich immer nur benutzt!«

Auf Annas Wangen hatten sich rote Flecken gebildet.

Sebastian hasste es, dass er sie in diese Gemütsverfassung

gebracht hatte. Seit ihrer ersten Begegnung damals auf der Terrasse hatte er nie etwas anderes gewollt, als sie zu beeindrucken.

Er setzte sich wieder an den Tisch.

»Wenn du meinst, ich habe den zufriedenen Teilzeitpapa bloß gespielt, sage ich nur so viel dazu: Die Freiheit hat sich nicht immer wie ein Geschenk angefühlt.«

Sie sah ihn mit ungebrochenem Misstrauen an, und vielleicht überlegte sie ja, ob sie dieses Gespräch überhaupt noch weiterführen wollte.

»Die meiste Zeit allein mit dem Kleinen zu sein, ist mir auch nicht immer wie ein Geschenk vorgekommen. Aber das war eben unsere Abmachung. Wir sind uns einig gewesen!«

»Einig über etwas, von dem wir beide keine Ahnung hatten.«

»So ist das eben beim ersten Kind.«

Sebastian rieb sich erschöpft die Augen, dann nickte er und murmelte: »Beim zweiten machen wir's anders!«

Dazu fiel Anna offensichtlich gar nichts mehr ein, denn sie verschränkte nur die Arme und fixierte ratlos die Lampe.

Nach einer Pause sagte er: »Hast du dir jemals gewünscht, du hättest mir gar nichts von ihm gesagt, unsere Beziehung abgebrochen und ihn allein für dich gehabt?«

»Das erste Mal vor etwa zwanzig Sekunden«, sagte Anna, und dann, nach einer Pause: »Wie kannst du das fragen? Dann hätte er jetzt keinen Vater!«

»Vielleicht hätte er einen anderen.«

»Er will aber keinen anderen Vater. Und ich will keinen anderen für ihn! Du bist ein großartiger Vater, und Emil und ich können nicht auf dich verzichten. Und noch etwas: Es stimmt nicht, dass du dich vor einem Risiko gedrückt hast und dafür heute bezahlst! Wenn du dich vor einem Risiko gedrückt hättest, dann hättest du damals gesagt: Mach ihn weg! Oder: Krieg ihn, aber ohne mich. Du bist ein Risiko eingegangen! Das größte, das der arrogante, selbstbezogene Bengel, der du damals warst, je eingegangen ist!«

Ob er wollte oder nicht – er sah sich in ihrer Beschreibung wieder und musste lächeln.

»Aber warum sind wir dann heute keine Familie?«, fragte Sebastian und zeigte auf die Gitarre, die am Kühlschrank lehnte. »Warum ist das nicht meine?«

»Aber wir sind ja eine Familie!«, sagte Anna und streichelte seinen Arm.

Er war nicht überzeugt.

»Ich hätte dich damals heiraten sollen!«, sagte Sebastian und seufzte. »Ich hätte dich schwanger und oberg'scheit wie du warst vor den Altar schleppen sollen.«

»Ich hätte mich schon von dir heiraten lassen. Aber es wäre nicht gutgegangen. Und das weißt du auch.«

»Da bist du dir sicher?«

Sie nickte.

»Aber wenn ... wenn wir alles nochmal machen könnten, würdest du es nicht wenigstens ausprobieren wollen?«

»Ich glaube, ich bin lieber jetzt mit dir hier in diesem Moment.«

Sie umarmte ihn, ihr Kinn auf seiner Schulter, ihr warmes an seinem kalten Ohr. Eine Minute lang verharrten sie so. Dann fragte sie ihn:

»Hast du im Moment jemanden?«

Es dauerte eine Weile, bis er antwortete.

»Da war etwas, aber ich hab es nicht richtig zugelassen.«

Sebastian roch Annas Parfum, dasselbe, das sie schon verwendet hatte, als er sie das erste Mal auf dieser Terrasse in der Leopoldstadt geküsst hatte, er spürte ihre Brüste an seiner Brust und ihren Atem an seinem Ohr. Er wusste, dass sie nie mehr mit ihm zusammen, aber immer in seinem Leben sein würde. Er war traurig, furchtbar traurig. Und gleichzeitig vielleicht zum ersten Mal dankbar, wie alles gekommen war.

Am Abend darauf trafen sich Sebastian und das ganze Team wie jeden Freitag im alten Theater. Der Raum wurde nur von einem Scheinwerfer beleuchtet, der immer noch auf die linke, vordere Ecke der Bühne gerichtet war, wo die letzte Szene der letzten Aufführung an diesem Theater stattgefunden und eine unbekannte Schauspielerin als Blanche DuBois »Feuer, Feuer, Feuer!« gerufen hatte, worauf der Scheinwerfer für zwölf Jahre ausgegangen war.

Mischa stieß mit einer langen Eisenstange ein ehemals verbarrikadiertes Fenster in den Innenhof auf, und warme Luft und der intensive, knoblauchartige Geruch eines heimlich blühenden Schattengewächses füllten langsam die kalten Kellerräume. Lisa legte eine Platte auf den tragbaren Retro-Plattenspieler, der einmal Bühnenrequisit gewesen war, und leise knisternd übertrug die Nadel »Wild World« von Cat Stevens auf den kleinen Plastiklautsprecher. Valerie schob die Kreidetafel mit den Infos zu den nächsten Inszenierungen aus dem Lager zu ihnen hinaus, während Sebastian eiskalte Bierflaschen aus dem alten Theaterbuffet-Kühlschrank verteilte. Dann nahmen sie alle in einem Kreis aus klapprigen Strandstühlen Platz, den sie im Parkett vor der Bühne aufgebaut hatten.

Sebastian ließ seinen Blick über die Leute streifen: Mischa war direkt aus der Arbeit gekommen, steckte in Anzughose und Hemd und sah zufrieden erschöpft aus.

Valerie hatte heute freigehabt, sie trug einen Jeansrock und ein Trägerleibchen, ihre Schultern waren gebräunt, ihre Nasenspitze gerötet und ihre Augen von der Sonne ermüdet. Sie wirkte in sich gekehrt, als brüteten noch die Hitze und die Gedanken eines langen Nachmittags in ihr.

Lisa war in einem leichten Sommerkleid erschienen – sie traf nachher noch Freundinnen im Volksgarten –, und so wie sie mit an die Brust gezogenen Knien im Liegestuhl saß, bot sie Sebastian einen offenherzigen Ausblick auf ihre Schenkel.

Die drei hatten im vergangenen Jahr in fast vierzig Aufträgen mit Sebastian gespielt (sie und ein Haufen anderer Schauspieler, die er bestellt hatte, wenn er sie gebraucht hatte), und so, wie er es vor über einem Jahr großspurig proklamiert hatte, genau so war es gewesen: Sie hatten in den Wohnungen, Parks, Straßen oder Hotelzimmern, in die ihre Aufträge sie geführt hatten, so viel gegeben, als wären es die Bühnen der besten Häuser; sie hatten ihre Hingabe an die Arbeit nicht von dem Honorar oder der Art der Geschichte abhängig gemacht; und sie hatten nicht vergessen, dass die Hauptrolle immer ihr Auftraggeber spielte. Er hatte sie alle auf der Höhe ihrer Motivation erlebt und in den Tälern der Selbstzweifel. Er hatte ihnen zugesehen, wie sie sich veränderten, wie sie mehr oder weniger Engagement entwickelten, wie sie persönliche Befindlichkeiten in die Arbeit mitbrachten, wie sie lockerer oder verkrampfter wurden. Er kannte sie so gut, dass es wehtat. Und nun saß er vielleicht zum letzten Mal mit ihnen so zusammen.

»Ist es nicht gut gelaufen in Hainburg?«, eröffnete Lisa das Gespräch und ließ ihren Blick zwischen Sebastian, Mischa und Valerie hin und her wandern, für deren Stimmungen sie feine Antennen hatte.

»Es war wie ein Familienausflug, der ganz schlimm schiefgeht«, sagte Mischa. »Es wird zu viel getrunken, jemand geht verloren, Leute verlieren die Fassung. Und am Ende fährt man wütend und enttäuscht nach Hause ...«

Valerie erschien der Tag immer noch unwirklich. »Zum Schluss hat die Frau zu uns gesagt, wir sollten uns nichts dabei denken – in ein paar Tagen hätte er seine Freude mit dem Abenteuer. Und dann hat sich mich gebeten, ihr den Text der Rede zu mailen.«

»Wenn dieser Hannes unser erster Auftraggeber gewesen wäre«, sagte Mischa, »hätte es keine zweite Inszenierung mehr gegeben!«

»Kinder, ich muss euch was mitteilen«, sagte Sebastian unvermittelt.

»Du trägst wieder Boxershorts!«, sagte Lisa blitzschnell.

»Du hast einen Mann überfahren und es genossen«, riet Mischa.

Sebastian ignorierte die Spekulationen und sagte in aller Kürze, was gesagt werden musste: »Ich werde ab Herbst in einer Fernsehserie spielen.«

Mischa sah ihn an, als mache er einen Scherz, Valerie wirkte wie eingefroren, und Lisa riss die Augen auf und sah die anderen beiden an, ob sie etwa schon Bescheid gewusst hatten.

Mischa sagte in Richtung Lisa: »Wir hatten keine Ahnung!«, und zu Sebastian: »Seit wann weißt du das denn?!«

Sebastian berichtete ihnen von dem zufälligen Treffen mit Kilian und seiner Teilnahme an dem Casting, die sich daraus ergeben hatte. Dann erzählte er ihnen, wovon die Serie handelte und welche Rolle er spielte.

»Also so eine Art *Golden Girls*, aber mit jungen geschiedenen Männern?«, fasste Mischa den Serienplot zusammen.

»Absolut nein«, sagte Sebastian, »aber ja.«

Einen Moment lang schien es völlig in der Schwebe zu liegen, ob sie ihn auslachen, ihm Vorwürfe machen oder sich mit ihm freuen würden.

Dann war es Mischa, der mit einer gewissen umständlichen Feierlichkeit aufstand und auf Sebastian zuging.

»Das klingt phantastisch!«, sagte er und umarmte seinen Freund, der ebenfalls aufgestanden war.

Valerie schien weniger begeistert zu sein.

»Ist das euer Ernst?«, fragte sie. »Das heißt doch, all das hier ist damit Geschichte?«

Sie sah Lisa an, ob sie genauso fühlte.

»Ist es das?«, fragte Lisa.

»Versteht das nicht falsch«, sagte Mischa, »aber Sebastian und ich haben über all das schon gesprochen, und wir glauben, es ist das Beste, was er im Moment tun kann!«

Sebastian konnte ihm in dem Punkt nicht widersprechen, aber er spürte, dass Mischa ganz und gar nicht den richtigen Ton traf.

»Und ihr entscheidet das einfach über unsere Köpfe hinweg?«, fragte Valerie. »Wir hätten doch vorher mal darüber reden können! Was ist das für ein Verhalten in einer Gruppe?!«

»Sebastian muss auch an seine Zukunft denken, er ist nicht abgesichert wie wir!«, sagte Mischa mit einer Fürsorglichkeit, die irgendwie unangebracht schien.

Valerie stand auf, und alle sahen, dass sie kurz davor stand, ihm wehzutun.

»Und was ist mit unserer Zukunft?«, fragte sie und deutete auf ihn und sich. »Wenn wir mit all dem hier aufhören und du wieder so wirst wie damals, als wir uns kennengelernt haben, haben wir nämlich keine, glaube ich.«

Lisa zog die Luft ein.

»Du hast dich damals selbst einen *Identitätsobdachlosen* genannt«, fuhr Valerie fort. »Was, wenn es dir wieder so geht?«

Sebastian wollte etwas Beschwichtigendes einwerfen, aber Mischa war schneller als er.

»Und wie sicher ist eine Zukunft mit dir, Valerie? Mit deiner Angst davor, dich festzulegen. Worauf kann ich mich einstellen, wenn du theoretisch jeden Moment aus meinem Leben verschwinden könntest?«

»Sag nicht *Valerie* zu mir!«, rief Valerie.

Sebastian merkte, dass es sinnlos war, jetzt dazwischenzugehen. Die zwei wollten sich nicht nur anschreien – sie wollten sich vor Publikum anschreien.

»Und hast *du* dich schon festgelegt, Mischa? Du triffst doch diese Marianne aus dem *Shakespeare*. Wann wolltest du mir das erzählen? Sagt ihr Kind schon *Papa* zu dir?«

Sebastian dachte, *er* hatte es ihr nicht erzählt, sie musste es anderswo herhaben.

»Und du hast dich mit irgendeinem Mann aus deiner Vergangenheit getroffen und es mit keinem Wort erwähnt!«, sagte Mischa. »Gibst du deswegen deine Wohnung nicht auf?«

»Was ist los mit euch?«, stöhnte Lisa, »schnüffelt ihr euch gegenseitig hinterher?«

Die beiden ignorierten Lisas Zwischenruf.

»Das Treffen war nach dem Vorsprechen bei der Schauspiellehrerin«, sagte Valerie, »da war ich total durch den Wind!«

»Was denn für ein Vorsprechen?«, fragte Mischa.

Valerie presste die Lippen aufeinander und wandte den Blick ab. Mischa sah ratlos in die Runde.

»Jetzt hört mir mal zu!«, sagte Sebastian. »Ihr müsst doch nicht aufhören zu spielen. Ihr könnt ohne mich weitermachen, ich bin nicht so schwer zu ersetzen! Nächste Woche erscheint der Artikel im Magazin, es wird noch mehr Nachfrage geben. Es soll ja weitergehen! Ihr braucht das doch!«

Valerie schüttelte den Kopf. »Ich kann mir das im Moment einfach nicht vorstellen. Ich wünsch dir viel Erfolg, Sebastian, aber ich bin raus.«

Sie schnappte sich ihre Tasche und ging quer durch den Raum in Richtung Ausgang. Mischa rief ihren Namen, aber sie drehte sich nicht um und verschwand durch die Saaltür.

»Geh ihr nach!«, sagte Lisa.

»Natürlich gehe ich ihr nach!«, schrie Mischa zurück.

Er schüttete den letzten Schluck seines Bieres in sich hinein, dann griff er nach seinem Sakko und rannte Valerie hinterher.

Sebastian und Lisa blieben allein im Theater zurück. Sebastian ließ sich wieder in seinen Strandsessel fallen, während sich Lisa auf den Bühnenrand setzte und ins Leere starrte, ihre hochgesteckten blonden Haare vom Scheinwerfer in eine gleißende Supernova verwandelt.

»Denkst du, das da eben war meine Schuld?«, fragte Sebastian.

»Na ja, es sah so aus, als hättest du mit Mischa alles schon geklärt, und wir erfahren es nur der Form halber.«

»Aber er wusste ja gar nicht wirklich etwas von der Serie, wir haben nur einmal theoretisch darüber gesprochen, auf der Insel neulich.«

»Ich verstehe jedenfalls, dass sich Valerie von der Entscheidung ausgeschlossen fühlt.«

Sebastian dachte darüber nach.

»Glaubst du, die zwei kriegen das wieder hin?«, fragte er dann.

»Ich glaube, wenn nicht jetzt, dann nie. Wie geht es jetzt eigentlich mit allem weiter?«

»Die nächsten sechs, sieben Wochenenden sind verplant – die ziehen wir durch, dann machen wir vielleicht mal Pause, oder?«

In diesem Augenblick gab es einen lauten Knall, und der letzte noch funktionierende Scheinwerfer gab rauchend seinen Geist auf.

»Wie passend …«, sagte Sebastian.

Das EXIT-Schild war nun die einzige Lichtquelle in dem verlassenen Kellertheater. Auch die Platte kam an ihr Ende, und nach den Schlusstakten von »Miles From Nowhere« gesellte sich zur Dunkelheit die Stille.

»Den Spot werden wir nicht mehr reparieren, oder?«, fragte Lisa.

»Wohl eher nicht.«

Eine Zeitlang wussten sie nicht, was sie sagen sollten, und tranken sich wortlos zum Boden ihrer Bierflaschen. Sebastian unterbrach das Schweigen:

»Triffst du dich mit Wolfgang?«

»Bitte?«

»Wolfgang. Der Winzer aus Langenlois. James Bond.«

»Ich weiß schon. Aber wieso fragst du gerade jetzt nach ihm?«

»Vielleicht weil es den perfekten Moment nicht mehr gibt, wenn man schon hundert Mal fragen wollte, es aber nicht getan hat.«

»Was ... warum ist das interessant für dich? Dieses ganze Eifersuchtsspiel, wo führt uns das hin?«

»Also nicht?«

»Ich sag dir das nicht. Was immer du mir eigentlich mitteilen willst, soll nicht davon abhängen, ob ich diesen Mann treffe oder nicht.«

»Also ... nicht?«

»Ich glaube, ich hau jetzt ab. Bin ja nicht die Erste heute.«

Lisa sprang von der Bühne und suchte im Zwielicht nach ihrer Tasche.

»Warte noch!«, sagte Sebastian und hievte sich aus seinem Sessel hoch. »Ich war gestern bei Anna.«

»Schön, wie geht es ihr?«

»Ganz gut. Ich habe ihr von der Serie erzählt.«

»Hat sie nicht umgehauen, oder?«

»Ihre Reaktion war nicht gerade überschäumend. Aber

immerhin hat sich daraus eine Unterhaltung entwickelt, wie wir sie noch nie geführt haben.«

»Und jetzt bist du schlauer als vorher?«

»Sag das nicht so herablassend! Ja, ich bin schlauer als vorher. Ich weiß jetzt, warum ich die letzten Jahre keine richtige Beziehung hatte.«

»Das wusste ich die ganze Zeit.«

»Nein, wusstest du nicht. Es war nicht, weil ich all die Jahre in sie verliebt gewesen war. In Wirklichkeit war es, weil ich dachte, ich hatte mich vor der Verantwortung gedrückt und müsste irgendwie dafür bezahlen!«

Lisa ließ ihre Tasche sinken und versuchte, in Sebastians Gesicht zu lesen, auf das ein blasser Streifen Licht fiel.

»Irgendwie hatte ich immer das Gefühl, Anna im Stich gelassen zu haben«, fuhr Sebastian fort, »aber in Wirklichkeit habe ich mich richtig verhalten. Ich bin nicht davongelaufen – ich habe meinen Teil getan. Und werde ihn weiter tun. Und wenn ich jemanden liebe und an mich binden will, dann ist das ok, und ich darf das. Weil ich keinen Grund mehr sehe, mich zu bestrafen!«

Lisa dachte über seine Worte nach.

»Du weißt, dass ich zwölf Jahre jünger bin als du, oder?«

»Die Zahl stand mir nicht so direkt vor Augen, aber ja, im Prinzip hätte ich mir das ausrechnen können.«

»Vielleicht liegt es nämlich daran, dass ich mir ein bisschen schwertue, dir zu folgen. Sich etwas zu erlauben heißt ja noch nicht, dass man es auch kann. Ich trag auch schon genug Herzgerümpel mit mir herum, aber wenn eine Sache zu Ende geht und ein bisschen Zeit verstreicht und man irgendwann wieder lachen kann, dann kann ich mich auch wieder verlieben, und dann ist auch wieder alles möglich. So gut kenne ich mich. Glaubst du, du kannst das auch? Glaubst du, dieser alte Muskel ist noch so flexibel?«

Lisa klopfte Sebastian auf die Brust.

»Schau, Lisa, ich weiß einfach, dass ich mich selbst nicht mehr bremsen will, was meine Gefühle betrifft. *Inconditionell!* Das hast du zu mir gesagt!«

»Das hab ich nie gesagt.«

»Aber du weißt, was ich meine, oder? Ich bin einfach bereit.«

»Und jetzt erwartest du von mir, dass ich es auch bin.«

»Nein. Ich wünsche mir nur, dass ich alles versuchen darf, damit du es irgendwann bist!«

»Das sind schöne Worte, aber ich habe ziemlich große Zweifel, dass das funktionieren wird.«

Sebastian wollte ihre Hand nehmen, aber allein an ihrer Silhouette im Halbdunkel des Theaters erkannte er, dass eine Berührung die Distanz zwischen ihnen jetzt nicht verringern würde.

»Du triffst ihn wirklich, oder?«

Er hörte sie tief einatmen.

»Nein«, sagte sie dann, »und ich sehe mich auch nicht nach anderen um, wie du mir schon unterstellt hast. Und wie gesagt ist das auch irrelevant.«

»Findest du? Ich finde nicht.«

»Doch. Weil ich Wolfgang oder irgendeinen anderen Typ für dich im Prinzip sofort in den Wind schießen würde. Aber so, wie jetzt alles gekommen ist, traue ich dir im Moment einfach nicht so richtig über den Weg. Auf einmal hast du dir eine Hauptrolle hergezaubert, auf einmal ist das mit

Anna geklärt, plötzlich bist du frei und bereit. Das geht mir zu schnell.«

»Es ging aber gar nicht schnell, Lisa, in Wirklichkeit hat es ewig gedauert!«

Ihr schweigender Umriss im Dunkeln war wie eine Aufforderung, weiterzusprechen.

»Ich weiß, dass ich nicht über Nacht von mir selbst geheilt wurde. Ich weiß, dass ich die Chance mit der Serie nur bekommen habe, weil Kilian sie mir zugeschanzt hat. Ich weiß, dass ich dich in Thailand verletzt habe. Ich sehe mich selbst, und einiges, was ich sehe, mag ich nicht. Aber wenn ich *dich* ansehe, dann mag ich seltsamerweise alles! Ich will ja nur, dass es dir mit mir auch so geht.«

Sie hörten ein Flirren und ein Brutzeln in der Luft, und eine Sekunde später erlosch auch das EXIT-Licht über der Tür.

»Das darf eigentlich nicht passieren, oder?«, hauchte Lisa.

»Wir müssen uns das wirklich ansehen.«

Lisa drehte sich ihm wieder zu und sagte: »Eigentlich glaub ich dir gar nix mehr, aber ich will dich auch nicht verlieren.«

»Dann lass es uns probieren! Wir geben uns einen Monat, um uns wieder aneinander zu gewöhnen, dann ziehst du zu mir!«

»Viiieel zu schnell! Horror!«

»Wir veranstalten Spieleabende und Weinverkostungen und kochen mit Freunden. Wir basteln einen Käseigel.«

»Ich glaube, wir sollten damit anfangen, dass du mich mal ins Kino ausführst und ich endlich deine Schwestern kennenlerne.«

»Die Verhandlungen haben begonnen.«
»Das wird so ein Desaster.«
»Es wird toll!«
»So ein Desaster …«
»*Unser* Desaster …!«

9

Valerie ging die Margaretenstraße in Richtung Stadtzentrum hinunter. Vorbei an Bars und Kneipen, von denen in dieser Ecke der Stadt jeden Tag neue aus dem Boden schossen. Sie hoffte, Mischa käme ihr nicht nachgelaufen, und wusste auch, es wäre schlimm, wenn er es nicht täte. Nach fünfzig Metern hörte sie seine Schritte auf dem Asphalt hinter sich. Als er sie eingeholt hatte, sagte er: »Warte doch, lass uns reden!« Sie ging einfach weiter, worauf er in einen Gleichschritt mit ihr verfiel, der sie schon nach kurzer Zeit unruhig machte. Sie blieb stehen.

»Läuft etwas zwischen dir und dieser Frau?«

»Nein«, sagte Mischa, »da ist nichts.«

Sie sah ihn an und wusste sofort, dass er die Wahrheit sagte. Er hatte sie wohl überhaupt sehr selten belogen in ihrer Beziehung, einfach weil er es nicht musste, weil er keine Geheimnisse vor ihr hatte und immer alles mit ihr teilen wollte. Bis auf diese Sache jetzt, die hatte er für sich behalten wollen.

»Warum hast du mir dann nicht erzählt, dass ihr euch getroffen habt? Wir sollten nicht nur deswegen etwas übereinander wissen, weil wir unsere Mail-Programme offen lassen.«

Mischa klopfte mit den Schuhsohlen gegeneinander, während sein Blick über den Boden wanderte. Er dachte nach. Da schien keine Antwort zu sein, die ihm sofort zur Verfügung stand.

»Ich hätte es dir noch erzählt. Aber ich werde mir eigentlich erst langsam klar, warum ich sie getroffen habe, und das gleich zweimal.«

Der Satz traf Valerie, die Sache klang plötzlich viel bedeutsamer, als sie gedacht hatte. Sie hatte mit einem Flirt gerechnet, einem eigentlich berechtigten Flirt, weil sie Mischa so viel aus dem Weg gegangen war in letzter Zeit. Aber offenbar war es mehr als das.

»Wollen wir uns irgendwo hinsetzen und reden?«, bot Mischa an. »Ich will auch das mit Sebastians Serie klarstellen: Das war kein Komplott, ich wusste absolut nichts davon, und ich denke nicht, dass es bedeuten muss, wir hören mit allem auf.«

Hätte sich Valerie jetzt einfach in Luft auflösen können, hätte sie es gemacht. Seit Wochen verhandelte sie alles nur mit sich selbst; versuchte, sich über ihre Gefühle und ihre Zukunft klar zu werden und wieder zu der Stärke und Selbstbestimmtheit zurückzufinden, die sie besessen hatte, als sie Mischa begegnet war. Sie fürchtete sich davor, das wackelige, unrunde Ergebnis ihrer Lebensrechnung vor Mischa auszubreiten, wobei – eigentlich hatte sie ja gar kein Ergebnis, nichts war bei all ihrem Grübeln herausgekommen.

»Wo willst du dich hinsetzen?«, fragte sie ihn kraftlos.

Er deutete auf das nächstbeste Lokal, eine Kneipe mit rotlackierten Holztischen unter einem Kastanienbaum. Sie dachte, das war in jedem Fall besser als ein langer schweigsamer Marsch zu irgendeiner Bar.

Sie setzten sich an den letzten freien Tisch und bestellten Wein und Wasser. Mischa hängte das Sakko über die Lehne, nahm die Krawatte ab und steckte sie in seine Jacketttasche.

Valerie wunderte sich, wie ruhig er war. Sie hatte ihn vor Sebastian und Lisa als Ex-Identitäts-Clochard bezeichnet, eine Zukunft mit ihm in Frage gestellt, offengelegt, dass sie seine Mails las, und ihm verboten, sie bei ihrem Vornamen zu nennen. Und er steckte das alles weg. Einen Moment lang dachte sie, vielleicht ginge es ihr besser, wenn er nicht so ausgeglichen und so verdammt zufrieden mit seinem Leben wäre. Vielleicht konnte sie in diesem Glückswettbewerb neben ihm einfach nicht bestehen.

»Also, was war so besonders an den Treffen mit ihr?«, fragte Valerie.

»Sie hat mich ein paar Tage nach der *Shakespeare*-Geschichte angerufen und zu einem Abendessen in das Haus von ihrem Vater eingeladen. Es ist ganz spontan gewesen, du warst in deiner Wohnung, also bin ich hingefahren. Ihr Vater und seine Lebensgefährtin waren dort, dann natürlich Marianne und Sylvia, das Mädchen. Wir haben in ihrem Garten gegrillt, Bier getrunken, über den Abend in dem Antiquariat gesprochen. Ich habe mit der Kleinen Federball gespielt und nachher mit allen ein paar Runden Kubb, dieses schwedische Holzklotzspiel. Um elf bin ich nach Hause gefahren. Ein paar Tage später ist eine E-Mail von Marianne gekommen, ob ich wieder vorbeikommen möchte. Du bist wieder in deiner Wohnung gewesen, und ja, ich hatte Lust. Der zweite Abend ist nicht anders verlaufen als der erste, nur bin ich ein bisschen länger geblieben.«

»Und beim nächsten Mal wirst du dort übernachten?«

Valerie verstand einfach nicht, warum er ihr diese Idylle beschrieb, und immer mit dem Hinweis, sie sei in ihrer Wohnung gewesen.

»Ich denke, ein drittes Mal wird es wohl nicht geben«, sagte Mischa.

»Gefällt sie dir?«

»Nein, das ist es nicht! Es ist diese Familie, ich kenne das einfach nicht. Oder nicht mehr. Sie haben mich so herzlich aufgenommen, das war schön!«

Valerie musste sich zwingen, nicht wieder loszukeifen, etwas, was sie an diesem Abend höchstens noch zwei Mal machen wollte, sich also einteilen musste.

Beherrscht sagte sie daher: »Hast du das Gefühl, meine Familie hat dich nicht freundlich und mit offenen Armen aufgenommen?«

»Doch, das haben sie, auf jeden Fall.«

»Aber du suchst die Nähe dieser anderen Familie.«

»Mariannes Familie fehlt etwas. Der Mann. Der Vater. Der Schwiegersohn. Da ist eine Leerstelle, seit John gestorben ist. Deiner Familie fehlt nichts. Sie ist rund und geschlossen und funktional. Und ich meine es nicht wertend. Ich will nur sagen: Mariannes Familie vermisst diesen Mann in ihrer Mitte. Und mir fehlt offensichtlich, man kann es gar nicht anders sagen, eine Familie ... Seit meine Mutter tot ist – und ich weiß, ich habe dir wenig über sie erzählt, ich rede ja überhaupt nie von ihr – seit sie tot ist, habe ich das nicht mehr. Meinem Vater bin ich nie sehr nahegestanden, Geschwister sind nicht vorhanden, meine Mutter war ein Einzelkind, mein Vater hat nur einen Bruder, du kennst die Bilanz. Da in Hainburg draußen – ich habe Hannes und seine Enttäuschung sogar verstanden, als bei seiner eigenen Beerdigung nur Fremde waren! Ich will das nicht! Und ich weiß, du bist noch nicht so weit, aber ich wünschte, ich könnte dir deine Ängste nehmen und du könntest das auch wollen. Denn ich will ja nicht Mariannes Familie – ich will das mit dir haben!«

Mischa hatte nicht vorgehabt, all dies in eine Rede zu stecken, er wusste, dass er große Themen anpackte, aber es war mit ihm durchgegangen. Aus Valeries Mimik konnte er nicht schließen, was sie empfand, aber dass sie mit all dem jetzt überfordert war, da war er sich fast sicher.

»Ich verstehe, dass du dich nach einer Familie sehnst«, sagte Valerie schließlich, und sie schien jedes Wort genau abzuwägen, »aber gerade deswegen wundere ich mich, dass du so ruhig auf Sebastians Entscheidung reagierst, seine Zeit in Zukunft einer blöden Fernsehserie zu widmen – was wir hatten, war doch wie eine Familie! Und ich komme mir im Moment genauso allein und aus etwas herausgerissen vor, wie du dich bestimmt oft gefühlt hast.«

»Du bist zu schnell hochgegangen. Sebastian wird sicher nicht alles hinwerfen, und selbst wenn – es geht auch ohne ihn. Die Familie wird nur ein bisschen umstrukturiert. Wenn du weitermachen möchtest, und Lisa und ich – dann kann uns niemand daran hindern.«

»Aber du musst doch verstehen, dass ich ziemlich perplex war, als ich das gehört habe. Stell dir vor, vier Leute führen gemeinsam ein kleines, kreatives Restaurant, und von heute auf morgen steigt der Küchenchef aus, weil er ein Angebot von Burger King hat – und alle gratulieren ihm!«

»Der Vergleich hinkt ein bisschen ...«

»Für mich trifft er die Situation ziemlich gut. Und ich weiß, ich hab dich nach der Frau gefragt – aber jetzt zu hören, du wünschst dir eine Familie, und das lieber heute als morgen, ist wie eine Vereinnahmung zu einem Zeitpunkt, wo ich mich gerade ziemlich unfähig dazu fühle. Was nicht heißt, dass ich das im Prinzip nicht auch irgendwann will.«

»Irgendwann … Konkreter wird es nie.«

Mischa hatte das Gefühl, dass die zwei jungen Frauen an ihrem Nachbartisch inzwischen allzu unverblümt in ihr Gespräch hineinhörten, und er gab ihnen mit einem Seitenblick zu verstehen, dass Valerie und er kein Streamingdienst waren, von dem man ungefragt jederzeit Unterhaltung herunterladen konnte, und dass sie sich besser um ihre eigenen Dinge kümmern sollten.

»Erzählst du mir jetzt auch von deiner Verabredung mit diesem Mann?«, sagte Mischa.

Valerie nahm einen Schluck Wein, dann erzählte sie ihm von dem Termin bei der Schauspiellehrerin, ihrem erst positiven, letztlich aber harschen Urteil und auch, wie sie der Schnitzler-Text über Umwege auf ihren alten Verehrer, den Vertreter, gebracht hatte.

Als sie mit der Schilderung des armen Kerls im Kaffeehaus geendet hatte, der sich alles Mögliche und vor allem alles Unmögliche zwischen ihm und Valerie vorgestellt hatte, fühlte sich Mischa nun selbst ein wenig überfordert. Eine Frage ging ihm durch den Kopf:

»Wieso triffst du diesem Mann? Das macht doch überhaupt keinen Sinn!«

»Ich weiß. Total verblödet. Aber so geht es mir im Moment.«

»Warst du denn einmal verliebt in ihn?«

»Ich mochte ihn, mehr war da nicht. Aber als wir uns getroffen haben, fiel mir wieder so viel von unseren kleinen geheimen Treffen ein, und ich habe mich gewundert, dass ich ihm gar keine Chance gegeben habe, denn offensichtlich hatte er mich aus den richtigen Gründen gemocht. Er war wirklich auf meinen komischen Charakter versessen ...«

»... und hat dabei großzügig über deinen langweilig makellosen siebzehnjährigen Körper hinweggesehen!«

Valerie lächelte.

»Ja, genau. Aber ganz abstoßend fand er mich fünfzehn Jahre später wohl auch nicht.«

»Und was bedeutet dir das? Ist das verlockend, schmeichelt es dir?«

Mischa versuchte, gelassen zu lächeln, aber er wusste, für ihn zählte jedes Wort, das Valerie sagte.

Ihre dritte Runde Getränke kam, und Valerie nahm einen beherzten Schluck, der das Weinglas um ein Viertel leerte.

»Er hat mir leidgetan. Ich habe mich geschämt, dass ich ihn in diese Lage gebracht habe. Aber ganz ehrlich: Es ist auch ein gutes Gefühl gewesen! Am Ende von diesem Treffen hab ich gewusst, er würde alles machen, um mich zu bekommen. Und er würde keine Forderungen stellen, hätte keine Erwartungen. Für ihn bin ich immer noch das Mädchen, in das er damals verliebt war. Und er hat auch nie daran gezweifelt, dass ich einmal etwas Besonderes machen würde, wie ich es immer gedacht habe.«

Mischa dachte eine Weile über ihre Worte nach, dann sagte er:

»Ich glaube, du musst dich wegen dem Treffen nicht schämen. Wenn er halbwegs bei Verstand ist, hat er gewusst, dass du nicht auf ihn gewartet hast. Und es ist nicht das Schlechteste, hin und wieder mal einen Menschen zu treffen, von dem man sich vorstellen kann, ihn zu lieben. Damit hast du ihm keinen Schaden zugefügt. Und was deine *Bestimmung* betrifft: Sie ist nur das, was du beschließt, zu machen. Wenn du es lange genug und mit Freude machst, dann ist es am Ende ... deine Bestimmung. Sie wird sich nie vorher zu erkennen geben.«

»Ich seh das ja genauso!«, sagte Valerie, und jetzt war ihr schon recht deutlich anzuhören, dass der Wein Wirkung zeigte. »Aber diese Schauspiellehrerin, die hat mir alles vermasselt. Die hat gesagt, ich flattere bloß mit den Flügeln, und das ist wie ein Pilot, der glaubt, er kann fliegen – nein, es war ein bisschen anders. Ich bin so enttäuscht gewesen! Und du solltest jemanden haben, der weiß, was er kann und will. Du bist so selbstsicher geworden, nachdem du zuerst so ein Mäuschen gewesen bist, und bei mir ist es genau umgekehrt! Ich bin so sicher mit mir selbst gewesen, als wir uns kennengelernt haben, ich war stolz auf meine Entscheidungen und wie ich mich entwickelt habe, und dann habt ihr mich an eurem Spiel teilhaben lassen, und ich hab geglaubt, ich kann da mitziehen, und jetzt steh ich da mit flatternden Armen und komm nicht vom Fleck. Ach, herrje. Gehen wir nach Hause und machen irgendetwas, bei dem man nicht reden muss?«

Und wieder waren die Gesichter der Frauen am Nachbartisch ungeniert zu ihnen gedreht, und dieses Mal hätten sie sich auch nicht mehr durch einen strengen Blick abschrecken lassen. Sie mussten einfach wissen, wie das ausging, denn dies war ein Livestream, und Wiederholung gab es keine.

»Gehen wir!«, sagte Mischa, und er brachte es fertig, gleichzeitig den Kellner zu rufen und ein Taxi zu stoppen.

Eine Woche später kaufte sich Valerie an einem Zeitschriftenkiosk in der Kärntner Straße die neue Ausgabe von *Glück*. Sie setzte sich damit in den Gastgarten des *Kleinen Cafés* am Franziskanerplatz und begann zu blättern. *Glück* war das erfolgreichste Magazin für Lebensfreude, Kreativität und Selbstfindung im deutschen Sprachraum, und während bei anderen Publikationen die Auflagenzahlen sanken, wurde *Glück* immer größer.

Valerie überflog die ersten Artikel: Schreib mal wieder einen Liebesbrief; Hosenträger selbst gemacht; Ein perfekter Tag im Park; Sprachen lernen heißt Freunde gewinnen; Scherenschnitte. Auch wenn sie wusste, was sie in etwa erwartete, verschlug es ihr auf Seite 40 den Atem: Mischa lächelte sie dort an, einen Grashalm im Mundwinkel, den Strohhut schief auf den zerzausten Haaren, einen Sonnenstrahl im Gesicht; im Hintergrund Sebastian, in der Unschärfe an einen Baum gelehnt eine Maiskolbenpfeife rauchend, am oberen Bildrand die Donau, auf der die Lichtreflexe tanzten. Die Überschrift lautete »Das Leben, ein Spiel«, der Text darunter: »Vieles im Leben spielen wir oft nur: die toughe Managerin, den unbesiegbaren Kämpfer oder das brave Töchterchen. Wäre es nicht schön, mal eine Rolle zu spielen, die wir uns selbst ausgesucht haben? Einen Helden aus unserer Kindheit oder unsere Lieblingsfigur aus der Geschichte. Eine Truppe von kreativen Schauspielern erfüllt ihren glücklichen Kunden diesen Traum.«

Valerie saugte den Artikel in sich auf. Die stimmungsvollen Fotos stammten von der Donauinsel, aus dem ins Shakespeare & Company verwandelten Antiquariat und von einem dritten Auftrag im letzten Sommer. Sie las den Text, der Gedanken von Mischas Freundin Marianne, zwei weiteren Kunden und Sebastian enthielt. (Was immer die Journalistin mit Mischa im Theater besprochen hatte – es hatte es nicht in den Text geschafft.) Als sie den Artikel fertiggelesen hatte, musste sie sich selbst gestehen, dass ihr noch nie so klar gewesen war, was sie eigentlich taten – und dass es ihr noch nie so gut gefallen hatte. Viktoria hatte den Kern ihrer Unternehmung wirklich getroffen. Vielleicht hatte Valerie dieser Blick von außen all die Zeit gefehlt. Eine unabhängige Wertschätzung, eine Stimme, die sagte: »Seht her, das ist großartig, was die machen!«

Valerie rief Mischa an und fragte ihn, ob er das Magazin in die Arbeit geschickt bekommen habe. Er sagte, er habe es schon gesehen und finde es nicht schlecht, wobei ... Dann begann er aufzuzählen, welche Fotos nicht so optimal seien, und bemäkelte die Auswahl der erwähnten Inszenierungen, die er »nicht repräsentativ« nannte.

Sie merkte, dass dies nicht genau die Art Gespräch war, die sie führen wollte, und als Mischa wieder arbeiten musste und auflegte, rief sie Sebastian an. Er saß zu diesem Zeitpunkt gerade am anderen Ende der Stadt in einem Kaffeehaus und las die Zeitschrift. Valerie und er waren sich einig, dass das Ergebnis umwerfend war, und er erzählte ihr, dass die Redaktion ihm bereits zwei Dutzend Anfragen von Interessenten weitergeleitet und in Aussicht gestellt hatte, dass es dabei sicher nicht bleiben würde. Außerdem trudelten die ersten Interviewanfragen von österreichischen Medien ein.

»Valerie, du musst das übernehmen!«, sagte er.

»Was meinst du?«

»Die Leitung der Firma, die ganze Organisation. Ab September bin ich voll bei der Serie eingespannt, im August wollen Lisa und ich für ein paar Wochen nach Costa Rica. Ich kann den Laden die nächsten Wochen noch am Laufen halten, aber dann muss jemand anderer ran. Wir brauchen neue Schauspieler. Und ich will das Theater loswerden, die Bude stürzt noch über uns zusammen. Ich möchte, dass du das übernimmst. Das wird sich auch finanziell für dich auszahlen.«

Valerie stutzte.

»Du erinnerst dich aber noch, dass ich erst vor ein paar Tagen stinkwütend aus dem Theater gerannt bin, als du mit deinen Nachrichten gekommen bist.«

»Und ich hab dich auch verstanden. Ehrlich gesagt finde ich, dass Mischa sich nicht so auf meine Seite hätte schlagen müssen. Das hat alles ein wenig verzerrt. Jedenfalls ist es mein Wunsch, dass du mir nachfolgst.«

»Bist du dir sicher? Ich bin nicht der organisierteste Mensch der Welt.«

»Aber du kennst alle Aspekte der Arbeit. Ich glaube, dass du für diese Aufgabe prädestiniert bist.«

»Meinst du wirklich?«

»Ich bin mir ganz sicher. Und du bist ja nicht allein: Ich werde weiter bei allem mitreden, ich werde mitspielen, wenn ich Zeit habe, und ich werde mitfeiern, wenn es etwas zu feiern gibt. Aber ansonsten gelten meine Prioritäten jetzt mal anderen Dingen. Ohne Namen zu nennen: einer Frau, einem Kind, einer TV-Produktion.«

»Also du und Lisa, ihr probiert es wirklich?«

»Ja, *Operation Käseigel* ist erfolgreich gestartet. Im Ernst, es läuft gut.«

»Das ist schön, ich freu mich für euch!«

»Hast du Zeit, dass wir zwei uns treffen und alles besprechen, oder musst du noch überlegen?«

»Ich denke darüber nach, ok?«

Nachdem Valerie aufgelegt hatte, begann sie sich vorzustellen, was Sebastians Angebot in der Realität bedeutete: Sie würde ihren Job kündigen müssen. Ohne dieses fixe Einkommen müsste sie sich auch von ihrer Wohnung trennen, die sie immer noch behalten hatte, obwohl sie ja die meiste Zeit bei Mischa lebte. Sie würde *Prekariat plus* leben, nicht nur arm, sondern selbständig arm.

Valerie zahlte, ging in Richtung Kärntner Straße, an der Stephanskirche vorbei und weiter in Richtung Schwedenplatz. Sie wollte zum Karmelitermarkt im zweiten Bezirk spazieren, um dort etwas zu Mittag zu essen, und dann weiter in den Prater. Nachdem sie auf die andere Seite des Donaukanals gewechselt war, bog sie intuitiv, aber völlig verkehrt nach der dritten Kreuzung links ab und fand sich in einem Gewirr kleiner Gassen wieder, dem ihre Orientierungsfähigkeit nicht gewachsen war. Als sie wahllos zweimal links und zweimal rechts gegangen war und nun gar nicht mehr wusste, in welche Richtung sie überhaupt gehen musste, stand sie plötzlich vor einem Haus, das sie kannte. Bloß woher? Es fiel ihr ein, als sie sich fragte, ob sie hier vielleicht einmal gespielt hatten: Das war das Haus, in dem ihre allererste Inszenierung stattgefunden hatte – der Freedman-Auftrag. Leopoldine Reisinger hatte nach dem Krieg hier gelebt.

Valerie überlegte, ob sie das Haus vielleicht unbewusst angesteuert hatte: Heute war der Artikel erschienen, gerade vorhin hatte sie das Angebot von Sebastian erhalten – und das hier war der Ort, an dem alles begonnen hatte.

Die Haustür war nicht geschlossen. Valerie entschied, nur kurz nachzusehen, ob die Wohnung schon renoviert worden war, wie die Hausverwaltung es vorgehabt hatte. Vielleicht wurde sie auch noch umgebaut, und sie konnte einen kurzen, sentimentalen Blick hineinwerfen. Sie ging die Treppen ins Mezzanin hoch. Sie erinnerte sich an ihren ersten Satz als Schauspielerin, den sie mit wackligen Knien auf diesen Stiegen gesagt hatte: »Joschi? Bist du's?« Sie hatte das Gefühl, dass sie nie in ihrem Leben mutiger gewesen war.

Als sie vor der Tür zu Poldis Wohnung stand, sah sie, dass alles neu war: Türrahmen und Flügeltüren waren frisch lackiert und ein Türschild mit einem anderen Namen an der Tür befestigt worden. Valerie blieb unschlüssig davor stehen, als eine alte Dame von der oberen Stiege herunterkam. »Suchen Sie vielleicht jemanden?«, fragte sie Valerie, als sie sich im Mezzanin gegenüberstanden, und mit den Worten »Die Frau Pavkovic lebt nicht mehr hier!« deutete sie auf die renovierte Tür.

Valerie erklärte ihr, dass sie vor einem Jahr in der Wohnung zu Besuch gewesen war und nur nochmal kurz hineinschauen wollte. Die alte Dame fragte Valerie, ob sie die Vormieterin gekannt hatte. Sie erwiderte, sie kannte nur einen Freund der verstorbenen Leopoldine Reisinger, die ja auch in diesem Haus gewohnt hatte nach dem Krieg.

»Die Poldi Reisinger? Die ist nicht tot. Wie kommen Sie darauf?«

»Doch, sie muss schon in den späten Sechzigern gestorben sein.«

»Es gab hier nur eine Leopoldine Reisinger, und die ist erst vor ein paar Jahren ins Altersheim gezogen.«

»Das muss eine andere Frau sein. Die Frau Reisinger, die ich meine, hatte nach dem Krieg einen Verlobten, der beim Roten Kreuz war.«

»Ja, ja, das ist sie, die zwei haben ja auch geheiratet. Er ist aber nicht alt geworden.«

»Und sie ist jetzt in einem Heim, wirklich? Dann hat man mir etwas Falsches erzählt.«

»Es ist gleich ums Eck, ich kann es Ihnen zeigen, wenn Sie wollen!«

Mischa verließ den Verlag kurz vor dreizehn Uhr und spazierte mit dem Hund, der wie immer nach einem Vormittag unter Mischas Tisch wie besessen an der Leine zerrte, in Richtung Donaukanal. Sie gingen auf der ruhigeren, innerstädtischen Seite des Kanals eine Viertelstunde lang in Richtung Rossau. An der Stelle, an der Mischa »Across the Universe« in Dauerschleife gehört hatte, verließen sie den Weg. Er legte sich in die Wiese und ließ den Hund los, damit er frei herumlaufen konnte. Dann öffnete er ein Bier, das er sich von der Tankstelle am Franz-Josefs-Kai mitgenommen hatte, kramte die Ausgabe von *Glück* aus seiner Tasche und las den Artikel erneut. Im Gespräch mit Valerie am Telefon hatte er ein bisschen herumgemosert, eigentlich aber war er wirklich angetan von diesen sechs Seiten in diesem nicht ganz ernstzunehmenden Blatt, das aber von so vielen Menschen gelesen wurde.

Wie hatte er sich gegen den Artikel gewehrt ... Er hatte Sebastian gesagt, sie riskierten einen künstlerischen Ausverkauf. Er hatte Viktorias Anrufe ignoriert, als sie ihn nach dem *Shakespeare*-Abend zu erreichen versucht hatte. Er hatte fast alles getan, um eine öffentliche Anerkennung ihrer Arbeit zu verhindern. Und nun war er stolz auf diese Fotostory. Es war aufregend, das eigene Gesicht riesig in einem Magazin zu sehen, und er fand es wohltuend, einen Text über ihre Arbeit zu lesen, der den Eindruck vermittelte, sie wüssten immer genau, was sie taten. Erst in der Wahrnehmung und der Beschreibung eines Dritten wird aus einem mühevoll gewachsenen Projekt etwas, das nach der berühmten zündenden Idee aussieht, die alle immer so sprachlos macht. Genau so las sich die Geschichte jetzt, eine Erfolgsstory, die außerdem das Herz rühren konnte. Warum also hatte er sich so quergelegt?

Die Antwort war: Die ganze Zeit, seit er den Artikel vor ein paar Stunden zum ersten Mal gelesen hatte, sah er zwei Gesichter vor sich: das seiner Mutter und das von Otto. Mischa hatte keinen Artikel gewollt, weil er gewusst hatte, die beiden Menschen, deren Meinungen ihm am wichtigsten waren, lebten nicht mehr. Sie waren nicht mehr da, um seine Leistung zu honorieren, ihn zu loben, den wahren Wert seiner Arbeit zu erkennen. Im Parkett vor der Bühne, auf der sich sein Leben abspielte, waren die zwei wichtigsten Plätze unbesetzt. Warum also noch viel Wind um seine Projekte machen?

Aber jetzt merkte Mischa, dass die Plätze doch besetzt blieben, vielleicht waren es nur solche weiter hinten, im Dunkel des Zuschauerraums. So wie sich Otto lange nach ihrem Bruch noch in seine Aufführungen hineingeschlichen hatte, so waren er und seine Mutter jetzt auch noch da und sahen ihm zu. Mischa glaubte nicht, dass sie tatsächlich durch den Äther schwebten und sich um seine künstlerischen Aktivitäten scherten. Was er aber wusste, war, dass er seine Arbeit immer auch durch ihre Augen betrachten und beurteilen würde – und damit saßen sie tatsächlich noch in seinem Publikum. Er dachte daran, wie unglaublich stolz seine Mutter gewesen wäre, ihren Sohn in diesem Magazin zu sehen. Er stellte sich vor, wie Otto darauf reagiert hätte; wie er ihn mit Sicherheit gerügt hätte, sich an einem trivialen Erfolg wie diesem zu ergötzen – und dennoch ein Exemplar des Magazins für sich zur Seite gelegt hätte.

Eine leichte Brise vom Wasser streifte über Mischas Stirn und fuhr in sein offenes Hemd. Er dachte an das, was er zu Sebastian in der Theaterkneipe gesagt hatte, seine Conclusio nach der Selbsterforschung, die der Beatles-Song angestoßen hatte: *Ich verändere meine Welt, damit ich mich selbst nicht verändern muss!* Heute, nach all den Geschehnissen des letzten Jahres, traf der Satz nicht mehr zu, das Gegenteil war richtig: Er war bereit, sich zu verändern, damit seine Welt so blieb, wie sie war. Er wollte ein gemeinsames Leben mit Valerie, er wollte mit einem Bein in der Wirklichkeit und mit dem anderen auf der Bühne stehen – das war eine Lebensanordnung, die sich richtig für ihn anfühlte. Und er würde geduldig sein, Kompromisse schließen und Menschen den Spiel- und Freiraum geben, den sie brauchten, damit es für alle funktionieren konnte.

Als er eine Stunde später nach Hause kam, öffnete er die Fenster seiner Wohnung und legte die *Let-It-Be*-CD von den

Beatles ein. Er holte aus seinem Schrank die große Kiste mit seinen Schauspieler-Devotionalien, legte das Album seiner Mutter auf den Esstisch im Wohnzimmer und schlug es auf der ersten leeren Doppelseite auf. Er nahm ein Exemplar von *Glück* – er hatte auf dem Weg nach Hause vier weitere Ausgaben gekauft – und schnitt ihre sechs Seiten mit dem Tapetenmesser aus dem Heft. Dann klebte er sie mit derselben Sorgfalt in das Album, mit der es seine Mutter getan hatte. Als der Kleber getrocknet war, schloss er das Album wieder und legte es auf die Kommode, über die Valerie und er Fotos von ihren Aufträgen hängten. Er klebte einen Post-it-Zettel mit den Worten »The story goes on!« auf den Umschlag.

Anschließend nahm er ein Kuvert und steckte eine Ausgabe von *Glück* hinein. Er adressierte den Umschlag an Ottos Witwe Diana. Dazu schrieb er ihr ein paar Zeilen auf ein Stück Papier:

Liebe Diana,
ich dachte, der Artikel auf Seite 40 könnte dich interessieren. Du hast mir zugeredet, mein Talent nicht zu verschwenden, und vielleicht war das mit ein Grund für mich, nochmal etwas zu riskieren. Wir haben ein kleines Publikum, aber für uns ist es trotzdem großes Theater! Wenn du mal zum Spielen vorbeikommen möchtest – wir haben immer noch die eine oder andere Rolle frei! Vielleicht denkst du aber auch: Was ist das für ein Unfug, da mach ich mir doch lieber nach der Anleitung im Heft ein Paar schöne Hosenträger!

Ich hoffe, wir sehen uns bald wieder,
ich denke viel an euch,
Mischa

Mischa brachte das Kuvert zur Post, danach machte er sich auf den Weg zu dem Heurigen am Rande Wiens, um alles für das Fest herzurichten, das Sebastian und er seit einer Woche vorbereiteten.

Valerie folgte der alten Dame aus dem Haus durch die Leopoldstädter Gassen bis zu einem privaten Seniorenheim mit einem kleinen Garten hinter einer niedrigen Steinmauer. »Schön, nicht?«, sagte die Dame, »der zweite Gatte von der Frau Reisinger hatte Geld, das kommt ihr jetzt zugute!«

Unterwegs hatte Valerie versucht, ihr zu erklären, dass sie die Frau Reisinger aus dem Haus ja gar nicht persönlich kannte und deswegen ein Besuch eigentlich ganz unangebracht sei, aber die rüstige Frau hatte ihr erklärt, für einen alten Menschen im Heim gebe es so etwas wie einen unangebrachten Besuch gar nicht. »Sagen Sie hallo zu ihr, erzählen Sie ihr etwas, Sie wissen doch so einiges über sie!«

Dann verabschiedete sich die Frau und ließ Valerie allein vor dem Altenheim zurück. Sie überlegte, ob sie wirklich hineingehen oder einfach den Weg zum Karmeliterplatz fortsetzen sollte. Würde eine neunzigjährige Frau im Heim nicht erschrecken, wenn plötzlich eine junge Unbekannte auftauchte, die behauptete, sie habe sie einmal *gespielt,* habe persönliche Szenen aus ihrem Leben nachgestellt, um einen ehemaligen Verehrer über dessen Enttäuschung hinwegzuhelfen? Aber vielleicht wäre es in Poldis Alter auch schön zu hören, dass noch jemand leidenschaftlich an einen dachte! Dass sich jemand erinnerte, dass man mal ein junger Mensch gewesen war. Valerie schob ihre Ängste beiseite. Sie wollte Poldi kennenlernen: Sie war ihre erste Rolle gewesen, und die einzige, an die sie später immer wieder gedacht hatte.

Valerie betrat die Lobby des Heims. Als sie an die Rezeption trat, wurde sie von einer kräftigen, blockförmigen Frau in Hosenanzug begrüßt.

»Entschuldigen Sie«, sagte Valerie, »wohnt eine Frau Leopoldine Reisinger hier?«

»Ja, sie lebt bei uns. Erwartet sie Sie denn?«

»Nein, leider nicht. Es ist ein spontaner Besuch.«

»Ich kann Ihnen nur anbieten, sie anzurufen und zu fragen, ob sie Sie empfangen will.«

»Ja, gut. Valerie ist mein Name. Warten Sie, sagen Sie ihr bitte, ich sei eine Bekannte von Joe Freedman!«

Die Empfangsdame verschwand zum Telefonieren in den Nachbarraum. Es dauerte lange, bis sie zurückkam, eine Zeit, die Valerie nutzte, die Aquarelle von Fröschen und Lurchen zu betrachten, die im Empfangszimmer hingen.

»Entschuldigung, dass Sie warten mussten – sie ist im Garten. Kommen Sie mit mir!«

Valerie folgte der Frau durch die Gänge des Heimes bis auf eine ebenerdige Terrasse. Die Rezeptionistin zeigte auf einen alten mit Wein bewachsenen Pavillon am Ende eines schmalen betonierten Weges, der durch eine Wiese führte.

»Sie ist dort drinnen!«

Sie ließ Valerie allein auf der Terrasse stehen. Unter der riesigen gelb-blau gestreiften Markise saßen ein halbes Dutzend Senioren in Rollstühlen, teils an Tischen, teils wie völlig willkürlich irgendwo geparkt, und betrachteten Valerie, als wäre sie nur eine Figur in einer Fernsehserie, deren Handlung keiner von ihnen noch folgen konnte.

Valerie folgte dem Weg bis zum Pavillon. Mit jedem Schritt, den sie näher kam, wurde sie unruhiger. Was würde sie dort erwarten? Vielleicht vegetierte die Frau nur noch vor sich hin, und ihre Erinnerungen waren verloschen. Würde Valerie ihr überhaupt erklären können, warum sie hier war? Als sie den Pavillon erreicht hatte, verschwanden ihre Befürchtungen augenblicklich. Die Person, die dort in ihrem Rollstuhl saß und in einem Buch las, sah nicht aus wie die Alten unter der Markise, nicht wie etwas, zu dem man durch den zerstörerischen Prozess des Alterns wurde, sondern wie eine Frau, die die Summe eines selbstbestimmten Lebens repräsentierte. Sie war schlank und nach wie vor schön, ihre Haltung aufrecht, ihre Gesichtshaut straff und von nur wenigen hellen Flecken bedeckt. Ihre weiße Bluse war modern geschnitten, die Ärmel lässig hochgekrempelt. Unter der Decke, die auf ihrem Schoß lag, lugten ihre nackten Füße hervor: Sie hatte die Sandalen abgestreift, und ihre Zehennägel waren rot lackiert.

Als Valerie den Pavillon betrat, ließ die Frau das Buch sinken und betrachtete sie mit der gleichen Aufmerksamkeit und Neugier, mit der Valerie sie gerade studiert hatte.

»Ich habe nur so getan, als les' ich«, sagte sie dann mit rauchiger Stimme und einer Andeutung eines Lächelns, »man möchte ja nicht beschäftigungslos wirken, oder als wartete man nur darauf, dass man besucht wird.«

Valerie reichte ihr die Hand.

»Guten Tag, Frau Reisinger, ich bin Valerie.«

»Hallo, Valerie! Setzen Sie sich!«

Die Frau deutete auf einen Stuhl neben sich, und Valerie nahm Platz.

»Sind Sie eine Enkelin vom Josef?«

»Nein, nein, wir sind nicht verwandt! Ich kenne ihn überhaupt nicht sehr gut, aber er hat viel von Ihnen erzählt!«

Poldi sah Valerie aus ihren hellen blauen Augen neugierig an, als habe man sie viel zu lange von jedem Klatsch ferngehalten.

»Was hat er denn erzählt, der Josef? Wobei ich ja sagen muss, ich habe seit Ewigkeiten nichts von ihm gehört, und trotzdem ganz gut gelebt.«

»Das ist eine etwas längere Geschichte, aber ich versuche sie kurz zu machen!«

Valerie begann zu erzählen, wie Freedman in ihrem Geschäft aufgetaucht war und wie es dazu gekommen war, dass sie in der Wohnung in der Leopoldstadt gelandet waren.

»Es hat gestunken in der Wohnung, aber ihm hat's furchtbar gut gefallen!«, sagte Valerie.

»Und Sie haben mich gespielt, damit der Josef nochmal erleben durfte, wie ich ihn abgewiesen hab?«

»So war es, ja. Aber wieso hat er eigentlich gesagt, Sie seien vor langer Zeit gestorben?«

»Das kann ich mir schon erklären: Er war nämlich irgendwann in den Sechzigern wieder in Wien, da war seine Ehe wohl schon am Ende, und er wollte es nochmal versuchen bei mir, mit roten Rosen und großen Reden! Da hab ich ihm gesagt, er soll sich die Sprüche für seine Drehbücher aufheben, und er hat g'sagt, ich bin jetzt für ihn gestorben.«

»Er hat aber immer noch an Sie gedacht, nur leben hat er Sie halt nicht mehr lassen.«

»Das war wohl auch leichter für ihn, weil alt hätt er mich

ja eh nicht haben wollen. Er wollte mich so, wie Sie jetzt sind. Männer schauen nicht in den Spiegel, sie schauen in das Gesicht ihrer Frau, und ist sie jung und hübsch, so sind sie's auch. Glauben s'.«

»Darf ich Poldi zu Ihnen sagen?«

»Jeder sagt hier Poldi zu mir, auch die, denen ich's nie erlaubt hab.«

»Poldi, als ich Sie spielen sollte, war ich wahnsinnig nervös! Mein Freund hat gesagt, ich soll nicht dagegen ankämpfen, denn Sie waren es bestimmt auch, als der Junge aus Hollywood plötzlich vor Ihrer Tür stand. Aber umso länger ich *Sie war,* umso mehr hab ich gespürt, wie stark Sie gewesen sind, und das hat so auf mich übergegriffen, dass ich mich jeder nachfolgenden Situation gewachsen gefühlt habe. Ich wünschte, ich könnte öfter *Sie sein,* Poldi.«

»Aber das dürfen Sie! Wann immer Sie wollen!«

Valerie fühlte sich der Frau in diesem Moment so verbunden, dass sie nach ihren Händen griff. Nun bemerkte sie, wie zart, wie faltig und zerbrechlich sie waren, wie Fledermäuse, und sie spürte die Steifheit ihres Körpers.

Poldi sagte: »Ich hab wirklich so ausgeschaut wie du!«, und sah nun selbst in Valeries Gesicht wie in einen Spiegel. »Und ich wollte auch eine Schauspielerin sein, aber das weißt du ja. Es ist nix draus geworden.«

»Tut dir das heute oft leid?«, fragte Valerie.

Poldi schüttelte entschieden den Kopf.

»Mir tut nix leid. Und die Sachen, die schiefgegangen sind, tun mir am wenigsten leid, die haben mich geformt. Gerade wir hübschen Dinger müssen schauen, dass wir ein bisschen anecken und schlecht auffallen, sonst sind wir nur

Dekoration. Geh hinaus und zeig ein bisschen schlechtes Benehmen – dann wird alles Weitere von allein passieren. Sag, was du denkst, und nimm dir, was dir gefällt! Warte nicht, dass dir etwas anderes angeboten wird, es wird dir nicht schmecken. Du denkst, du bist eine kleine Memme und Heulsuse? Geh auf die Straße und beweis dir, dass du es nicht bist. Und dann halt dich selbst nie wieder dafür!«

Valerie nickte überzeugt, genau dieser Mensch wollte sie sein!

»Warum hast du mich denn besucht?«, fragte Poldi dann.

»Weil ich dich bewundere! Und vielleicht auch, weil ich dachte, es hilft mir, eine Entscheidung zu treffen ...«

»Was für eine Entscheidung denn?«

Valerie zögerte, ob sie Poldi mit ihrem Dilemma behelligen sollte, aber dann nahm sie die Zeitschrift aus der Tasche und zeigte Poldi den Artikel.

»Man hat mir angeboten, unsere Truppe zu leiten. Ich könnte immer noch spielen, aber die Arbeit im Blumenladen müsste ich wahrscheinlich aufgeben.«

»Na, es geht ja nicht um den Blumenladen, oder? Du glaubst, du kannst das andere nicht. Oder du glaubst, es ist nicht das, was du eigentlich machen solltest.«

»Ja.«

»Ich glaube, das sind gute Gründe, es zu machen. Gib der Sache eine Chance: Man haut ja auch keinem eine runter, bevor er dir die Zunge in den Hals gesteckt hat!«

Valerie lächelte.

»Nein, und auch dann nur, wenn man es nicht selbst wollte.«

»Das meine ich! Ein bisschen frech sein! Und eines will

ich dir noch sagen, Valerie: Schau nicht so viel in dich rein, schau aus dir raus. Es ist der viel interessantere Ausblick.«

»Ich werd's versuchen.«

»Und jetzt musst du mich, glaub ich, allein lassen. Sie haben nämlich neulich meinen Neunzigsten gefeiert, und das hätte mein Körper nie erfahren dürfen. Sag doch dem Drachen beim Empfang, sie sollen mich reinholen, ja?«

Valerie stand auf und überlegte, wie sie sich verabschieden sollte.

»Sag nicht, du kommst wieder!«, sagte Poldi, »denn ich warte nur auf Leute, die sich nicht angekündigt haben.«

»Aber ich sag auf Wiedersehen!«

Valerie gab Poldi die Hand und lächelte sie an.

»Haben wir eigentlich über die Liebe gesprochen heute?«, fragte Poldi beiläufig.

»Nein.«

»Dann überleg dir als Hausaufgabe, ob ich sie für eine gute Sache halte. Und handle entsprechend.«

»In Ordnung.«

Valerie ging den Weg vom Pavillon zurück ins Heim. Dort bat sie eine Pflegerin, Poldi zurück ins Haus zu bringen. Sie sah noch einmal durch ein Fenster in den Garten. Sie fühlte sich bedrückt, weil sie *auf Wiedersehen* gesagt hatte, aber nicht wusste, ob sie dieses Haus wirklich noch einmal betreten würde.

Draußen auf der Straße fragte sie sich, wohin sie jetzt gehen sollte. Hunger hatte sie keinen mehr, einen anderen Plan auch nicht. Sie setzte sich also auf eine Bank gegenüber dem Heim, und ihr Gespräch mit Poldi begann nachzuwirken. Sie dachte:

Irgendwann bin ich auch eine alte Frau. Ich werde allein in einem Zimmer sitzen, mit einer Decke auf dem Schoß und einem Buch in der Hand, falls es dann noch welche gibt. Ich werde welk geworden sein wie die Blumen im Laden. Ich werde Mischa verloren und keinen Besseren mehr gefunden haben. Und ich werde immer noch überlegen, ob etwas Besonderes auf mich wartet, aber das Einzige, das mich dann noch erwartet, ist der Tod, und der ist nichts Besonderes.

Poldi hatte recht: Sie musste jetzt beim Leben zulangen, frech und mutig sein, nicht länger zurück und nach innen schauen. Sie musste sich endgültig von der Heulsuse und Memme verabschieden, denn die waren schlechte Freundinnen.

Und es gab noch etwas, wovon sie sich trennen musste. Dessen war sie sich plötzlich ganz sicher.

Um zehn Minuten vor acht stand Mischa unter dem »Ausg'steckt«-Schild des Heurigen und wartete darauf, dass Valerie von der Busstation am Fuße der kleinen Gasse zu ihm heraufmarschiert kam. Er hatte sie am späteren Nachmittag angerufen und daran erinnert, dass er einen Tisch in einer Buschenschank in den Weinbergen am Nussberg reserviert hatte.

Als Mischa Valerie gerade kommen sah, parkte ein Geländewagen auf halbem Weg zwischen ihm und ihr in der Gasse. Ein Pärchen um die vierzig stieg aus dem Wagen, und Mischa erkannte den Fahrer als einen ihrer früheren Auftraggeber. Als der Mann und seine Frau Mischa erreicht hatten und begrüßen wollten, raunte ihnen Mischa zu, dass

Valerie knapp hinter ihnen ging, und winkte sie in den Garten hinein.

»War das nicht dieser Galeristen-Bruder, du weißt schon, der von dem Street-Artist-Auftrag?!«, fragte Valerie, nachdem sie Mischa mit einem Kuss begrüßt hatte.

»Keine Ahnung, ich kann mir nicht alle Gesichter merken. Schlechte Nachrichten: Sie haben unseren Tisch weggegeben!«

»Was? Wieso?«

»Sie haben eine größere Gruppe reinbekommen. Wir können uns aber dazusetzen.«

Valerie verzog das Gesicht.

»Ich hab sie mir angesehen«, sagte Mischa, »die wirken ganz nett!«

Sie gingen durch den alten Garten, in dem das Gras nur plattgedrückt und nicht gemäht wurde, vorbei an einigen vollbesetzten Tischen im Schatten der Schankhütte und weiter über eine holprige Wiese, auf der ein bisschen Schotter einen Weg markierte. Hinter dem Haus öffnete sich der Blick über die noch sonnigen Weinberge und auf die große Gesellschaft, die teils sitzend, teils stehend die ersten Gläser Wein serviert bekam.

Als die Leute Mischa und Valerie bemerkten, wurden Gläser gehoben und Begrüßungen gerufen. Valerie entdeckte einen Haufen Gesichter, die sie kannte, aber sie verstand nicht, wieso.

Sie sah Mischa an, und ihr Blick war so ahnungslos wie der Himmel blau.

»Es ist nur ein kleines Fest«, sagte er. »Ich wusste nicht, ob du in der Stimmung dazu bist, deswegen dachte ich, ich überrasche dich einfach damit. Es ist ein etwas verspäteter Jahrestag unserer Truppe, es ist für Sebastians Serie, auch ein bisschen für den Artikel, der ziemlich gut geworden ist, und vielleicht ja auch ein Willkommensfest für dich als neue, keine Ahnung, such dir selbst einen Titel aus ...«

Valerie sah ihn entgeistert an.

»Wie hast du die alle hierhergekriegt, es war doch gar keine Zeit!«

»Ich melde mich so selten bei den Leuten – wenn ich es dann doch einmal tue, lassen sie alles liegen und stehen! Was sagst du?«

Sie ließ ihren Blick über die Gäste streifen, als wäge sie noch ab, ob ihr die Gesellschaft gefiel, dann nickte sie.

»Ich finde es gut. Ich finde es besser als gut. Ich hab Gänsehaut.«

Dann entdeckte sie ihren Bruder David und ihre Cousine Fanny, und sie rannte strahlend auf sie zu. Mischa griff nach einer Flasche Wein, die auf einem der Fässer in der Wiese stand, und spazierte mit seinem Glas durch die bunt gemischte Versammlung am Weinberg.

Da war Sebastians Familientisch, an dem Emil, Anna und ihr Freund Klaus saßen. Lisa setzte sich gerade zu Anna, sah in Richtung von zwei jungen Frauen mit Kindern, die beim Klettergerüst standen, und fragte: »Sind das Sebastians Schwestern?« Anna nickte und begann sie leise mit Informationen zu versorgen.

Kilian stand in einem weißen Anzug mit violettem Hemd an einem der Fässer und unterhielt sich mit Valeries Arbeitskollegen Jochen, während dessen Frau und die beiden Kinder unschlüssig im Hintergrund warteten. Kilian zwinkerte

Mischa zu, dann sah er über die Schulter seines Gesprächspartners hinweg Richtung Weinberge, wo seine schöne blonde Frau mit ihrem kleinen Sohn spielte.

Am Tisch gleich neben ihnen saßen Marianne, die kleine Sylvia und ihr Vater. Die Journalistin Viktoria hatte sich zu ihnen gesetzt, und gemeinsam blätterten sie durch den Artikel, während sie über den Abend im Shakespeare & Company plauderten. Mischa sagte der Kleinen, sie müssten später wieder zusammen ein Gedicht fabrizieren, und sie nickte begeistert.

Wo die Weinstöcke anfingen, traf Mischa auf eine lose zusammenstehende Gruppe von ehemaligen Kunden, die er erst einander vorstellen musste. Unter ihnen waren der Almöhi mit seiner Heidi, der Wachauer »Bond« Wolfgang und jener freundliche Herr, der Sebastian im Votivpark niedergeschossen hatte ...

Als er weiterzog, hielt ihn Sebastian auf und stellte ihm die zwei Kollegen vor, die seine WG-Mitbewohner spielen würden. Mischa schüttelte Hände und ließ es über sich ergehen, dass sein Freund ihn als den besten Schauspieler seiner Generation pries.

Nach dem Schwatz klopfte Mischa im Vorbeigehen Sebastians Cousin Tobias auf die Schulter, der in Thailand als *Schnick-Schnack* für Furore gesorgt hatte und nun mit ihrem Make-up-Mädchen Cindy flirtete, die wiederum nach einem der großen, gutaussehenden Brüder Ausschau hielt, die beim Freedman-Auftrag die Schweizer Filmleute gespielt hatten.

Zwei von ihnen sah Mischa am Tisch der Impro-Schauspieler wieder, mit denen Sebastian und Lisa aufgetreten waren, und alle diese jungen oder jung gebliebenen Talente umringten den großen Mimen Wolfram Steiner, der nie auch nur eine Zeile für das Stück *U(nglaub)-Haft* geschrieben hatte, in das Sebastian einst so viele Hoffnungen gesetzt hatte.

An den nächsten zwei Tischen hatten sich Seminar-Kollegen, Jung-Autoren und sonstiges Theatervolk zusammengefunden und quatschten sich um Kopf und Kragen, und es war schon jetzt spürbar, dass hier der Wahnsinn seinen Anfang nehmen würde, wegen dem sie alle noch vor Mitternacht aus dem Weingarten geschleift werden würden.

Am Ende seiner Tour setzte sich Mischa auf einen alten Stuhl, der in der hintersten Ecke der Wiese stand, und goss sich sein Glas wieder voll.

Mit beginnender Weinseligkeit betrachtete er die lustige Runde. Ein Großteil der Leute hier wollte das Gleiche wie sie: spielen, Geschichten erzählen, Menschen mitreißen. Manche hatten Erfolg damit, wie Kilian. Manche würden nie groß rauskommen und machten trotzdem immer weiter. Andere bekamen ihre Chance, wenn sie nicht mehr damit gerechnet hatten, wie Sebastian. Und wieder andere mussten erst die Regeln ändern, um sich erneut auf das Spiel einzulassen – so war es bei Mischa gewesen.

Valerie kam auf ihn zu. Sie nahm seine Hand und zog ihn von seinem Stuhl hoch, dann zerrte sie ihn hinter sich her in die Weinberge. Sie setzte sich auf eine grasige Stelle, und er ließ sich neben ihr nieder.

»Ich werde mich *Impresaria* nennen«, sagte sie, »das klingt schön und verbreitet subtil Angst und Schrecken.«

»Du willst es machen?«

»Ja, will ich. Ich bin zwar keine richtige Schauspielerin, aber wie unser Laden läuft, das weiß ich. Ich dachte mir, wir könnten meine alte Wohnung als Büro nehmen: Teuer ist sie ja nicht, und Platz für Schreibtisch, Lager und Besprechungsecke ist auch.«

»Guter Plan.«

»Und ich will unsere Grundidee weiterspinnen: Es geht so heftig zu in unserer Welt, und ich habe mir überlegt, vielleicht bieten wir Inszenierungen für Manager, Politiker und Medienleute an, in denen sie in Situationen gebracht werden, die sie nur vom Reden her und aus der Ferne kennen, Armut, Verfolgung, Rassismus. Reality-Crashkurse! Ich will wieder nach außen schauen, nicht immer nur Selbsterforschung machen. Wie findest du das?«

»Klingt spannend, aber ich denke, wir werden nach der Zeitungsstory einen Haufen Aufträge der eher kuscheligen Sorte bekommen.«

»Das ist ok, wir brauchen nur mehr Leute.«

Mischa nickte, sie würden eine neue Mannschaft zusammenstellen müssen.

»Wir brauchen auch deswegen mehr Leute«, sagte Valerie, »weil ich nicht mehr mitspielen werde!«

Mischa war sich nicht sicher, ob er sie richtig verstanden hatte.

»Aber wolltest du nicht gerade noch Schauspielunterricht nehmen?«

»Vergiss das, das war eine schlechte Idee. Ich will wirklich nicht mehr spielen. Ich weiß, dass ich das eigentlich ganz gut kann, vielleicht auch irgendwann mal richtig gut sein könnte, aber es *tut* mir verdammt nochmal nicht gut.

Ich kann nicht mehr all diese Frauen sein! Ich möchte erst einmal gut darin sein, ich selber zu sein.«

Mischa grübelte einen Moment über diese neuen Eröffnungen nach.

»Du bist also keine Schauspielerin mehr?«

»Nein.«

»Und du willst dich auf eine reelle, konkrete Arbeit konzentrieren?«

»Ja, genau, die ganze Organisation, die Pressearbeit, die Idee ausbauen. Und ich möchte wieder Hobbys haben, kochen, mit dir und dem Hund unterwegs sein.«

»Weil das Spielen fast schon zu einer Sucht geworden ist?«

»Irgendwie schon, ja. Man will immer mehr und bleibt trotzdem leer zurück.«

Er sah sie an, als habe er damit sein Argument schon zu Ende ausgeführt.

Jetzt verstand sie, und sie schüttelte den Kopf.

»Ich bin nicht wie du!«

»Du bist jetzt genau dort, wo ich war, als die Geschichte mit uns beiden angefangen hat!«

»Das kann man nicht vergleichen!«

»Willkommen in der Gruppe, Valerie! Unser Thema heute wieder: Gibt es ein Leben nach dem Theater?«

Valerie lachte.

»Ich hatte vorher eines, und das war gar nicht so schlecht.«

»Du wirst das Spielen vermissen, aber ich verstehe, dass du erst mal genug davon hast. Ich versteh's wirklich!«

»Schön.«

»Und wie geht's mit uns weiter?«

Valerie warf ihm einen unsicheren Seitenblick zu.

»Lass es auf uns zukommen! Es ist ein neuer Abschnitt.«

»Also, alles ist möglich, nichts ist sicher?«

»Belassen wir es bei *alles ist möglich*!«

Valeries Cousine Fanny kam zu ihnen in den Weinberg gelaufen. Sie beugte sich zu Valerie hinunter und sagte in heller Aufregung: »Josef Hader ist da!«

Valerie sah Mischa mit aufgerissenen Augen an.

»Sebastian kennt ihn«, sagte Mischa. »Er ist nett, geht ruhig hin!«

Fanny zog Valerie hoch, und sie kletterten den Hang wieder in Richtung Garten hinauf. Auf halbem Weg drehte Valerie aber um und trabte zu Mischa zurück.

Sie küsste ihn und sagte etwas umständlich: »All deine Wünsche – sie werden nicht unberücksichtigt bleiben.«

»Irgendwann?«

»Ich glaube, früher.«

Mein Dank gilt meiner Lektorin Martina Schmidt, den Künstlern, mit denen ich übers Spielen sprechen durfte – u.a. Markus Pol, Thomas Richter, Benedict Thill, Daniela Wagner; Marina Jahn für Einblicke in den Buddhismus und Andrea S. fürs Zuhören und aus der Klemme helfen.

Mein besonderer Dank gilt René Freund für seine »positive Intrige«.

Die Zeilen »Words are flowing out like endless rain into a paper cup« und »Nothing's gonna change my world« stammen aus dem Song »Across the Universe« von den Beatles.